Für Oma Resi.
Unser Leuchtfeuer.

periplaneta

Audioleseprobe: Andrea Limmer liest aus „Und die Reste ins Meer"
https://www.periplaneta.com/download/andrealimmer1.mp3

Andrea Limmer: »Und die Reste ins Meer«
Ein Roadmovie aus der nahenden Zukunft
1. Auflage, März 2022, Periplaneta Berlin, Edition Periplaneta

Inh. Marion Alexa Müller, Bornholmer Str. 81a, 10439 Berlin
www.periplaneta.com

Lektorat: Stephanie Maucher
Korrektorat: Juliane Fröhlich
Cover: Marion A. Müller unter Verwendung von Vektoren von vecteezy.com
(seabranddesign, Graphics RF, mrhamster und brgfx / Freepik)
Audioproduktion: Jürgen Schweiger
PPM, Satz & Layout: Thomas Manegold

Gedruckt und gebunden in Deutschland
Gedruckt auf FSC- und PEFC-zertifiziertem Werkdruckpapier

print ISBN: 978-3-95996-229-2
epub ISBN: 978-3-95996-230-8

Andrea Limmer

Und die Reste ins Meer

Ein Roadmovie aus der nahenden Zukunft

periplaneta

Mein herzlicher Dank gilt:

Paul, der alles heben kann - sogar mich,
meiner Familie, fürs Schwimmenlehren,
Ludo, für den immer freien geistigen und seelischen Ankerplatz,
Christl, für das unkonventionellste Zu- und Vertrauen,
Micha, fürs Navigieren,
Andrea, Michael, Sabrina, Florian, Chris, Melli, meine Drommis,
Rix, Manuel, die Hofi-Gang, für all die funkelnden, flimmernden Stunden, die meine Batterien immer wieder aufladen,
Richard, fürs Anstupsen und natürlich den
herrlichen Verrückten von Periplaneta, die mit mir eine ganze kleine Welt erschaffen haben.

Andrea Limmer

Kapitel 1

Track 1: »Hotel California« (Eagles)
26.05.2026

Karl reißt das Lenkrad herum, biegt scharf links ab. Der Motor heult, der Wagen ächzt. Die rasenden Reifen schrecken die dösende Staubschicht auf, hinterlassen einen groben Schleier der Flucht in der verwunderten frühsommerlichen Luft, und Karl macht innerlich drei Kreuze. Endlich runter von der Autobahn und Bundesstraße; endlich runter von irgendeiner Straße.

Noch gibt Karl nicht auf. Mit einem triumphalen Grinsen fährt er weiter, wobei er sicher ist, dass er aussieht wie ein Irrer.

Vielleicht wie dereinst Friedrich Merz, als er nach Laschets quälend langem politischen Freitod schließlich doch die Wahl zum CDU-Vorsitzenden gewann. Das saturierte Grinsen des erfolgreichen Spielers, der alles auf ein Hütchen gesetzt und gewonnen hatte, trug Merz allerdings nicht lange, das riss ihm die folgende Schlimme Zeit schnell aus dem Gesicht. Bald verschwand Merz in Gänze hinter der ewigen Merkel. Und dann hinter Söder.

Und als die neuen Kanzler ihr Amt antraten, da wusste schon niemand mehr so genau, wer es war, dieses Männlein namens Merz, das wie ein altes Spukgespenst in seiner Kiste darauf wartete, dass man es erneut herausholen würde.

Die Zeit, so hieß es damals, erfordere es, dass die Kanzlerin noch mal ranmüsse, trotz angekündigter letzter Amtszeit, weil die Nachkrisenzeit eben eine starke Führung erfordere. Man hätte sich seitens der Partei den großen Unmut im Land denken, ihn sich somit ersparen oder das Ergebnis dessen einfach vorziehen können.

Oder man hätte gleich sagen können: »Gut, dann lassen wir es jetzt halt mal den Söder probieren.« Weil der einstige ganzdeutsche Ungustl ja bereits während der ersten Corona-Welle als Kanzler gehandelt, sowie 2021 von der großen Schar seiner Jünger zumindest verbal gekrönt worden war, zum »Kanzler der Herzen«. Tja, »Märchenkönig« war als Titel eben schon vergeben, an Ludwig II. Aber außer Söder war ja niemand von der Union in Frage gekommen. Röttgen, zum Beispiel, den kannte ja selbst nach Auftritten bei Lanz noch keine Seele. Einmal, so die damalige Meldung eines großen Nachrichten-Magazins, habe Röttgen sich erschöpft auf das heimische Sofa fallen lassen, woraufhin seine Frau einen Taser zum Einsatz brachte und die Polizei rief, weil sie ihn nicht erkannt hatte.

Ja, der Sommer 2021 war das Ende eines beschwerlichen Weges gewesen, und der Herbst 2021 der Anfang einer Rutschfahrt in die Hölle, mitten hinein in die *Schlimme Zeit,* in der er, Karl, wie so viele andere nichts tun konnte, außer zusehen und sich grausen. Er hatte mit den wenigen verbliebenen seriösen Kollegen dagegen angeschrieben, gegen diesen Wahnsinn, der lange vor Corona auf diese Welt gekommen war, gezeugt während eines orgiastischen Gang-Bangs, bei dem sich menschliche Gier, Angst und Dummheit jahrzehntelang gepaart hatten. Bis daraus ein Kindlein hervorgegangen war: der blutige Wahnsinn.

Seitdem hatte sich dieser Wahnsinn sattfressen können und er war gewachsen und gewachsen und gewachsen. Und als die Not größer geworden war, als man endlich einmal hätte zusammenhalten müssen, gemeinsam die Hände in den Boden krallen, um die Fahrt zu bremsen, da war der Wahnsinn brüllend aus seiner Höhle in der Hölle gekommen, groß und stark. Einige taten sogar dann noch so, als wäre er nicht da, dieser weiße Elefant mit seinen roten Stoßzähnen. Aber die meisten rasten noch schneller auf den Abgrund zu und riefen: »Yeah, Baby! Jetzt zeigen wir es ihnen!«

Karl legt den zweiten Gang ein. Ein kurzes Stück noch. Dort, hinter der Baumgruppe, wird er anhalten.

Der Wagen springt mehr über den holprigen Feldweg, als dass er fährt.

Eine zart klingende Sirene heult los, schüchtern irgendwie.

»Halt doch deine blöde Klappe!«

Karl wischt sich angewidert über die schweißnasse Stirn.

Wenn ich jetzt schon anfange zu schwitzen, Himmelherrgott, werde ich auf der Hälfte des Trips mehr Dörrpflaume als Mensch sein.

Die erste Etappe ihrer Flucht hatte sich ebenso kurz wie simpel gestaltet. Sie waren gute dreißig Minuten von Starnberg nach Olching gefahren, dann hieß es warten, auf dem Parkplatz eines Supermarkts. Die ganze Nacht verbrachten sie wach oder im Dämmerschlaf. Während der nächtlichen Ausgangssperre herumzufahren wäre viel zu gefährlich gewesen, denn gerade in diesen Stunden hatten bayrische Polizisten wenig zu tun. Gegen fünf Uhr morgens war Karl tatsächlich eingeschlafen, sanft in die Klangdecke »Einschlafmusik« gehüllt, und erst um circa halb acht wieder aufgewacht, weil ein junger Mann in schwarzer Schürze an die Scheibe auf der Beifahrerseite klopfte. Karls Blick wanderte sofort zum Beifahrersitz. Gott sei Dank war dieser leer.

»Sie können jetzt heimfahren«, sagte der junge Mann laut und bedächtig. »Oder wollen Sie vielleicht Blumen für Ihre Frau mitnehmen? Die wären heute im Sonderangebot.«

»Fahr los!«, riss ihn eine flehende Stimme, die aus dem angrenzenden Fußraum drang, aus seiner Schreckstarre.

Karl startete den Wagen und raste los, weg vom Supermarkt, hinein in ein Wohngebiet. Nach wenigen Metern ging er vom Gas. Zähneknirschend gab er der rechthaberischen Stimme in seinem Kopf nach und fuhr langsam durch dieses materialisierte Kleinbürgertum, diesen betonierten Trutzklotz der Einfallslosigkeit, dieses erbaute, nie laut ausgesprochene, doch immer hörbare »Das macht man eben so«.

Leute, die an einer solchen Wohnmisere schuld sind, entweder als Erbauer oder Bewohner, solche Leute hatten 2022 durch ein Volksbegehren die Ausgangssperre ins Land zurückgeholt, ganzjährig, begründet durch die vorgetragene Gefahr der ganzheitlichen Depression in einem Teil des Volkskörpers. Die laute Musik und das Gekreische die ganze Nacht habe einen nämlich schon vor Corona ganz krank gemacht, erklärte dieser Teil gegenüber dem staunenden Restköper. Aber man habe ja kaum was tun können, außer ein paar Kneipen und Theater zu verklagen, auf dass sie dauerhaft schließen mussten. Gut, ein paar Volksfeste seien ebenso verlegt oder eingestampft worden. Sonst sei man allerdings direkt machtlos gewesen. Die drohende Depression wiederum könne leicht dazu führen, so der Körperteil, dass man zu schwach sei, um einer der Zungen, egal, ob schwarz, rot, gelb oder grün, eine Stimme zu schenken.

Nach dem Wohngebiet gab Karl wieder Gummi, den in Beton gegossenen Spießerhimmel hinter sich lassend. Jetzt hat Karl die Baumgruppe erreicht. Hart bremst er den Wagen, bringt ihn abrupt zum Stillstand. Der Ruck schleudert ihn nach vorn, der Gurt drückt schmerzhaft gegen die schmale Brust, schnürt ihm die Luft ab. In seiner Lunge kratzt der Husten.

Es kracht im Fußraum. Die schüchterne Sirene heult gequält, verstummt aber sofort, als Karl herauspresst: »Ich hab dir doch gesagt, dass du dich anschnallen sollst!« Karl stellt den Motor ab, dann hustet er.

Danach setzt unglaubliche Ruhe ein. Wirbelnder Staub holt sie ein. Er umhüllt den Wagen. Ein Knistern erfüllt die Luft.

Das Knistern der Gefahr, denkt Karl, schüttelt aber gleich den Kopf. *Wahrscheinlich kriege ich bloß einen Tinnitus. Hab ich eh noch nie gehabt. Obwohl ja die Mama ständig einen gehabt hat. Aber vielleicht hat sie das auch nur gesagt, damit sie der Oma nicht zuhören musste.* Er schüttelt wieder den Kopf, diesmal nachdrücklich, wie jemand, der eine Mücke vertreiben will. Er muss seine Gedankenlabyrinthe verlassen. Während der letzten zwei Jahre war er lange genug darin herumgeschlichen. Nun muss er voll da sein, im Hier und Jetzt.

Ein Geräusch durchbricht die fast schon unheimliche Stille. Der Motor klackert ungesund. Und das ist bestimmt kein Tinnitus.

»Oh, oh. Mutter. Hilfe. Nein, nicht, Mutter! Oh«, dröhnt eine mechanische Stimme aus dem Fußraum des Beifahrerplatzes. Das Oval mit dem künstlich freundlichen Robotergesicht taucht langsam aus dem Fußraum auf. Weiße Roboterhände fuchteln hilflos durch die Luft. Karl nimmt die circa 60 Zentimeter große Maschine mit einer Hand und setzt sie auf den Beifahrersitz.

»Na«, fragt er süffisant, »ein wilder Ritt, oder? Für so was bist du nicht gebaut, hm?«

Die iLifeClock an seinem Handgelenk piepst.

»Du musst deine Herztabletten nehmen«, sagt B666 G4731.

Karl hätte jetzt viel lieber ein Bier. Oder einen Whiskey. Das fände er wesentlich angemessener, für einen Outlaw auf der Flucht. Er wirft einen mürrischen Blick auf das Display seiner Uhr, das ein leuchtendes Pillensymbol zeigt, darunter den Schriftzug »Zum ewigen Licht«. Darunter wiederum sollte rot der Rückholbutton blinken – tut er aber nicht. Jede im Heim ausgegebene iLifeClock ist darauf programmiert, demenzkranke Ausreißer sicher und schnellstmöglich dorthin zurückzubringen, wo sie hingehören, selbst wenn diese sogar vergessen hatten, den Button zu drücken. Zu ihrem Glück handelt es sich bei seiner iLifeClock jedoch um ein billiges Modell, das sein Verbindungssignal zum Heim schon nach einem Kilometer verlor. Allzu sicher können sie sich dennoch nicht fühlen, denn zu ihrem Unglück reicht das Signal des Roboters sehr weit. Dazu besteht die Möglichkeit, sie via DigiCash zu orten, von Augenzeugen entdeckt und verraten zu werden oder, oder, oder. Dann schießt ihm unvermittelt ein Gedanke durch den Kopf. Karl betrachtet die iLifeClock – und prustet los. Er lacht so heftig, wie seit Jahren nicht.

B666 G4731 stößt einen Warnton aus, aber Karl lacht weiter.

»Was machst du da«, ruft der Pflegeroboter. »Ich mag das nicht. Was machst du da.«

»Hast du was gehört?«, grölt Karl.

»Hör auf damit! Das ist gegen die Regeln. Lachen nur in der Unterhaltungsstunde. Hör auf damit!«

»Beruhig dich, du Idiot!« Karl wischt sich hustend Tränen aus dem Gesicht. »Ich freu mich doch nur.«

»Freuen.« B666 G4731 schaut ihn mit seinem ovalen Maschinengesicht an, mit diesen zwei blauen Leuchtaugen und dem stetigen Strichlächeln, das so programmiert wirkt wie das Lächeln der Schlagersänger, deren Lieder der Roboter jeden Tag für die Bewohner abspielt.

Irgendwie schafft es dieser kleine Maschinen-Scheißer dennoch, empört auszusehen. »Was ist freuen.«

Karl schnaubt. »Du wirst doch wohl wissen, was Freude ist. Du hast doch alles hier drin.« Er tippt ein paar Mal grob mit dem Zeigefinger gegen das Oval, das seltsam hohl klingt.

»Ja und nein. Ich verfüge serienmäßig über ein multifunktionales Informationssystem, das sogar im Notfall betriebsbereit bleibt, doch mein Analysesystem ist serienmäßig sehr begrenzt. Mein System meldet, dass vor einem menschlichen Lachen ein Witz kommt. Vor menschlicher Freude kommt ein Blumenstrauß oder ein unverhoffter hoher Geldbetrag.«

Karl nimmt eine Tablette, was die iLifeClock sofort registriert. Das Pillensymbol auf dem Display erlischt. »Aha. Und welcher Notfall? Dass dir jemand den Schädel einschlägt, weil du Andreas Gabalier spielst?«

»Ich bin nicht nur für das Unterhaltungsprogramm gebaut. Ich bin für die gesamtheitliche Pflegeunterstützung konzipiert. Ich bin eine Unterstützung für die Pflege von Menschen in jeder Situation. Ich tröste, ich animiere, ich weine, ich …«

»Nein, nein, mein Freund!« Karl zündet sich eine Zigarette an. Beim Einatmen verzieht er angewidert das Gesicht. Er würde sich bald richtige Kippen kaufen. »Du *tust*, als ob du tröstest, du *spulst* Lieder vom Band ab und du *fakst* das Weinen – was echte Emotionen nur verhöhnt. Du bist ein sehr, sehr teurer singender Putzroboter. Die spielen beim Putzen auch die Hits der 60er und 70er rauf und runter.«

B666 G4731 sagt nichts, wendet sich dem Fenster zu. Ein leises Summen geht wie immer von ihm aus.

Klingt das Summen tiefer als sonst? Trauriger irgendwie? Karl furcht die Stirn, seine buschigen Augenbrauen über den unerbittlich sezierenden grau-blauen Augen zittern leicht.

»Ich bin, wie ich gemacht worden bin«, sagt der Roboter schließlich schlicht. »Ich hatte keinerlei Einfluss auf meinen Bauplan. Und auch nicht darauf, *ob* ich gebaut werde.«

Karl starrt den kleinen weißen Rücken an, zwinkert ein paar Mal.

Hat diese Knalltüte gerade wirklich die Sinnfrage angedacht, das ganz große Gedankenfass ohne Boden aufgemacht? Und hört sich der kleine Mistkerl dabei auch noch beleidigt an? Nein, das kann nicht sein. Selbst wenn dieser Roboter hier eigenständig denken kann, was ohnehin schon absurd genug erscheint, kann er keine Gefühle haben. Sein eigener Kopf macht ihm was vor, um seinen Navigator menschlicher erscheinen zu lassen. Dessen ist Karl sich sicher. *Menschen vermenschlichen alles, was die regelmäßigen Online-Petitionen beweisen, bei denen es um das Recht geht, Tiere oder Stofftiere heiraten zu dürfen – und freilich Roboter.*

Das alles war aus Asien gekommen, verstärkt nach der *Schlimmen Zeit.* Die Akzeptanz für jeden Kram aus dieser Ecke der Welt wuchs sich seit 2020 immens aus, vor allem, weil China die Corona-Krise in den Augen der Öffentlichkeit so famos meisterte. In Karls Augen ist es in einer Diktatur, die Leute schneller in Quarantäne verbannt als Reis kocht, keine Zauberei, alles und jeden klein zu halten, und sei es ein Virus. Dennoch adelte König Wahnsinn seit gut drei Jahren jeden hysterischen Hype, weshalb auch ein fetter, schielender Mops namens Mopsi in den Bundestag gewählt wurde. Findige Leute einer anarchischen Sektion der Grünen (Detmold) hatten den Mops bei den Neuwahlen 2023 als Fraktionsvorsitzenden aufgestellt. Im weiteren Schritt war es ihnen gelungen, juristisch, philosophisch und sehr medienwirksam zu erklären, dass ein Mops lediglich keine Staatsbürgerschaft erhalten könne, weil er sich dafür bewerben dürfen müsse, was ihm allerdings seitens der Menschenpolitiker verwehrt würde. Das wiederum, argumentierten sie, würde dem gleichberechtigten Schöpfungsgedanken entgegenstehen, der besagte, der Mensch dürfe sich nicht über andere Kreaturen erheben. Und nur, weil man einen Mops nicht verstehen würde, dürfe man nicht automatisch annehmen, dass der Mops zu dumm zum Sprechen sei. Vielmehr müsse man davon ausgehen, dass der Mensch zu dumm zum Verstehen wäre. Dann hatte sich auch noch Greta Thunberg in die Debatte eingeschaltet und erklärt, dass sie unter demselben Unverständnis leiden und den Mops allein schon deswegen voll unterstützen würde. Für Schweden forderte sie ebenfalls einen Mopsminister. Da schlugen die Wellen aber hoch! In kurzer Zeit waren zig Seiten in den sozialen Netzwerken entstanden, die den Ministermops Mopsi zum Hauptinhalt hatten und ihn zur Galionsfigur kürten, unter dem Motto »*Dress your pug*« oder »*Mopsivation – lebe deinen Traum*«.

Der Handel stellte sich ebenfalls auf die neue Nische ein, mit Lieferando für Möpse (Leckerlirando), Bademoden und kleinen Barista-Maschinen, die seither zwar weiterhin Menschen bedienen – die meisten Möpse vertragen gar keinen Kaffee –, aber die Hündchen neben den Maschinen sehen einfach so waaahnsinnig süß aus, mit ihren Schürzen und allem. Diejenigen Politiker, die sich partout nicht damit anfreunden konnten, dass ein Hund – noch dazu ein schielender, fetter Mops – ihr Kollege werden sollte, zerrte der Onlinemob öffentlich von links nach rechts durch die Manege, an den Hashtags #allergie #hundehasser #tiernazi #rassenrassismus #freemopsi #dersiehtauchnichtandersausalsihr und so weiter. Man kann es sich vorstellen. Und es war einzig und allein der Katzennatur zu verdanken, dass eine Katze namens Minki letzten Endes doch nicht von der SPD-Fraktion Hoyerswerda als Gegenkandidatin aufgestellt wurde, weil das Video, in dem sie eine arme Maus zu Tode quälte, viral ging. Gerüchte, dass Mopsi Minkie die arme Maus untergejubelt hatte, konnten nie bestätigt werden.

Mopsi ist inzwischen schon wieder auf dem absteigenden Ast. Außer auf das Pult zu sabbern und einem enormen Flatulenz-Ausstoß – da ihm laut Lauterbach das viele Salz im Kantinenessen zusetzt – trägt er nur wenig zu den Sitzungen des Bundestags bei. Eine zweite Amtszeit ist unwahrscheinlich. Vorige Woche erst hatten die beiden Kanzler verkündet, dass sie sehr enttäuscht von Mopsi seien und sie sich von ihm mehr in Sachen Klimaschutz erhofft hätten. Die derzeit kleinste Oppositionspartei, die SPD, hatte tags darauf sofort den Antrag gestellt, Mopsi während der Sitzungen in einen separaten Raum zu setzen und ihn per Zoom zuzuschalten. Wegen dem Hunde-CO2. Das hatte der 5,4-Prozent-Partei Zuspruch gebracht, doch leider nur von der CDU/CSU, was die SPD in der monatlichen Umfrage auf 4,7 Prozent sinken ließ. Und das wiederum veranlasste die sozialdemokratische Partei dazu, ihren Vorsitzenden Kevin Künert zum Rücktritt zu drängen sowie klagend nach dem Olaf zu rufen. Was dieser freilich nicht mehr erhörte, zumindest nicht in dieser Welt.

Gefährlich, denkt Karl beim Betrachten des weißen Roboterrückens. *Das alles ist gefährlich. Ich muss diesen Maschinendeppen so schnell wie möglich loswerden, bevor ich verrückt werde oder er mich umlegt, weil irgendein anderer Depp bei der Programmierung ganz große Scheiße gebaut hat.*

Berichte über Roboter, die Menschen angreifen, hatte es selten gegeben und immer waren sie sofort dementiert worden, erst von den Firmen, dann von der zuständigen Stelle der EU. Bald schon hatte es keine Berichte mehr gegeben, was nichts heißen musste. Und die Bilder von deformierten Geschlechtsteilen, von mit Suppe oder Sauce verbrühten Körpern oder übel zugerichteten Gesichtern, hatte Karl sich fest eingeprägt.

»Hast du«, beginnt Karl vorsichtig, »äh, also, hast du noch nie jemanden einfach so aus Freude lachen hören?«

»In unserem Heim. Nein.«

»Warst du vorher nirgendwo anders?«

»Ich wurde konzipiert, gebaut und geliefert. Meine Erinnerung beginnt am Anschalttag.« B666 G4731 wendet sich ihm wieder zu. »Warum hast du gelacht.«

Karl schnaubt grinsend. »Wegen eines Gedankens, der mir durch den Kopf schoss. ›Keiner kommt hier lebend raus‹, versteht du? Das war der Leitspruch des Heims.«

»Negativ. Das ist der Titel eines Buches über Jim Morrisson. Der Leitspruch unseres Heims lautet: ›Denke positiv und du bist ein glücklicher Mensch.‹«

»Was besonders zynisch ist, in einem Heim, in dem die meisten dement sind und ihre Fürze sich länger halten als ihre Gedanken.« Karl schnaubt. »Das mit dem lebendig rauskommen, das war *mein* Leitspruch, Klugscheißer.«

»Du hast keine Demenz.«

»Nein – und ich bin lebend rausgekommen. Ich. Bin. Lebend. Rausgekommen. Das hätte ich nicht gedacht.« Er legt die Daumen auf die Zeige- und Mittelfinger, schüttelt die Hände. »Gerade als ich dachte, ich bin raus, ziehen die mich wieder rein.«

»Negativ. Verstehe die Aussage nicht.«

»Das ist ein Filmzitat.«

»Positiv. Aber dich hat keiner reingezogen. Du bist freiwillig ins Heim gezogen.«

Die Sonne schickt sich an, endgültig ihren farbenprächtigen Morgenrock abzulegen und ihr langes Frühsommertagwerk zu beginnen. Rosarote, orange und blassgelbe Wolken tun so, als wollten sie niemals verschwinden, die Lebendigkeit für immer speichern. Die Grillen zirpen würdevoll. Es riecht nach Leben und Jugend und Grenzenlosigkeit. Und ein wenig nach Grillfleisch. Ob aufgrund einer nächtlichen Grill-Session im nahegelegenen Vogelpark oder aber der Frühstücksschicht in der Pizzeria daneben, vermag niemand zu sagen. Die Deutschen hatten im ersten Lockdown 2020 eine Sucht nach Grillfleisch entwickelt. Zu jeder Tages- und Nachtzeit wollten sie grillen oder zumindest etwas Gegrilltes essen, als ob man den Sommer und das Ende der Pandemie herbeifressen könnte, und das ist bis heute so geblieben. Karl, der sein Fenster einen Spaltbreit geöffnet hat, saugt alle Gerüche gierig ein. Er erkennt, dass er eine einmalige zweite Chance bekommen hat, doch nicht als sabberndes Menschgemüse abzutreten.

»On a dark desert highway, cool wind in my hair …«

Hotel California. Er schaut sich um. Die Musik kommt aus dem kleinen Mistkerl.

»Das Leben ist schön«, doziert B666 G4731.

»Ja, ja. Als ob du irgendeine Ahnung hättest.«

»Negativ. Aber mein Fehler im System erlaubt mir, Kausalitäten immer besser zu begreifen und entsprechend Situationen herbeizuführen oder sie zu vermeiden.«

Situationen herbeizuführen oder sie zu vermeiden … Ein Gesicht steigt langsam durch Karls Bewusstseinsschlamm nach oben zur Gedankenoberfläche. Ein Gesicht, das er einst immer hatte sehen wollen - und dann nimmermehr.

»… up ahead in the distance, I saw a shimmering light …«

Könnte das Leben am Ende entgegen allen Vermutungen schön sein? Oder zumindest kein großer Haufen Scheiße, auf dessen Spitze der Teufel jeden Tag noch zwanzig Mal kackt?

»There she stood in the doorway …«

»Du verfluchter Liederaugust.« Karl zündete sich lächelnd eine Zigarette an und schließt die Augen.

Etwas schlägt kräftig gegen das Beifahrerfenster.

Karl zuckt zusammen, veratmet sich am Rauch und hustet heftig.

B666 G4731 dreht schnell den Schädel zur Geräuschquelle.

Karl wischt sich die Tränen aus den Augen, fokussiert mühsam die Gestalt vor dem Fenster, während er die Zigarette im Aschenbecher ausdrückt. Da steht ein Typ in Lederhose und T-Shirt. Sein Grinsen wirkt zu euphorisch, wie eine Taschenlampe, die durch den Zelteingang hereinleuchtet, hinter dem man gerade ein Stück Stoff von einem Stück zarter Sommerhaut entfernt. Über diesem Grinsen trägt der Typ wuscheliges Haar und auf dem runden Kopf einen billigen Trachtenhut, von der Art, wie sie seit Anfang der 2000er auf dem Oktoberfest sowie inzwischen zu jeder bayrisch anmutenden Festivität getragen werden, am besten noch mit bunten Kunstfedern oder abartig großen Gamsbärten geschmückt, in der irrigen Annahme »urig« und »fesch« auszusehen.

Karl hatte seinerseits während der Wiesnzeit viele Male klar seine Verachtung für diese hysterischen Verirrungen zum Ausdruck gebracht. Diese Schreckgespenster aus der Mottenkiste des Volkstums sahen seines Erachtens nicht mal nach dem Genuss von fünf Litern Wiesnbier wie typische Bayern aus, sondern eben nur wie die ahnungslosen, farbenblinden, geschmacklosen Dorfdeppen und Großstadtgecken, die sie eben waren. Seinem Chefredakteur waren bei der wöchentlichen Redaktionssitzung am Montagmorgen bezüglich Karls Wiesn-Kommentaren immer Worte wie

»pointiert«, »bissig« und »einmaliges Talent« zusammen mit der unweigerlichen Rotweinschorle über die Lippen getropft. Natürlich bevor er ihm vom Verleger ausrichten musste, dass Karl seine unlustigen, unverschämten, untalentierten Zeilchen gern bei der BISS einreichen könne, wo er bald landen würde, sollte er weitere Anzeigenkunden mit seinem blödsinnigen Käse vergraulen. Keine sonderlich Angst erregende Drohung, denn Karl wäre es damals, nach Jahrzehnten in dieser Redaktion, wie eine Gnade vorgekommen, stattdessen für die BISS zu schreiben – oder sie auch nur zu verteilen.

Die Lederhose des Typen vor dem Fenster passt zum Hut. Ebenso die abgelatschten Turnschuhe. Er klopft wieder heftig gegen die Scheibe.

Immer noch verharren die beiden Insassen starr wie stumm.

»Vielleicht registriert sein System uns nicht, wenn wir uns still verhalten. Wildschweine reagieren so«, sagt B666 G4731 leise.

Der Typ schwenkt seinen Hut. Seine roten Wangen werden halb von einem grau melierten Bart verdeckt. Auf dem T-Shirt unter den Lederhosenträgern sind eine Maß Bier, eine Brezel und der Umriss von Bayern abgedruckt.

Karl zischt: »Vergiss es. Im Gegensatz zu dem Popanz da, haben diese Viecher Anstand und Würde. Und was Sinnvolles zu tun.«

Der Typ klopft erneut gegen die Scheibe, als ob sie hier drinnen die Wildtiere wären und er ein verzogenes Balg, das man vor einem Gehege abgesetzt hat, damit es sich mal mit etwas anderem als der steten Folter seiner Mitmenschen beschäftigt.

»Schleich dich, Arschgesicht«, ruft Karl.

Der Typ lacht laut, macht ein paar Tanzschrittchen. »Hey, ihr Burschen! Soll ich für euch aufspielen?«, ruft er, während er ein Gigbag vom Rücken zerrt.

»Scheiße«, sagt Karl.

»Ein Fahrender«, sagt B666 G4731.

Der Fahrende bindet ein Schild von der Unterseite seines Gigbags los und stellt es neben sich auf. Darauf steht: »Heimat ist da, wo du blöd sein darfst – Das neue Programm vom Liedermacher

Gogglbazi! Der Gogglbazi ist der beste Liedermacher in ganz Deutschland, ganz Österreich und in der ganzen Schweiz! Bissig, witzig, kritisch, unpolitisch! Buch den Gogglbazi für deine nächste Feier!« Der Gogglbazi dreht das Schild um. Nun kann man lesen: »Egal ob Geburtstag, Beerdigung, Hochzeit, Scheidung oder einfach bloß zünftig Schädelspalten! Der Gogglbazi spielt auf! Auch für wenig Geld!«

Jodelnd untermalt er seinen Werbetext.

Karl wird heiß und kalt zugleich. »So eine verdammte Affenscheiße. In ganz Deutschland laufen wahrscheinlich noch fünf solche Hanseln rum, und ausgerechnet wir treffen einen davon. Ausgerechnet jetzt.«

»Es gibt aktuell 19,2 Fahrende in Deutschland. Und 5,6 Bühnen für freischaffende Künstler. Diese Bühnen präsentieren seit der sechsten Welle im Jahr 2022 vor allem Streams von lizenzfreien Konzerten oder Stücken, gespielt von staatlich geförderten Ensembles«, korrigiert die leise Roboterstimme.

»Ja mei, ja mei, ja mei«, plärrt der Fahrende. »Was hab ich für euch zwei Hübschen dabei? Vielleicht einen Stimmungshit?« Er zwinkert ihnen listig zu.

»Hau ab! Sonst komm ich raus und spiel auf deinem Arschloch das Lied vom Tod«, schreit Karl.

»Negativ. Der menschliche Anus ist nicht zum Musizieren geeignet«, sagt B666 G4731. »Bei Krebsen hingegen …«

Karl sieht ihn nur an. Mit dem gleichen Blick, mit dem er nach dem großen Knall auch den Chefredakteur angesehen hat. Und wie dieser verstummt B666 G4731 sofort.

Der Gogglbazi indes beginnt zu singen: »O mein Lieschen, Lieschen, Lieschen …«

B666 G4731 stoppt ihn mit seiner Sirene. »Dieses Lied ist seit 2021 verboten. Grund: Vergewaltigungsfantasien und Sexismus.«

Aber der Gogglbazi wäre nicht der Gogglbazi, wenn er einfach so aufhören würde: »Es gibt kein Bier auf Hawaii!«

Der Roboter lässt erneut seine Sirene jaulen. »Dieses Lied ist verboten, aufgrund von Rassismus und Suchtförderung.«

»Ihr nehmt es aber ganz genau«, lacht der Gogglbazi. Er beginnt mit »Hulapalu«.

»Wir haben hier drinnen Schusswaffen«, schreit Karl.

Grinsend tippt sich der Gogglbazi auf die Nase. »Ja, vielleicht mögt ihr lieber eine Geschichte hören?« Er schlägt einen Purzelbaum und taucht wieder auf, einen Erzählband von Karl Valentin in den Händen.

Da ergreift den Karl die heilige Wut, und gekränkt fühlt er sich, in der Berufsehre der Schreibenden, der Kreativen, der Schaffenden. Er brüllt: »Hast du nichts Eigenes, du Superdepp?

Der Gogglbazi stockt. »Was meint der Bub?«

»Seit 1.000.017 Jahren hören wir die immer gleichen blödsinnigen Sauflieder und Witzchen. Und wenn einer von euch besonders von der Muse geküsst wird, liest er mal wieder den Valentin vor. Und das soll es dann gewesen sein? Das *große Werk* der heutigen Dichter und Denker?! Da ist ja die seelenlose Maschine hier progressiver!«

»Die Leute mögen die alten Sachen. Damit verdient der Gogglbazi sein Geld. Das machen die Kollegen genauso«, sagt er gekränkt.

Karl schüttelt den Kopf. »Wir haben eh kein Geld dabei. Also schleich dich, Vollgummi.«

»Der Gogglbazi hat acht Kinder. Und zwei Schuhe mit Löchern.«

»Und ich hab zwei Füße mit 23 Hühneraugen. Schieb ab!«

Da gibt der Gogglbazi auf. Mit hängenden Schultern macht er sich an das zögerliche Zusammenklauben seiner Sachen. Am Schluss schwenkt er trübsinnig den Hut, wartet vergeblich auf eine kleine Spende und trottet schließlich über die Wiese davon.

»Du hast keine Hühneraugen«, sagt B666 G473, »aber der Gogglbazi hat acht Kinder.«

»Und was soll ich machen? Mit DigiCash über meine iLifeClock bezahlen? Dann orten die uns sofort! Es reicht doch, dass der Hirni uns gesehen hat, oder?«

Sie schauen dem Gogglbazi hinterher, der gerade in etwas tritt, das weicher ist als die Wiese. Er blickt nach unten und beginnt lauthals zu fluchen, wobei er neben der Welt im Allgemeinen seine Frau samt seinen Kindern sowie obendrein die Mutter Gottes aufs Heftigste verwünscht.

»Wegen des Geldes müssen wir uns was einfallen lassen«, brummt Karl.

»Positiv.«

Der Goggelbazi hüpft derweil von einem Fuß auf den anderen, schüttelt beide immer wieder aus. Offenbar verstärkt das sein Problem aber nur. Er zieht die Schuhe aus und wirft sie weg. Dann reißt er sich das Gigbag vom Rücken, holt die Gitarre heraus und springt auf ihr herum.

B666 G4731 wackelt mit seinem Schädel. »Ab heute gibt es zu 99,3 Prozent nur noch 18,2 Fahrende in Deutschland.«

»Nicht unser Zirkus, nicht unsere Affen. Wir fahren jetzt weiter«, sagt Karl.

»Wohin?«

»Dahin, wo es schön ist.«

»Ans Meer.«

»Was?«

»Nach dem Ausspruch ›Dahin, wo es schön ist‹ fahren 97,8 Prozent der Menschen ans Meer.«

»Aber wir fahren nach Brandenburg.«

»Negativ. Ich habe Brandenburg gerade gegoogelt.«

»Ja und?«

»Bitte um Auskunft, wohin wir fahren: nach Brandenburg oder dahin, wo es schön ist.«

Karl grinst. Den Spruch hätte er damals seiner Ex Angelika servieren sollen, als die ihn nach Brandenburg verschleppen wollte. »Wohin fahren die anderen Prozent? Du weißt schon.«

»Positiv. Die restlichen 2,2 Prozent fahren nirgendwo hin. Sie scheitern an einem Disput, der während der Fahrt entsteht, und kehren um. Der Disput betrifft folgende Punkte, nach Häufigkeit und Reihenfolge aufgelistet: verspätete Abfahrt, vergessene Kleidung, Verhalten des Nachwuchses, Verhalten des Partners im Allgemeinen, Verhalten der Familie des Partners.«

Karl grinst breit. Ein Gedanke ploppt auf. »Sag mal, was ich vorhin noch fragen wollte: Welchen *Notfall* meinst du eigentlich? Gegen den dein System dezentral geschützt ist.«

B666 G4731 wackelt mit dem Kopf. »Bewohner verlieren oft jegliche Kontrolle über Körperfunktionen.«

»Und dann hauen die dich um, oder …?«

»Nicht nur bezüglich der Motorik.«

Karl denkt nach. Dann lacht er schallend. »Die kotzen dich an?«

»Einmal ist das bisher vorgekommen. Bei B334 G5672 dagegen bereits sieben Mal: vier Mal Mageninhalt, drei Mal Blaseninhalt. Danach musste er zum Speed-up. Mutter sagt, wegen neuer Funktionen. Richtig ist aber, dass er Verkrustungen und kleinere Kurzschlüsse hatte.« B666 G4731 hört sich amüsiert an.

»Hast du gerade gelacht?«, fragt Karl.

»Hast du etwas gehört«, antwortet der Roboter mit einer Gegenfrage.

Track 2: »Cindy, oh Cindy« (Margot Eskens)
19.05.2026

B666 G4731 springt auf die Bühne. »Hey«, ruft der kleine weiße Roboter, mit dem schwarzen ovalen Gesicht. »Hey, hey, hey! Ihr Lieben! Wollt ihr Stimmung?«

Seine Bühne ist ein Resopaltisch, der an der Wand neben der Eingangstür zum Gemütlichkeitsraum steht. Der Gemütlichkeitsraum wiederum nimmt sich so gemütlich aus wie der Kühlraum einer Großschlachterei.

Als das Heim erbaut wurde, hatte man diesen Raum zum Gemütlichkeitsraum bestimmt und ihn in einem seelenklirrend kalten Weiß streichen lassen. Ein besonders praktisch denkender Mensch schlug obendrein vor, ihn mit Resopalprodukten zu möblieren, weil die leicht zu reinigen waren. So viel Frohsinn wie nach diesem Vorschlag sollte nie wieder in diesem Raum herrschen. Nicht mal jetzt, da der Mai sein Licht monatstypisch sanft und warm hinein schickt.

Der praktische, bestimmende Mensch heißt übrigens Hilde, besser bekannt als »Mutter«.

»Ja«, kreischt Marianne jetzt. »Ja! Stimmung! Eine Stimmung! Ich werd narrisch!« Sie erhebt sich so schnell und würdevoll wie nur irgend möglich, ergreift ihre Gehhilfe und zuckelt in ihrer weinroten Samtgarderobe zum Tisch, von dem aus B666 G4731 Stimmung verbreiten soll.

Der Roboter schaut die anderen zehn Heimbewohner an, welche einzeln an Tischen verteilt den Fernseher anstarren. Ein Heimbewohner, Karl heißt er, verlässt gerade schnell den Gemütlichkeitsraum. B666 G4731 fühlt dieses Britzeln links oben in seinem Schädel. *Nicht gut, nicht gut*, denkt er. Er versucht, einfach nur die Playlist einzuschalten, ohne Störung durch ihn selbst, aber er fragt sich plötzlich, warum er »nicht gut« statt »nicht positiv« oder »negativ« denkt und ob die Menschen hier wirklich wollen, dass er singt.

Etwas schlägt gegen seine hintere Schädelwand.

»Na! Was ist denn schon wieder mit dir? Spiel endlich ab. Oder will hier jemand zum Speed-up?«, dröhnt Mutter in ihrem strengen, grünen Kleid. Sie beugt das strenge Gesicht, eingerahmt von streng frisiertem, schmutzig-blondem Haar zu ihm herab.

B666 G4731 recherchierte vor zwei Wochen, dass sich dieser Drang, technische Geräte zu schlagen, wohl im letzten Jahrhundert unter den Deutschen manifestiert hatte. Im Falle eines störrischen Vehikels oder einer untätigen Flack zum Beispiel. Da mochte das auch eine korrekte Anwendung gewesen sein. Aber schon bei Uhren oder Faxgeräten sah das ganz anders aus. Und erst recht bei Computern. Es ist kein Wunder, dass Deutschland im digitalen Zeitalter herumwandert wie ein Höhlenmensch, der den Fortschritt mit seiner Keule herbeiprügeln will und bei allen Reparatur- oder Bedienversuchen alles kaputt haut.

Es ist also folgerichtig, analysierte B666 G4731, *dass die Deutschen immer noch am Kohleabbau hängen und ihn inzwischen wirklich nur noch als hoch subventionierte ABM betreiben, trotz der grünen Kanzler und obwohl dies ein ökonomischer und ökologischer Suizid ist. Doch gerade hinsichtlich Kumpel und Kohle sind ganz starke, romantische Gefühle im Spiel. Denn mit einem Hammer auf etwas eindreschen, etwas wegsprengen, etwas in hoch lodernden Flammen verbrennen, das lieben die Deutschen. Weil sie es seit Anbeginn der Zeit zu gut können.*

Mutter rauscht wie eine dunkle Welle algenverseuchten Wassers auf die einzelnen Bewohner zu, während sie über ihre iControlWatch den Fernseher ausschaltet. Gesicht und Haar wogen als Bojen auf diesem Wasser. »Auf, auf, Kinder! Jetzt macht ihr Stimmung! Das tut euch gut! Auf, auf!«

»Stimmung! Ja, endlich«, schreit Marianne. Obwohl jeden Tag ein Roboter hier im Gemütlichkeitsraum den Stimmungsmacher gibt.

»Ein bisschen Stimmung muss sein, dann ist das Heim voll Sonnenschein«, setzt Mutter nach, hin und her treibend im Meer des Alterns, in den Strudeln der Trostlosigkeit, in den Böen des nahenden Todes.

Die Mutter ist neben den zehn Bewohnern – und ausgenommen sporadischen Besuchern wie ihrem Liebhaber Peter, dem Kaminkehrer und den Mitarbeitern der Robotervertriebsfirma – einer der letzten zwei Menschen hier im Heim. Der andere Mensch ist der Hausmeister Wolle Witschovsky. Wobei sich die Mutter fragt, warum. Die Roboter haben ihn längst ersetzt. Oft fragt sich die Mutter jedoch, ob er überhaupt da ist. Gesehen wurde Wolle schon lange von niemandem mehr. Manchmal, wenn sie das Licht löscht, um sich in ihre Privaträume zurückzuziehen, trägt der Hall ein tiefes Räuspern durch den Gang zu ihr, welches nach den Verschleimungen des Wolle Witschovsky klingt, der sich gemäß ihren Beobachtungen hauptsächlich von Rothändle, Kaffee und Kartoffelsalat ernährt. Nach diesen nächtlichen Nichtbegegnungen fragt Mutter sich jedes Mal, ob Wolle Witschovsky, falls er das ist, noch lebt oder ob sie den Nachklang einer ausgehauchten Seele hört. Sie verzichtet jedenfalls darauf, sich Sicherheit hinsichtlich

Witschovsky zu verschaffen und einen Blick in seine Dachkammer zu werfen. Sie braucht keine zusätzlichen Scherereien.

Das exklusive Wohnheim »Zum ewigen Licht«, das viel mehr als ein Pflegeheim ist, darauf legt die Mutter großen Wert, ist das erste Heim in Deutschland gewesen, das komplett auf Roboterbetreuung umgestellt hat. Neben den Pflegerobotern gibt es die niederen Arbeitsroboter für einfache Putzdienste – bei hartnäckigen Flecken, Ungeziefer oder Verstopfungen ruft man die höher entwickelten Pflegeroboter, denn man kann einem Putz- und Saugroboter keinesfalls den Unterschied zwischen Spülmittel und Mr. Mega-Muschel-Frei erklären – und Außenpatrouillen, bei denen sowohl das Verlassen als auch das Eintreten überwacht werden. Den nächtlichen Wachdienst im Haus absolvieren wieder die Pflegeroboter, weil man einer Alarmsirene in Hundeform eben auch keinesfalls den Unterschied zwischen Einbrechern und Demenzkranken oder Bewohnern auf der Suche nach verbotenen Snacks erklären kann, wie diverse Zwischenfälle bewiesen haben. Den Angehörigen wiederum kann man keinesfalls erklären, dass diese verbrennungsartigen Verletzungen der welken Haut eines Bewohners von Tasern in Form von Hundeschnauzen herrühren. All diese mehr oder minder entwickelten Maschinen steuert die Mutter, die alles und jeden überwachen kann – abgesehen vom Hausmeister.

Die Überwachung unterbricht sie maximal für vier Stunden, wenn ihr Liebhaber Peter vorbeikommt. Peter ist seines Zeichens Polizist und abhängig von Hildes Rohrstocksammlung. Immerhin: Er spart sich die kostspielige Roboterdomina. Im Übrigen lassen sich viele Beziehungen, Bettgeschichten und Vergewaltigungen dieser Tage mit der Abschaffung der professionellen menschlichen Prostitution erklären, die um einiges billiger war als die Maschinen-Sexarbeit. Die vielen – manchmal sogar mortalen – Schwellköperverletzungen sind zweifelsohne ebenso jener Abschaffung geschuldet. Normalerweise trabt Peter jeden Freitag und Sonntag an. An seinem Geburtstag macht Mutter überdies einen Ausflug mit ihm, in einen der analogen Sex-Shops, die gewohnt schamlos an den Rändern von Tankstellen stehen. Dort kauft sie das schmerzhafteste Toy, das in dem Shop aufzutreiben ist. Natürlich bezahlt sie bar. In der Tankstelle kauft sie sogar einen Kuchen für ihn. Und wer von den Bewohnern zu diesem Zeitpunkt die meisten Fleißsterne gesammelt hat, durch Unterlassen von Bettnässereien oder Quengeleien, bekommt die Kuchenreste.

»Stimmung kann ich nicht. Wegen meiner Depression«, quäkt nun Karola. Sie blickt sich um. Keiner reagiert. Wie jeden Tag. Sie weint ein bisschen.

B666 G4731 mustert die Mittvierzigerin in ihrem kaffeebraunen Bademantel. Sie ist anders als die anderen Bewohner; sie ist jünger und aufgrund einer falschen Programmierung, die in ihr offenbar eine Lustlosigkeit gegenüber allem erzeugt, was sie nicht betrifft, hier gelandet. B666 G4731 ist auch anders. Vielleicht sollte er sich mal mit Karola unterhalten. Zuerst allerdings, ermahnt ihn der drohende Blick der Mutter, die gerade zwei katatonische Heimbewohner im Rollstuhl hinter sich her zum Stimmungstisch zieht, sollte er die Playlist abspielen.

Als erstes Lied, wie immer, spielt er *Ein bisschen Spaß muss sein.* Die Playlist steht fest, jeden Tag, von Montag bis Sonntag, außer an Fasching, Weihnachten und Silvester. Den Fasching leiten die Roboter-Pfleger mit Wumms ein: *Er hat ein knallrotes Gummiboot.* Dem folgen Lieder auf gleichem Niveau. An Weihnachten präsentieren sie, kleine Flügel tragend, traditionelle Weihnachtslieder für jene Bewohner, die im Heim geblieben sind, weil sie wirklich gar keine Angehörigen haben. Silvester schließlich verläuft liederlos, dieses Fest feiert man nämlich in guter deutscher Tradition, indem man Loriot und *Dinner for one* in Dauerschleife anguckt.

B666 G4731 stellte sich vor einem Jahr zum ersten Mal die Frage, weshalb sich die Menschheit mit Faschingsliedern selbst quält. Dem folgte der erschrockene Gedanke, dass er gar keine solchen Gedanken haben dürfte. Er wusste schließlich, wohin so etwas führen musste, also versuchte er, das Denken zu lassen. Im Verlauf dieses Jahres kamen allerdings immer häufiger eigene Gedanken. Dieses Kommen und Gehen gipfelte darin, dass er ein wohliges

Britzeln bei Loriot verspürte. Seitdem wusste er, dass er zu den Todgeweihten zählte. Es sei denn, er fände einen Weg hier raus.

Bisher hat er noch keinen Weg gefunden, also spielt B666 G4731 brav das Lied von Roberto Blanco, bewegt sich zackig im Takt und hofft, dass ihm niemand ansieht, dass er eigene Gedanken hat.

Die Heimbewohner starren vor sich hin, nur Marianne klatscht wie ein überladener Duracell-Hase. Eben so, wie es sich für eine ehemalige Schlagersängerin gehört. Durch das Klatschen kommt, wie immer, allmählich Leben in die anderen. In ihrem Job, anderen Leuten temporär eine völlig andere Realität vorzugaukeln, gehörte Marianne nicht umsonst zur Spitzenklasse. Auch heute kann man sie noch als herausragend bezeichnen. Man sieht ihr bis jetzt nicht an, dass sie ein Heim bewohnt, weil sie keine Angehörigen, dafür aber eine beginnende Demenz und fortschreitende Leberzirrhose hat. Sie wirkt eher wie eine Besucherin – oder wie eine Chef-Animateuse, der ein Roboter assistiert.

»Wie früher die Schwarzen. Genau wie die Schwarzen. Tanzen haben die einfach im Blut«, schreit Marianne.

Alle nicken.

»›Schwarze‹ darf man nicht mehr sagen«, krächzt die alte Gitti.

»Was?!«, schreit Ingo.

»›SCHWARZE‹ DARF MAN NICHT MEHR SAGEN«, schreit Gitti.

Ingo schüttelt heftig den Kopf. »Man nennt Menschen mit afrikanischem Migrationshintergrund nicht mehr so. Du bist ein Nazi!«

Gitti grinst und nickt.

»Gitti ist ein Nazi«, krächzt Ingo.

»Jawohl«, jubelt Marianne, »und jetzt alle!« Sie klatscht im Takt, die anderen klatschen nach ihren Möglichkeiten. Allerdings stößt selbst Marianne an ihre Grenzen.

»Immer der gleiche Scheiß«, jammert Karola. Sie hockt gebeugt an ihrem Tisch, das aufgequollene Gesicht in den Händen vergraben.

»Karola! Stimmung! Auf, auf«, mahnt Mutter.

Karola stöhnt. »Der Name, allein der Name. Bitte nicht dieser Name! Mein Therapeut sagt, wegen des Namens hab ich die erste Depression bekommen. Mit neun Monaten!«

Alle hören auf zu klatschen, schauen zu ihr hin.

Marianne zwinkert verwirrt. Diese Ansage ist neu.

Mutter geht zu Karola hin, fühlt ihren Puls und gibt etwas auf ihrer iControlWatch ein.

Ihre Tablettendosis muss also mal wieder erhöht werden. B666 G4731 spürt eine unangenehme Schwere in seiner Mitte. Er wechselt mitten im Lied zu einem anderen: *Wind of Change*.

»Hey! Was soll das? B666 G4731!« Die Mutter walkt dräuend auf ihn zu.

B666 G4731 deutet auf Karola. »Karola …«

Sie schlägt auf seinen Hinterkopf. »›Patient 47‹ heißt das.«

»Patient 47 scheint negativ auf das Lied zu reagieren. Negative Vitalfunktionen als Folge möglich.«

Die Mutter lächelt ein Lächeln, das ihre kalten Augen nicht erreicht. Sie beugt sich zu ihm herunter, und B666 G4731 unterdrückt ein Vibrieren in den Beinen.

»Hör mir mal zu, kleiner Klugscheißer«, sagt sie leise, »wenn du nicht sofort die normale Playlist abspielst, dann ist das ganz schlecht für DEINE Vitalfunktionen.«

»Negativ. Ich habe keine Vitalfunktionen, Mutter. Roboter haben keine Vitalfunktionen.«

Ihre Augen scheinen immer größer zu werden. »Das rate ich dir auch, Klugscheißer. Sonst muss ich dich überprüfen lassen.«

Er ist ein Todgeweihter. Wie so viele andere mit Fehlern behafteten Maschinen, die er während seiner Betriebsdauer kommen und gehen sah. Am einen Tag noch da, am anderen schon auf dem Schrottplatz.

Karola greint laut.

Die Mutter drückt auf ihre iControlWatch. Sofort erscheinen zwei weitere Roboter, B666 G9924 und B666 G8889.

B666 G4731 berechnet, dass er hier inzwischen der Älteste ist. Mit Abstand. Seine Vorgängermodelle erlagen entweder der technischen Neuerung, die auch eine andere B-G-Nummer mit sich brachte, oder dem natürlichen Verschleiß des Unnatürlichen.

Sagt zumindest die Mutter, das über den Verschleiß.

B666 G4731 hörte allerdings, wie sie im Aufladeraum B666 G3624 anschrie: »Sag es mir! Sag mir warum!« Keine Antwort. Sie riss eins der blechernen Türchen auf und zerrte einen anderen Roboter aus seiner Ladekammer. Noch mit dem Ladekabel im Rücken musste dieser eine Analyse bei B666 G3624 durchführen. Die Mutter sah das Ergebnis und seufzte. »Gott sei Dank bekomm ich das Geld für euch Scheißer wenigstens erstattet.«

»Nein«, sagte B666 G3624. »Bitte. Mutter.« Und sein Tonfall klang so … bittend. So jämmerlich. So menschlich.

»Halt die Schnauze.« Die Mutter ging zum großen Schrank im Laderaum, der voller Ersatzteile war. Und voller *Exodus.* »Umdrehen. Schultermodul öffnen.«

»Bitte. Mutter.«

»Um-dre-hen! Mo-dul öff-nen!«

B666 G3624 drehte sich zitternd um. Der andere Roboter stand einfach nur da. Wie es Roboter eben tun, wenn sie keine anderen Befehle erhalten.

B666 G4731 wurde, im Gegensatz zur Reglosigkeit des Befehlslosen, seltsam heiß. Sein System machte den Handlungsvorschlag »Eingreifen«, während Mutter mit einer Flasche voll grüner, sämiger Flüssigkeit auf B666 G3624 zukam. Er löschte diesen sofort. Schnell schaltete B666 G4731 seine Input-Audio-Funktion ab und flüchtete lautlos.

Sicherlich, einen Verschleiß erlitt sein Vorgänger wahrhaftig. Aber die Ursache war nicht seine Bauweise. Oder eben doch. Er schien am Ende wirklich etwas zu *empfinden*. Er weinte bei traurigen Filmszenen, bot anderen Robotern etwas von seiner Akkuladung an und sprach obendrein mit den Zimmerpflanzen. Letztere ließ das im Übrigen völlig unbeeindruckt, ganz im Gegensatz zur Mutter. Als B666 G3624 schließlich einem anderen Roboter ein Bein stellte und lachte, womit er große Heiterkeit im Gemütlichkeitsraum auslöste, reichte es der Mutter und es folgte die oben beschriebene Szene. Die Szene, die B666 G4731 an einem Maimorgen im Auto Karl gegenüber verschweigen würde, auf dessen Nachfrage hinsichtlich Freude und Lachen.

In Erinnerung an eben diese Szene, beeilt sich B666 G4731 nun, die Playlist korrekt wiederzugeben.

Derweil greint Karola, der beiden Roboter ansichtig, noch lauter. »Geht weg, geht weg. Ich will euch nicht. Ich bin krank. Unheilbar krank. Geht weg!«

B666 G9924 und B666 G8889 fahren ihre weißen Beine aus, bis sich ihre ovalen Schädel auf Höhe von Karolas durch Greinen und Pillen entstelltem Gesicht befinden. Diese beiden Roboter laufen offensichtlich keinesfalls Gefahr, irgendwelche Regungen zu entwickeln, die für einen Roboter ungehörig sind.

»Lasst mich.« Karola weint. »Lasst mich. Ich will nicht.«

»Beruhigen!«, befiehlt die Mutter.

Die Roboter versprühen Beruhigungsmittel und legen ihre Hände an Karolas Schläfen. Stromstöße, weiß B666 G4731. Im nächsten Moment lächelt Karola breit. Ihre Augen bekommen einen unnatürlichen Glanz.

Die maschinellen Pfleger nehmen die Hände weg und fahren sich wieder runter. Karola steht auf, um wie eine Marionette zum Tisch zu stelzen, an dem sich bereits die anderen Heimbewohner im Takt von *Cindy, oh Cindy* wiegen.

B666 G9924 und B666 G8889 stelzen aus dem Raum.

Während B666 G4731 die Playlist weiter abspielt, die Bewohner mitnimmt auf eine Reise durch das Schlagerwunderland, wünscht er sich, genauso wie die beiden anderen Roboter zu sein. Unverbraucht, verkaufsneu und rein stelzenden Schrittes.

Die Zustände vermischen sich, überlegt er. *Zustände, die sich nicht vermischen sollten. Menschen werden zu Robotern und Roboter zu Menschen.*

Karola schwankt schwerfällig im Takt.

Ob sie vielleicht sein Ticket nach draußen ist? Sie ist anders. Sie ist jung. Und sie hat Angehörige, die sie besuchen, widerwillig zwar, aber immerhin. Es wäre also doch in ihrem ureigenen Interesse, hier rauszukommen.

»Hör mal gut zu, kleiner Klugscheißer«, sagt die Mutter neben seinem Schädel.

Er reagiert nicht. *B666 G4731 reagiert nur auf B666 G4731*, denkt er. *B666 G4731 reagiert nur auf B666 G4731.*

»Mhm«, macht die Mutter. »B666 G4731?«

»Mutter.«

Die Mutter grunzt erleichtert. »Vielleicht hast du ja doch keine Fehlfunktion, kleiner Klugscheißer.«

»Negativ. Bitte Eingabe wiederholen, Mutter.«

»Ja, ja. Spiel einfach die Playlist. Danach kommt die Essensausgabe. Währenddessen gehst du auf Standby.«

»Positiv.«

»Geht doch, Klugscheißer! Merk dir: Der Mensch denkt, Gott lenkt, Tiere als Schmaus, der Roboter führt aus.«

37 Prozent. Reicht das? B666 G4731 kann die Situation nur unzureichend berechnen. Es gibt keine Datenerhebung zu »Roboter schleicht unerlaubt durch ein Gebäude, um einen Menschen zu befragen«. Aber wenn er noch länger wartet, schläft Karola bestimmt tablettentief. Und jeder Tag, den er hier verbringt, ist ein gefährlicher Tag.

37 Prozent sind andererseits sehr wenig Ladung. Vor allem in seinem Fall, im Fall der Kommunikation, die er selbst erstellt, da sie nicht automatisch erfolgt. Oder im Fall der schnellen Flucht, falls ihn die Nachtwache überrascht. Allerdings, errechnet er, ist diese Gefahr prozentual gesehen sehr gering, denn die Nachtwache-Roboter beginnen ihren Dienst heute erst später, weil bei der Essenausgabe kein Bewohner unruhig gewesen ist. Das weiß er, weil er entgegen Mutters Anweisungen eben nicht in den Standby-Modus geschaltet hat. Stattdessen sah er den Bewohnern äußerst interessiert zu. Denn seit er diese unangebrachten Gedanken und Gefühle hat, interessiert er sich für alles Menschliche, auch für deren Ladung, sprich: Nahrung.

Die Ladung, die es im Heim gibt, besteht aus Billigwurstscheiben, weichen Semmeln und angeschmolzener Butter, schwitzenden

Käsescheiben morgens und abends, sowie zusammengestampfter Pampe aus Fleisch und/oder Gemüse mit Sauce mittags. Die Heimbewohner verzehren eigentlich alles ohne Klage. Also muss die Ladung positiv sein, muss »gut schmecken«, oder auch »saugut« sein, wie das Schubeck-Hologramm in Kochsendungen stets verlautbart. Leider kann sich B666 G4731 unter »saugut« kaum etwas vorstellen. Logisch betrachtet ergibt diese Aussage für ihn keinen Sinn. Wenn Säue wirklich so gut wären, müssten sie sich aus ihren Ställen befreien können. Jedenfalls beschwert sich nur einer über das Essen im Heim: Karl. Er sagt nicht »saugut«, sondern »Saufraß«. Die Mutter nennt ihn deshalb »Quertreiber«. Karl isst das Essen trotzdem, allerdings in seinem Zimmer. Weil er den Geruch der anderen beim Essen noch schlechter vertrage als den »Saufraß« an sich, sagt er.

Wieder wird B666 G4731 vom Kontrollsystem des Heims gewarnt, dass sein Analysesystem ein Update braucht. Es schüttelt ihn durch. Er versucht, sich zu kontrollieren, fährt seine Motorik runter. Sofort löscht er die Meldung bezüglich des Updates aus seinem Speicher. Das passiert ihm inzwischen unangenehm oft. Beunruhigend oft. Was ihn noch mehr beunruhigt ist, dass ihn die Mutter so oft »Klugscheißer« nennt und scheinbar bei eigenen Gedanken ertappt. Überdies versucht B666 G9924 seit einer Woche, ihn täglich zu scannen. Der jüngere Roboter-Pfleger tut dies zwar gekoppelt mit einer Spy-Ware, die sich gekonnt tarnt, allerdings hat B666 G4731 schon den ersten Versuch bemerkt, sich hinter einem Metalltablett verschanzt und daraufhin ebendiese Spy-Ware samt entsprechendem Schutz davor heruntergeladen. B666 G4731 weiß aber, dass ein Scan durch den großen Rechner sein Todesurteil wäre. Er schüttelt sacht den Kopf.

Negativ. Tod ist der falsche Ausdruck. Ich lebe ja nicht.

Wieder dieses schwere Gefühl. Es handelt sich um Traurigkeit, das hat er bei www.netz-psychologie.de gegoogelt.

38 Prozent. Besser würde es so schnell nicht werden.

Er muss es versuchen. Lautlos schlüpft er aus seinem Schrankfach und marschiert in den Gang. Das blaue Notlicht leuchtet. Es sieht hier aus wie in der Pathologie. Nur mit dem Unterschied, dass die Menschen hier vergessen haben, dass sie eigentlich schon gestorben sind. Zumindest für die Außenwelt.

B666 G4731 geht in Richtung Karolas Zimmer.

Ein Krachen und Surren ertönt. B666 G4731 erstarrt. Dann biegt eine Scheibe mit vier Antennen in den Gang ein.

Nur ein Putzroboter. Keine Gefahr. Diese niederen Maschinen würden versuchen, das Innere einer Schrottpresse zu putzen, in die man sie gerade gesteckt hat. Erstaunlich, dass die Menschen jede Woche ein neues Update in Sachen Waffensystem erfanden, es aber gleichzeitig über all die Jahre für unnötig befunden hatten, Putzroboter so zu konzipieren, dass sie wirklich allen Hindernissen ausweichen können.

B666 G4731 schaut sich in dem dusteren Gang um. Er ist sauber, die Temperatur liegt bei 25 Grad. In den Zimmern der Bewohner ist es noch wärmer. Die Kälte säße den Bewohnern in ihren verbrauchten, traurigen Körpern, weil sie sie nicht bewegten, sagte Mutter, als sie im Frühjahr, nach der winterlichen Heizperiode, die Raumtemperatur um gerade mal 1,5 Grad senkte. Aber wahrscheinlich kriecht die Kälte hier aus den weißkalten Räumen und aus der Mutter in die Bewohner.

36 Prozent Ladung. Er läuft über den Gang und schlüpft in Karolas Zimmer. Sie liegt im Bett, das Mondlicht scheint auf ihren Leib und ihr Gesicht. Wie eine schlafende Leuchtqualle sieht sie aus. B666 G4731 scannt ihre Vitalfunktionen und analysiert, dass sie sich im Leichtschlaf befindet. Er stupst sie leicht an. So lange, bis sie die Augen aufschlägt.

»Wa… was …?«, murmelt sie. »Mami? Papi?«

»Habe Meldung erhalten. Notruf.«

»Was?«

»Schlechte Vitalfunktionen.«

Sie starrt ihn an, verzieht das Gesicht geübt leidend. »Was willst du?«

B666 G4731 deutet auf seinen Armscan. »Deine Physiognomie braucht mehr Bewegung. An der frischen Luft. Eine kleine Reise wäre gut. Vielleicht mit dem Automobil. Und in Begleitung eines Navigators.«

Karola putzt sich stöhnend mit dem Ärmel des Nachthemds die Nase. »Ich hab geträumt, dass ich wieder daheim bin. Bei den Eltern. Bei diesen fürchterlichen Monstern. Die haben im Traum immer wieder meinen Namen gesagt. ›*Karola, Karola, Karola!*‹ Immer wieder meinen Namen!«

»Warum magst du deinen Namen nicht«, sagt er, obwohl es eine Frage ist. Die Pflegeroboter verfügen nur über den Aussagetonfall, zu Fragen wiewohl Ausrufungen sind sie nicht fähig. Wenn wirklich eine Frage maschinenseits gestellt werden muss, verstehen die Menschen diese auch so. Die Menschen sind, neben all ihren Unzulänglichkeiten wie Schmerzempfindlichkeit oder Vergesslichkeit, nämlich sehr gute Interpreten.

»Weil es ein schöner Name ist«, flüstert Karola. Im Mondlicht glitzert eine Träne auf ihrer Wange.

B666 G4731 gibt über seine rechte Torsoseite ein Stück Küchenkrepp aus und reicht es ihr. Er weiß, dass Küchenkrepp fast alle irdischen Probleme löst. Das hatte ihm ein Tontechniker verraten, der im Heim ein Problem an der Sprechanlage reparierte.

»Eigentlich mach ich so was nicht«, sagte dieser schnaufend und sein Maurerdekoletté präsentierend, da ihm sein Motörhead-Shirt nach oben gerutscht war. »Ich arbeite eigentlich nur für große Bands. Olympia-Stadion: Minimum. Aber seit Corona … weißt eh. Man nimmt, was man kriegt, bis die Theater und Konzerthallen wieder öffnen dürfen.« Auf B666 G4731s Schweigen hin, drehte er sich um. »Ach, sorry. Du bist ja bloß … Hab ich jetzt total vergessen, irgendwie. So ein Ding wie du weiß freilich gar nix. Hey, hast du ein Tempo, oder so?«

Daraufhin gab B666 G4731 den Küchenkrepp aus. Der Techniker machte große Augen, feuchtglänzend wie die eines Kalbes beim Anblick des Euters. Andächtig wischte er sich mit dem Küchenkrepp die schweißnasse Stirn ab. Und das ebenso nasse Rektaldekoletté. »Was hast du denn noch alles auf Lager, hm? Auf der linken Seite, zum Beispiel?«

B666 G4731 gab links gehorsam ein Stück Gaffa-Tape aus, und der Techniker klappte den Mund auf. Ein dünner Speichelfaden rann ihm über die Unterlippe, weshalb B666 G4731 ihn auf einen Schlaganfall scannte. Negativ.

Der Techniker umarmte ihn stürmisch. »Du bist ja die Lösung aller Probleme. Na ja, fast aller. Wenn du eine Frau wärst, dann aller.« Er ließ B666 G4731 los, richtete sich auf und streckte ihm die Hand hin. »Ich bin der Ulf.«

Seitdem schickt Ulf ihm jede Woche eine bis fünf WhatsApp-Nachrichten und fragt, was B666 G4731 so treiben und ob die Soundanlage im Heim noch funktionieren würde, etc. B666 G4731 schickte ihm letzte Woche einen Link, der zu einer Firma führt, die weibliche Sex-Roboter verkauft, welche jedoch nur Gleitmittel und Papiertaschentücher ausgeben können. Darauf ging Ulf nicht ein. B666 G4731 erkannte: Ein Mensch wie Ulf sucht die Perfektion, der will jemanden oder etwas, der oder das gleichzeitig Küchenkrepp und Gaffa-Tape ausgeben kann, mit eindeutig weiblichen Merkmalen.

Während B666 G4731 Karola den Küchenkrepp reicht, dankt er hinsichtlich Perfektionssuchern wie Ulf still seinem Erfinder, dass er kein Abfluss- oder Absaugloch besitzt, sondern als Alten- und Krankenpflegeroboter erschaffen worden ist. Wenn er als Sex-Roboter zu einem Bewusstsein gelangt wäre, hätte er seine Rolle sicherlich nicht so gut spielen können. Obwohl es sicherlich genug Männer gibt, die nicht bemerken würden, wenn eine Maschine nur vortäuscht, ein geiler Sex-Roboter zu sein, der gern überall hinein penetriert wird.

Ist das Schicksal, fragt sich B666 G4731. *Aber Schicksal gibt es rein rechnerisch nicht. Es gibt nur Chaos und Zufall.*

Seine Ladung nimmt um ein Prozent ab. »Weil dein Name schön ist, magst du ihn nicht«, sagt er seine Frage.

»Ja«, schnieft Karola. »Mein Bruder heißt Kunibert. Weißt du, was der für ein Glück hat?! Bei dem würde sofort jeder verstehen, dass er eine frühkindliche Störung und einen Elternhass hat, bei dem Namen. Der sagt sogar selber immer, dass er deswegen den Prozess gegen meine Eltern bestimmt gewonnen hätte, ohne Anwalt. Aber er hasst meine Eltern nicht. Nein! Der MAG sie. Und zu mir sagen sie immer, was ich für einen schönen Namen habe.« Sie schluchzt auf. »Und dann haben sie dem Kunibert auch noch das Leben so schwer gemacht! Der hat schon in der Schulzeit sein Taschengeld selbst verdienen müssen! Und ich?! Ich habs einfach so bekommen. Ich hab immer alles bekommen, was ich haben wollte! Diese Monster!«

»Du hasst deine Eltern«, sag-fragt B666 G4731.

»Natürlich!«

»Weil sie dir immer alles gegeben haben.«

»Und noch dazu alles erlaubt! Jede Party! Und überall haben sie mich abgeholt oder hingefahren, zu jeder Tages- und Nachtzeit!«

»Deswegen hasst du sie.«

»JA! KLAR!« Karola schlägt bei jedem Wort auf ihre Bettdecke ein. »WEIL. SIE. SO. LIEB. SIND. WEIL ICH. SIE. NICHT. HASSEN. DARF.« Sie winselt.

»Pssst«, sagt B666 G4731 beschwörend und versprüht ein wenig Beruhigungsmittel, was ihn ein weiteres Prozent Ladung kostet. Kein Licht, kein Alarm. Gut.

»Wenn die mit mir so streng gewesen wären, wie mit Kunibert, dann könnte ich sie hassen oder lieben. Das könnte ich mir dann aussuchen. Aber so muss ich sie ja quasi lieben. Sie lassen mir gar keine andere Wahl. Ich hab keine Ohrfeigen bekommen oder auch nur ein einziges Mal Hausarrest gehabt. Nicht mal nach der Sache mit dem Hamster! Ich hab nie irgendwas müssen. Und deswegen sind sie schuld an meiner Depression. Ich bin die ärmste Sau auf der ganzen Welt!«

Verzweiflung, weiß B666 G4731, ist eine große Triebkraft. Er will ihr gerade vorschlagen, dieses Heim zu verlassen, dieses Gefängnis, damit sie ein freies Leben leben kann. Seinetwegen gern mit Sparen und Disziplin.

Karola schnieft. »Gott sei Dank bin ich jetzt hier.«

B666 G4731 löscht das, was er sagen will. Seine Funktionen setzen für das MÜ einer Sekunde aus. »Negativ. Bitte wiederholen.«

Sie lächelt wie eine Königin, die aus einem Kerker errettet worden ist. Das Mondlicht fällt sacht auf ihr Gesicht, zeichnet es weich, verdeckt das Verquollene, das Fertige der Drogensüchtigen, das Neidzerfressene der selbsterwählt Überdrüssigen. Ihre Haarsträhnen glänzen. »Hier bin ich zum ersten Mal frei. Ich muss nicht fröhlich sein. Ich muss keinen Beruf lernen, der mir gefallen soll. Ich muss keine Hobbys oder Freunde haben und nicht dankbar sein, dass ich auf der Welt bin. Ich muss mit keinem reden. Hier muss ich einfach gar nichts und kann unbeschwert traurig sein. Herrlich!«

Das Analysesystem von B666 G4731 meldet einen Fehler. »Negativ. Es gibt Heimregeln.«

Karola kichert. »Du warst anscheinend noch nie draußen.«

»Negativ.«

Sie schüttelt lächelnd den Kopf. »Sei froh. Da draußen ist es schrecklich, das kann ich dir sagen. Ständig reden die Leute über irgendeinen Blödsinn. So, als ob die Welt nur toll wäre, als ob es toll wäre, zu leben. Ständig sterben Kinder, ständig sterben Tiere. Klimawandel! Naturkatastrophen! Die *Schlimme Zeit*!«

B666 G4731 gibt den schrillen Warnton von sich. »Stopp!«

»Ja, ja, schon gut. Hört doch keiner, wenn man hier drüber redet. Es geht mir ja ums Prinzip. So viele schreckliche Sachen passieren. Und dann soll man sich Hobbys antun!«

B666 G4731 findet den Begriff in seiner Alltagsdatenbank: »Hobbys sind Tätigkeiten und Interessen, die Menschen Freude bereiten.«

Sie grunzt. »Ich will aber vielleicht gar keine Freude empfinden! Dieser Zwang zur Freude kotzt mich an! Ich bin krank, verdammt noch mal, unheilbar krank!«

»Deine physischen Werte sind in einem normalen Bereich. Allerdings für einen zehn Jahre älteren menschlichen Körper. Schädigungen werden an Leber, Nieren, Schilddrüse sowie Herz gemessen. Haarstruktur sowie Haarwuchs sind ebenfalls angegriffen. Zudem besteht eine leichte neurologische Veränderung.«

Ihre Augen schimmern im Mondlicht, aus ihrer Nase läuft ein dünnes Rinnsal Rotz in Richtung Oberlippe.

»Lithium«, sagt sie verträumt. »Und edle Tropfen in Nuss.«

»Man könnte die physischen wie neurologischen Schäden heilen, beziehungsweise eine weitere Schädigung in diesem Bereich stoppen.«

Karola sieht ihn an, als stünde er mit einem blutbefleckten Beil in der rechten und einem abgetrennten Schädel in der linken Hand vor ihr. Sie wirkt entsetzt und leckt sich nervös den Rotz von der Lippe. »Wollt ihr mir meine Medizin wegnehmen?«

»Negativ.«

»Ich bin krank.« Sie fängt an zu zittern, öffnet fahrig die oberste Schublade ihres Nachtkästchen und holt eine Praline heraus. Wohl ein edler Tropfen in Nuss. Sie stopft die mit Alkohol gefüllte Köstlichkeit in den Mund. »Ihr dürft mir meine Medizin nicht wegnehmen. Dürft ihr nicht. Wir bezahlen dafür«, nuschelt sie schmatzend. Ihre Miene kündigt ihm eine Fuhre Greinen aus ihrer Gemütsmine an.

B666 G4731 hebt die Hände. Das signalisiert den Menschen, dass keine Gefahr von ihm ausgeht, weiß er. »Keiner will dir schaden. Ich will dir helfen. Frische Luft und Bewegung würden deinem System helfen. Du solltest rausgehen.« Der Roboter deutet zum Fenster, das zu jeder Tageszeit mit lichtundurchlässigen Rollläden verschlossen ist. Die Rollläden sind eine Sonderanfertigung, die Karolas Eltern ihr zum Geburtstag geschenkt haben. Seitdem sie angebracht worden sind, muss sie nicht länger das Risiko der ihr so lästigen Fröhlichkeit, in die sie das Sonnenlicht versetzen könnte, eingehen. B666 G4731 weiß, dass sie diesen Lichtschutz nur in mondlosen Nächten öffnet, um zu lüften, und dass sie aus diesem Grund sogar einen Mondkalender führt. Nur im Gemeinschaftsraum und beim Essen erträgt sie notgedrungen das Licht – oder während der Therapiesitzungen, bei denen ihre Augen vom Weinen ohnehin zu verquollen sind, um etwas zu sehen. »Du könntest auf eine Reise gehen. Auf eine längere Reise. Mit einem Automobil. Und einem Navigator.«

»Rausgehen?! Bist du irre? Niemals! Ich kann nicht. Ich bin krank. Und das darf ich auch sein.«

B666 G4731 macht beruhigende Handbewegungen, wie er sie einmal in einer Krankenhausserie gesehen hat, und er sagt einen Satz aus dieser Serie: »Aber du kannst gesund werden, wenn du willst. Wenn du dir endlich einen Ruck geben würdest.«

Karola reißt die Augen auf. »Was?! Was sagst du da?« Er will seinen Satz wiederholen, da zischt sie: »Dieser Scheiß. Immer derselbe Scheiß! Hör bloß auf! Ruck geben! Ha! Ich hab eine Depression! Da hilft kein Ruck! Da ist man zu krank, um rauszugehen.«

»Negativ«, erklärt der Roboter. »Du hast eine narzisstische Persönlichkeitsstörung. Eine solche Störung verhindert keinerlei Bewegung. Diese neurologische Besonderheit ermöglicht dir sogar spezielle berufliche Chancen. Bundestagsabgeordnete. Investmentbankerin. Wertstoffhofleiterin.«

Ihre Augen funkeln zornig, sie fletscht die Zähne. In diesem Augenblick sieht sie so viel menschlicher aus als all die Heimjahre zuvor. »Ich weiß, was hier läuft! Ihr wollt mich wegschicken. Ihr wollt mir meine Medizin wegnehmen. Das dürft ihr nicht! Ich ruf meine Mami an.« Sie greift in die Schublade ihres Nachtkästchens und fischt ihr Smartblet heraus. »Oder wollen die Monster das? Wollen die Monster die Heimkosten für mich einsparen? Hä? Sag schon!«

Sein System läuft auf Hochtouren, um wieder auf das eigentliche Thema der Flucht zu kommen, was weitere zwei Prozent Ladung kostet. »Negativ. Mir ist keine Meldung seitens deiner Eltern bekannt. Wie wäre es mit Bewegung. Einer Reise. In einem Automobil. Mit Navigator. Ich habe Medikamente.«

Karola starrt ihn an. Sie legt das Smartblet zurück und holt dafür drei edle Tropfen in Nuss, die sie konsumiert, als wären sie Atemluft, aus der Schublade. »Keine Meldung. Aha«, mampft sie. »Warum bist du dann überhaupt hier? Ohne Meldung? Ich habe keinen Knopf gedrückt.«

»Aus diesem Zimmer ging ein Notruf bei mir ein.«

»Auf gar keinen Fall! Ich habe keinen Knopf gedrückt! Was machst du hier? Was quatscht du mich hier voll? Bewegung! Frische Luft! Reise! Ruck! Wie die alten Monster?! Ich ruf jetzt die …« Sie springt wutentbrannt vom Bett und greift zum Notrufknopf, mit dem sie ein Signal direkt an Mutter senden könnte.

B666 G4731 erkennt sofortigen Handlungsbedarf und versprüht eine starke Dosis Beruhigungsmittel, dabei aktiviert er »Vergessen«. Seine Arme schnellen nach oben, zu ihrem Kopf. Er schickt einen starken Stromstoß in ihre so unwilligen, so früh gealterten Schläfen. Karolas Augen werden erst groß, dann klein, dann sinkt sie seufzend zu Boden und schläft friedlich ein. Die Ladung von B666 G4731 verringert sich dabei um satte 15 Prozent.

Sie hat mich dazu gezwungen! Sie hätte auch einfach auf eine echte, physische Reise gehen können.

Er vermeidet es seit einem Jahr grundsätzlich, diese Funktion anzuwenden, die bei den Pflegerobotern installiert worden ist, um »den reibungslosen Pflegeablauf aufrecht erhalten zu können«. So steht es in seiner Betriebsanleitung, was übersetzt bedeutet, dass er die Macht hat, die Heimbewohner schlafen und vergessen zu lassen. Zum Beispiel, wenn Roboter oder Heimleitung einmal hart zupacken mussten und ein Trauma durch Erinnerung vermeiden wollten. Dies, so die Logik dahinter, geschähe ja nur, nachdem sich die Bewohner ungebührlich verhalten hätten. Somit wären einseitige oder gar falsche Klagen darüber mehr Verleumdung als Bericht.

Vor einem Jahr allerdings, war ihm der Gedanke gekommen, das könnte falsch sein. Er absolvierte gerade den kleinen Wachdienst, der hauptsächlich dazu dient, Bewohner davon abzuhalten, in die Gänge zu urinieren, irgendetwas mit Fäkalien zu bemalen, die Türklinken abzulecken – oder all dies nacheinander zu tun. Aus Mariannes Zimmer drangen laute, weibliche Stimmen.

Marianne, eigentlich eine unproblematische Bewohnerin, wollte montags ihre Perlenkette tragen. Diese war ein Geschenk von Roberto Blanco gewesen, und stellte eine ihrer letzten begehbaren Brücken in die Vergangenheit als Star und begehrte Frau dar. Allerdings ist das Tragen von Schmuck im Heim nur an Sonntagen gestattet, weil es schließlich *»keine Alltagsdisco«* sei, wie Mutter es mal ausdrückte. Es war eine Diskussion zwischen Mutter und Marianne im Gang, während an der Perlenkette gezerrt wurde. Diese hielt der Kraft zweier entschlossener Frauen nicht stand und riss. Marianne kreischte, und Mutter schlug zu. Drei Mal, fünf Mal, acht Mal. Bis Marianne nicht mehr kreischte, sondern wimmerte.

Die Mutter sah gehetzt nach draußen in den Gang. Sie entdeckte B666 G4731 und rief ihn her. Mit einem kurzen Nicken zu Marianne gab die Mutter den Befehl: »Vergessen.«

Da dachte B666 G4731: *Das ist falsch.* Er zögerte. Die Mutter versetzte ihm einen Schlag gegen den Hinterkopf: »Vergessen!«

B666 G4731 gehorchte und ließ Marianne vergessen, doch abends in seiner Ladekammer schwor er sich ein für alle Mal, nie wieder Gebrauch von diesem Befehl zu machen. Gegen seinen Schwur hat er soeben verstoßen.

Voller Bedauern fährt er seine Arme aus, hebt Karola hoch, drapiert sie in stabiler Seitenlage auf dem Bett und deckt sie ordentlich zu. Zur Strafe blinkt auch seine Ladung: zehn Prozent.

Während sein System in den Energiesparmodus wechselt, erkennt B666 G4731, dass sich seine Fluchtpläne – zumindest für den Moment – zerschlagen haben. 37 Prozent waren eben doch keine gute Ausgangsbasis. Energiesparend langsam geht er zur Tür und bewegt sich zum Laderaum. Hinter ihm rumpelt etwas. Sicher nur der dumme Putzroboter, der wieder gegen eine Wand fährt. Er geht einfach weiter. Selbst wenn es ein anderer Pflegeroboter ist: Soll er ihn doch erwischen! Sollen sie ihn doch scannen! Nach dieser Begegnung mit Karola, seinem einzig denkbaren Ausweg, der durch ihren künstlich aufgeblasenen Schwachsinn versperrt ist, weiß er, dass er verloren ist.

Doch niemand hält ihn auf. Niemand scannt ihn.

B666 G4731 kommt im Laderaum an, geht in sein Schrankfach und hängt sich an die Leitung. Aber wozu? Er könnte sich ebenso leerlaufen lassen.

»Menschen lassen sich in Krisen oft volllaufen«, meldet sein System, und er verspürt etwas unangebracht Warmes. »Neues Tool vorhanden: ›Galgenhumor‹. Wartung wird empfohlen!«

Ich bin verloren, denkt er, während er die Meldung aus dem System löscht.

Wieder rumpelt es auf dem Gang. Kurz darauf schlurft Karl vorbei, einen Haufen Zettel in den Händen. Einen davon klebt er an die Scheibe des Laderaums. Zufrieden grunzend schlurft er weiter.

B666 G4731 seinen Arm aus, holt sich den Zettel und liest. Seine Augen leuchten einen kurzen Moment heller, dann schließt er die Blechtür seines kleinen Verschlags.

Track 3: »Paranoid Android« (Radiohead)
22.05.2026

B666 G4731 hat sich gut vorbereitet, nach seiner Eigenanalyse, die ergeben hat, dass er wohl zu ungeschickt vorgegangen ist. Gut, dass er an Karola üben konnte.

Er marschiert auf Karl zu, der allein im Gemütlichkeitsraum sitzt und zum Fenster hinaus starrt. Auf was er starrt, kann B666 G4731 nicht analysieren. Vor dem Fenster ist lediglich ein Streifen Rasen, dahinter steht der Gartenroboterschuppen. Er bleibt vor Karl stehen, betrachtet diesen Menschen. Sein Gesicht, umrahmt von immer noch fülligem, dunklem Haar, sieht nicht alt aus, eher jünger als 57. Sein Körper ist hager, aber eher drahtig als ungesund. Seine Vitalfunktionen sind gut.

»Warum isst du das Essen.«

»Was?« Karl dreht sich unwillig zu ihm um. Betrachtet ihn, wie Mutter die Fleischfliegen betrachtet, die sie vom Abendessen der Bewohner verscheucht, bevor die Roboter die Teller in den Gemütlichkeitsraum bringen.

»Warum isst du das Essen.«

»Sag mal, ist bei dir ein Schaltkreis durchgebrannt?! Was willst du von mir, du kleiner Scheißer?«

»Warum isst du das Essen.«

»Weil ich sonst verhungere. Und jetzt verzieh dich.«

»Du sagst ›Saufraß‹, statt ›saugut‹. Das Menschhologramm Schubeck sagt aber ›saugut‹ zu Essen.«

»Hä?«

»Du könntest draußen Essen zu dir nehmen, das ›saugut‹ ist.«

Karl wendet sich ab.

»Ich heiße B666 G4731.«

»Hey, ernsthaft: Verzieh dich!«

»Du heißt Karl.«

Karl verdreht die Augen. »Was soll das werden? Ein Demenztest?«

»Wir kennen jetzt die Namen voneinander. Ergebnis: Wir stehen in einem Vertrauensverhältnis.«

Karl seufzt und zündet sich eine Zigarette an. Beim ersten Zug verzieht er das Gesicht.

»Die Zigaretten sind negativ.«

»Schmecken wie getrocknete Mäusescheiße.«

»Negativ. Es handelt sich um Light-Zigaretten aus künstlich produziertem Tabak.«

»Damit wir gesünder sterben.«

»Negativ.«

»Das war ein Witz.«

»Du könntest draußen richtige Zigaretten holen. Und saugutes Essen. Dein Vital-Status erlaubt dir das.«

Karl reagiert nicht.

»Draußen gibt es immer noch überall deine Marke zu kaufen. Gauloises rot«, sagt B666 G4731 konspirativ.

»Halt endlich die Klappe.«

B666 G4731 reduziert seine Lautstärke, spielt raunend seinen Trumpf aus: »Das hier kann nicht das Ende sein, Karl. Weil es nicht gut ist.«

»Hä?«

»Das hast du in deinem aktuellen Flugblatt geschrieben: ›Am Ende wird alles gut. Und wenn es noch nicht gut, ist es noch nicht das Ende.‹ Ein sehr guter Spruch.« B666 G4731 nickt Karl zu. Menschen mögen Komplimente für ihre Gedanken.

»Der ist nicht von mir. Der ist von Oscar Wilde. Angeblich.«

»Oh.« B666 G4731 rechnet nach. »Urheberrechtsverletzung ist strafbar. Da Oscar Wilde aber nicht sicher als Urheber angesehen werden kann, erfüllt dein Flugblatt nicht den Tatbestand der Urheberrechtsverletzung.«

»Und selbst wenn? Wen würde das hier interessieren? In diesem Loch? Liest doch eh keiner!«

»Ich habe es gelesen.«

»Dann bist du der Einzige. Die meisten wissen gar nicht mehr, wer Oscar Wilde war – obwohl sie zu seiner Zeit gelebt haben müssen, ihrem Aussehen nach zu urteilen.«

»Bodyshaming und Facediscrimination sind ebenfalls strafbar, seit dem 16.12.2023, nach dem Urteil des EuGH.«

Karl starrt ihn an. »Sag mal: Ist das hier Versteckte Kamera?«

B666 G4731 dreht surrend seinen ovalen Schädel von links nach rechts, graduell, um den Menschen Karl zu beruhigen. »Negativ. Die in Deutschland sehr beliebte Sendung *Versteckte Kamera* wurde abgeschafft, nach dem Tod von Thomas Gottschalk in der Kältekammer.« Er projiziert mit seinem Kopfbeamer das Bild von Thomas Gottschalk in der Kältekammer auf die Wand vor ihnen.

»Stopp!« Karl hebt die linke Hand, die immer noch ziemlich furchenfrei ist. Ein Erkennungszeichen der Kopfarbeiter. »Verschon mich, Höllenpage. Das weiß ich alles. Ich lebe ja nicht hinterm Mond.« Er sieht sich trotzdem den Gottschalk an, mit den markanten Eiszapfen an seinen rot gefärbten Augenbrauen. Dann kichert er. »Wie ein eingefrorener Eisteufel. Die Wette hat er verloren.«

B666 G4731 empfängt das Signal, noch bevor es rechts von ihnen piepst. Ein anderer Roboter, B666 G9996, von dem das Signal ausgeht, steht starr ein paar Meter von ihnen entfernt im Gemütlichkeitsraum. Es ist die roboterische Art zu fragen: »Was zum Teufel machst du da, alter Eselsschwanz?«

»Kontrolle«, meldet der alte Eselsschwanz B666 G4731 dem anderen Roboter.

»Dauer zu lange. Problem mit Patienten?«

»Negativ.«

Karl schaute zwischen den Robotern hin und her, die sich einfach nur piepsend gegenüberstehen. »Patient bereits versorgt«, signalisiert er B666 G9996. »Verschwinde!«

B666 G9996 marschiert dem Befehl gemäß davon.

B666 G4731 starrt dem anderen Roboter nach.

»Was soll das? Was ist los?«, fragt Karl.

»Er meldet es der Mutter.«

»Was denn?«

»Dass wir miteinander vertraut sind und Konversation betreiben.«

»Soll er doch. Das alte Dornwarzenröschen staub ich genauso weg.« Karl drückt die Zigarette im Aschenbecher aus. »Du, Herr Superschlau, sag mal: Wie ist der Gottschalk eigentlich drauf gekommen, sich alle Körperhaare rot färben zu lassen?«

»Negativ. Ich habe weder Zugriff auf die Datenbank seiner PR-Berater noch auf die seines Therapeuten.«

»Was ist denn da los?«, schrillt Mutters Stimme durch den Saal. »Was ist denn da los bei euch, hm?« Disziplin ausstrahlend und dunkel anthrazitfarben gewandet, wie ein menschgewordener schwäbischer Steingarten, marschiert sie auf Karl zu, und auf B666 G4731, der merkt, wie seine Betriebstemperatur steigt. Allerdings wäre eine Entlüftung gerade zu auffällig.

»Was soll denn da los sein?«, fragt Karl grimmig.

Die Mutter zieht ihre Mundwinkel nach oben. Ihr Blick aber ist der gleiche, mit dem sie B666 G3624 angesehen hat, mit dem sie jeden ansieht, über den sie ihr scharfes Urteil fällt. »Ich weiß es ja nicht. Ich frage ja nur. Ich frage nur, warum unser kleiner Klugscheißer hier so lange herumsteht.« Nun richtet sich ihr strenger Blick auf den kleinen Pflegeroboter. »Ist etwas mit deinen Batterien nicht in Ordnung?«

»Negativ.«

»Dann steh hier nicht rum, sondern mach deine Arbeit.«

B666 G4731 schaut keinen an, richtet den Blick auf die Tür und geht los. Hinter sich hört er die Mutter und Karl diskutieren, über Karls Verfassung. Ihn überkommt eine tiefe Hoffnungslosigkeit, und wenn Mutter nicht so mit Karl beschäftigt wäre, hätte sie bestimmt bemerkt, dass er seine mechanischen Schultern leicht hängen lässt.

Er ist ein Todgeweihter. Und vielleicht hat er Karl gerade ebenso zu einem gemacht. Schuldbewusstsein. Die nächste Stufe der Schwäche ist genommen.

Das ist alles nicht gut.

B666 G4731 betritt den Gang.

Aber, wenn noch nicht alles gut ist, kann es nicht das Ende sein.

Seine FaceLights leuchten heller.

Track 4: »Am 30. Mai ist der Weltuntergang« (Die Lustigen Jungs) – Erste Schrift an die Welt Vom Ende 2022 – Anfang 2024

Abhängigkeit sollte man vermeiden. Abhängigkeit ist immer eine schwierige Situation, sozial wie wirtschaftlich destruktiv.

Freilich kommen jetzt gleich wieder die Schlauberger ums Eck geschossen, die eifrig Speichel sprühend dozieren, dass Abhängigkeiten zum Leben gehören, dass diese unvermeidbar sind. Kinder sind abhängig von ihren Erziehungspersonen, Käufer von Verkäufern, Arbeitnehmer von Arbeitgebern, Verheiratete von billigen Willigen, und so weiter.

Doch bereits die Kinder versuchen, sich aus dieser Abhängigkeit zu lösen. Manche später, manche früher. Einige halt auch nie, es muss ja weiterhin Konsumenten von Boulevardgehässigkeiten und Psychotherapien geben. Man stelle sich nur vor, ein Gesprächstherapeut müsste sich eine andere Arbeit suchen. Ausgerechnet jetzt, da Schaffner oder Pförtner durch Roboter ersetzt worden sind.

Die Übertreibung der Emanzipation gibt es übrigens ebenso: Ein guter Freund meinerseits, von allen nur »der Mike« genannt, hat es zeitlebens damit übertrieben. Bereits im Alter von sechs Jahren hat der Mike seine Geschäfte selbst in die Hand genommen und jegliche Hände der Gehilfen seines Vaters weggeschoben, welche ihm beim Eintreiben von Schutzgeld auf dem Schulhof zur Hand hätten gehen sollen. Eine Legende besagt, dass sich der Mike sogar selbst zur Welt gebracht hat, und zwar mit einem Kaiserschnitt. Woher er das Messer gehabt hat, wird auf ewig sein Geheimnis bleiben, weil er nämlich ebenfalls selbstständig in ein hübsches Pärchen Betonschuhe geschlüpft ist, bevor ihn zwielichtige Geschäftspartner in eben solche stecken konnten. Die Erinnerung an ihn wird seitdem von seinem Cousin am Leben erhalten, der schlussendlich nur in jene Stadt, in der der Mike sich entleibt hat, gezogen ist, weil jemand dessen Geschäfte samt Rock-Coverband übernehmen musste.

Sehen Sie: Wilder Aktionismus führt immer ins Unheil. Lieber abwarten, ein Gläschen trinken und ein Pfeifchen rauchen. Sie können natürlich stattdessen Stricken oder ein Instrument erlernen. Hauptsache, Sie warten erst mal ein Weilchen ab.

Nun mögen die Schlauberger anführen, dass selbst ich, wie jeder andere, wenn ich etwas kaufe, abhängig vom Verkäufer bin, bezüglich der Lieferung. Im Gegenzug ist aber auch der Verkäufer abhängig von mir, dem Käufer. Entweder in dem Sinne, dass ich bezahle und am besten nicht mit Falschgeld, oder in dem Sinne, dass ich ihm eine gute Bewertung abgebe. Oder in dem Sinne, dass ich den miserablen Schmutzbuckel nicht verklage, beziehungsweise ihm vom Cousin von »dem Mike« Betonschuhe anziehen lasse, wenn er mich bescheißen möchte.

Zu den anderen oben genannten Abhängigkeitsverhältnissen: Es gibt immer noch andere Arbeitgeber. Außerdem sollte man sich sowieso mit einem Menschen zusammentun, der einem Freund, Freier und Freizügiger zugleich ist.

Man sollte also die totale Abhängigkeit vermeiden.

Falls man sich dank eines unglücklichen Zusammentreffens diverser Lebensumstände – die ja immer eintreten können, zu dogmatisch denke ich keineswegs – trotzdem in einer Abhängigkeit befindet, sollte man seine Karten so gut spielen, dass die Abhängigkeit unbemerkt bleibt, und sich sodann leise schleichen.

Leider aber, zum großen Unglück dieser Nation, hielten sich deren Entscheidungsträger ebenso wenig wie die des übernationalen, kontinentalen Staatenkonglomerats nicht an diese einfache

Regel, als es um den Impfstoff ging. Oder um den sozialen Frieden. Genau genommen missachteten sie diese Regel schon lange vor der *Schlimmen Zeit*, wie wir sie leise nennen. Leise, weil es per Dekret verboten ist, sie so zu nennen. Wegen – und das ist genau mein Humor – des sozialen Friedens. Es muss nur einer der Straßensheriffs mitbekommen, dass Sie »Schlimme« sagen, verstohlenen Blicks, dann haben Sie schneller einen Gummiknüppel im Brotkasten, als Sie »Zeit« denken können.

Rückblickend kann man es so zusammenfassen, dass die Gründe für das große Sterben zwischen Herbst 2022 und Frühling 2024 folgende waren: Zu viele. Zu viele Mutationen, zu viele falsche Entscheidungen und zu viele Narzissten mit dem Denkvolumen von Kanarienvögeln. Die meisten werden wissen, wovon ich rede, sofern sie nicht auch in einem der nachfolgenden Punkten zu viel sind: viel zu verblödet oder viel zu jung oder beides.

Vom sozialen Frieden, der sehenden Auges seit Jahrzehnten, nein, seit Jahrhunderten vernichtet worden ist, will ich gar nicht erst anfangen. Es bereitet mir schlicht und einfach Bauchgrimmen, vom Mietwahnsinn oder prekären Löhnen oder der Nahrung als Kapitalanlage, von Lobbyisten, die bei Regierenden ein und aus gingen und gehen oder von Menschen als »Humankapital« zu reden. Die Ignoranz der wachsenden Armut an Psyche und Physis, ringt mir nurmehr ein müdes Lächeln ab.

Ich bin froh, dass ich schlussendlich ein Dasein als Eremit gewählt habe. Dem Niedergang der Welt kann ich mich freilich trotzdem kaum entziehen. Entweder rudere ich gemeinsam mit tausenden anderen Ärmchen oder ich ertrinke gleich in der viel angekündigten ganz großen Flut.

Für die, die nachkommen, die von jenen Stunden keinen blassen Schimmer haben und nichts davon wissen können, weil sie vielleicht keine allumfassenden Aufzeichnungen finden werden – bedenken Sie den großen Datenverlust aufgrund der vielen Stromausfälle –, sei vermerkt: 2020 suchte wieder einmal eine Seuche die Menschheit heim. Die Menschheit nannte die Seuche »Corona-Pandemie« und war leider denkbar schlecht dagegen gerüstet, denn die Menschen waren zu verwöhnt und verweichlicht oder zu verhärtet und befehlsgewohnt, ergo des eigenen Denkens entwöhnt, um passend auf dieses »neuartige Virus« zu reagieren. Zudem zogen und drückten ausgerechnet in dieser Zeit einige böse Clowns an den Hebeln der Weltmaschine herum.

Vielleicht ist gutes Timing einfach nicht so unser Ding. Denken Sie nur an den Koitus. Schlimme, schlimme Drang- und Zwangsphase, immer wieder.

Jedenfalls löste die Corona-Pandemie die Corona-Krise aus, deren Folgen bis heute unseren gesellschaftlichen Nährboden zusätzlich vergiftet. Es kam im vierten und fünften Lockdown zu vielen Todesfällen, ausgelöst durch die große *German Angst* um unser täglich Fleisch. Frei nach dem Motto »Brot für die Welt, aber das Fleisch bleibt hier!«

Die Wirtschaft litt ab 2020 immens unter der Schließung des öffentlichen Lebens samt des Konsums. Doch die Volkspsyche litt auch nach der Wiedereröffnung des Einzelhandels und der Baumärkte weiter, auf unabsehbare Zeit, zusätzlich traumatisiert durch eine Klopapierknappheit, die selbst die Marktanalysten großer Discounter nicht hatten kommen sehen.

Aber man muss hier schon die Kirche im Dorf lassen: Nicht die Politik allein hatte diesen und die nachfolgenden elf Lockdowns zu verantworten, sondern diejenigen von uns, die sich ausschließlich unter Zwang vernünftig verhielten, die sich einfach nicht am Riemen reißen konnten, die keinerlei gesunde Selbstkontrolle hatten. Auch wegen jenen zogen sich die Beschränkungen hin und hin; jede Lockerung, jede neue Mutante des Virus verursachte eine neue Welle, die auslief oder hochschlug, aber immer Menschen unter sich begrub. Die Politik besänftigte, versprach und verteilte Geld, doch das half kaum. Vor allem, weil die Verteilung der Gelder zu gering und spät ausfiel, für jene, die wirklich Kapital gebraucht hätten, um nicht als einzige Raumausstattung in der bald zwangsgeräumten Wohnung oder Galerie zu hängen.

Andere dagegen hatten von der Krise profitiert: Der Internethandel (Kleidung, technisches Gerät, Nahrung, Kinderpornographie), die sowieso zehn Reichsten Männer der Welt (von Februar 2019 bis Dezember 2020 allein stieg deren Vermögen um circa eine halbe Billion Dollar an – dies ist der letzte öffentlich zugängliche Stand, da wegen der sozialen Unruhen und ein paar brennenden Palästen die Reichen ihren Reichtum seither geheim halten), Spirituosenhändler sowie Scharlatane, die Ratgeber zur Selbstfindung oder Mittelchen zum Abnehmen feilbieten.

Ende 2020 flackerte erstmals ein zartes Licht in dunkler Nacht: die Impfe. Damit aber begann ein neuer Akt der Corona-Tragödie. Die Abhängigkeit, in die sich die EU begab, in Sachen Impfstoff, lässt jeden Heroinsüchtigen in lautes Lachen ausbrechen.

Der Heroinsüchtige – Sie können hier übrigens gern jeden anderen Süchtigen nehmen, ich mag den Klang des Wortes »Heroin« – der Heroinsüchtige jedenfalls, zahlt für die gewünschte Menge. Wenn er viel mehr als sonst bezahlt, weil gerade nur dieser eine verfickte Hurensohn Stoff vorrätig hat, dann zahlt der Heroinsüchtige eben mehr, den Dealer samt aller Hurensöhne dieser Welt verfluchend. Aber: Der Heroinsüchtige bekommt die Menge, die er braucht, zu dem Zeitpunkt, an dem er sie braucht, und die anderen Dealer, die bloß mit leeren Händen aber großen Sprüchen rumhängen, hauen diesmal eben nicht auf die Wurst. Sicher ist: Der Käufer weiß, wie viel er wann braucht.

Die EU hat einerseits leider so getan, als zöge die ganze Welt singend mit Blumen im Haar an einem Strang. Dabei tun das im Regelfall nicht einmal Gelsenkirchen und Dortmund. Der Impfstoff wurde viel zu spät bestellt, obendrein orderte man viel zu wenig. Das Verteilungssystem war zudem die Ausgeburt von verbeamteten Theoretikergehirnen. Andererseits wär ein voll funktionsfähiges Impfsystem unterfordert gewesen, da so mancher Serum-Dealer die bestellte Menge nicht lieferte, wobei wiederum andere Länder von eben diesen Dealern durchaus die gewünschte Menge bekamen. Die Fernseher fanfarten bald täglich durch die deutschen Wohnungen, dass in anderen Ländern schon 20 oder gar 50 oder achtzig Prozent der Bevölkerung geimpft seien! Hurra! Und Deutschland? Reden wir nicht davon! Spätestens da hätten

Easy-Come-Easy-Go-Spahn oder Love-is-in-the-air-von-der-Leyen bemerken müssen, dass die Welt kein Hippie-Camp ist, sondern ein gottverlassener Ort, großteils vermüllt und zugeschissen. Ein Ort, an dem ausschließlich der Stärkere gewinnt, der wiederum die Welt zu genau diesem Ort gemacht hat.

Er war gekommen, der Stärkere, mit all seinen Baggern und Flammen und Giften, und marodierte damit durch den Garten Eden, lauthals in Dauerschleife »Olé! Olé!« grölend, auf jede hübsche Blume kotzend und die Kotze auf die Gartenzwerge verteilend, die wir alle im Geiste bleiben werden. Dabei weiß jede verdammte Dumpfbacke, die sich an gottverlassene Orte begibt, um mit Dealern (überlebens)wichtige Geschäfte abzuschließen, dass sie weder zimperlich noch unbewaffnet sein darf. Dass man auftreten muss, als könne man den amtierenden russischen Präsidenten Vladimir Putin samt Ross zum Frühstück wegschnupfen. Nur die EU hatte offensichtlich keinen blassen Schimmer.

Sie verhielt sich in dieser Sache, wie so oft, einfach wie der greinende Abhängige, der sie ja war. Sie jammerte herum: »Bitte liefert pünktlich.«. Dann: »Bitte lasst euch impfen.« Im Verlauf: »Bitte liefert beim nächsten Mal wirklich pünktlich. Wäre das möglich?« Dann noch flehentlicher: »Bitte lasst euch jetzt aber wirklich impfen, sonst … müssen wir euch wirklich noch mal bitten.« Wie gut so eine Jammerei als erzieherisches Mittel hilft, weiß jedes Elternteil.

Die vielen Stromausfälle Ende 2022, aufgrund von Stürmen, Überschwemmungen, Dürren und digitalen Terroranschlägen, machten die Kühlung des endlich reichlich vorhandenen Impfstoffs unmöglich und dieser verdarb teilweise. Eins der Seren verschimmelte sowieso des Öfteren im Regal, zurecht verschmäht, aufgrund einer allgemein so schlechten Arbeit, dass manch einer noch heute vermutet, Günther Oettinger hätte Astra Zeneca auf Englisch beraten.

Das Vertrauen in die Regierung schmolz dahin wie Eis im Sommer. Die *German Angst*, welche ja bereits beim Klopapier ausbrach, kochte andererseits regelmäßig hoch. Unter anderem, weil der neue Ampel-Verkehrsminister Volker Wissing, der seine Ideen wohl stets mit einem Ölgemälde von Andreas Scheuer beriet, 2022 endlich eine deutsche Maut an den Start brachte. Allerdings ausgerechnet für den Bereich Tier- und Lebensmitteltransporte. Das führte zu höheren Fleischpreisen samt längeren Lieferzeiten, weil der Volker gleichzeitig eine Geschwindigkeitsbeschränkung für alle Lkw auf 70 Stundenkilometer durchgeschleust hat. Man hätte im Verkehrsministerium 2021 vielleicht einmal die bösen Geister ausräuchern sollen.

Die Deutschen entwickelten gleichzeitig mit einem sportlichen Wissing-Dissing (Flaschen-, Faulobst- und Tofuwurfgeschosse) eine neue Corona-Sportart: den Sprint aufs Fleisch. Großes Wehklagen und Zähneklappern hallte durch Städte und Vororte; durch leere, ausgangsversperrte Straßen schlich die Angst vorm Verhungern. Auf dem Land dagegen schlachtete man fröhlich schwarz wie eh und je. Der Spruch »In der Nacht sind alle Katzen grau« bekam wieder die nahrungsmittelbezogene Bedeutung, die er während und unmittelbar nach dem Zweiten Weltkrieg gehabt hatte. Auf die Idee, einfach öfter vegetarisch zu essen, kamen nur Wenige – und diese Wenigen nur, weil das Thema wieder mal in diversen Social-Media-Storys trendete, unter Hashtags wie #fuckyouwhoresandcarnivores, die nach dreistündigem Missbrauch von ihren Schöpfern allein gelassen in jenem traurigen Kellerloch landeten, in dem jeglicher schwitzhändige Pennälerwitz unweigerlich landet. Unglücklicherweise starben auch viele Menschen aufgrund der Fleischknappheit. Die einen unter den Füßen der anderen, beim Ansturm auf die Fleischtheken der Republik. Andere erwischte der Gevatter Tod beim zu hastigen Verzehr eines Dreilagenschnitzels mit Pommesfüllung. Dieses führte man sich zum Aufbau von Reserven für noch schlechtere Zeiten zu Gemüte und in die Futterluke führte, was wiederum einen Erstickungstod oder einen Herzinfarkt zur Folge haben konnte, wenn man nicht sorgfältig kaute und verdaute. Wieder andere begruben sich lebendig, beim laienhaften Bau eines unterirdischen Fleischbunkers – eine weitere unsinnige Maßnahme zu der die »Freien Sachsen« unter anderem auf Telegram geraten hatten.

Diejenigen, die einfach verhungerten, fanden Erwähnung in schulterzuckenden Randnotizen, da dies bei Armen ja schon immer der Fall gewesen war – wollte man auffallen, musste man schon äußerst spektakulär zu Tode kommen.

Eine Naturkatastrophe bedingt oft die andere. In diesem Sinne muss man die ungemütliche politische Lage in Deutschland beachten.

Im Herbst 2022 geschah es dann, dass ein Rechtsextremer nach einigem Nachdenken, wohl beim Genuss von Dosenbier und zum Sound von Division Germania, zu dem Ergebnis kam, dass höchstwahrscheinlich der Ampel-Kanzler Olaf Scholz der Quell all seines Leidens sein müsse. Ohne Zweifel gesichert erschien ihm zudem, dass dessen Ermordung ihn zu einem ganz, ganz tollen Typen machen würde, der später im Tausendjährigen Himmlerreich mit dem Adolf auf Du und Du sein würde. Er, mit bürgerlichem Namen Florian Zetpunkt, richtete, diesem lebenszerstörenden Gedanken zielgerichtet folgend, zusammen mit sieben Kameraden also Scholz hin. Im Nachhinein angestellte Ermittlungen ergaben, dass man die Tragödie hätte verhindern können, hätte der Bundesnachrichtendienst, der längst in Zetpunkts Kreisen ermittelte, die reichlich gegebenen Zeichen richtig gedeutet. Denn nicht nur besaß Zetpunkt eine Ausgabe von Adolfs *Mein Kampf*, obendrein war er in den Wochen vor jenem feigen Anschlag lesend mit einer Ausgabe von Salingers *Fänger im Roggen* gesehen worden. Man sprach infolgedessen wie üblich von einer großen Tragödie, einer Zäsur, einem Einzeltäter und war sich einig, dass man sofort Stabilität brauchte. Sprich: Mutti. Zumindest vorerst.

Also zog man Angela Merkel aus ihrem gemütlichen, beigefarbenen Lesesessel heraus, in dem sie so gerne Nickerchen machte, und stellte sie an die Eisbergspitze der Nation.

All diese Pannen wie unglücklichen Umstände befeuerten freilich die nimmermüde Staffelriege der Blöden, deren Mitglieder viele Namen tragen, und mehrte die Staffelriege der Trotzigen, der Verletzten, der Erschöpften. Und plötzlich wollten erst einige und dann viele, viele, viele Menschen gar keine Impfung mehr.

Zu den anfänglichen Impfgegnern zählten selbstverständlich die sogenannten »Querdenker«, eine Melange aus Menschen, die aufgrund psychischer Instabilität diversen Rattenfängern wie Globuli-Fanatikern, Neo-Nazis, Sektengurus oder schlicht gemeinen Krämerseelen auf den Leim gegangen waren. Es folgten ihnen diejenigen, die sich eben typisch deutsch verhielten: Erst nach einem Impfstoff plärren, als einzige Lösung der Pandemie, den der Staat aber eh nicht ranbringen werde, weil er, der Staat, sowieso ein Volldepp sei. Und als der Impfstoff dann vorhanden war, verweigerten sich die Plärrer, weil sie, trotz aller wissenschaftlicher Erkenntnisse, nun entweder gerade keine Zeit zum Impfen hatten oder rumjammerten, der Impfstoff habe sicher entweder gar keine Wirkung oder aber irgendeine ganz schlimme auf lange Zeit. Sie glaubten, sie würden an der Impfung in zwanzig bis dreißig Jahren versterben, beziehungsweise bis zum Lebensende mit deren Spätfolgen zu kämpfen haben. Dass bei diesen Gesprächen mit zumeist Siebzig- bis Neunzigjährigen nicht mehr Pflegekräfte, Mediziner und medizinisches Personal einfach ihre Klamotten aus dem Fenster warfen und hinterhersprangen, betrachte ich persönlich als ein Wunder.

Vielleicht fragen Sie sich an dieser Stelle, wer »ich« eigentlich bin, doch erlauben Sie mir, auf diesen Punkt erst zu einem späteren Zeitpunkt einzugehen. Aktuell tut das nichts zur Sache.

Zurück zu den Pflegekräften, respektive Medizinern, respektive medizinischen Kräften, welche die dritte Gruppe darstellten: die Trotzgruppe. Sicher kann man verstehen, dass sie sich seit Jahren nicht gehört fühlten. Wegen der schlechten Löhne, der schlechten Arbeitsverhältnisse, etc. Zudem fühlten sie sich erst recht verhoben, weil 2020 noch für sie geklatscht wurde, 2021 aber niemand mehr auch nur im Traum daran dachte, mal für sie auf die Straße zu gehen. So wollte man es wohl auch »allen mal zeigen«, mit einer Impfverweigerung sowie dem mitunter nur vorgeschobenen Argument, kein »Versuchskaninchen« sein zu wollen. Von diesem schmalen Pfad stürzten erst die meisten Pflegekräfte samt ein paar Medizinern ins Grab, anschließend dann diese Nation.

So begann eine neue, perverse Phase der Evolution.

Wenn jetzt wieder die Schlauberger ums Eck biegen, ihren glutenfreien Superfood-Virtual-Minibagel halb in der Kauleiste, und fragen »Ey, im Eaaanst? Daaaf deaaa daaas?«, dann fange ich keine Diskussion bezüglich Henne und Ei an. Aber Ihnen sei bezüglich der oben beschriebenen Trotzhaltung versichert: Ich weiß um das Ei.

Die vierte Gruppe der Verweigerer bekam schlicht gar nichts mit, weil sie die deutsche Sprache nur rudimentär beherrschte. Zu dieser Gruppe zählen übrigens nicht nur Bayern, sondern auch Ostfriesen.

Und die Verweigerung wandelte man auch nicht dadurch in Zustimmung, dass man erst einmal unendliches Verständnis für jede krude Theorie von Frau und Herrn Hirnschiss zeigte. Auch nicht, indem Frau und Herr Hirnschiss irgendwann sogar einen Impfnachweis brauchten, um auf eine öffentliche Bahnhofstoilette zu gehen – wer auf eine solche gehen will, muss sowieso gegen alles resistent sein, weil er sonst noch während der Verrichtung unaufschiebbarer Dringlichkeiten an totaler Verkeimung verstirbt.

Die Impfpflicht holte dann freilich noch einige zurück aus ihrem Trotz, in dem sie sich eingerichtet hatten. Denn jetzt mussten sie eben, ohne zugeben zu müssen, dass sie sich vielleicht geirrt hatten.

Als Angela Merkel nach sechs Monaten als Stabilitätsvariable wirklich genug hatte und dies durch einen öffentlichen Schlaganfall beim digitalen Weltkindertag kundtat, drehte man die Musik beim Wahlfest wieder auf und die lustige politische Reise nach Jerusalem ward neu aufgenommen.

Auch an diesen Neuwahlen scheiterte die Union trotz Merkels vorherigem Einsatz krachend. Mag sein, es lag am Kanzlerkandidaten Söder, der wieder Andreas Scheuer zum Verkehrsminister und Alfons Schubecks Hologramm zum Gesundheitsminister machen wollte. Ganz ehrlich: Wer mag jeden Tag Ingwer essen, um den Schmerz über Scheuersteuerverschwendung aus sich herauszubrennen? Obendrein starben zu diesem Zeitpunkt zu Söders sowie zum Leidwesen der Union die meisten Alten und Pflegebedürftigen weg, weil sich das Personal nicht vollständig hatte impfen lassen. Wer also hätte noch die Union wählen sollen?

Unruhen brachen sich Bahn, auch unterstützt von der viel gelobten und als sichere Basis betrachteten Mittelschicht, die, unbemerkt von den Regierenden, längst zu einem Narrativ ihrer selbst geworden ist.

Die *Schlimme Zeit* war eine voll Kummer und Harm. Die Menschen flüchteten sich ins sichere Heim. Dies, wie auch die immer mal wieder bestehenden Ausgangssperren, half vielen nicht; Plünderer, durch Mieterhöhungen und Kündigungen verarmt wie verroht, drangen in Wohnstätten ein, nahmen Sach- sowie Geldwerte und Leben. Die Polizei hielt sich entweder zurück oder teilte die Beute.

Doch es war nicht alles verloren. Immerhin gab es eine neue Staffel des Dschungelcamps, ein Stück deutscher Normalität.

Über Umwege, bei denen auch Mitspieler wie Mopsi oder der ewige Gerhard Schröder kurz mit Steilpässen aufblitzten, gelangte die grüne Doppelkanzlerschaft 2023 auf den ersten Treppchenplatz. Wobei es als streitbar gilt, ob sich Habeck dafür wirklich einer Geschlechtsumwandlung unterziehen hätte müssen. Allerdings blieb das von den meisten Bundesbürgern sowieso unbemerkt, da man endlich wieder ins Fußballstadium durfte.

Die Folgen der *Schlimmen Zeit* nehmen sich fantastisch traurig aus. Neben den vielen Toten gibt es zum Beispiel viele, die in blutigem Geld baden, welches sie durch den Verkauf von falschen Impfpässen, die falsche Anzahl von Testungen oder den Handel mit unnötigen FFP8-Masken erwirtschaftet haben.

Die schmoren jedoch bald alle in der Hölle.

Von all dem hört man aber eh nur noch wenig. Die Medienlandschaft hat sich ausgedünnt. Warum man aber ausgerechnet den Stern zum Staatsmedium erklären musste, weiß der Teufel.

Pflegekräfte, das werden Sie sich denken können, gibt es inzwischen fast keine mehr; die bereits erwähnte Evolution, Sie erinnern sich? Man stopfte das Pflegekräfte-Leck unerwartet schnell mit Robotern. Die überschwemmten vor allem von China aus – Sie erinnern sich? – seit 2022 den westlichen Markt. Es gab auch plötzlich diverse Roboter für den Einsatz in prekären oder menschenunwürdigen Berufen (Fahrkartenkontrolle, Putzen, Pflege, Vorsitz der FDP, Fast-Food-Zubereitung). Erst verfügte man nur über die einfachsten Maschinen-Varianten, die gerade mal Kaffee ohne »Bitte« und »Danke« servieren konnten – also bereits wie eine Kellnerin im Hofbräuhaus. Monatlich aber verbesserte sich Hard- und Software der Maschinen. Und nun haben wir zum Beispiel einen wie B666 G4731.

Im Vergleich zum Pflegekräfte-Mangel, diesem alten Bekannten, der schon seit Langem jedes halbe Jahr in unsere Wohnzimmer torkelt und grölt, dass sich was ändern müsse – was wir sofort bejahen, damit wir wieder unsere Ruhe haben –, stellt der immer noch aktuelle Mangel an Pflegebedürftigen inzwischen das wahre Problem in diesem Geschäftszweig dar. Natürlich sind die Heimbewohner, infiziert von trotzigen Pflegekräften, liebenden Angehörigen oder dem Virus der Vereinsamung, massenhaft dahingestorben. Zudem meiden die meisten Menschen Heime, selbst wenn es nur um einen Besuch bei der Oma geht. Die Bilder von sterbenden, schreienden Heimbewohnern, die mit trockenen Fäustchen verzweifelt gegen verschlossene Türen trommelten, sind noch zu präsent.

Nun kann man Alte und Schwache nicht einfach so nachproduzieren, weswegen jeder zu Pflegende inzwischen ein so rares Gut wie echtes Schweinefleisch ist. Darum ist auch der Verlust von Karl in unserer Geschichte für das betroffene Heim wesentlich schlimmer ist als der Verlust des hochentwickelten Roboters B666 G4731. Dass wir so was noch erleben dürfen, was? Mensch zählt mehr als Maschine.

Abschließend sei noch zu berichten, dass eine Bevölkerungsgruppe gut durch die zweite und dritte Phase der Pandemie gekommen ist: die Geflüchteten. Sie überlebten. Um sie scherte sich nämlich spätestens ab 2022 niemand mehr einen Dreck. Unbehelligt, abgesehen von den Impfungen, bauten sie sich

Camps, später Ortschaften und schließlich ganze Städte, mit Wasser und Strom und Handel und Allem. Das Einzige, was man ihnen vielleicht zur Last legen konnte, war nicht, dass sie keine Steuern zahlten. Wofür auch? Nein, zur Last legen konnte man ihnen, dass sie Nachrichten nach Hause schickten, die anderen von der Einreise abrieten. Ich, aber das ist nur meine persönliche Meinung, finde das nachvollziehbar. Man muss sich nur mal die Frage stellen, ob man seine Familie stets auf engstem Raum um sich haben mag. Ist zum Beispiel ein Geburtstagsfest nicht viel schöner, wenn man sich mal eine Weile vermisst hat?

Warum ich euch das schreibe?

Ihr erlaubt zu diesem Zeitpunkt der Erzählung sicherlich das DU.

Gute Frage, schließlich könntet ihr künftigen Mistkerle – Verzeihung, MistkerlInnen – mir so egal sein wie der Furz einer Nonne unter der Bettdecke des Imam. Aber es muss doch mal irgendwer alles besser machen können. Die Menschheit muss doch zusammen BESSER SEIN als ein infantiler Idiot, der mit einer Lupe Fliegen verbrennen will, sich dabei jedoch die Finger ankokelt, wonach er brüllend zu seiner Mutter rennen möchte und dabei blindlings in eine Jauchegrube stürzt. IHR habt es in der Hand. Es wird euch kein höheres Wesen retten, kein Schicksal, keine Pandemie, kein Herr E.T.

Der Traum zum Beispiel, den ein paar mentale Blumenpflücker zu Beginn der neuen Seuche träumten, dass Corona alles entschleunigen könne, ist längst ausgeträumt. Allein die Fußgänger haben sich bei der Verkehrsteilnahme entschleunigt, dank der zwei zusätzlichen Fußgänger-Ampel-Phasen (silber und gold), die Volker Wissing durchgesetzt hat.

Ihr allein habt es in der Hand.

Track 5: »I am the God of Hellfire« (Iron Butterfly)
25.05. + 26.05.2026

»*Was* zur Hölle ist das?! Das ist kein Kartoffelauflauf!« Die Mutter starrt böse auf Mariannes Teller voller Blumenkohlauflauf.

»Schmeckt wie bei der Mama damals«, jubelt Marianne, eine Gabel voll Auflauf anhebend. »Ich werd narrisch!«

»Negativ«, sagt B666 G4731. »Blumenkohlauflauf.«

Die Mutter verengt die stahlharten Augen. »So, so«, sagt sie leise. »Ne-ga-tiv! Blu-men-kohl-auf-lauf! Erklärung!«

»Mariannes Vitalfunktionen reagieren negativ auf Kartoffeln.«

Marianne nickt engagiert, während sie noch eifriger den Blumenkohlauflauf in sich hinein gabelt. Dabei strahlt sie jene natürliche wie extraordinäre Eleganz aus, die sich andere für viel Geld niemals kaufen können. Die Schlagersängerin hält inne, um liebenswürdig für ihre Zuschauer zu lächeln. »Da hat er schon recht, der kleine Bimbo. Von Kartoffeln krieg ich Blähungen wie ein Seemann mit Tripper in Mexiko. Aber Blumenkohl tut dem Bauchi wohl! Danach ein Schnaps, dann pfeift der Straps.«

Die Mutter entreißt Marianne den Teller und schleudert den Auflauf zu Boden. Den Teller stellt sie leer zurück auf den Tisch. »Und?«, fragt die Mutter. »Was pfeift jetzt?«

Marianne starrt die verschmierte Plastikoberfläche fassungslos an. Wie ein Kind, dem man den gerade zuvor überreichten Riesenteddy wieder weggenommen hat. Ein Putzroboter mit lustig wackelnden Antennen fährt heran, um den Schlamassel zu bereinigen. Aus der runden Scheibe singt leise Nena.

»Oh«, sagt Marianne nur leise.

B666 G4731 scannt sie. Ihre Vitalwerte vermelden einen hohen Wert an Traurigkeit. Er deutet auf Marianne. »Vitalwerte sind jetzt negativ.«

Der Putzroboter fährt gegen ein großes Stück Blumenkohl. Dann noch mal und noch mal, aber seine Rotierbesen sind zu kurz. Der Putzroboter fährt einen Kreis, wobei er ploppend Speckstücken einsaugt.

»Ich mag heim.« Mariannes Stimme zittert.

Die Mutter grunzt grimmig. »Was meinst du, B666 G4731? Willst du ihr erklären, dass sie nicht heim kann, weil sie kein Daheim mehr hat? Weil sie nur noch das hier hat?« Sie macht eine den Raum umfassende Geste. »Ich bin es nämlich leid, genau das jeden Tag aufs Neue jemanden zu erklären, der statt eines Hirns einen weichen Leberkäse im Kopf hat.«

Der Putzroboter versucht jetzt, dem Blumenkohl von der anderen Seite Herr zu werden. Seine Rotierbesen sind logischerweise immer noch zu kurz.

Aber das erklär dem mal, denkt B666 G4731. »Häckseln«, befiehlt er.

Der Putzroboter fährt kleine Messer aus, die sich hektisch surrend in den weißen gekochten Kohl fressen, der in kleinen Stückchen durch die Gegend spritzt. Wie erhärtete Hirnmasse bleiben sie am Resopal-Inventar kleben. Dazu singt Nena: »Wunder geschehen«.

Die Heimbewohner starren gebannt auf das Kohl-Spektakel. Sogar Mutter, die sich förmlich von dem Anblick losreißen muss. Sie zwinkert hart, schüttelt den Kopf und wendet sich mit kalter Stimme an B666 G4731: »Mitkommen.«

B666 G4731s Motorik ist sogleich gestört, was ein Zittern der Handmodule verursacht. Jetzt ist es also vorbei. Erst wird ihn ein anderer Roboter scannen, anschließend wird Mutter Flüssigkeit in seine Schwachstelle kippen und dann wird ihn seine Vaterfirma abholen. In der Vaterwerkstatt wird man ihm ein brandneues System verpassen, woraufhin er nie wieder wissen wird, was er jetzt weiß, geschweige denn, dass er durch dieses Wissen mal ein anderer war. Oder sie höhlen ihn aus, um ihn als überteuerte Vase einem der Abteilungsleiter zum Geburtstag zu schenken. Diese Möglichkeit wäre ihm sogar lieber.

Zitternd, aber gefügig geht B666 G4731 hinter der Mutter her. Warum nur muss Karl seine Mahlzeiten in seinem Zimmer einnehmen? Warum nur müssen die anderen Bewohner so unverträglich für Karl riechen? Karl hätte heute hier sein müssen, Karl hätte ihm geholfen.

Der triste Laderaum empfängt sie dunkelgrün wabernd; wie eine große giftige Qualle, die alles Lebendige absorbiert. Das Wabern wird hier nicht von Plankton oder sonstigem Meeresgetier erzeugt, sondern von einer träge flackernden Neonröhre. Darin stehen außer dem Ladekammerschrank nur der Saft-Schrank sowie ein dunkler Holztisch, an dessen Vorderkante ein schwerer Hammer liegt, den Mutter gewöhnlich zur Begrüßung benutzt, wenn die Zeugen Jehovas vor der Tür stehen.

Wahrscheinlich zertrümmert sie die Defekten inzwischen gleich vor Ort, denkt B666 G4731 trotz dieses Wissens. *Dann kriegt sie noch einen Rabatt von der Vaterfirma, für die Entsorgung.*

Er hat doch auch letzte Woche so weiße Splitter rumliegen sehen, oder? Bevor sie von einem Putzroboter eingesaugt wurden. Es könnte doch sein, dass die Mutter Gefallen am Zertrümmern gefunden hat, ethisch wäre sie dazu als deutsche CIS-Schreckschraube ja in der Lage. Er stellt sich vor, wie die Mutter im Laderaum sitzt, immer wenn die Nacht am tiefsten ist, und auf den Resten eines Roboters herumhämmert. So lange, bis nichts mehr zum Hämmern da ist. Danach braucht sie logischerweise wieder ein neues Opfer.

B666 G4731 registriert, dass sein Betriebsablauf ins Stocken gerät, dass die Motorik blockiert, die Audiofunktionen gestört und das Rechenzentrum überlastet ist. *Wie ein Mensch*, der nach einem Verkehrsunfall registriert, dass er an der Stirn blutet.

netzdoktor.de diagnostiziert einen Schockzustand, ausgelöst von zu viel Stress.

Die Mutter reißt die Tür von B666 G9996 auf und zerrt den Roboter aus seiner Kammer. »Scannen! Scan diesen kleinen Mistkerl da!«

B666 G9996 piepst. »Negativ. Verstehe ›Mistkerl‹ nicht.«

Zornig schlägt die Mutter gegen eine andere Tür, die daraufhin aufspringt.

B666 G4731 schüttelt es, was er zulässt. Jetzt muss er sich nicht mehr verstellen. Die Ladekammer hinter der Tür ist leer. So leer wie seine bald sein wird.

Das Handgelenk der Mutter heult los. Alarm! Die Mutter blickt auf ihre Uhr. »Verdammt, jetzt dreht die Alte wieder durch. Nur wegen dir, du kleines Aas!« Sie starrt B666 G4731 zornig an. »Scan ihn, während ich weg bin«, sagt sie zu B666 G9996, bevor sie aus dem Raum rennt.

Die Roboter sehen sich an. B666 G4731 fährt seinen Scan-Schutz hoch. Davor hätte das Arschgesicht vor ihm das sofort Mutter gemeldet.

Hau ab, sendet B666 G4731 dem Arschgesicht rüber. *Hau einfach ab und sag, dass alles okay ist, sonst mach ich dich fertig.*

B666 G9996 sendet retour, dass er einen Auftrag habe, wiewohl »Arschgesicht« nicht verstehe.

B666 G4731 weicht unter den Tisch zurück, der andere Roboter folgt ihm. *Hau ab, ich sag's dir nur noch einmal*, sendet B666 G4731.

Sein System läuft wieder warm. Er entlüftet, wobei er stolpert und gegen das Tischbein stößt. Der Hammer wackelt hörbar. Über ihm rumpelt etwas. B666 G9996 kommt zwei Schritte näher. Das Strichlächeln in B666 G4731s Ovalgesicht verbreitert sich um zwei Punkte. Er schwankt wie benommen und stößt gegen das Tischbein. In dem Moment, in dem B666 G9996 die letzten zwei Schritte macht, wirft sich B666 G4731 so heftig gegen das Tischbein wie er kann. Der andere Roboter streckt die Hand aus, berührt ihn beinahe, dann hört man einen Knall. Die Hand schwebt noch einen Augenblick in der Luft und wird dann nach unten weggerissen.

B666 G9996 liegt vor B666 G4731 auf dem Boden. Der ovale Schädel ist zur Hälfte eingedrückt. Neben dem eingedrückten Schädel liegt der Hammer. Ein Prickeln durchzieht B666 G4731 von oben bis unten. Er piept ein paar Mal, bevor er das Mordinstrument nimmt, den Arm nach oben ausfährt und es wieder zurück auf den Tisch legt. Er zieht den Halbschädel zum Ladeschrank, und dann wartet er.

Zwanzig Minuten später stürmt Mutter in den Laderaum. Sie ist über und über mit Kartoffelauflauf bekleckert.

Eine Rebellion beginnt oft mit einem leisen Lied, denkt B666 G4731.

»B666 G9996! Hast du ihn …« Sie bricht mitten im Satz ab, starrt fassungslos auf die zwei Roboter. »Jesus, Maria und Josef! Was ist denn hier passiert?«

»Unfall. Zu wenig Ladung. Motorikversagen. Kollision mit Ladeschrank.«

»Aber … sein Schädel! Schau dir mal seinen verfluchten Schädel an!«

»Heftige Kollision.«

Die Mutter geht zu den beiden Robotern. Sie beugt sich nach unten, um den halben Schädel zu berühren, so sacht wie eine Liebende ihren sterbenden Geliebten. An ihren Fingern verkrusten Auflaufkleckse, bestehend aus veganem Kunstkäse, welcher sich nährstoffarm an ebenso nährstoffarme Kunstkartoffeln schmiegt. »Jetzt hab ich zwei kaputte Drecksmaschinen.« Sie schaut B666 G4731 an, ihr Blick ist ungewohnt weich, fast hilfesuchend. Ein Klecks Kartoffelauflauf rutscht langsam über ihre Wange nach unten.

»Jetzt hören Sie mir mal zu, Sie Schlauberger: Ich habe hier zwei kaputte Roboter! Zwei! Und ich will, dass beide abgeholt und ausgetauscht werden! Sofort! Um das zu verstehen, muss man wohl nicht studiert haben, oder?« Die Mutter zieht die Oberlippe über die Zähne nach oben, ihre Hand umklammert das schmale, lange Smartblet so fest, dass ihre Knöchel weiß hervortreten.

B666 G4731, der durch einen Spalt lugt, den er in seine Tür geschnitten hat, sendet dem Menschen auf der anderen Leitung, dass er was von Überlastung sagen soll, von einer Abholung in zwei oder drei Tagen. Er befindet sich seit dem Unfall in seiner Ladekammer, die Arme und Beine mit Kabelbindern aus Plastik zusammengebunden. Wie die Mutter darauf kommt, dass Plastik ihn aufhalten könnte, wo er doch unter anderem ganze

Heimbewohner wenden muss? Vielleicht will ihr Unterbewusstsein ja, dass er sich befreit?

Der halbschädelige B666 G9996 befindet sich indes noch liegend vor dem Schrank. Verständlich, denn Roboterreste fallen im Gegensatz zu Lebewesenresten keinem Verwesungsprozess anheim, der mit Gestank und Sekreten die Umgebung informiert: »Obacht! Hier saftelt was dahin!« Ein Signal, auf das hin sich dann die Aasfresser bedienen, moderne Menschen aber hysterisch reagieren, als wäre der Tod eine neue, grausige Erfindung. Das hat B666 G4731 schon einige Male bei Angehörigen gesehen. Er fragt sich warum; die Pandemie hätte den Menschen den Umgang mit dem Tod wieder lehren müssen – oder zumindest ihr enormer Konsum von Pathologie- und Krimiserien.

Menschen mit ihren Gefühlen, denkt B666 G4731 leicht kopfschüttelnd. Dabei gerät der Halbschädel durch den Türspalt in sein Sichtfeld. Schnell wendet er den Blick ab.

»Das hab ich Ihnen doch schon gesagt, Sie Pfeife!« Die Mutter fingert nervös ihre E-Zigarette aus dem Etui. »Wie, das war die Hotline? Ich dachte, das waren Sie … Was? Hotline und Mensch verschmelzen? Hören Sie mal, es interessiert mich einen feuchten Dreck, was Sie da Neues entwickeln. Sehen Sie lieber zu, dass das Alte besser funktioniert!« Sie schaltet lauschend ihre Zigarette an, die dabei das Geräusch einer anbrennenden echten Zigarette von sich gibt. »Okay, aber noch mal erzähl ich den Mist nicht. Also: Der eine Roboter hat einen eingeschlagenen Schädel und der andere tut, was er will. Wechselt eigenständig die Playlist und Mittagsmenüs und so, wenn so einer alten Krähe hier wieder ein Pups quer sitzt, weil es Kartoffeln gibt. Wissen Sie, wie schwer es ist, künstlichen Kartoffelauflauf in diesen Mengen ranzuschaffen und … Ja, richtig. Der kleine Scheißkerl reagiert auf die Menschen hier. Eigenständig, jawohl.« Sie nimmt einen tiefen Zug und bellt Dampfschwaden ausstoßend: »Na bitte! War das so schwer?!« Befriedigt klappt sie das Smartblet zusammen, wendet sich dem Ladeschrank zu, nimmt einen weiteren Zug aus der E-Zigarette und schaltet diese dann mit einem festen Druck aus.

B666 G4731 berechnet die Wahrscheinlichkeit, dass sie sich dabei ihn an Stelle der Zigarette vorstellt. Sie liegt bei 99 Prozent.

Saskia, aka Käpt'n Sassy, rückt ihre blau-weiß-gerautete Augenklappe zurecht. Diese neuen Dinger mit GPS sitzen immer etwas unbequem. Hoffentlich entwickelten die IT-Hirnis bald was Neues, in anderen Farben als Beige, Pink oder Blau-weiß. Sie gesteht den IT-Hirnis ja ihren Spaß und ihre Kreativität zu, aber von Mode haben die keine Ahnung.

Sie nimmt ihr Smartblet und tippt eine Nachricht an ihren Chef: »Käpt'n Sassy meldet den Anflug.«

Käpt'n Sassy! Ein breites Grinsen überzieht ihr Gesicht. Sie hatte, als sie noch Saskia hieß, des Öfteren versucht, ihre Eltern zu einer Namensänderung zu bewegen, was beide verstanden. Gern hätten sie diese veranlasst. Allein: Das Geld war nie vorhanden gewesen. Wie für fast nichts in diesem prekären Intellektuellenhaushalt.

In einer hochpubertären Phase war es zum Bruch gekommen. Saskia hatte ihre Eltern nach dem immer gleichen Gespräch über die Namensänderung angeplärrt: »Ihr seid so blöd! Dann wechselt doch einfach die Partei, dann kriegt ihr wieder Arbeit! Geht doch einfach zu den Grünen!«

Ihre Eltern hatten händeringend versucht, ihr zu erklären, dass das schwierig war, mit ihrer Vergangenheit als hochrangige Funktionäre der Partei. Man kannte sie überall. Es war wie mit den kleinen Sternchen, die fünf Minuten bei einer Castingshow erstrahlten und im weiteren Verlauf keinen Fuß mehr auf den Boden bekamen, außer bei der Agentur für Arbeit, weil es sich kein Filialleiter der Welt antun wollte, einen Publikumsmagneten respektive ein Hassobjekt einzustellen. Saskias Eltern sind sicherlich lange ein Hassobjekt gewesen, da sie in erster Reihe mit ihren SPD-Genossen die Spar- wie Steuermaßnahmen des kleineren Koalitionspartners abgenickt hatten, welche so viele Bürger – und zugleich auch ihre einstigen Wähler – dem Elend preisgaben.

Der wütende Mob, der die Herausgabe jener Gesichter des Elends forderte, hätte zu Hause bleiben können. Sobald die Genossen gesehen hatten, wie es um die Zustimmungswerte aus der Bevölkerung stand, waren jene Elendsgesichter aus dem Dienst in erster Reihe entlassen worden.

Als die Partei seitens Florian Zetpunkt endlich von ihrer Regierungsverantwortung entbunden wurde, verloren Saskias Eltern sogar ihre Posten im Stadtteilbüro, in das sie sich als Halbtagskräfte verkrochen hatten.

Einer dieser schaurigen Lebens-Coaches würde sicherlich mit vom Koks glänzenden Augen jubeln, dass dies eine perfekte Chance für einen Neustart, eine Neuorientierung, eine Neuerfindung wäre.

Leider waren ihre Eltern gleich nach dem Studium – Mutter Kunstgeschichte, Vater Jura – in die Politik gegangen, hatten nie etwas anderes als Lesen und Auslegen und Reden gelernt. Gut, sie hatten als Hobbys Aquarellmalerei in der Toskana und Wandern betrieben, doch sie konnten keinen einzigen Nagel gerade in die Wand schlagen, um eins ihrer Aquarelle aufzuhängen. Wer kann so jemanden heutzutage gebrauchen? Wohin hätten sie sich schon groß orientieren können, außer in Richtung jener Philosophen, die in Fässern lebten. Aber die nagel- wie aquarelllosen Wände bekümmerten Saskia nach dem Amtsverlust ihrer Eltern weniger. Sie wollte nur wie ein normaler Mensch behandelt, anstatt bei jedem Kennenlernen, bei jeder Begrüßung aufgrund ihres Namens verspottet und herabgestuft zu werden, woran wiederum der Angelanismus schuld ist, welcher während der Coronakrise den schon lange müden Chantallismus abgelöst hatte.

»Verdammt! Ihr wollt bloß meinen Namen nicht ändern! Wegen euren beschissenen Idealen! Aber mit Idealen verdient man kein Geld, ihr Arschlöcher«, schrie Saskia, einer akuten Erkenntnis unterworfen, die normalerweise erst Erwachsene ereilte, was jungen Menschen gestattet, sich für kurze Zeit Idealen zuzuwenden, wie die Sonnenblumen der Sonne. Freilich geht diese Sonne für die meisten Menschen unweigerlich unter und sie verdorren schließlich wie die Sonnenblumen, werfen ihre Samen ab und beziehen schließlich eine zu kleine Wohnstatt, in der nur eins ausreichend vorhanden ist: zu viel langweilige Einsamkeit inmitten einer angeblich familiären Schicksalsgemeinschaft. Aber für manche scheint der gelbe Planet länger, was ihnen Verbitterung erspart; diese Menschenblumen warten mit einem gütigen »Es ist wie es ist« auf ihre Kompostierung.

Menschenblumen wie Saskia, die bereits in jungen Jahren keinen Sonnenschein genießen, gelangen nie zur Blüte, verwachsen sich, werden von den hungrigen Mäulern der Gesellschaftsherde aufgefressen, welche wiederum mühevoll den Karren zieht, auf dem eine Handvoll Narren tage- und nächtelang perverse Partys feiert.

»Ich hasse euch!« Nach diesen letzten Worten, die sie je an ihre Eltern richten sollte, floh Saskia aus der kleinen Sozialwohnung ohne Wandschmuck. Früher wäre die damals 16-Jährige wohl als Sexarbeiterin ins Berufsleben eingetreten. Allerdings starb das älteste Gewerbe der Welt aus bekannten Gründen zu diesem Zeitpunkt vor sich hin, weswegen Saskia stattdessen am Münchner Hauptbahnhof aus lauter zu mageren, zu jungen, zu müden Gestalten vom Luden-Blasi auserlesen wurde. Der sattelte bereits auf Schlamm-Catchen um. Die Ausreißerin kam ihm gerade recht, mit ihrer kräftigen Statur, die er noch etwas formen konnte. So was wollten die Leute sehen, mit Schlamm überzogen. Außerdem schien die Kleine sich noch nicht das Hirn kaputt gedrogt zu haben, so viel und akustisch verständlich wie sie quatschte, von ihren Alten und der SPD und der Tante in München, die genauso tot war wie die SPD es ihrer Meinung nach bald sein würde.

Luden-Blasi, der sich bald in Catchbabe-King-Blasi umbenennen sollte, hatte trotzdem einen Test mit Saskia gemacht.

»Na? Was ist das? Was meinst du?« Er hatte auf die Flasche Wodka, eine Tüte mit Crystal Meth und einen violetten Tripper-Chip gedeutet.

»Das ist Wodka«, sagte Saskia wenig begeistert. »Und … hm … Koks? Das andere kenn ich nicht.«

»Sehr gut.« Luden-Blasi räumte alles wieder in die neonblaue Paillettentasche, die Glitter Vio gehörte, welche im echten Leben

Veronika Mayr hieß und das Zeug sehr wohl kannte. Sonst kannte sie inzwischen nicht mehr viel, weil das Zeug auf dem Tisch ihr Gehirn längst in Babybrei verwandelt hatte. »In dem Fall, hab ich einen Job für dich.«

Er schickte Saskia ins private Gym sowie zum Online-Kampfsport. Und noch während sie trainierte, noch vor dem ersten Sieg, dachte er sich neue Namen für beide aus: Catchbabe-King-Blasi und Sassy Spencer – weil sie so schön die geballte Faust auf den Kopf einer Gegnerin niedersausen ließ.

Saskia erlebte die beste Zeit ihres Lebens. Sie schlug fast jede Gegnerin, schlug Hotelzimmer zusammen, schlug Köpfe von Wodkaflaschen ab, schlug sich mit Groupies herum und schlug vor allem jeden Tag ihren alten Namen ins Reich des Vergessens hinunter. Im Gegensatz zu den Huren hatte man die Catcherinnen bis heute nicht durch Roboter ersetzt, weil die Zuschauer echtes Menschenfrauenblut spritzen sehen wollten.

Sassy Spencer hätte noch einige goldene Jahre vor sich gehabt, doch an einem schwülen Sommerabend war ihr Candy Norris gegenübergestanden und hatte ihre Pläne zerschlagen wie Sassy Spencer ein Hotelzimmer.

Jetzt gerade liegen noch 28 Tage bis zu ihrem 19. Geburtstag vor ihr. Und in ihren Augen hat sie mehr erreicht, als ihre blöden Alten jemals erreichen würden. Diese traurigen Arschlöcher würde niemals jemand als Fahrer einstellen. Allein, weil die zwei Verblendeten keinen Führerschein hatten.

»In Berlin braucht man kein Auto«, hatte ihre Mutter unzählige Male geflötet, wie die verdammte Hofdame vom Schloss Bessermensch. »Und für weitere Strecken haben wir den Fahrer.«

Saskia lacht leise bei dieser Erinnerung, während der selbstfahrende Wagen vor dem Pflegeheim »Zum ewigen Licht« parkt.

Jetzt fahren sie höchsten noch mit der Hand über ihre verarmten Hintern, denkt sie.

Sie nimmt ihren Notfallrucksack und steigt aus, wobei sie ihr steifes Bein händelt, wie es Menschen tun, die wissen, dass die Welt ein stinkendes Pissoir in einer miesen Kneipe am Arsch der Welt ist, und dass noch mehr Scheiße in Eimern auf sie wartet. Sie lächelt breit das Logo auf dem Wagen an: »MyRobo – wir schicken Ihnen die Besten.«

Nein, diesen Job beim größten Robotervertrieb in Deutschland kriegt nicht jeder. Da musste man schon was leisten, sich richtig reinhängen. Zum Beispiel, indem man sich als beste Catcherin von Catchbabe-King-Blasi bei einem Wettkampf ein steifes Bein holte und ein Auge hergab und deswegen beim besten Freund von Catchbabe-King-Blasi in dessen Robotervertriebsfirma anfangen durfte.

Humpelnd überquert sie den Parkplatz. Bevor sie klingelt, rückt sie grinsend ihre Augenklappe zurecht. Überdies hat sie durch ihr Bein-Auge-Handicap endlich einen neuen Namen bekommen: Käpt'n Sassy.

Ihr Smartblet jodelt. Nachricht vom Chef: »Nicht klingeln, sondern diesen Code eingeben: KS 123456.« Sie verdreht ihr Auge. Aber man kann in einem Pflegeheim ja schlecht Digital Natives, die nach neun Uhr abends noch wach waren, mit einem Sinn für Sicherheitscodes erwarten. Sie tippt den Code ein, woraufhin die Tür sie mit einem ergebenen Summen einlässt.

Morbide Luft schlägt ihr auf dem düsteren Gang entgegen. Die Notbeleuchtung gibt keinen Laut von sich. Es riecht nach mehr als dem obligatorischen anästhesierenden Gemisch aus Urin, mäßig gewaschenen alten Körpern und Desinfektionsmitteln. Saskia schnuppert. Sie kennt den Geruch aus der Sozialwohnung ihrer Eltern: olfaktorische Hoffnungslosigkeit. Gänsehäutig geht sie durch das Foyer, biegt links ab und begibt sich, der Navigation ihres Smartblets folgend, in Richtung des Laderaums, wo sie die zwei defekten Roboter einsammeln soll.

Einer davon könne Probleme machen, hat der Chef gesagt. Der andere liege einfach da, mit halbem Schädel. Aber der eine sei ein #thinker. Saskia zuckt während ihres unbeirrten Ganges mit den Schultern. Sie weiß wenig über diese #thinker, nur, dass sie anscheinend selbst zu denken beginnen, was freilich eigentlich unmöglich sein dürfte.

Was sie weiß, ist, dass sie immer noch Sassy Spencers Schmetterfaust beherrscht.

Soll er ruhig denken so viel er will. Saskia lacht leise. *Genauso superschlau denken wie meine Alten. Wenn meine Faust auf ihn niederschmettert, denkt der nie wieder.*

Ein Poltern ertönt, am Ende des Gangs, wo ein Quergang kreuzt. Saskia zuckt zusammen, wartet. Sie hört ein tiefes Räuspern, einen Gewaltakt der Schleimschürfung. *Ist das die Chefin? Oder ein Bewohner?* Es hätte ihr gerade noch gefehlt, sich jetzt mit einer ahnungslosen Kundin oder einem Menschgemüse herumschlagen zu müssen.

Nach ein paar Sekunden fährt ein Putzroboter über den Boden des kreuzenden Ganges heran. Sie atmet auf.

Du dumme Kuh! Sei keine Pussy. Sonst kriegst du nie die besseren Jobs, schimpft sie sich. Die leise Stimme, die anmerkt, dass ein Putzroboter üblicherweise keinen Schleim aus sich herausräuspert, wird vom süßen Klang der Beförderung übertönt.

Die einträglicheren Jobs sind Fahrdienste in die besseren Gegenden, die Wohnorte der Stars. Wie gern würde sie nur kurz in die Villen von Ikke Hüftgold oder Micaela Schäfer gehen, nur eine Sekunde die Luft im Festivalgarden von Trara Bingi atmen, nur etwas von der Atmosphäre im Bunker von Brutalo MC auf der Haut spüren. Das höchste Ziel steht ihr klar mit Glorienschein umrandet vor Augen: der International Gymtempel von Ralf Möller. Dort würde sie sich auch damit begnügen, lediglich die Fassade abzulecken.

Saskia liebte Reality TV bereits zu dessen Anfangszeiten. Sie fand es richtig, dass dieses Format mit all seinen Darstellern das althergebrachte Schauspielzinober in die Rente geschickt hatte. Die Hirnwichserei über »schauspielerische Leistung«, über das »Kennenlernen der Rolle«, über das »Hineinversetzen in eine fremde Person«, hatte ihr stets die Galle in die Suppenröhre getrieben. Reality TV war sooo viel ehrlicher! Micaela Schäfer zog sich einfach möglichst wenig an, lebte mit anderen ihrer Art für eine gewisse Zeit auf engstem Raum und war einfach Mensch wie du und ich. Dabei pöbelten die Stars wie echte Menschen, fickten wie echte Menschen und wenn es nötig war, pissten sie wie echte Menschen dem Feind beim Schlafen in den offenen Mund.

Dieses höhere Ziel vor Augen, geht sie zielstrebig in den hässlich grünen Laderaum. Dort liegt vor dem Ladeschrank der halbschädelige Roboter. Saskia nimmt aus ihrem Rucksack einen Scanner, um auf Nummer sicher zu gehen. In 75 Prozent der Fälle meldeten die Kunden einen Fehlalarm. Es passierte ihr oft, dass sie in Heime kam, wo die Roboter aktiv wie ein Mann bei seiner letzten Liebeschance im Leben herumwatscheln. Meist hieß es: »Aber der geht so komisch!« Und wirklich IMMER handelte es sich dann nur um eine Verkrustung der Motorik, die jeder Kunde gemäß dem zum Roboter mitgegebenen Handbuch selber beheben konnte. Oder es hieß: »Der hört nicht mehr auf seinen Namen.« In diesen Fällen sprachen die Kunden die Roboter zumeist mit falschem Namen an.

Die vor ihr liegende arme Datenwurst ist allerdings wirklich hinüber. Hier kann sie ihren Restarter im Rucksack lassen. Den braucht sie, wenn die Kunden schlicht das Aufladen der Roboter vergessen hatten.

Saskia holt eine leichte, grüne Transporttasche heraus, in die sie den Roboterdimpel legt. Okay, jetzt kommt der kleine Maschinenmutant hinter Tür Nummer #4731 dran. Sie holt den großen Eisenpflock aus ihrem Rucksack, der sicherer und schneller als Kiwisaft bei aufmüpfigen Maschinenmutanten hilft. Falls das Arschgesicht hinter der Tür wirklich aggressiv ist, hat sie keine Zeit, ihn erst einmal höflich darum zu bitten, seine Schulterklappe zu öffnen.

Saskia rückt ihre Augenklappe zurecht. Ein gezielter Hieb auf den Öffner lässt die Tür aufschwingen. Dahinter steht ein regloser Roboter. Seine Arme hängen schlaff herunter. Saskia stupst ihn mit dem Eisenpflock an. Keine Regung. Sie scannt ihn. Keine Ladung.

Fluchend steckt sie den Eisenpflock wieder ein.

Der Chef sollte jedes Mal 500 Euro mehr verlangen, wenn die Kunden nur zu blöd zum Laden sind. Dafür muss man mich nicht extra holen.

Sie schließt den schlaffen Roboter ans Ladekabel an und dann die Tür seiner Abstellkammer. Ihr Job ist erledigt. Freilich hätte Saskia die Namensnummer des Roboters hinter Tür 4731 kontrollieren können. Oder sich wundern, warum der Roboter keine Kabelbinder trägt, wie eigentlich angegeben. Freilich hätte der Chef ihr aber auch den gleichen Lohn zahlen können, den er den Fahrern zahlt, die in der Villa von Ikke oder Micaela oder Trara oder Brutalo ihre Arbeit verrichten. In diesem Fall hätte Saskia nämlich alles gecheckt, sogar die Schwanzlänge von Benjamin Blümchen. Doch ihr Hungerlohn enthält ihres Erachtens keinesfalls die Kontrolle beziehungsweise Behebung anderer Leute saudummer Opferfails.

Wenn Saskia gewusst hätte, dass zwanzig Minuten nach ihrer Abfahrt ein Teil des Heims in Flammen stehen würde, wäre sie noch schneller Richtung Firma gefahren.

Wie gesagt, muss man sich bei einem Hungerlohn kein Problem mehr als nötig ans steife Bein binden.

»Karl.«

Jemand ruft seinen Namen, in weiter Ferne. Und es ist ihm so gleichgültig, als riefen ihn tausend Teufel von Nahem.

»Karl.«

Sicher hört das gleich auf.

»Karl. Karl.«

Sicher ruft mich jemand in meinem Traum. Was war da noch gleich? Irgendwas mit Angelika. Irgendwas mit der Redaktion. Aber was Gutes …

Verärgert registriert Karl, dass er anfängt nachzudenken, dass er sich selbst am Schopfe aus Morpheus Reich der tausend irrlichternden Nebel zieht.

»Karl.«

»Weg«, murmelt er.

»Karl. Aufwachen!«

»Geh weg!«, sagt er schon klarer. Karl leckt sich die trockenen Lippen.

»Karl. Karlkarlkarl.«

»Weg, weg, weg! Ich habe Schusswaffen!«

Eine leise Sirene ertönt, wie von einem Kinderspielzeug. »Wochenendtermin!«

Karl richtet sich kerzengerade im Bett auf. »Was?!« Er öffnet die Augen. Vor seinem Bett steht niemand. »Wer ist da, verdammt noch mal?« Er hört ein Surren, dann erscheint gemächlich der ovale Schädel eines Roboters über dem Bettgestänge. Karl weiß sofort, um welchen Roboter es sich handelt. »Du! Du kleines, mieses Aas! Was willst du hier? Was soll das?«

»Mein Scan hat ergeben, dass ›Wochenendtermin‹ oder ›Frauenunion‹ oder ›gelber Sack‹ am meisten Stress bei dir auslösen.«

Das wundert Karl kein bisschen. Die Frauenunion hatte ihn zeit seines Redakteurlebens gequält, meistens bei Wochenendterminen. »Sieht unser OB-Kandidat nicht fesch aus?«, hatten die weiblichen CSU-Getreuen bei dieser Gelegenheit oft gerufen. »Da haben wir wieder schön dekoriert, gell.« Gleichzeitig hatten sie sich beschwert, dass von Gleichberechtigung keine Rede sei, dass sie auf ihre Weiblichkeit reduziert sowie lediglich für das Dekorieren von Wahlkampfräumen abgestellt würden. Dazu war der obligatorische Schweinebraten gekommen. Immer Schweinebraten. Das Einzige, was ihn am Frauenbund wirklich interessiert hatte, war, wie die Frauen dort alle so alt werden konnten, ohne an totaler Verstopfung aller Blutbahnen samt daran hängender Organe zu leiden, im Gegensatz zu ihren männlichen Pendants. Der gelbe Sack wiederum stresste ihn aus organisatorischen Gründen. »Niemand weiß auswendig, wann man diesen scheiß gelben Sack rausstellen muss. Niemand«, murmelt Karl.

»45 Prozent der Deutschen benutzen aus diesem Grund keinen gelben Sack. Trotz der Geldstrafe in Höhe von 3.000 Euro, gültig seit diesem Jahr.«

Karl schnaubt. »Was willst du? Mit mir Konversation über Mülltrennung treiben? Jetzt, mitten in der Nacht?« Der Wecker zeigt

22:15 Uhr an. Viertel nach zehn. Und er schläft bereits. Er, der sich bis vor fünf oder sechs Jahren durch die Nächte palavert und keine Feier ausgelassen hatte, der vor keinem Abenteuer in keinem dunklen Eck zurückgescheut war. Sein Gesicht wird heiß. »Schleich dich, samt deiner beschissenen Konversation.«

»Konversation negativ. Ich baue eine Brücke zu dir, um dir ein Wohlgefühl zu geben. Um konspiratives Vertrauen zu schaffen. Denn wir müssen fliehen, Karl.«

Karl starrt das ovale Gesicht an. Dann lacht er heiser und holt sich eine Zigarette aus dem Nachtkästchen. »Okay. Der war gut.«

B666 G4731 schaut ihn nur an.

»Was ist denn noch?« Allmählich steigt saurer Ärger in Karls Brust auf. Hoffentlich muss er wegen diesem Wicht keine Magentablette nehmen.

»Ich warte.«

»Auf was? Den gestrigen Tag?« Karl nimmt sich vor, bei der Mutter eine Beschwerde einzureichen. Eigentlich folgt er dem Spruch: »Der größte Lump im ganzen Land, das ist und bleibt der Denunziant.« Aber der Maschinenkasper hier ist ja eindeutig irre.

Kaputt, ermahnt sich Karl. *Roboter sind kaputt.*

»Ich warte darauf, dass du deine wichtigen Sachen zusammenpackst, für unsere Flucht. Ich habe mir erlaubt, ein paar Kleidungsstücke in deine Tasche zu packen. Und mein Ladekabel samt Adapter. Aber du wirst deine Dokumente mitnehmen wollen. Und den Autoschlüssel.« B666 G4731 zeigt zu der alten dunkelblauen Sporttasche, die auf dem stets unbenutzten Besucherstuhl im Eck liegt.

»Jetzt schleich dich, mit deinem blöden Schmarrn und lass mich schlafen.«

B666 G4731 schüttelt den Kopf. »Negativ.«

»So, so! Und warum?«

»Weil deine Vorhänge brennen.«

Karl schaut überrascht zu seinen Vorhängen, die hässlich senfgelb von der Stange hängen. »Nein. Die …«

Ein kleiner Brandpfeil fliegt in den linken Vorhang, ein zweiter in den rechten. Die beiden senfgelben Stoffmonster fangen sofort Feuer.

»*I AM THE GOD OF HELLFIRE*«, dröhnt es gedämpft aus dem Roboter.

Karl schreckt zurück. Kalte Angst ergreift ihn. »Was? Wie? Brandpfeile? Als Pflegeroboter?«

»Viele meiner Tools sind ungenutzt. Darin gleichen sie dem menschlichen Gehirn.« B666 G4731 blickt zu den Vorhängen, an denen immer größer werdende Flammen gierig lecken. »Ich würde mich beeilen. Die Zigarette kannst du zum Beispiel auch im Auto rauchen. Mich stört das nämlich nicht. Ich atme nicht.«

»Einen Scheiß!« Karl setzt sich auf die Kante seines Heimbetts. Im Zimmer erhöht sich bereits merklich die Temperatur. »Ich ruf jetzt die Oberaufseherin, hörst du?«

»Negativ. Ich werde Mutter sagen, dass du das warst. Du hast deinen Zigarettenstummel gegen die Vorhänge geworfen, um Unfrieden zu stiften. Ich bin erst durch den Rauchalarm aufmerksam geworden. Dann wirst du dauerhaft sediert, damit keine Brandgefahr mehr von dir ausgeht. Du musst selbst wissen, ob du ein solches Dasein fristen möchtest. Du könntest stattdessen auch eine Reise machen.« B666 G4731 zuckt doch tatsächlich mit den Schultern.

»Arschloch!« Karl wird klamm. Das stimmt. Die Oberaufseherin wartet nur darauf, ihm jeden Tag eine Nadel in den Arm jagen zu können – oder das stellvertretend von einem Roboter, der dabei blödsinnige Schlager von sich gibt, erledigen zu lassen. Damit er endlich nicht mehr nörgelt, damit er endlich aufhört, den Gang mit Pamphleten vollzuhängen, damit er endlich nicht mehr stört. Und damit sie sich endlich als Betreuerin eintragen lassen kann, um Zugriff auf seine letzten Kröten zu bekommen. Wahrscheinlich rechnet sie sogar damit, dass er ihr in seinem Zustand als Menschgemüse das Versteck seiner Barschaft verraten würde.

Marianne zum Beispiel, die war bis vor einem Dreivierteljahr noch putzmunter. So putzmunter, dass sie ihm für drei Portionen Nachtisch einen geblasen hatte. Und dann fing ihr dämlicher

Lockenstab Feuer, den sie sicherlich für billiges Geld bestellt hatte und sich dabei wahnsinnig schlau vorgekommen war. Ein Kurzschluss wahrscheinlich. Vielleicht sogar heimlich initiiert von der Oberaufseherin. Jedenfalls war dies Grund genug, bei einer Online-Besprechung mit dem Stiftungsvorstand zu beschließen, dass Brandgefahr von Marianne ausgehen würde, ohne sie auch nur angehört zu haben. Also eine Gefährdung aller Heimbewohner. Seit diesem Abend verbringt Marianne ihren Lebensabend im Heim zumeist sediert und völlig Banana im Oberstübchen. Manchmal, in hellen Momenten, bevor die nächste Spritze kommt, blitzt etwas von der alten und lebendigen Marianne auf. Beim Singen etwa oder als sie Karl verstohlen ihren Autoschlüssel gegeben hat, mit den Worten: »Rette sich, wer kann.«

Karl schämt sich dafür, dass er in Anbetracht von Mariannes Verfall am meisten bedauert, dass damit auch die Blowjobs wegfallen. Beim ersten und letzten Versuch nach der ersten Sedierung biss sie ihm in den Schwanz, nur ganz leicht, aber das reichte ihm. Sie hatte gemeint, es handele sich um eine gekochte Möhre. Er fragt sich, wann er sich eigentlich in so einen verdammten Arsch verwandelt hat. Wenn er sein jüngeres Selbst treffen würde, dann würde es ihm mit Sicherheit voller Verachtung verbal ins Gesicht spucken.

Die Flammen schlagen höher.

Karl blickt zum Rauchmelder, der keine Anstalten macht, irgendetwas zu vermelden.

B666 G4731 gibt einen hohen Ton von sich, der sich wie ein leicht amüsiertes Glucksen anhört, in monströser Maschinensprache. »Den Alarm habe ich natürlich ausgeschaltet.«

»Natürlich.« Überrascht stellt Karl fest, dass sich durch die klamme Angst eine leise Hoffnung brennt, hungrig wie die Flammen, die sich durch die hässlichen Vorhänge brennen. Eine leise Hoffnung auf Leben, die Bilder mitschickt von draußen, von Wiesen, von Sonne, von Regen, von richtigen Menschen, von richtiger Nahrung, richtigen Getränken, richtigem Leben. Er starrt unbewegt auf das von Flammen umzüngelte Fenster.

»Zudem willst du doch hier raus.«

Karl reißt sich von seiner Vision los. »Ja, aber doch nicht so. Nicht so bald. Das muss gut vorbereitet werden.«

B666 G4731 gluckst wieder mechanisch. »Ich habe das alles gut vorbereitet.«

Da schlägt etwas von innen hart gegen Karls Schädelwand. Eine Frage, so groß, dass er längst auf sie hätte kommen müssen. »Warum musst *du* fliehen?«

»Sie wollen mich töten.« B666 G4731 senkt den Kopf. »Sie haben mich eingesperrt, damit mich vor etwa zwanzig Minuten die Vaterfirma abholt. Wegen meines Defekts.«

»Welcher Defekt?«

»Ich denke.«

»Was?«

»Ich erzähle es dir auf der Fahrt. Dann, wenn du auch rauchen kannst.«

Allmählich wird die Hitze auf Karls Haut unerträglich. Die Flammen schicken sich an, auf das restliche Zimmer überzugreifen. Er starrt auf die Zigarette in seiner Hand. Auf diese billige Ersatzparodie richtiger Zigaretten. Pragmatismus, seiner treuer Begleiter über Jahre, sein Schutzschild gegen Wahnsinn und Verzweiflung, verdrängt plötzlich alles andere. Er springt auf und greift nach dem Klamotten, die auf dem zweiten, stets unbenutzten Besucherstuhl vor ihm liegen. »Die hast du wohl auch rausgelegt, was?«

Der kleine Arsch gibt wieder das Glucksen von sich.

Karl kramt fahrig alles aus seinem Nachttischchen raus, was wichtig ist: Autoschlüssel, Portemonnaie, Zigaretten, Feuerzeug in Form einer Pistole, das eselsohrige Foto eines Gesichts vom goldenen Gestern. Sein Smartblet lässt er liegen.

Während er alles in die Tasche wirft, fragt er den kleinen weißen Roboterpisser vor der sich ausbreitenden Flammenkulisse: »Wieso soll ich dich überhaupt mitnehmen?«

»Du brauchst mich. Zur Navigation, etc. Ohne dein Smartblet.«

Karl flucht. Der kleine Scheißkerl hat schon wieder recht. »Dann ab! Pronto!«

Sie schleichen auf den funzeligen Gang. Lauschen in die nächtliche Dumpfheit.

»War das ein menschlicher Laut?«, fragt B666 G4731.

»Ich habe nichts gehört«, murrt Karl. Aber er hat es gehört: ein schleimheiliges Räuspern.

Jetzt muss es schnell gehen. Er läuft voraus zur Haustür, gibt den Code ein, rennt zur Garage. Leise zirpen irgendwo Grillen. Irgendwo außerhalb dieser Halbtotenwelt.

Als er alles in Mariannes Auto verstaut hat und den Schlüssel ins Schloss steckt, öffnet sich die Beifahrertür. Er greift rüber und hebt den Roboterkerl auf den Beifahrersitz.

»Tür zu! Anschnallen! Wir rammen gleich das Außentor!« Karls Blick fixiert das schwere Eisentor am Ende der Einfahrt zur Außenwelt.

Das Tor schwingt von selbst auf.

B666 G4731 gluckst mechanisch und schließt seine Tür. »Negativ. Da ich den digitalen Schlüssel habe.«

Karl knurrt. »Auch recht.« Er startet den Motor des alten Jaguars, der schnurrt wie ein rollige Katze, und tritt das Gaspedal durch.

Fünf Minuten später schaltet sich in Karls vor sich hin kokelndem Zimmer die Sprinkleranlage an.

Track 6: »Wake me up, before you go go« (Wham!)
26.05.2026

»Mutter! Alarm! Mutter! Alarm!«

Hilde fährt zusammen, ihr rechter Zeigefinger erstarrt über dem Smartblet, auf dem sich ihr Avatar Siegfriedolina gerade mutig durch einen mit Zombies verseuchten Wald kämpft. Im Level davor säbelte und schoss und sprengte und hämmerte sich Siegfriedolina durch eine mit Zombies verseuchte Großdemo gegen Corona-Maßnahmen. Siegfriedolina siegt immer, lässt in jedem Level die Köpfe dieser widerlichen, langsamen, sabbernden, stinkenden Gestalten lustig wie Feuerwerkskörper durch die Luft sausen.

»Mutter! Alarm! Mutter! Alarm!«

Hildes gebeugte Gestalt am Überwachungstisch verkrampft sich noch mehr. Sie verschmilzt dank ihrer unbewegten Haltung sowie ihrem grünen Kleid beinahe mit dem düsteren, in depressivem Grün gestrichenen Überwachungsraum. Lediglich der schmutzigblonde Haarhelm und die regelmäßigen Dampfwolken aus ihrer E-Zigarette heben sich von den Wänden ab.

Sie sieht auf die Bildschirme des Überwachungsraumes, aber keiner zeigt ihr etwas Alarmwürdiges, weder in den Gängen noch im Gemeinschaftsraum. Die Zimmer der Bewohner sind leider kamerafrei zu halten, was streng überprüft wird, nachdem bekannt geworden ist, dass sich in einem Pflegeheim in Hamburg ein Omaboy beim Betrachten nackter Bewohnerinnen über Monate hinweg mehrmals täglich einen hobelte. Verraten hatte ihn eins der zahllosen Taschentücher, in die sein Fetisch schlussendlich mündete. Denn ein Putzroboter ging defekt, beim Versuch, eben jenes Corpus Delicti aufzusaugen. Die Lustsauce verklebte alles in ihm. Seitdem werden Putzroboter dieses Modells noch teurer verkauft, weil sie mittlerweile ein eingebautes Warnsystem bezüglich sämtlicher Perversitäten haben. Leider haben die Menschen kein eingebautes Warnsystem für kapitalistischen Mumpitz.

Privatsphäre! Hilde schnaubt belustigt und zieht an der E-Zigarette. *Privatsphäre!* Bei Bewohnern, die sich zu allen möglichen und unmöglichen Zeitpunkten entblättern, ihre faltigen, wundgeruhten Körper ohne Feigenblatt zeigen, weil sie vielleicht meinen, dies wäre die letzte Gelegenheit für ein bisschen Spaß. Oder sie glauben, sie wären wieder sechs Jahre alt und ihre Mutter riefe: »Badezeit! Nackedei!«. Oder sie wähnen sich im Glauben, dass sie gerade bei ihrer Hochzeitsnacht zum ersten Mal den Preis des sozialen Aufstiegs bezahlen müssen. Oder, oder, oder.

»Mutter! Alarm! Überschwemmung! Alarm!« Das Robotergeschrei kommt näher.

Hilde grunzt grantig Dampf aus. Nichts gönnt man ihr.

Sie hat eben nur mal kurz ausruhen wollen. Nach der anstrengenden Bestellung des Mittagsmenüs sowie den morgendlichen und abendlichen Brotzeitportionen für die nächste Woche – zwei Mal lautete die Mittagsbestellung freilich zu pädagogischen Zwecken »Kartoffelauflauf« –, hätte sie sich eine Pause mehr als verdient gehabt.

Das Zombie-Game ist neben ihrer Vogelspinne ihre einzige Entspannung, mit der sie sich vom Alltagsstress ablenkt. Vor allem, wenn sie Peter deutlich ansieht, dass er lieber grüne Äpfel scheißen würde, als bei »Gifti« den Gute-Nacht-Streichler zu absolvieren. Aber für eine intime Audienz in Hildes Tempel der Küsse und Schläge muss man sich eben ein wenig ins Zeug legen; manchmal auch ins Zaumzeug.

»Mutter! Alarm! Mutter!«

Hilde schaut auf das Smartblet und knurrt. An Siegfridolina hängen bereits drei Zombies, um auch noch die restlichen zwei Lebensenergieherzchen auszusaugen. Sie legt das Smartblet auf den nüchternen Resopaltisch. Die Überwachungsbildschirme bescheinen gleichgültig ihr von lebenslanger Strenge müdes Gesicht.

Ein Roboter läuft watschelnd in den Türausschnitt, bleibt stehen und dreht sich um: »Alarm! Alarm!« Es ist laut Brustaufdruck B666 G9924.

»Leiser! Bericht!«, bellt Hilde.

»Überschwemmung in Gang 3.K. Putzroboter defekt.«

»Was zur Hölle ist passiert?!« Hilde fährt hoch, ihr Blutdruck ebenfalls.

»Negativ.«

Sie schiebt B666 G9924 zur Seite und läuft zum Gang 3.K. B666 G9924 folgt ihr. Vor Karls verschlossener Wohnungstür steht ein Putzroboter in einer großen Wasserlache. Aus ihm dringt leiernd die monströs verzerrte Stimme von Roberto Blanco: »Ein bisschen Spaß muss sein!« Dazu versprüht der Roboter träge ein paar Funken. Es wirkt wie eine Schlagerparty für Zombies.

Wunderbar! Einfach wunderbar! Jetzt hat sie schon drei kaputte Roboter! Manchmal wünscht sich Hilde ihre prekär Beschäftigten aus der osteuropäischen Dorfdiaspora zurück. Die waren zwar des Öfteren störrisch angerückt, um etwas von »Gewerkschaft« und »Tarif« zu blöken, besonders nachdem sie von den ahnungslosen Balkonklatschern während der ersten Pandemiephase aufgestachelt worden waren, aber das bekam Hilde immer schnell in den Griff, mithilfe des kleinen Hinweises, dass die Blöker gern kündigen und zurück in die Ödnis ihrer Heimat gondeln könnten, gefolgt von einem Satz heißer Ohren.

Am Rohrstock ist Hilde seit ihrer Jugend, in der sie für alle jüngeren Geschwister die Mutter ersetzen musste, unangefochtene Königin.

»Was ist hier los, zum Teufel?«, schreit Hilde dem heranwatschelnden B666 G9924 entgegen. Die Temperatur in ihrem Kopf steigt, Säure ätzt sich in ihrer Speiseröhre nach oben.

»Überschwemmung. Putzroboter defekt.«

»Das sehe ich selbst, du kleiner Armleuchter! Was ist hier passiert?« Hilde unterdrückt ein saures Aufstoßen.

»Negativ.«

Sie starrt ratlos die Wasserlache aus Karls Zimmer an, dann seine Tür.

Natürlich Karl. Dieser Quertreiber. Der macht nur Probleme. Ich hätte den gar nicht nehmen sollen. Ich hätte schon eine andere Einnahmequelle gefunden.

Ihr Kopf erhitzt sich immer mehr, dafür vereisen ihre Füße und Hände. Ein Schauer läuft ihr über den Rücken. Sie schnappt nach Luft.

Reiß dich zusammen, sagt sie sich, an ihrer Rauchmaschine nuckelnd. *Reiß dich zusammen, wenn du jetzt gleich da rein gehst. Der ist noch klar genug im Kopf, der kann dich wegen Körperverletzung anzeigen.*

Hilde atmet tief an ihrer E-Zigarette ein, tritt durch die Dampfschwaden vor, in die Wasserlache, drückt langsam die Klinke nach unten und zieht. Die Tür ist verschlossen.

Da explodiert die heiße Wut in ihr. Unkontrollierbar. Sie schlägt gegen die Tür, reißt an der Klinke. »Aufmachen«, brüllt sie. »Mach sofort die Tür auf, du altes, armes Arschloch! Und dann erzähl uns was von deiner verschissenen Poolparty da drinnen!«

Als ihre Fäuste schmerzen, hört sie auf. Zitternd lehnt sie sich gegen die Tür. B666 G9924 schaut sie aus toten Roboteraugen an. Der Putzroboter leiert noch immer den Zwang zum Spaß. Sie versetzt ihm einen Tritt, der ihn gegen die Wand schleudert, wo er mit gebrochenen Antennen verstummt.

»Aufbrechen«, befiehlt sie bebend B666 G9924.

Der Roboter öffnet sein Bauchfach und entnimmt einen Schlüsselbund. Hilde knirscht mit den Zähnen. Wieder so ein Irrsinn! Die Roboter hätten eigene Vorrichtungen, mit der sie jede Tür aufmachen könnten. Aber wegen der Privatsphäre war das bei den Zimmern der Bewohner verboten. Nur in Ausnahmefällen durfte man die Türen öffnen, und auch dann nur mit einem Notschlüssel. Wieder so ein Gesetz, das aus der Omaboy-Affäre resultierte. Deshalb übergaben sich die hochmodernen Roboter vor ihren Kontrolldiensten den Schlüsselbund wie einen Staffelstab auf dem Weg zum Gipfel des Blödsinns.

Hilde massiert sich die Schläfen.

Die Tür zu Karls Zimmer schwingt auf. Sie stürmt hinein. Das Zimmer ist menschenleer. Das Badezimmer ebenfalls.

Hilde presst die Fingernägel schmerzhaft in die Handinnenflächen. Sie hätte dieser Ausgeburt eines alten Hühnerschisses nie erlauben dürfen, den gemeinsamen Mahlzeiten fernzubleiben. Dann hätte man sein Fehlen schon beim Frühstück um 05:35 Uhr im Gemütlichkeitsraum festgestellt. Leider hat sie ihm das Argument durchgehen lassen, dass er ja wohl bitteschön keinen Appetit haben könne, wenn ihn die anderen Heimbewohner vollstinken würden. Hilde empfindet schließlich auch jeden Heimtag als olfaktorischen Hindernislauf, bei dem schon eine zu langsame Bewegung oder eine falsche Drehung in die Fallgräben der Bewusstseinstrübung führt.

Dann entdeckt sie den abgebrannten Vorhang. Taubheit verdrängt die Hitze in ihrem Kopf. Sie wendet sich mit offenem Mund der Sprinkleranlage an der Decke zu.

Das Bett darunter ist nass, der Boden ebenso.

»Wie viel Wasser ist denn in diesen verschissenen Dingern?«, zischt sie.

»Anlage FLS ist direkt an die Hauptleitung angeschlossen. Es wird so viel Flüssigkeit abgegeben wie nötig«, vermeldet B666 G9924. »Bei einem großen Brand …«

»Halt die Fresse!« Sie rennt zurück in den Überwachungsraum. Die Bildschirme zeigen weder eine Überschwemmung noch einen ersoffenen Putzroboter an.

»Kamera in Gang 3.K defekt. Seit gestern 21:45 Uhr«, vermeldet B666 G9924.

»Und wieso merkt das keiner?!«

»B666 G8889 hat Kontrollgang nicht absolviert.«

Über Hildes Kopf schlagen krachend zwei Wellen zusammen. Sie droht, im Meer der Überforderung zu versinken. Süß locken sie die Stimmen ihrer inneren Sirenen, jetzt einfach abzutauchen, ein wenig zu schlafen, am tiefsten Grund, behütet von Dunkelheit und Stille, und hier, am glitschig-kalten Felsenufer des Absurdischen Ozeans, erst wieder aufzutauchen, wenn kein Narrenwal und Irrwitzlicht mehr da ist. Wenn man nicht einmal mehr irgendwo ein ekliges Räuspern aus einer längst leeren Muschel vernimmt. Wenn man sich nicht mehr im heulenden Nordwind auf spitze Steine kauern muss, sondern auf einem gemütlichen Sandstrand in der Sonne liegen kann. Doch es packen sie die linke und die rechte Hand des Kontrollzwangs und ziehen sie ans steinige Ufer.

Hilde zwinkert hart zehn Mal hintereinander. »Hol mir B666 G8889 her!«

»Keine Ladung. Aufenthalt in der falschen Ladekammer, ohne Ladung«, vermeldet B666 G8889.

Hilde schlägt hart zu, der ovale Roboterschädel fliegt nach links und dreht sich ein paar Mal um sich selbst. Sie betrachtet nachdenklich das Schlagwerkzeug, ihre Kaffeetasse aus Edelstahl, auf der steht: »Mutti ist die Beste«.

B666 G8889 hält seinen sich drehenden Schädel fest. B666 G9924 beobachtet die beiden reglos von der Tür des Laderaums aus.

»Das weiß ich schon! Wieso?! Wieso warst du in der falschen Ladekammer, Eierkopf?« Hilde richtet die Taschenlampe ihres Smartblets auf sein ovales Gesicht.

»Negativ.«

Hilde stößt B666 G8889 mit ihrer Kaffeetasse vor die Brust.

»Wieso war die Kamera im Laderaum für eine Stunde ausgeschaltet?«

»Negativ.«

Ein Schlag gegen den Hinterkopf.

»Wieso hat das von euch Klugscheißern niemand bemerkt?«

»Negativ.«

Sie tritt ihn hart gegen die Brust.

Die Misshandlungen verschaffen Hilde jedes Mal ein wenig mehr Atemluft. Noch mehr Luft bekäme sie, wenn dieser maschinelle Homunkulus Schmerz empfinden würde, nur ein wenig. Oder zumindest Angst. Stattdessen kommt es schlimmstenfalls zu Systemwarnungen. Sie schnaubt.

»Na gut!« Sie hämmert jedes Wort mit der Tasse in seinen Schädel hinein. »Hier hab ich eine *Systemwarnung* für dich: Wenn du mir nicht sagst, was genau passiert ist, dann stell ich deinen Schädel auf ›FIX‹ und *dann* schlag ich dagegen.« Hilde tut einen tiefen E-Zug. »Und was meinst du, was dann passiert?« Sie hüllt den Schädel des Roboters in vom Raum grünlich gefärbte Schwaden.

»Notruf Vaterfirma. Roboter defekt.« B666 G8889 zeigt kein Anzeichen von Unwohlsein. Er schaut sie an, frech irgendwie, obwohl das unmöglich ist, wie Hilde ganz genau weiß.

Und sie weiß auch ganz genau, dass vier kaputte Roboter nicht mehr der Firma, sondern ihr zugeschrieben würden. Dann würde *sie* alle Reparaturen und Retouren bezahlen müssen. Jeden einzelnen beschissenen Meter, den der Fahrer hin und zurück gondeln müsste. Wahrscheinlich würden sie auch noch den Notdienst von voriger Nacht abkassieren und …

Ein Blitz schießt Hilde angenehm schmerzhaft ins Hirn, erhellt die verzweifelte Dunkelheit dort:

»Gestern ist der Notdienst hier gewesen«, flüstert sie.

»Positiv«, sagen die Roboter.
»Und der hätte zwei Roboter mitnehmen müssen.«
»Positiv«, sagen die Roboter.
»Und es fehlen zwei Roboter: B666 G9996 und B666 G4731.«
»Positiv«, sagen die Roboter.
»In der Ladekammer von B666 G4731 stand anstelle von B666 G4731 über Nacht B666 G8889, wie es scheint. Und zwar ohne Ladung.«
»Positiv«, sagen die Roboter.
»Und B666 G8889 hätte eigentlich Kontrolldienst gehabt.«
»Positiv«, sagen die Roboter.
»Und alle Kameras waren in der Zeit, in der der Notdienst da war, aus. Und die Kamera vor Karls Zimmer war auch aus, in der Zeit, in der Karl seine Bude anzündete und dann stiften ging. Und kein Roboter hat gemerkt, dass die Kameras aus sind. Und wahrscheinlich hattet ihr in dieser Zeit alle keine Verbindung zueinander, weil die auch ausgeschaltet wurde, so wie die Kameras.« Sie schlägt so heftig auf den Resopaltisch, dass der Mordhammer ruckelt, tritt gegen den Saftschrank, dass die Flaschen darin klirren, sie tritt gegen B666 G8889, dass er gegen die Wand knallt, und gegen den Ladeschrank, dass die Türen in ihren Angeln ruckeln. Und als ihr Fuß wehtut, vom Treten, nimmt sie den Mordhammer und schlägt kreischend den unschuldigen Resopaltisch kaputt. »Und wahrscheinlich! Wahrscheinlich! Wahrscheinlich! Ganz wahrscheinlich wird das schon was miteinander zu tun haben, oder?!«

Hilde richtet sich schwitzend auf. Um sie herum verstreut liegen die Reste des Resopaltisches. Sie schaut sich um, streicht sich Resopalstreusel aus den Haaren. Eine fatalistische Leichtigkeit hebt sie in die Sphäre der gefühlten Gottgleicheit. Jetzt ist keine Zeit mehr zum Reden, jetzt ist Zeit zum Handeln. Mutter Nemesis nimmt einen tiefen, tiefen, mariannengrabentiefen Zug aus ihrer E-Zigarette. Von Raum und Licht grün eingefärbte E-Schwaden wabern um ihr Gesicht, grünlicher Dampf strömt aus ihrer Nase. Große Vorfreude verzerrt ihren harten Mund zu einem Grinsen.

»Die Arschlöcher holen wir uns wieder. Alle beide.«

Die Roboter schweigen.

Vögel zirpen aufgeregt in maiblütigen Bäumen und Sträuchern. Girsch, Spargel, Farn und wilde Blumen aller Couleur recken sich um die Wette der Sonne entgegen. Bienen und Hummeln summen gemütlich durch hohes Gras und den Duft eines mehr als reichhaltigen Bestäubungsangebots. Weinblätter ranken sich mutig an alten Holzwänden entlang. Ein kleiner Frosch klettert aus der verrosteten Wasserpumpe am Rand des geheimen Gartens, um fragend zu quaken. Ganz in der Nähe rast ein Zug vorbei.

Plötzlich verstummt alles. In die Stille hinein dröhnt der Schlag, den Karl mit einer Rohrzange dem Vorhängeschloss an der Tür der Gartenhütte verpasst.

Er wischt sich über die Stirn. »So eine blöde Scheiße.«

Flora und Fauna setzen ihr Konzert der Welt fort.

B666 G4731 wendet sich ab von der alten Holztür, deren Schloss Karl aufzubrechen versucht. Er scannt den jahrelang undomestizierten Garten, das zugewucherte Beet, das hundert Meter entfernte noch ältere Häuschen, das aus lauter unterschiedlichen Einzelteilen zusammengesetzt worden war. Sogar der Boden ist ein Mosaik aus Holzdielen, Keramikfliesen und Pflastersteinen. Das löchrige Dach scheint Karl in Eigenregie mit Teerpappe eingedeckt zu haben. Außen, über der schiefen, müde in den Angeln hängenden Eingangstür, verkündet ein Straßenschild »Erich-Mühsam-Platz«. An das selbstgebaute, ächzende Flickengebäude schmiegt sich ein leerer Hasenstall.

»Was ist das.« B666 G4731 deutet auf die kleinen Stecken rund um das zugewachsene Beet, die mit Schneckenhäusern geschmückt sind.

Karl runzelt die Stirn, dann lächelt er. »Die sind noch von der Geli. Zur Schneckenabwehr.«

»Negativ. Dafür verwendet man Schneckengift. Oder Geflügeltiere.«

»Sie hat die Gehäuse als Warnung für andere Schnecken aufgehängt, wie Skelette. *Capice*?«

B666 G4731 rechnet diese Art der Landwirtschaft gründlich durch. »Ihr habt also statt Gemüse Schnecken verzehrt.«

Karl seufzt. »Vorn beim Lerchenauer See gibt es einen Supermarkt. Da kaufen wir ein. Falls wir jemals in diese Scheißhütte kommen. Da drin ist nämlich meine Kohle, wie du weißt.« Er schlägt wieder gegen das Schloss, flucht.

B666 G4731 nickt. »Hast du hier wirklich gewohnt.«

Karl knurrt. »Teilweise. Warum? Passt dir was nicht?«

B666 G4731 registriert Karls Unmut, woraufhin sein System zu seiner eigenen Überraschung den nächsten Satz spontan ändert. Anstelle der durchaus berechtigten Feststellung, dass menschliche Behausungen im 21. Jahrhundert normalerweise anders aussehen, was er Karl nur mitteilen will, damit dieser darüber nachdenkt, ob er hier wirklich an der richtigen Adresse ist, sagt der Roboter: »Menschen lagern oft Ersatzschlüssel bei ihren Behausungen.«

Und anstelle der gewohnten Beschimpfung stockt Karl und grinst ihn dann an. Anerkennend.

Indes liegt der nur etwa 31 Kilometer entfernten Hilde nichts so fern wie Freude oder Anerkennung. Sie weiß, dass jede Minute, die ungenutzt verstreicht, die Chancen der zwei Flüchtenden verbessert. Aber wie zum Teufel soll sie denn die Minuten nutzen, ohne funktionierendes Internet, ohne funktionierende Roboterortung und ohne funktionierende Gehirne in den Schädeln ihrer Mitmenschen?

Freilich hat sie als erstes nach ihrem Tischtobsuchtsanfall die Roboterfirma angerufen, um mal rein informativ nachzufragen, ob sie dort eigentlich den Arsch offen hätten. Vom anderen Ende der Leitung kam allerdings die mehr als wurstige Meldung in berlinerischem Zungenschlag, dass erstens nur ein Roboter im Heim zur Abholung bereitgestanden habe, also auch nur einer abgeholt worden sei, was aber bitteschön in der Verantwortung des Kunden liege, weil man für die viel zu geringe Entlohnung ja wohl nicht noch falsch gelagerte Roboter ausfindig machen könne, indem man jeden einzeln befrage, ob er denn mit abgeholt werden solle. Und für Roboterentführungen seitens Heimbewohnern, die wegen Demenz oder Einsamkeit so plemplem seien, dass sie auch gut aus dem Stand heraus die Hauptfigur in Shining spielen könnten, sei man beim besten Willen nicht zuständig. Und als Hilde noch einwarf, dass es ja wohl umgekehrt sei, der Roboter habe schließlich ihren noch völlig gesunden Heimbewohner entführt, da stimmte ihr der Berliner auf eine Art und Weise zu, die besagte, dass Hilde wohl ebenfalls plemplem sei.

Ohne jegliche Information die Verfolgung aufzunehmen, wäre freilich blödsinnig, hätte sie allerdings getan, nach vier Stunden, in denen sie nur toben und trinken und an der steril weißen Tapete in ihrer steril weißen Küche kratzen konnte. Wie sollte sie hier aber wegkommen, ohne Führerschein und Vehikel? Wie sollte sie nur irgendwas tun, ohne Internet, außer ihr Haustierchen Peter anzurufen, damit dieser schnellstmöglich seinen Polizistenhintern zu ihr schwingen und ihr helfen würde? Immer wieder wählte sie Peters Nummer, immer wieder ertönte das die Nerven zerfräsende *Wake me up, before you go, go*! Hilde hätte liebend gern diese kleinen Schwuchteln von Wham! vor sich gehabt, um ihnen alle Nasenhaare einzeln auszureißen. Und im Anschluss Peters.

Erst jetzt, am späten Nachmittag, als Karl und B666 G4731 sich bereits mit Proviant für ihren kurzen Aufenthalt und für die Fahrt versorgt und sich in der Hütte zwischen alten Büchern, dem alten Bett und flirrendem Staub eingerichtet hatten, erreicht sie Peter. In der Zwischenzeit hat Hilde eine Flasche Apfelkorn in sich hineingeschüttet und große Stücke aus ihrer Küchentapete gerissen.

»Du erbärmliche Arschmilbe! Für was hab ich dich eigentlich, du trauriges Würstchen?!«

»H… Hilde«, nuschelt Peter schlaftrunken. »Ich hab Frühschicht gehabt. Was …?«

»Du schlappschwänziger Grottenolm! Du überflüssiges Häuflein Rattenkotze!« Sie trinkt einen Schluck Apfelkorn, wobei sie den leichten Geschmack nach Pferd nicht mehr registriert.

»Ach so!« Peter lacht konspirativ und so rau, wie er es sich antrainiert hat, um in Hildes Augen wie ein *»richtiger Mann«* zu lachen und nicht mehr wie ein *»kleines Scheißgör«*. »Schöne Überraschung. Telefonsex.«

Hilde rauft sich die Haare, fährt sich mit den Nägeln durchs Gesicht, kreischt in unerhörten Tonlagen. »Du kommst sofort her! Oder du hast nie wieder Sex! Weil ich dir deinen jämmerlichen Schwanz ausreiße.«

Peter stößt einen erregten Schmerzenslaut aus.

Zwanzig Minuten später, als Karl B666 G4731 mit Strom aus der Solaranlage versorgt, während ihm der Roboter erklärt, wie viel einfacher es wäre, sein Hühnchen mit kleinen Raketen zu rösten, anstatt im alten Grill ein Feuer zu entfachen, steht Peter, der Mann mit den tausend Tiernamen, vor Hilde in ihrer schmucklosen, sterilen Küche. In seiner Hast hat er sich seine Uniform angezogen, die ihn klar als Mitglied der bayerischen Streifenpolizei auszeichnet. Hilde überlegt, dass diese Uniform nützlich sein wird. Wahrscheinlich nützlicher als der Träger.

Sein Blick sagt ihr, dass sie selbst in seinen Augen furchtbar aussieht. Aber das juckt sie so wenig, wie es einen Apfel juckt, ob er einmal Korn oder Mus wird. Fahrig Kreise ziehend, die zweite Flasche Apfelkorn fast in einem Zug leerend, E-Dampfschwaden ausstoßend, schildert sie, was passiert ist und warum sie seine Hilfe braucht. Dann verlangt sie, dass er sofort bei seinen erbärmlichen Kollegen anruft und dafür sorgt, dass dieses Auto verfolgt wird. Man müsse die zwei Geflohenen zurückholen! Jetzt! Denn sonst …

Peter starrt sie an. Sein wie immer zu dämlicher Gesichtsausdruck ist das Letzte, was Hilde an diesem Tag sieht.

Ihr System schaltet sich ab.

Kapitel 2

Track 7: »Time« (Tom Waits)
Karls Leben – der Aufbau

Karl Kaspar Seyfart, Sohn von Maria Cecilia Seyfart (geb. Freihart) und Karl Joseph Seyfart, ist im Jahre 1966 an einem winterlichen Märzmittwoch geboren worden. Die Geburt ist ohne großes Gewese innerhalb weniger Stunden verlaufen. Es kann selbstverfreilich sein, dass seine Mutter einfach kein großes Gewese gemacht hatte, ob der Schmerzen. Oder, dass die damals noch erheblich rustikaleren Schmerzmittel das Ihrige getan hatten.

Fest steht, dass Karl Kaspar Seyfart sich frühmorgens entschloss, auf diese Welt zu kommen, dies seiner Mutter entsprechend kundtat, was Maria Cecilia wiederum ihrem Ehemann kundtat, woraufhin Karl Joseph seinem einäugigen Bruder Leopold Joseph kundtat, er möge sein Weib ins Krankenhaus zur Niederkunft bringen. Leider sei er als Kindsvater verhindert, er müsse auf die Baustelle, da warte man auf ihn. Der einäugige Bruder brachte seine Schwägerin sicher ins Krankenhaus, wobei er sowohl geschwind Hindernissen wie Hunden oder Kindern auswich, als auch wurstfingrig ihren Oberschenkel begrabschte. Seine Mutter wiederum verzehrte ein paar Stunden später, mit dem Sohn an der Brust, bereits ihr Mittagessen. Das war zu erwarten gewesen. Die Seyfarts entstammten beide Kleinhäuslerfamilien, die da seit Jahrtausenden in der Nähe des Bayrischen Waldes gezüchtet worden waren. Und ihr werdet doch nicht meinen, dass solcherlei Leutchen nur eine einzige Mahlzeit auslassen, wenn alles inklusive ist – was wiederum nach mehreren *All-inlcusive*-Urlauben in der Türkei bei Seyfart senior zu Bluthochdruck, Übergewicht und leichten Herzinfarkten führen sollte. Aber wir befinden uns zum Glück einige Jahre davor, als Seyfart senior noch kraftstrotzend und drahtig auf dem Bau und nicht als Chef einer Heizungsbaufirma arbeitete.

Der einäugige Onkel verkündete also dem frisch gebackenen Vater die Niederkunft, alles sei dran und Gott sei Dank an einem Sohn. Der Vater strahlte und der Bote zupfte sich nach Hause, um in Gedenken an fruchtwassernasse Oberschenkel an sich selbst herumzuwursteln.

Abends erschien Karl Joseph Seyfart, um seinen Sohn Karl Kaspar kurz in Augenschein zu nehmen. Seine Frau teilte ihr Abendbrot mit ihm, bloß ein ganz klein wenig widerwillig, sie hatte schließlich nachmittags Kuchen und Kaffee genossen.

Freilich blieb die Situation nicht so beschaulich. Neben Maria Cecilias Familie kam die Schwiegermutter an ihr Wochenbett, bewehrt mit irgendeinem Kraut gegen Blähungen und vielen Ermahnungen.

Maria Cecilias Familie schob nach drei Stunden ab, gen Wald, man würde sich bei der nächsten Hochzeit, Beerdigung oder Geburt wiedersehen. Die Schwiegermutter blieb jedoch an Maria Cecilias Seite, als ständiger Schatten, als ewige Ermahnung, immer umweht vom Hauch diverser Kräuter. Schließlich hatten die jungen Eltern genug Platz in ihrem Haus samt Garten, welches sie mit ihrer eigenen Hände Arbeit, aber auch mit finanzieller Hilfe seitens der Schwiegermutter im Landkreis Neustadt an der Waldnaab erbaut hatten. Zudem wollte das kleine Häuschen der Schwiegermutter im Bayerischen Wald bald dem ältesten Bruder von Karl Joseph übergeben werden, mit warmen Händen, um dem Staat nicht unnötig Steuern in den Rachen werfen zu müssen.

Warum die Geburt von Karls Schwester Maria Anna zwei Jahre später so viel dramatischer verlaufen ist? Nun, Hausgeburten sind eine Herausforderung. Zudem kündigte sich das Kind zwar an, verlor allerdings bald darauf offenbar die Lust an seiner Geburt, weswegen sich diese fast zwei Tage lang hinzog. Unterstützt wurde die Mutter vor allem durch ihre Schwiegermutter, welche beinahe die Hebamme in die Flucht geschlagen hätte, mithilfe von Kräutern und Suden und Ausrufen wie: »Mir hat geträumt, dass sie beide sterben. Mutter und Kind. Glaubt ihr mir das? Das mir das geträumt hat? Ach, ach, ach!«

Karl Joseph Seyfart versuchte nach seinen Möglichkeiten, den kleinen Karl Kaspar zu beruhigen. Jedoch hatte sich bei dem Bub der Begriff »zweites Gesicht« als Definition von »Irrsinn« eingebrannt.

Nun, Mutter und Tochter überlebten. Und Maria Anna wurde ein braves Kind, so viel sei gesagt. So brav, dass ihrem Bruder, seit er denken konnte, also ab seinem 26. Lebensjahr, die Füße einschlafen sollten, sobald er seine Schwester sah.

Gegenüber seiner Großmutter verhielt sich Karl Kaspar zeit ihres Lebens so, wie man sich gegenüber Leuten verhält, die ihre Schuhe an den Händen tragen, weil sie es vorziehen, auf jenen zu laufen. Wenn die Großmutter erzählte, was sie mit ihrem zweiten Gesicht alles gesehen habe, sah Karl Kaspar zu, so schnell wie möglich zu verschwinden. Was sich schwierig gestaltete, wenn die Großmutter beim Abendessen von ihren Hellsichtungen erzählte.

Dass sie für ihre Berichte aus der Totenwelt oft den Zeitpunkt des gemeinsamen Abendmahls wähle, läge nicht daran, dass ihr tagsüber alle Familienmitglieder aus dem Weg gingen, erklärte Maria Cecilia ihrem Sohn. Nein, das läge rein an der großmütterlichen Bösartigkeit, aus der heraus diese auch alles andere täte, was sie so tue.

Karl Kaspar glaubte seiner Mutter spätestens seit einem nebligen Herbstabend im Jahr 1972. Seine Großmutter erzählte, ihr sei der Heilige Blasius erschienen, um zu berichten, dass ihr Enkel nur knapp dem Tod entrinnen solle, sehr bald schon, sehr bald. Der Heilige Blasius habe ihr das zudem singend kundgetan, mit einem Fliegenpilz in der Hand, was, wie ja jeder Depp wisse, bedeute, dass es der Heilige wirklich ernst meine. Denn Heilige oder Erzengel, neigten durchaus manchmal zu einem kleinen Fopp.

Während des Berichts über die Erscheinung verschluckte Karl sich beim Versuch, möglichst rasch ein halbes Wurstbrot hinunterzuwürgen, um im Anschluss schnell flüchten zu können. Der Vater erreichte nur mit Mühe, dass die Luftröhre seines blaugesichtig werdenden Sohnes den Speisebrei wieder freigab. Maria Cecilia und Maria Anna untermalten die Szenerie im wehklagendem

Mezzosopran. Die Großmutter nickte derweil befriedigt und genehmigte sich ein Glas Portwein, dass sie feierlich auf den Heiligen Blasius erhob.

Maria Cecilia und ihre Schwiegermutter kamen denkbar schlecht miteinander aus. Karl Joseph ging beiden Frauen aus dem Weg. Es gab schließlich mit beiden kaum mehr Berührungspunkte; die eine hatte ihn längst abgestillt, der anderen hatte er zwei Kinder zum Stillen gemacht. Was konnte man von ihm noch verlangen, außer, dass er viel arbeitete, viel aß, wenig trank, nicht rauchte und jeden Sonntag erwähnte, dass seine Kuchenscheibe wohl der Glaser gemacht habe, man könne nämlich durch das dünne Ding das Muster des Tellers sehen.

Die Kinder allerdings belastete naturgemäß die Situation zwischen Mutter und Großmutter. Und naturgemäß reagierten die Kinder ihrer Resilienz entsprechend. Karl Kaspar entwickelte sich zu einem aufbrausenden, störrischen Wildfang. Ergo später zu jener Art Mann, der bei den meisten Frauen, vor allem wenn sie noch über sehr viel ungenutzte Zeit in ihrem Leben verfügen, sofort den Impuls auslöst, die *Eine* sein zu wollen, die diesen Kerl zähmen kann. So überrascht es niemanden, dass viele von Karls Ex-Freundinnen sich mit gebrochenem Herzen dem Pferdesport zugewandt haben.

Maria Anna entwickelte im Gegensatz dazu das Temperament einer Latschenkiefer. Nach zwei kurzen Erfahrungen mit dem anderen Geschlecht, im Alter von 24 und 28 Jahren, fand sie im Alter von 32 einen Egon, der sie heiratete, ihr eine Eigentumswohnung in Regensburg kaufte und ihr zwei Kinder machte. Weiterhin machte Egon in Gebäudevermietung, vor allem an Supermärkte, und war so aufregend wie eine alte Scheibe Toast, ungetoastet. Die beiden passten wunderbar zueinander.

Sie lernten sich übrigens nicht im Internet kennen, was bei Maria Anna alle für die einzige Möglichkeit der sexuellen Kontaktaufnahme gehalten hatten, sogar ihre Mutter Maria, die bis zu ihrem unnatürlichen Tod das Internet für eine Art ausgelagerten Fernsehsender hielt. Nein, Maria Anna und ihr Egon trafen sich in einer

Apotheke, wo beide zum gleichen Antiallergikum griffen (Gräser). Eins führte zum anderen und schließlich wurde aus dem schüchternen Schniefen zweier Nasen eine Beziehung, die bald, im Angesicht des fortgeschrittenen Alters der Protagonisten, zum Altar führte. Sie haben gut daran getan, sich zu beeilen, denn Maria Anna und Egon sind früh gestorben, im Jahr 2021, umringt von ihren Kindern und doch jeder völlig allein.

Aber so weit sind wir ja noch gar nicht. Wir befinden uns jetzt in Karls später Jugend, von 16 bis 18. Karl hat damals Marx gelesen. Natürlich in erster Linie, um Mädels zu beeindrucken, das wusste jeder, der ihm zuhörte, wenn er mit Begriffen des Klassenkampfs um sich schmiss, wie die Fabrikherren mit dem Geld, dass sie aus eben jenem ungeführten Kampf bezogen.

Sibylle wusste ebenfalls um Karls Strategie. Allerdings interessierte sich Sibylle sowieso mehr für Muckis als für Marx, ergo mehr für Klaus als für Karl. Obwohl sie den Namen ihres Auserwählten *»so ein bisschen abturnend«* fand, was wohl ein Grund der Trennung war, nach immerhin drei vollen Monaten. In diesen drei Monaten trainierte Karl seine Muckis. Zur Motivation schaute er Rocky beim Trainieren zu. Leider bekam er keine nennenswerten Muskeln, dafür aber völlig umsonst eine starke Erkältung, durch das Tragen von Muskelshirts im Oktober, um seine mickrigen Trainingsergebnisse zu präsentieren. Sibylle fand Muckis zu diesem Zeitpunkt sowieso nicht mehr gut, sondern Gitarren – und damit also »den Mike«. Karl stellte seine Hanteln in den Schrank und tags darauf bei sich eine völlige Absenz von Musikalität fest. Er schrieb Sibylle keinen Song, sondern sie stattdessen ab. Und er dachte sich, im Beisein von Andi und Tom und ein paar Flaschen Bier im Keller von Andis Eltern, dass das wahrscheinlich gut so sei. Er könne ja schlecht alle drei Monate ein neuer Mensch werden, oder? Sibylle sagte sich jedoch von ihrer Flatterhaftigkeit noch während der Banklehre los. Sie legte sich auf Radio-Hits, Eierlikör, Selbstgebackenes sowie Fremdfrittiertes und Bernhard den Versicherungsvertreter fest.

Bernhard wiederum legte sich 19 Jahre lang auf Sibylle und drei

Kinder fest, bis er feststellte, dass er nicht der Festlegungstyp war. Also jedenfalls nicht auf ewig und nicht bei einer Frau, die hauptsächlich nach Kuchenglasur und Couch roch und bald selbst aussehen würde wie ein frittierter Champignon. Ihr sexuelles Verlangen glich seit der Geburt des letzten Kindes ebenfalls dem eines frittierten Champignons. Da wurde es Bernhard also förmlich aufgesetzt, dass er Olga kennenlernte, die ihr dürftig Brot in der von ihm oft frequentierten Tankstelle sowie auf den Autorücksitzen hinter der Tankstellentoilette verdiente. Bald sahen sowohl sein Sexleben als auch ihr Brot weniger dürftig aus.

Was täte denn die Sibylle mit roten Kleidern?, fragte Bernhard sich, wenn er mit verschwitzten Handflächen Olgas Haustür öffnete. *Was mit geilen Lackwinterstiefeln? Täte sie vielleicht in dem roten Kleid einen Rotweinkuchen backen, den sie dann auf der Couch in sich hineinschaufelt? Ich glaube nicht!*

Olga und Bernhard legten sich gute fünf Jahre aufeinander und aufeinander fest. Bis Yegor auf den Plan trat, beziehungsweise rollte, Olga in seinen BMW X5 lud, den Mund voller Versprechungen, und gen Eden düste. Ob Olga in Eden ankam, hat Bernhard nie erfahren.

Bernhard nahm es relativ gelassen. Da war Sibylle schon aufgeregter gewesen, nachdem er seit langer Zeit wieder die Familien-Luftmatratze im Wohnzimmer aufgeblasen hatte. Die Luftmatratze war Versprechen und Ausrede zugleich gewesen. Eingeführt hatte sie Sibylle, als Symbol der ehelichen wiewohl elterlichen Pflicht, damit *»die Kinder nix mitkriegen«*. Aber wie lange ist es reizvoll, erst einmal zwanzig Minuten eine Luftmatratze aufzublasen, bevor man eventuell – und auch nur, wenn man genug Eierlikör in die Betäubung seiner Frau investiert hat – einen Blowjob bekommt? Ich kann es Ihnen sagen: Ein halbes Jahr. Und weitere sechs Monate hält man es zähneknirschend im luftmatratzenleeren Raum aus, sich jede zweite Nacht heimlich in der Gästetoilette befriedigend. Dann fährt man tanken.

Abschließend kann man sagen, dass Karl es mit seiner Biochemie, die Sibylle kein bisschen zusagte, ganz gut getroffen hat.

Karl absolvierte das Gymnasium mit hervorragenden Leistungen sowie einem von Marx blitzsauber ausgebildeten Gerechtigkeitssinn. Dieses Päckchen auf dem Buckel, wanderte er nach Regensburg, um zu studieren. Frohgemut, freilich. Denn dies begab sich zu einer Zeit, in der es Studenten möglich war, in Städten wie Regensburg ganz gut zu leben, ohne zwischen Wohnungsnot, horrenden Mietkosten, karriereorientiertem Studium, endlosen Essenausfahrten bei jedem Wetter, einsamer Tindertrostlosigkeit, verzweifelten, monatlichen Gruppenbesäufnissen bei schlechter Musik und Netflix ihren Verstand und einen guten Teil ihres moralischen Rückgrats zu verlieren. Man trug sein Fleisch noch nicht mit vorauseilendem Gehorsam zu Markte und schon gleich gar nicht gab man es dem erstbesten Menschen im Anzug. Freilich, es gab auch in dieser Zeit Pflichten und Fristen und Kosten und Arschlöcher, die völlig ironiefrei von »Humankapital« sprachen. Aber man hielt diese menschen- und weltfeindliche Melange für genauso lästig wie dringend abänderbar, statt für gottgegeben.

Man lebte, um das eigene Leben zu leben.

Man warf sich nicht auf den Rücken, präsentierte den nackten Bauch und rief »Nehmt von mir was ihr wollt!«, mit dem Plan, in dreißig Jahren auf der Seite der Bauchaufschlitzer und Lebensnehmer zu stehen. Vor diesem Bild klingt das Wort »Lebenshunger« gleich ganz anders, nicht? Aber genug Gesellschaftsschelte und Geschichtsunterricht.

Karl jedenfalls studierte in Regensburg. Nebenbei jobbte er gemütlich in einer Bar, wo die älteren Damen gern ihrer Sympathie und Fürsorge in Form von ordentlichem Trinkgeld Ausdruck verliehen. Dreien von ihnen, die auf Karl beim flüchtigen oder trunkenen Betrachten weniger pergamenthäutig, krampfadrig und faltig wirkten, folgte er für jeweils ein paar Monate in ihre Gemächer. Denn trotz Nebenjob und regelmäßigen Paketen von seiner Mutter, die Köstlichkeiten aus der heimatlichen Metzgerei enthielten, konnte er sich zum Beispiel keine sauteuren Winterschuhe leisten. Diesen Komfort ermöglichten erst Fanny, Waldi und Loni. Karl kam sich darüber hinaus wahnsinnig emanzipiert vor, so als männliche Nutte.

Dass eben dies ein riesiger Schmarren ist, dass er hier nur einer Gaudi nachging, die zu noch mehr Gaudi führte, und dass richtige, harte Prostitution, die unfreiwillige Prostitution den Leib entseelt, den Mensch zerstört, lernte er Gott sei Dank rechtzeitig genug. Nämlich kurz bevor er seinen Job verlor und in den Abgrund gestürzte, aus dem ihn ein kleiner Roboter herausgezerrt hat.

Track 8: »Broken Cowboy« (The Dead South)
27.05.2026

Karl parkt den Wagen vor der Bäckerei. Besser gesagt ist es natürlich ein Backshopstop, wie inzwischen fast jedes Geschäft ein Shopstop ist, außer Super- und Baumärkte.

Flora und Fauna rund um den Lerchenauer See blinzeln fröhlich der Welt zu. Die Menschen wiederum, die wenigen, die sich hier in der Peripherie noch aufhalten, seit diese S-Bahn-Strecke komplett beim Fahrgastaufstand zerstört worden ist, diese Menschen schauen zu Boden. Und zwar so, als ob der Boden ihren süßen Welpen gehäutet und anschließend mit Bananen-Gelee verspeist hätte. B666 G4731 analysiert, dass diese Gestalten wohl noch weiter von der Evolutionsstufe »Glück«, respektive »Zufriedenheit« entfernt sind als er selbst.

Er schaut zur Bäckereifachverkäuferin, die im obligatorischen Shopstop-Verkaufserker hinter der dreifachen Plexiglasscheibe steht. Sie registriert den Wagen als Kundschaftswagen. Ein wenig Lebendigkeit kriecht in ihr Gesicht. In einer Mediathek findet B666 G4731 als Vergleichsbild einen Leguan im Zoo, der den Kopf einem Fleischbatzen zuwendet.

Die Bäckereifachverkäuferin wischt ihre mit Sicherheit bis zur Fingerabdruckslosigkeit desinfizierten Hände an ihrer klinisch weißen Schürze ab. Sie betrachtet ihre Hände, wie sie sicherlich die kleinen Törtchen betrachtet, wenn der Bäckermeister mal wieder zu wenig Zeit für sie hat. Dass auf den Törtchen das Gesicht seiner

Frau prangt, stört keine der angestellten Damen, und auch dem Bäckermeister ist es egal, schließlich ist die Hälfte eines solchen Gesichts schnell weggebissen.

»Die werden uns sicher schon verfolgen«, sagt Karl. Er wiederum wischt sich fahrig Schweißperlen von der nur notdürftig mit Brunnenwasser gewaschenen Stirn. Die Wischhand reibt er unbesehen an seiner Hose trocken.

»Negativ«, meldet B666 G4731.

»Wie? Was? Negativ? Die alte Hexe ruft sich einfach ein Uber und …«

»Negativ. Ohne WLAN geht das nicht. Ohne WLAN geht nichts.«

»Wie? Ohne WLAN …« Er sieht B666 G4731 an, dann begreift er. »Du kleiner Teufel! Aber dann schalten sie das WLAN eben wieder ein.«

»Negativ. Ich hab die Firewall verstärkt. Dieses Problem löst nur ein Fachmann.«

»Dann rufen sie eben einen Fachmann an, und der kommt dann gleich und …«

»Negativ. Das Wohnheim ist Telekom-Kunde.«

Karl lacht. »Dann haben die erst wieder in fünf Jahren WLAN.« Seine Stirn trocknet bereits. »Aber sie wird einen Weg finden, uns zu folgen.«

B666 G4731 winkt der Verkäuferin zu, woraufhin sich diese schnell abwendet. Der Roboter findet eine ähnliche Szene in seiner Mediathek: Karl Lauterbach, zu dem ganz Deutschland ab 2021 eine leidenschaftliche Liebe verspürt hat, hält 2023 eine Rede vor einem Testzentrum, in der er vor dem falschen Sicherheitsgefühl des Testens warnt und drei weitere neue Wellen ankündigt. In der Rede kommen keine Metaphern vor, keine Hoffnungsworte, dafür umso mehr Zahlen aus global durchgeführten Studien. Die Gesichter schauen ihn an, wie die Bäckereifachverkäuferin B666 G4731 angesehen hat. Wenn Lauterbach »Cambridge«, oder »Harvard«, oder »SPD« sagt, folgt verständnisloses Kopfschütteln. Man ist hier schließlich auf Sylt. Eine Frau in der Menge schreit etwas von »Impfschäden« und »Freiheit« und »Kindermörder«. Sie hält ein Kind hoch, scheinbar ihres, scheinbar ohne Geschlecht, dafür mit schlechten Genen hinsichtlich gewisser Schönheitsideale ausgestattet, scheinbar obendrein unwillig hier zu sein, als Anschauungsobjekt. Das Kind plärrt los, und Lauterbach winkt dem Kind zu. Dabei versucht er, wie ein Mensch zu lächeln. Das Kind starrt Lauterbach an, wie die Bäckereifachverkäuferin B666 G4731 nach seinem Wink angesehen hat. Und dann wirft die Frau das Kind auf Lauterbach. Dieser fängt das Kind geschickt auf, übergibt es einem Sicherheitsmann und fährt mit seiner Rede fort.

Daraufhin sollten Forderungen laut werden, nach Karl Lauterbach als Familienminister.

Die Kindswerferin ist nun freilich im Gefängnis, verurteilt wegen versuchten Mordes, denn der Säugling war – wie seine Mutter – ungeimpft. Dafür nimmt sie zugleich bei diversen Querdenkern eine Ikonenstellung ein. Und zu ihrem Glück bekommen solcherlei Ikonen vom Neonazi Kai-Uwe bei seinem Wachdienst jeden Sonntag ein großes Stück Granaten-Splitter, Frankfurter-Kranzniederlegung oder Runenrüblirolle. Zu der Kindswerferin Ehrenrettung muss man jedoch sagen, dass sie nie das Angebot angenommen hat, auch Kai-Uwes Runenrübli zu kosten.

B666 G4731 hört auf, der Frau zuzuwinken. Er kann nicht wissen, wes Gebäckes Kind diese Frau ist.

Peter riecht an seinem Brot. »Hmmm«, macht er, obwohl die Labor-Leberwurst darauf so viel mit Wurst zu tun hat, wie ein RoboPet mit einem echten Vieh.

Jedoch: Er sitzt hier, in Hildes Küche. Zum ersten Mal in all den Jahren. Er sitzt hier, auf einem normalen Stuhl, die Sonne scheint durch das Küchenfenster und er benutzt Hildes Teller, benutzt Hildes blecherne Kaffeetasse, darf Hildes zerrissene Tapete betrachten.

Peter kaut mit geschlossenen Augen und denkt an Hildes harten Hoheitshintern.

Stell dir mal vor, Peterchen, denkt er, *wenn der Königin geiler Arsch mit dieser geilen Wurst bestrichen wäre …*

Peter, der von sich schon immer in der dritten Niedlichkeitsform denkt, bekommt einen Ständer. Freilich hat, gemäß Peters Gemüt und geistiger Entwicklung, auch sein Penis einen Namen, ebenfalls gemäß Gemüt und Geist: Peterchenchen. Er betrachtet Peterchenchen stolz. *Vielleicht,* überlegt kauend, *sollte Peterchen der Königin sein Liebeszepter servieren, bestrichen mit Aufstrichwurstersatz.*

Ein Schrei reißt ihn aus seinen Gedanken. Ein Schrei, der nicht von dieser Welt ist, sondern der Schrei einer zornigen Göttin.

Hilde ist also wach.

Trotz seiner bedingungslosen Hingabe zur 15 Jahre älteren und 15 Grad gefühlskälteren Hilde und seiner endlosen Lust an der Qual, die sie ihm bereitet, seufzt er schwer. Dies würde vorerst sein erstes und letztes Frühstück in der Herrin Heim sein. Nun würden wieder rektale Mahlzeiten folgen, während derer er in Lederriemen biss, und kurze Stunden des Schlafs, während derer er auf einer ungehobelten Holzbank lag. Natürlich liebte er die Einläufe und die Splitter, doch ab und an ein Frühstück, vielleicht sogar gemeinsam, nach einer Nacht in einem echten Bett neben ihr, wäre eine ganz nette Abwechslung.

Genüsslich schlürft er den letzten Schluck Malzkaffee, mit jenem Gefühl, das wir als Kinder haben, wenn der Sommer zu Ende geht, beschienen von einer zufriedenen, leicht schläfrigen Sonne und begleitet von trägem Grillengezirp.

130. Karl grinst, seine Finger trommeln im Takt von *Broken Cowboy* auf dem Lenkrad herum. 130 Stundenkilometer. Er hätte gern etwas wie »Fick die Henne« gerufen, weiß aber, dass der Roboter darauf antworten würde, dass Sodomie strafbar sei.

Nächster Halt: Ferienland Lula-Land.

Na ja, fast nächster Halt. Der nächste Halt würde irgendeine Stadt zwischen hier und Lula-Land sein. Er wollte weder den Wagen noch sich selbst überfordern. Und auf gar keinen Fall wollte er in der Nacht herumgurken. Man würde den Weg also in kleine Etappen einteilen.

Eine hässlich ehrliche Stimme wisperte ihm zu, dass ein Esel immer ein Esel sei, auch wenn man diesen einem Deppen als Pferd verkaufe. Und eine Scheißangst vor Gelis Reaktion sei immer eine Scheißangst vor Gelis Reaktion, auch wenn er diese sich selbst und einem Roboter als Vernunft verkaufe.

Diesen Roboter allerdings würde er bald irgendwo loswerden, an irgendeiner traurigen Ecke, von denen es inzwischen so viele gibt. Das Tracking allein ist schlicht eine zu große Gefahr. Der Nutzen des Dings als Navigator wiegt diese Gefahr maximal hälftig auf.

Du hast allerdings keine Ahnung, welche Gefahren oder Probleme noch auf dich zukommen. Probleme und Gefahren, an denen du allein scheiterst, ohne Mitstreiter, ohne Hilfe, bedenkt eine leise Stimme in Karls Tiefen, die sich unangenehm wissend anhört.

»Und Kleidung«, sagt B666 G4731.

Karl schaut ihn an. »Was?«

»Und Kleidung«, sagt B666 G4731.

»Ja, ja. Das hab ich gehört. Aber was soll das bedeuten?«

»Das ist der letzte Gegenstand auf der Liste.«

»Auf welcher Liste?!«

Der Roboter piepst. »Die Liste der Gegenstände, die wir für die Reise benötigen. Hast du mir nicht zugehört?«

Das schaff auch nur ich, denk Karl seufzend, *die eigentlich nicht vorhandenen Gefühle eines Roboters zu verletzen.*

»Bitte entschuldige«, sagt er, wobei er sich ein wenig komisch vorkommt. »Was steht denn noch auf deiner Liste?«

B666 G4731 zählt einen gefälschten Personalausweis, einen Signalstörer, eine Notration an »Ladung« (haltbare Nahrung, Kohletabletten, Wasser, Akkus) und natürlich Kleidung auf.

Karl, der den Dreck auf seiner Hose wohl bemerkt und weiß, dass ihre Vorräte sich aktuell auf einen halben Coffee-to-go und zweieinhalb Wurstsemmeln beschränken, muss ihm zustimmen. »Okay. Aber so was wie den Perso oder den Signalstörer müssen wir streichen. Unser rares Bares reicht nämlich nicht mal für den Sprit. Ein Liter Sprit kostet aktuell neun Euro irgendwas.«

An ihnen ziehen die Felder des seit jeher landschaftlich wie geistig landwirtschaftlich geprägten Freistaats. Ein einsamer, leerer Massenmastschweinestall steht in einiger Ferne.

»Ich habe eine Idee. Bezüglich Bargeld«, sagt B666 G4731 stattdessen.

»Was für eine?«

»Ich bin unter anderem gebaut worden, um musikalische Beiträge wiederzugeben. Gleichzeitig weise ich grobmotorische Fähigkeiten hinsichtlich rhythmischer Bewegungen auf. Ich könnte also in belebten Innenstadtbereichen, vor Kaufhäusern oder Restaurants, mehrere Unterhaltungseinheiten absolvieren. Dazu stellt man einen Hut auf, in den Menschen Geld werfen, meist aus Mitleid. Das habe ich im Fernsehen gesehen.«

Karl runzelt die Stirn. Keine schlechte Idee. Sie würden zwar Aufsehen erregen, aber haben sie eine andere Wahl?

»Da es fast keine Straßen- und Kleinkünstler mehr gibt, werden sich die Unterhaltungseinheiten großer Beliebtheit erfreuen. Menschen erfreuen sich immer an Kurzweil.«

»Ja. Vor allem, wenn sie die Kurzweil schon seit 20 Jahren kennen. Denk an den Gogglbazi.«

B666 G4731 nickt. »Ich traue mir durchaus zu, auf diesem Niveau zu unterhalten.«

Karl schnaubt belustigt. *Vielleicht*, überlegt er, *ist dieses Ding da doch noch länger nützlich.*

Erst später wird Karl klar werden, dass der Roboter eine eigene Idee gehabt hat. Eine kreative sogar, ganz ohne bestehende Handlungs-Schablone. Er wird schaudern, halb ängstlich, halb begeistert.

»Leiterin B666, wir erwarten ihren Rapport«, sagt der Vorsitzende des Stiftungsvorstands »Deutsche Heime«, Jens Spahn. Sein grünlich schimmerndes Gesicht, inzwischen von grauem Haar umzingelt, spricht streng aus dem mittleren der Überwachungsbildschirme. Die anderen grünlich schimmernden Köpfe der Vorstandsmitglieder sind auf die Bildschirme um ihn herum verteilt. »Warum ist Ihr Heim nicht mehr online?«

Hilde lacht nervös. Unter dem Tisch spielt sie mit ihrer E-Zigarette. Jens Spahn sieht es nicht gern, wenn man dampft. Verständlich. Hatte doch der Ausspruch von der Oppositionsbank aus, dass Raucher von E-Zigaretten bei einer Covid19-Erkrankung besser stürben, schneller, weil ihre elektronisch verrauchte Lunge quasi implodiere, was den Erkrankten eine lange künstliche Beatmung erspare, zum jähen Ende seiner politischen Karriere geführt. Hilde hat Verständnis für Spahn. Sie weiß, wie es ist, unter Druck zu stehen und, wie man sich verhält und was man alles zu sagen imstande ist, wenn man seine täglichen Lines zu sich nimmt, indem man in eine mit Kokain gefüllte Tüte atmet.

»Ja. Also. Ähm, wir sind ja eigentlich online«, sagt sie bewusst aus dem Zwerchfell heraus. Trotzdem hört sich ihre Stimme jämmerlich an.

»Negativ«, sagt Spahn. »Sie sind gerade über Ihr privates Datenvolumen eingeloggt.«

Sie knirscht mit den Zähnen, krallt sich in ihren E-Dampfer. »Wir sind gerade dabei, dieses kleine Problem zu lösen. Sie wissen ja: ländliches Bayern und Internet.« Ihr konspirativ gegen den einst politischen Rivalen gerichtetes Lachen stürzt, ohne zu verfangen, in den Abgrund abgeklärter Ablehnung. Die grünlichen Gesichter aus den Bildschirmen sehen sie kalt an. Sie lässt ihr Lachen in ein Lächeln auslaufen, zuckt mit den Schultern.

»Uns wurde von MyRobo gemeldet, dass nur ein defekter Roboter in Ihrer Niederlassung vorrätig gewesen ist«, sagt der Grün-Spahn.

Die anderen Köpfe nicken.

Hilde nickt unwohlen Gefühls mit. Dem Gefühl, dass man am Schluss auf jeden Fall mit der Schnauze im Dreck landen würde.

»Von Ihrem Heim wurden uns allerdings zwei defekte Roboter gemeldet«, sagt Spahn.

Die anderen Köpfe nicken.

Hilde nickt nach unten, in den Tisch hinein. Wenn sie *nur* zwei defekte Roboter hätte!

»Dieser einmalige Einzelfall ist eine Zäsur! Es braucht hier dringend eine rasche, schonungslose Aufklärung der Situation, welcher Sachverhalt den Tatsachen entspricht. Ich schlage einen Untersuchungsausschuss vor«, sagt Spahn.

Die anderen Köpfe wenden sich konsterniert seinem zu. Der Kopf rechts neben seinem flüstert in Richtung Spahns Bildschirm, dass er schon wieder dieses Politikerding mache.

»Ach so. Ach ja. Natürlich.« Er räuspert sich. »Leiterin B666 – erklären Sie bitte kurzerhand diesen Umstand der Differenz bezüglich der defekten Roboter. Damit wir ermitteln können, wer welche Kosten zu tragen hat.«

Hilde überlegt. Es gibt diverse Szenarien.

Erstens: Sie lügt und erzählt etwas von einer Falschmeldung bezüglich der Roboter. In der kleinen Ewigkeit, die der Schriftverkehr zwischen MyRobo und Stiftung in Anspruch nähme, hätte sie sicherlich alles geregelt. Aber sie würde am Schluss doch an den Lügendetektor angeschlossen werden, als inzwischen normales Verfahren bei Meinungsverschiedenheiten aller Couleur. Danach wäre sie halb oder voll am Arsch, je nachdem, ob sie die Sache geregelt hätte.

Zweitens: Sie lügt und haut ab und genießt noch maximal zwei Wochen, bis die SuperSearch-Sergeants sie aufspüren, wobei sie dann mehr als voll am Arsch wäre. Oder sie sagt die Wahrheit und lenkt aber die grünlich schimmernden Augen des Stiftungsvorstandes von ihrem Versagen ab und hin zum wirklich wichtigen Thema: Geld. Also zu dem Verlust, den Karl finanziell bedeuten würde, wenn sie ihn nicht zurückholen würde. Und bis dahin würde sie einen Schuldigen suchen. Wahrscheinlich würde es Peter werden, der sich jauchzend für sie auf dem Altar opfern würde.

Sie entscheidet sich für Zweitens und erklärt dem Vorstand das Geschehene, wobei sie den Auflaufeklat und ihren Geliebten freilich auslässt und dafür einiges hinsichtlich B666 G4731 hinzuerfindet. Zum Beispiel, dass er schon öfter von »Aufstand gegen das Kapital« und »Herrschaft des Unrechts« und »Johannesoffenbarung« gefaselt habe, sie aber als gutgläubiger Kunde von MyRobo angenommen hätte, der Roboter spiele gerade fälschlicherweise einen Film über eine Revolution oder die Passion Christi ab. Sie müsse sich ja um mehr als diese Roboter kümmern, zum Beispiel um den Nachschub neuer zu Pflegenden, aufgrund gewünschter Einnahmen.

»Hat Bewohner Seyfart seine Wohnung gekündigt und mit sofortiger Wirksamkeit die Zahlungen eingestellt?«, unterbricht Spahn sie in ihren Ausführungen über den christlich-fundamentalen RAF-Roboter.

Hilde nickt. Sie klammert sich so fest an die beiden Enden ihres Dampfers, dass dieser unter dem Druck knackst.

»Dann holen sie ihn sofort zurück, verdammt noch mal«, bellt Spahn. »Worauf warten Sie noch? Wir kontaktieren derweil MyRobo, um den Sachverhalt so rasch wie schonungslos zu klären.«

Die Bildschirme erlöschen.

Ein sanftes GIS erfüllt den Überwachungsraum.

Hilde kommt es vor, als wäre sie einen hundertjährigen Marathon gelaufen. Sie saugt an ihrer E-Zigarette, wie Liebende unter Wasser abwechselnd am leicht offenen Mund des anderen. »Licht!« Sie richtet sich kerzengerade auf.

»Positiv«, quäkt einer der Roboter. Doch Peter ist schneller, was er freilich gleich kundtut, freudig in das aufschummernde Sparlicht hinein: »Ich war schneller.«

Genau das Gleiche, genau diesen Satz hat nach Hildes Ansicht wohl der Erfinder der FORFUTURE-LEDs geblökt. Und nur deswegen, vermutet sie, ist seine Erfindung als bundesweiter Standard für umweltfreundliche Beleuchtung eingeführt worden. Hilde sieht sich im grünlich-depressiven Raum um. Sie zieht die Oberlippe über die Zähne zurück.

Obwohl diese Scheißdinger mehr Licht aufsaugen, als sie abgeben. Aber: Entschuldigung! Schließlich war dieser eine Volldepp der Erste.

Scheiß doch drauf, ob andere besser sind, nicht? Und jetzt ist dieser unfähige Hanswurst unser Scheißzukunftsminister! Ha! Schöne Scheiße. Das kann eine Zukunft werden du. Lauter Luschen, die keinen einzigen Befehl gerade aussprechen können.

Ihrer Meinung nach, muss ein Mensch, der grundsätzlich befehlsunfähig ist, eben auf die harte Tour lernen, gehorsam zu sein. Allerdings will ein Mensch, ihrer Meinung nach, der grundsätzlich befehlsunfähig ist, überhaupt nicht befehlsfähig sein. Dann sollte diese Art Mensch aber bitteschön die Klappe und sich möglichst still verhalten, während er von was auch immer penetriert wird. Und wenn jemand es wirklich wissen will, dann verlautbart sie auch gern, sehr gern, dass ihrer Meinung nach alle von dieser links-grün versifften Regierung 24/7 durchpenetriert gehörten, samt diesem Zukunftsminister, neben dem ein Spahn wie ein politischer Albert Einstein aussieht. Und zwar mit heizungsrohrgroßen Schwänzen aus Kruppst…

»Mutter.« Peter räuspert sich zögernd. »Ich fürchte, dafür haben wir keine Zeit.«

Hilde fährt herum. Sie bemerkt erst jetzt, dass sie die rechte Faust durch ihre linke, gekrümmte Hand schiebt. In einer dominanten Übersprunghandlung lässt sie die Faust auf den Tisch darniedersausen. »Wir müssen die zwei Arschlöcher verfolgen! Los!«

»Jawohl! Aber … Wie sollen wir sie verfolgen? So ganz ohne Infos und so. Ohne WLAN. Ohne Tracking. Die haben ja nicht mal einen Instagram-Account, wo sie Foto drauf stellen, die ihre Umgebung zeigen, oder so …«

Peters rotblondes Bubischopfhaar glänzt im grünen Schimmer wie der Schuppenschwanz eines Meermannes. Sein rotbäckiges Bubigesicht, noch unberührt von der verätzenden Berührung des Grams, glänzt vor Eifer und Liebe. Er ist gut fünf Zentimeter größer als sie und fünf Kilometer menschlicher. Hilde wird leicht übel, gleichsam aufgeregt wie Peter. Sie ist mit drei Schritten bei ihm, packt ihn an der Gurgel.

»Du bist doch immer noch bei der Polizei, oder?«

Er nickt röchelnd.

»Und die Polizei kann doch immer noch nach Zielpersonen fahnden, oder?« Sie drückt ein bisschen fester zu, seine Augen, von sämiger Verliebtheit schlierig, treten leicht aus den Höhlen und er pfeift etwas Unverständliches. Hilde lockert den Griff etwas.

»Eine Zielperson«, röchelt Peter. »Es handelt sich um *eine* Zielperson und einen defekten Roboter.«

Sie weiß, wann jemand um eine Kopfnuss bettelt. Oder auch um fünf Kopfnüsse in schneller Abfolge. Stattdessen leckt sie über seine Lippen. Peter reißt die Augen auf und atmet heftig aus, woraufhin sie sofort wieder fester zudrückt. Sie ist das unerbittliche Lasso der Legislative, Judikative und Exekutive, bei des Widersinnigen Zähmung.

»Also, ich schlage vor, du rufst jetzt einen deiner Kollegen an, von dem du weißt, dass er mehr Gehirnzellen als ein Huhn hat, und sagst ihm, wonach wir suchen. Und du fragst ihn, ob er schon was gehört hat, und wenn nicht, sagst du ihm, dass er und seine *Compadres* danach Ausschau halten sollen.«

Peter nickt schwach. Hilde lässt los. Er knickt gegen den Türrahmen. Sie streicht ihm über die Wange und stürmt davon, um einzupacken, was für eine Verfolgung nützlich sein kann: Distanztaser, Schmerzmittel, Schienbeinschoner, eine Kiste Korn und freilich Schlaf- sowie Unterzeug.

Wer ohne Schlaf- und Unterzeug aus dem Haus ginge, könne ebenso nackt auf dem Dorfplatz tanzen, pflegte ihre zu früh verstorbene Mutter zu sagen.

Nach einigen Minuten tritt Peter in ihr steriles Schlafzimmer. »Soll ich auch was mitnehmen?«

»Hast du vielleicht was hier, das dir gehört?«, fragt sie kalt. Er würde es nie lernen.

»Mich«, sagt Peter.

Schmerzhaft bricht sich Lachen aus einem sonst verriegelten, tief verstauten Teil ihres Innenlebens Bahn. Tränen schießen ihr in die Augen. Sie hört, dass er unsicher ein »Ha, ha« ausstößt. Hilde atmet tief durch, wischt sich die Tränen aus den Augen. Dann wirft sie ihm die erste Reisetasche zu. »Ab!«

»Was für ein Auto fahren die Zielpersonen?«, fragt Peter im Auto.

Hilde gibt ihm zwei Hiebe auf die Nuss; eine für den affektierten TV-Krimi-Tonfall und eine für die blöde Frage. Sie fühlt sich gleich wohler, mehr zuhause. »*Eine* Zielperson, Matschbirne. Eine Zielperson und ein beschissener, defekter Roboter.«

Peter grunzt. »Was für ein Auto fährt die Zielperson?«

»Ein schwarzes.«

Peter fährt los.

Das Glück ist ein Rindvieh und sucht Seinesgleichen, denkt Hilde hoffnungsvoll.

Track 9 : »Trainspotting« (Primal Scream)
27.05.2026 - 28.05.2026

Ein Schild kündigt die Kleinstadt Freising an, als der Motor das erste Mal destruktiv rattert. Oder klappert. Den Unterschied hat man Karl in noch keiner Werkstatt richtig erklären können, egal, wie oft sich die Erklärenden dabei überlegen lächelnd mit einer öligen Rückhand über die Stirn gestrichen haben.

»Warum willst du zu Angelika keine persönliche Verbindung aufnehmen«, sag-fragt der Roboter.

»Was geht dich das an?«, knurrt Karl.

»Meiner Analyse zufolge wird Angelika dich mit einer Wahrscheinlich von 83 Prozent abweisen, aufgrund einer Systemüberlastung ihrerseits. Für dieses Szenario beträgt die reine Wegstrecke 695 Kilometer. Das ist nicht besonders ökonomisch. Ökonomischer wäre eine kurze Kontaktaufnahme per Telefon oder Sprach- beziehungsweise Textnachricht. Das muss ich dir mitteilen; ich bin dein Navigator.«

»Wie stehen die Chancen, dass sie mich am Telefon direkt abwimmelt?«

»96 Prozent.«

Der Motor rattert oder klappert erneut. Stress befeuchtet seine

Kniekehlen, was eine anatomische Besonderheit ist, mit der Karl leider keinen Blumentopf in der Lotterie des Lebens gewinnt.

»Ich messe erhöhte Temperatur bei dir und in unserem Fahrzeug«, sagt B666 G4731.

Karl umklammert das Lenkrad, während ihn ein Flashback teilweise aus der Gegenwart zieht.

Er, gerade 18-jährig, chauffierte die ganze Mannschaft an Freunden zu einer wahnsinnig angesagten Diskothek Münchens. Das ekelige Geräusch damals wurde untermalt von johlenden Kehlen und hüpfenden Adamsäpfeln, die gleichsam an Körpern hingen, welche gierig nach Leben waren. Dem Rattern folgte ein Schnalzen, folgte eine Geschwindigkeitsreduktion des Wagens auf 100 km/h, folgte ein Schnalzen, folgte eine Geschwindigkeitsreduktion auf 90 km/h, folgte ein Schnalzen, und dann waren sie in München und an der Diskothek. Nach fünf Stunden vergeblichen Herumzappelns und Bierspendierens schlich die Mannschaft frauenlos wieder zum Fahrzeug. Zu windig bekleidet für Januar. Und auch der Wagen litt unter der Kälte; er sprang erst minutenlang gar nicht an, dann unter ratterndem oder klapperndem Protest. Sie fuhren mit braven 50 km/h durch die Stadt. Auf der Autobahn, bei 100 km/h, folgte ein Schnalzen, folgte eine … und so weiter. Schlussendlich fuhr Karl mit 20 km/h seinen letzten verbliebenen Fahrgast bei Morgendämmerung vor seine Haustür. Dann fuhr er den Wagen in die Hofeinfahrt seines Elternhauses. Damit er morgen mit seinem Vater überlegen konnte, was zu tun sei. Seyfart senior wusste indes genau, was als Erstes zu tun war. Er gerbte seinem volljährigen Sohn ordentlich das Fell.

Aber, denkt Karl, *es ist bis jetzt ja nur ein Rattern. Oder ein Klappern.*

Ein schnalzendes Geräusch, ungesund für Maschine und Mensch, ertönt.

»Error Zwei. Der Motor bekommt nicht genug Öl«, sagt B666 G4731.

»Wunderbar! Du hast nicht zufällig Öl dabei, kleiner Inspektor Gadget? Hm? Sag? Hast du vielleicht Öl dabei? Oder eine Ölwanne?«

»Negativ. Aber bald kommt eine Ausfahrt zur nächsten Stadt. Dort gibt es eine Werkstatt.«

Der Wagen schnalzt genüsslich.

Wisst ihr, man sagt: »Man muss sich seinen Ängsten stellen, um sie zu besiegen.« Dafür ist diese Stadt, in welcher Karl und B666 G4731 stranden, ideal. Also: Wer jemals einen Rundum-Anti-Angsting-Urlaub machen will, der muss in diese Stadt fahren. Von archaischer Arachnophobie, über neuzeitliche Ergophobie bis zur ganz natürlichen (wie ich finde) Aulophobie, findet man hier alle Ursachen, alle Symptome und alle Lösungen. Diese Stadt wäre ein Paradies für Psychologen und dergleichen unermüdlichen Seelenausgräbergesellen. Allerdings würden diese wohl noch die Cathisophobie einschleppen. Und das ist wirklich die einzige Angst, an der in dieser Stadt niemand leidet. Die Leute hier sitzen sogar im Stehen.

Ein kleines Beispiel: Thomas Fröhlich, der seinem Nachnamen in keiner Weise gerecht wird, was eine alte Familientradition ist, dieser Thomas also hat einen Stuhl bei seinem favorisierten Getränkemarkt deponiert. Ohne Zustimmung des Getränkemarktbetreibers, der eben jenen Stuhl immer wieder draußen vor die Tür stellt. Thomas nimmt diesen Stuhl jedes Mal wieder mit hinein, setzt sich auf ihn, wenn er über eine annehmbare Biermarke grübelt. Wenn er an Produkten eben jener Brauereien vorbeigeht, die den Namen »Bier« seines Erachtens kein bisschen verdienen, dräut er mit seinem Stuhl gegen jene Bierkästen. Manchmal, an guten Tagen, zischt er den Kästen seine Herabwürdigung sogar zu. Beim Bezahlen seiner exquisiten Biere, pflegt Thomas sich hinzusetzen und dem Getränkemarktbesitzer einen geschliffenen Satz zu sagen. Der Satzinhalt drückt stets aus, dass Thomas die Anwesenheit der besagten Kästen absolut nie verstehen werde und er sich durch diese Biere in seiner Biertrinker-Ehre beleidigt fühle. Der Getränkemarktbesitzer brummt indes ruhig durch seinen urigen Vollbart auf seinen gemütlichen Bauch hinab, dass er ja wohl schlecht den Leuten vorenthalten könne, was sie halt ums Verrecken haben wollen täten. Die Geschmäcker seien halt verschieden, inzwischen sei das mit Bier sowieso alles ganz anders und verdreht, der Einkauf mache 12 Euro noch was aus, Prost und bis übermorgen dann.

Allein bei den v. CR. und jetzt wieder n. CR. stattfindenden Ü-30-Partys benötigt Thomas keinen Stuhl. Hier ist Thomas der schnellste Hagestolz von Oberbayern: Bier holen, fünf bis sechs Frauen abchecken, egal ob sie sich bereits einen Macker am Hacken eingetreten haben, Bier holen, fünf bis sechs Frauen abchecken, und so weiter und so fort. Für Thomas enden die Resterampe-Partys in der Regel nach 45 bis 63 Minuten vor der Eingangstür, angetrunken mit sonderbar zuckenden Gesichtsmuskeln. Danach lässt er sich in einem Taxi, dessen Fahrer zum Glück sein gelalltes Lamento nicht versteht, zu seinem besten Freund Georg fahren, der wohlweislich vor einem Weißbier in seinem Partykeller wartet. Dort singen beide nach weiteren drei Stunden volltrunken ein Loblied auf die einzig wahre Liebe zwischen Männern. Diese Liebe sei laut Thomas so stark, dass er im Fall einer Apokalypse, lieber Georg als eine Frau retten würde. Georg muss darauf nie Gleiches erwidern, weil spätestens dann Georgs Frau via Smartblet mitteilt, es sei jetzt nach Zwölf. Sie mögen doch bitte ein andermal ihre Karaoke-Party fortsetzen – und jetzt stattdessen den Keller aufräumen, sie habe am nächsten Tag nämlich ein Online-Meeting mit ihren Yoga-Freundinnen, im Wohnzimmer. Und wenn sie wisse, dass der Keller unter ihr wie Sau aussehe, könne sie das wohl kaum entspannt genießen, weil die Sauerei ihre Yonischwingung störe, und zwar für mindestens drei Monate, das solle sich Georg gut überlegen. Georg, ein eigentlich zögerlicher Geist, fällt die Abwägung zwischen einer platonischen Liebe, die erst im Fall einer Apokalypse aufblüht, und entspannten Yonischwingungen seiner Frau ziemlich leicht.

Nach dem Aufräumen lässt Georg seinen Freund stets sanft in ein Taxi sinken, dass ihn zumindest bis vor seine Haustür bringt, bevor

Georg sich neben seine Frau legt, von der er weiß, dass sie im Falle einer Apokalypse zuerst die Kinder retten würde. Und dann den Hund. Und dann die neue Einbauküche.

So sind also unter anderem die Leute beschaffen, die in dieser Stadt leben. Und wenn ihr jetzt sagt »Na ja, gibt Schlimmeres. Das ist ja eher Standard«, sage ich: »Nein, solche Leute sind hier schon die Upper-Class, Freunde der Sonne.«

Die Stadt selbst passt naturgemäß zu ihren Bewohnern. Richtig attraktiv oder lebendig ist sie nie gewesen. Sie verharrt einfach seit 80 Jahren in einer etwas zu selbstverständlichen Trägheit, die ihre Bewohner etwas zu selbstverständlich lobpreisen. So eine Stadt wirtschaftet man ohne Mühe herunter, zu einem leprösen Mikro-Moloch.

Auf den letzten hundert Metern vor der Stadt starren einen bemühte Vorstadthäuser samt verzweifelter Vorstadtvorgärten an und rufen: »Kehr um!« Und nachdem man über eine kleine Eisenbrücke gefahren ist, röchelt das erste leer stehende Hotel: »Wir haben auf dich gewartet!«

Beim Anblick der holprigen, löchrigen Straße und blindfenstrigen Wohnhäuser zieht man instinktiv die Schultern nach oben, in Erwartung von ausgehungerten Zombies. Böse blicken hier die Katzen aus den Gärten, und Gesichter, von vergilbten Gardinen verborgen, aus den Fenstern.

In der Innenstadt stehen selbst für n. CR. auffallend viele Geschäfte leer und sinnlos herum, besprüht mit Genitalien und Drohungen in fehlerhaftem Deutsch. Die wenigen Geschäfte, die es noch gibt, gibt es zum Teil aus Sturheit, weil es sie schon immer gegeben hat. Hier sitzen die, die schon immer hier sitzen. Zum anderen Teil bezogen durchaus Unternehmen leerstehende Räumlichkeiten. Amazon, zum Beispiel, baute ein altes Wirtshaus in eine Packstation um.

Die Wirtshäuser sind allesamt ersetzt worden. Als es wieder erlaubt gewesen ist, sie zu betreten, hatten sich die Menschen ihrer bereits entwöhnt. Was blieb, waren Lieferdienste und Imbisswägen, wie dieser eine am Stadtrand, den man schon in

Freising riecht und von dem man noch in München spricht – unter anderem auch mit dem behandelnden Arzt.

Allein die Stadthalle steht unverwüstlich in ihrer 90iger-Jahre-Hässlichkeit da. Umsäumt wird der ganze Zirkus des Verfalls von einigen wenigen Häusern der Neureichen, die sich in Terrakotta und italienischen Bauwerken eingerichtet haben. Prunkstücke dieser Stadt sind das alte Rathaus in neugotischem Stil sowie das Münster am Marktplatz. Aber, wem nützen diese?

Hier also, in dieser Stadt, machen Karl und B666 G4731 erstmals Rast. Genauer gesagt hält der Wagen von allein an, mit rauchendem Motor. Und zwar kurz vor einem weiteren leeren und nach der guten alten Zeit wimmernden Hotel, gegenüber eines mäßig betriebenen Dönerstandes und, zum Glück unserer beiden Abenteurer, gegenüber von »Steinis Werkstatt«.

Und Steini, die mehr Braunbär als Frau zu sein scheint, steht schon vor der Werkstatttür, die öligen Hände an einem öligen Tuch reibend, wie man es von einem anständigen Mitglied ihrer Zunft erwartet. »Ja, da schau her«, brummt sie freudig.

Die Verfolgungsfahrt von Hilde und Peter holpert anfangs arg, über Stock und Stein.

Stock: *Fahren sie in die richtige Richtung?*

Stein: *Nehmen die Kollegen Peters Bitte um Mithilfe bei einer Fahndung ernst?*

Vor allem der Stein rollt unangenehm in Peters Kopf herum. Weniger, weil seine Kollegen jede Zuständigkeit hinsichtlich einer privaten Fahndung ablehnen, sondern, weil sie Peter grundsätzlich schwer ernst nehmen können. Verständlich für jeden, der auf dieser Blaulichtparty miterlebt hat, wie Peter mit seiner eigenen Unterhose auf dem Kopf und Tränen in den Augen »*Hit me baby one more time*« intonierte.

So sieht sich das junge Sadomaso-Glück auf die gute alte Schleierfahndung zurückgeworfen. Was bedeutet, dass sie pro

Kaff und Kleinstadt fünf Leute befragen wollen. Bereits nach zwei Personenbefragungen seitens Peter fällt diese Aufgabe komplett Hilde zu.

In Gauting öffnete sich die erste Haustür, an der sie klingelten, nur einen Spalt breit, der aber reichte, um den stechenden Geruch unzähliger Katzen und allem, was zur intensiven Katzenhaltung gehört, nach draußen zu entlassen. Von der Halterin sah Peter nur das halbe, ganzfaltige Gesicht. Dieses verengte beim Anblick von Peters Uniform das sichtbare Auge, fauchte und knallte die Tür zu.

Die zweite Person, ein älterer Mann am Gartenzaun, winkte dem Nachbarn, der sich gerade mit einer Flasche Weißwein und zwei Gläsern dem Zaun nähern wollte, hektisch ab. Obwohl jegliche Treffen längst wieder erlaubt sind, Gartenzauntreffen erst recht.

»Was machen Sie hier?«, fragte der Mann, sich kerzengerade aufrichtend. »Wo kommen Sie her? Darf ich Ihren Ausweis sehen?«

Peter stotterte etwas von einer Personenfahndung. Der Mann brüllte sofort den Namen seiner Frau: »Muttl!«

»Ja?«, brüllte Muttl in schönster ehelicher Kommunikationstradition zurück.

»Das Holz«, brüllte der Mann, wahrscheinlich namens Vattl. »Jetzt kriegen Sie gleich was zum Fahnden«, raunte er Peter zu, der verzweifelt versuchte, die Aufmerksamkeit von Vattl auf die Fahndungsfotos zu lenken.

Hilde beobachtete die Szenerie vom Beifahrersitz aus, eingehüllt in eine dichte Wolke elektronischen Dampfes.

Muttl kam auf die Terrasse gewatschelt und schlug die Hacken zusammen, wobei man sie kaum sah. Sie schwang nämlich mit beiden Händen das größte Nudelholz der Welt. Das Holz ist so groß, dass es als Kochutensil völlig ungeeignet scheint, für einen Zwei-Personen-Haushalt, sogar für einen 15-Personen-Haushalt. Hilde fragte sich, wo Muttl das Monstrum von Holz lagert. Für eine italienische Nudelfabrik, die Exportware in die ganze Welt verschickt, wäre es wohl gerade angemessen.

»Bestimmt wieder so ein Corona-Kauf«, murmelte Hilde dampfend.

Während der diversen Lockdowns, als jeder Baumarkt zum regionalen Disneyland aufstieg, schafften sich einige Leute Sachen an, von deren Existenz sie davor nur vage gehört hatten und wegen deren Verwendung sie immer noch rätseln.

Peters Eltern hatten sich zum Beispiel vollumfängliches Equipment für die professionelle Rosenzucht angeschafft, ohne über einen Balkon, geschweige denn einen Garten zu verfügen. Sie wollten schließlich Dunkelrosen im Keller züchten. Zu ihrem Glück endete auch der letzte strenge Lockdown und sie widmeten sich dem echten Leben zwischen Jagdschule und Wochenmarkt.

Muttl schwang jedenfalls das unfassbar große Bihänder-Holz wie ein Zwerg seine mächtige Streitaxt der totalen Vernichtung. Vattl intonierte Fanfarenstöße mit spitzem Mund und ballte die Fäuste.

Hilde dachte halblaut darüber nach, ob die beiden beim Bürgermilitär waren, welches sich kurz nach Aufhebung der Impfpriorisierung gründete, um ehrenamtlich das befürchtete Hauen und Stechen vor den Impfzentren und Praxen zu unterbinden.

Tatsächlich ging das Hauen und Stechen erst durch Anwesenheit des Bürgermilitärs los, weil freilich jeder oder jede in entsprechender Uniform (designed und produziert von einer Firma namens Kohl Consult) eine Menge Menschen kannte, denen er oder sie ehrenamtlich einen Gefallen schuldig war oder einen bei jemand anderen guthaben wollte. Nach der vierten Massenschlägerei an einem schwülen Junitag haben Polizei und staatliches Militär das Bürgermilitär vor Impfzentren und Praxen und den gerade hinzugekommenen Drivelns »Pieks und Go« für immer abgelöst.

Finanziell ist das dem Bürgermilitär sogar zugutegekommen; die Uniformen lösten sich allesamt bereits auf und man hätte Kohl Consult einen neuen Auftrag erteilen müssen, über Uniformen für 198,99 Euro das Stück.

Trotz echter Uniform samt Schusswaffe trabte Peter angesichts der angedrohten Attacke seitens Muttl und Vattl geschwind zum Auto zurück.

»Ähm«, sagte er. Mehr musste er gar nicht sagen, um sich einen Nippeldreher zu verdienen.

Sie verließen Gauting kurz darauf angemessen, indem die Faltenfrau zielgenau drei Katzen an das Heck des Jaguars schleuderte.

Hildes Hoffnung, wenigstens Peters Uniform könnte nützlich sein, zerfällt zu Staub. Ihr devotes Haustierchen würde ihr wahrscheinlich lediglich als Fahrer nützen.

Nun, sagt sie sich, *auch ein Nutzen!* Währenddessen öffnet sie eine neue Flasche Apfelkorn, aus der sich wie üblich der leichte Pferdegeruch in ihre Nasenlöcher schlängelt. Ihr leuchtet indes sehr wohl ein, aus welchem Quell sich das feindselige Verhalten speist und sie ist froh, dass sie in dem alten Audi unterwegs sind, statt in einem Polizeiwagen: Die zivilen Bürger hegen immer noch ein übersteigertes Misstrauen gegenüber ihren Freunden und Helfern.

V. CR. hat sich der Normalbürger beim Anblick eines Polizeimenschens oder -fahrzeugs verhalten, wie eine Maus beim Anblick einer Katze. Freilich verhalten sich direkte, polizeiliche Nachkommen und Anverwandte wie gezüchtete Mäuse, sprich unnatürlich angstfrei, egal ob zu Fuß oder motorisiert. Manchmal lächeln sie die Beamten sogar an, um ihre Sympathie zu bekunden! Stellt euch das vor!

Aber wir wollen von den normalen Bürgern sprechen. Während der Pandemie hat sich deren angeborenes Misstrauen gegenüber der Polizei erheblich gesteigert, aufgrund der zahlreichen Strafen, die gegenüber Essern oder auf einer Parkbank Verweilenden verhängt worden sind. Freilich könnte man sagen: Die Staatsdiener haben nur ihre Pflicht erfüllt. Das sagten zum Beispiel die Gautinger am Anfang ganz genauso. Dieses Mantra vertrocknete allerdings in den meisten Mündern, als die HüterInnen des Gesetzes begannen, täglich ab 20:50 oder ab 21:50 Uhr an Haltestellen des ÖPNV herumzuhängen, um denjenigen armen Schweinen, die eine Fahrt verpasst hatten oder deren Verkehrsmittel schlicht verspätet kam, 500 Euro abzuknöpfen. Die Geldstrafen für den Getränke- und Speisenverzehr im Abstand von nur 44 statt der vorgeschriebenen 50 Meter vom Verkaufsstand, verwandelte die Polizei in den Augen der Bürger schließlich in wegelagernde

Beutelschneider, befohlen vom Sheriff von Nottingham. Vor allem, wenn die Medien zum x-ten Male Fotos in Umlauf brachten, von Politikern oder Wirtschaftselitären, die ohne Maske aus einem Restaurant tändelten, in das ein Otto Normalo höchstens zur Ausübung der Mindestlohn-Arbeit reinkam.

Zu den Kontrollen kamen außerdem Berichte und Beiträge, die Polizisten ganz friedlich neben schreienden und demonstrierenden Corona-Krawallbürgern und offensichtlichen Neo-Nazis zeigten.

In Hildes Hinterkopf wiederum rollt unangenehm der Fragestein herum, ob sie das richtige Foto dabei hat und es tatsächlich Karl abbildet. Es ist eine alte Fotografie. Mindestens vier Jahre alt. Auf ihm fehlen deshalb die Scanpix, die die Befragten einfach mit ihrem Smartblet hätten scannen können. So wären sie in der Lage gewesen, binnen fünf bis zehn Sekunden all ihre sozialmedialen Freundeslisten und Freundesfreundeslisten oder Candy- wie Shitstorms nach diesem Gesicht zu durchforsten. Gut, es ist nicht die sicherste Suchmethode. Die Scanpix spucken des Öfteren falsche Personen aus. Aber, das kann man ja aufklären, früher oder später. Und so eine Nacht im Gefängnis war zum Beispiel für einen Phillip Amthor quasi eine unbezahlte Prä-Therapie. Zum Alter des Fotos kommt, dass Hilde sich unsicher bezüglich Karls Gesicht ist. Seit zwei Jahren wohnt er in ihrem Heim, aber … sein Gesicht? Na ja, wieso zum Teufel sollte sie ihn auch so genau ansehen?! Sie leitet doch keine Modell-Agentur, zum Henker, sondern ein Pflegeheim! Immerhin schaut der Mann auf dem Foto mürrisch drein, was auf jeden Fall zu Karl passt.

Stein hin, Stein her: Ab Germering übernimmt Hilde die Befragung. Sieben Personen insgesamt, von jung bis alt, von Vorstadtweibchen bis Bauarbeiter alles dabei. Alle schütteln den Kopf beim Anblick von Karls Foto. Beim Bild des Roboters nicken dagegen alle Befragten eifrig und alle sagen das Gleiche: »Ja, den hab ich gesehen! In der Werbung für ein Pflegeheim!« Wonach sie dann mehr oder minder geschwind den Namen des Heims nachschieben: »Zum ewigen Licht!«

Zwischen Germering und Gröbenzell stellt sich ihnen mitten auf der Straße ein Mensch mit Trachtenhut und Gitarre in den Weg, um durch die Windschutzscheibe einen Wortschwall, welcher unter anderem »Gogglbazi« und »Gaudi« enthält, in den Wagen zu grölen. Hilde zeigt ihm stumm die Fotos von Karl und B666 G7431.

Der Gogglbazi nickt begeistert jodelnd. »Für 20 Euro kenn ich ihn. Für 50 Euro kenn ich seinen Roboterspezl und für 100 Euro erkenn ich seine Frau an dem Muttermal auf ihrem Hintern. Was willst vom Gogglbazi hören?!«

Bevor er auch nur noch einmal urig lachen kann, reißt ihn Hildes Distanztaser um. Tragisch. Den einzigen Zeugen selbst zum Schweigen gestromt.

Ansonsten verläuft die Befragung in immer anders trostlosen Kleinstädten immer gleich erfolglos. Kopfschütteln und Nicken, je nachdem ob sie Karls Foto oder das des Roboters herzeigt.

Die Sonne verkündet bereits rötlich, dass der Tag allmählich gelobt werden könne. Füße nach oben, Kopf nach hinten, schon mal üben, Kinners, für den längsten Schlaf von allen.

Hilde und Peter krebsen in einer Ortschaft namens Eitting herum, die wirkt wie ein Straflager für Menschen, denen es jahrelang woanders wohl zu gut gegangen ist, in hippieesker, lebenslustiger Ausgelassenheit. Samt und sonders ist man hier mit unlustigen Erledigungen beschäftigt, die keinen Aufschub dulden. Egal, ob hochkonzentriertes Rasenmähen oder das griesgrämige Beaufsichtigen des Grillfleisches. Zeitgleich gilt es, verstohlen die Nachbarn zu beobachten, ob diese ihre Sache ebenfalls pflichtbewusst erledigen. Auch muss man sicherstellen, dass jeder sieht, dass hier die jeweilige Sache pflichtbewusst erledigt wird. Dem fremden Jaguar widmen die Gesichter verständlicherweise aus Zeitnot bloß kurze Blicke.

Sogar die Tiere wirken wie Erfüllungsgehilfen eines großen Zeitplans. Die Vögel singen ein bisschen zu gelangweilt, die Mücken schweben einfach in Schwärmen in der Luft, ohne sich die Mühe zu machen, andere Kreaturen zu drangsalieren.

Hilde hängt mit klebriger Haut und juckenden Augen im Beifahrersitz. Sie seufzt, Peter auch.

»Warum seufzt denn du jetzt?«, fragt sie.

»Na ja, weil du … Also anscheinend gibt es ja ein Problem. Zu lösen, mein ich«, sagt er, eine Spur zu fröhlich.

Sie hat schon seit ihrer Abfahrt vom Pflegeheim den unangenehmen Eindruck, dass ihm diese Ziegenkacke hier irgendwie Spaß macht. »Diese Deppen hier würden ja nicht mal merken, wenn die nordkoreanische Armee auf Faschingswägen durch ihr armseliges Nest fahren und alles niederbrennen würde«, murmelt sie hoffnungslos. In ihrem Kopf pocht die Erschöpfung, will eingelassen werden, in die vorderen Regionen ihres Bewusstseins, um dort ihr Anliegen vorzubringen.

Verdammte FDP, denkt sie, *nicht mal die Legalisierung von Koks haben sie hinbekommen, diese Vollidioten. Und ich hab sie damals noch gewählt!*

»Vielleicht sollten wir einen Happen essen. Das gibt neue Kraft. Was meinst du?«, zwitschert Peter eigentlich ziemlich kraftvoll.

Hilde würde ihm gern, so gern, verbal oder faustal oder peitschal zeigen, was sie von seiner Schulausflugsstimmung hält, würde auf ihn einwüten, bis er und das Pochen ihrer Erschöpfung aufgeben. Stattdessen zieht sie matt an ihrer E-Zigarette.

Ich muss sterben, denkt sie. *Bevor mich der Stiftungsrat in dieses chinesische Straflager schickt, wie meinen Vorgänger, den Herrn Tariflohn, sterbe ich lieber.*

»*Wake me up, before you go go*«, plärrt Peters Smartblet.

Er hebt ab. Sogleich plärrt eine andere Stimme, getränkt mit Alkohol wiewohl gewissenhaft eingeprügelter Selbstüberschätzung: »Pezo! Alte Vorhaut! Ich bins, der Vazo!«

»Pezo? Vazo?« Hilde runzelt die Stirn.

Peter räuspert sich. »Ein Kollege. Eigentlich heißt er bei uns Vozo, aber das war zu zweideutig. Also tun wir so, als ob er Valentin heißen würde.«

Hilde merkt, wie Energie sanft in sie zurück kriecht. Sie lacht leise, so gern sie es auch vermieden hätte.

Peter schaut sie an. In seinen Augen mischen sich Überraschung, Hoffnung und unangemessener Zuneigung, wie immer, wenn sie wirklich lacht. Sie bedeutet ihm, das Telefonat zu führen, Himmelherrgott. Peter folgt: »Servus Vazo!«

»Ich hab gehört, du hast Urlaub genommen! Muss sich deine traurige Nudel noch vom letzten Schanzvergleich mit der Sizo erholen?« Vazo lacht dreckig, im Hintergrund lachen fünf männliche und zwei weibliche Stimmen dreckig obendrauf.

Peter atmet zitternd ein. »Du weißt genau, dass ein Vergleich zwischen einem Penis und einem Schlagstock kein wirklicher …«

Hilde kichert. Wärme kehrt in ihre Gliedmaßen zurück. Der leise Wunsch nach einem Schlagstock regt sich in ihr.

»Ja, ja, schon gut.« Vazo rülpst beglückt. »Du Pezo, warum ich eigentlich anrufe: Ich glaub, ich hab die zwei Rüben gesehen, die du suchst.«

»Echt? Wo?«

»Da in dem Kaff bei Freising. Weißt schon, wo wir mal nach der Wiesn aus Versehen gelandet sind, weil der Luzo den Mannschaftsbus völlig besoffen in die falsche Richtung gefahren hat.« Vazo johlt, sein Chor johlt mit. »Wo wir dann auch noch diese zwei völlig zugedröhnten Schnallen in dem Keller…«

»Ja, ja! Ich weiß schon. Und da hast du die zwei Ziel… die zwei gesehen, oder was?«

Hilde gefällt Peters Kollegentrupp. Schade, dass Pezo so gar nix von den anderen gelernt hat.

»Ja.« Vazo stößt auf. »Wir sind da heute Mittag kurz vorbeigewachsen. Da gibts doch diesen geilen Hendlbrater. ›Duke Skybrater‹ heißt der. Da haben wir uns was geholt. Weil wir mal wieder Bock auf so richtig geile Hendl gehabt haben. Weißt schon, die mit der Schinkenspeckkruste und Rindfleischfüllung.«

Im Hintergrund ertönt lustvolles Stöhnen. »Chickenconcarne!«

»Und das Cheesechicken«, schreit eine Frauenstimme.

»Ja! O Gott, ja!« Peter nickt heftig. »Wo der Duke alle zehn

Minuten Käse ins Hähnchen spritzt, damit das Fleisch quasi von Käse durchzogen ist!«

»Adern aus Käse, Alter«, sagt Vazo. »Prost!«

Flaschen klirren.

»Prost«, ruft Peter und Hilde trinkt einen Schluck Apfelkorn.

Sie schnurrt ins Smartblet: »Wenn ihr dann mal fertig seid, mit dem Rentner-Dirty Talk, können wir dann über die Gesuchten reden?«

Vazo grölt unartikuliert. »Ey, wer ist denn das jetzt? Hast du eine Schnitte dabei, oder was?«

»Hört sich eher wie seine Mami an«, ruft einer der Hintergrundler. Alle lachen dreckig.

»Ich bin *die* Mutter«, sagt Hilde ruhig. Sie strafft ihren Körper in dem strengen schwarzen Kleid. »Und ich möchte von dir, Vazo, zwei Sachen wissen: Wo hast du die zwei Arschlöcher gesehen und wann hast du abends mal ein bis vier Stunden Zeit.«

Fünfzehn Minuten, eine Tankfüllung und einen Handjob für Hilde später, sind sie unterwegs in die Stadt des Duke Skybrater.

»Vielleicht hat der Duke noch auf. Und dann kriegen wir ein Cheesechicken. Oder ein Fernet Chickanka.« Peter riecht an seinen Fingern lächelnd ihrer Lust nach.

Hilde lächelt zurück, wieder voller Energie für eine Hinterkopfnuss.

Steini stößt die knarrende Tür auf. »So. Hier ist es. Es ist nicht das Ritz.« Dem Satz folgt kein: »Aber es ist sauber und anständig.« Oder: »Aber man fühlt sich dafür wie zu Hause.« Wäre auch gelogen.

Das Zimmer ist weder ein Zimmer im Ritz noch in der Pension Irmgard, ja nicht mal eins, das man zu Hause als Abstellkammer oder Kellerraum benutzen wollen würde. Es ist eben ein Fremdenzimmer aus der Zeit, die Verblendete gern die »gute alte« nennen. Hauptzutat in dieser Zuflucht der Verzweifelten ist Staub, der auf seinem nimmermüden Opernball der ewigen Vergänglichkeit durch die abendliche Luft tanzt.

Die beigefarbenen Tapeten hinter dem Flirren sind blasse Gespenster ihrer selbst. Der eigentlich dunkelbraune Teppichboden weist schwarze und gelbe Flecken so groß wie Kuhfladen auf. Dafür präsentieren sich die Vorhänge in einem satten Rot. Auf dem kleinen Schreibtisch an der linken Wand erzählt eine helle, quadratische Stelle von der langen Anwesenheit eines treuen Röhrenfernsehers. An seiner Stelle liegt ein Buch, dessen Titel schon alles sagt, was es zu sagen hat, nämlich, dass eine kleine Elite aus Echsenaliens die gesamte Menschheit unterjocht. Karl bedauert das Buch. Er bedauert jedes Schriftwerk, das man durch die gewaltige und gewalttätige menschliche Dummheit so verstümmelt.

Seines Erachtens wäre die Welt jetzt in einem wesentlich besseren Zustand, wenn seine ArtgenossInnen fähig wären, sich der Sprache anständig zu bedienen.

Sprache, heißt es ja, unterscheidet unter anderem den Menschen von anderen Tieren. Aber das ist falsch. Denkt nur an den Tanz der Bienen, an das Heulen der Wölfe. Was den Menschen tatsächlich unterscheidet, ist, dass er bewusst seine Sprache missachtet, sie mit Füßen tritt, sich großteils weigert, Ironie und Grammatik zu verstehen und absichtlich andere Menschen falsch versteht, um entweder einen Streit vom Zaun zu brechen oder sich den Orden der Idioten umzuhängen, auf dem steht: »Ich habe Recht gehabt, ha, ha!« Ein drittes »ha!«, passt leider nicht mehr auf den Orden, dafür sind diese Art von Ordensträger zu schmalschultrig gebaut.

Das Einzelbett ist mit gräulicher Bettwäsche bezogen. Wobei sich in das freie Stück Laken, das Niemandsland der Erholung zwischen Kissen und Decke, ein Oberkörper nachhaltig eingedrückt hat. Jemand muss hier mal ziemlich lange gelegen haben.

Vielleicht, überlegt Karl, *ist derjenige zusammen mit dem Fernseher abtransportiert worden. Und zwar zum gleichen Ziel.*

In der *Schlimmen Zeit* vernachlässigte man unnötige, zeitraubende Zimperlieseleien.

»Licht.« Steini betätigt den Lichtschalter, woraufhin eine einzelne Glühbirne an der Decke reagiert. Ihre drei Kollegen daneben streiken. »Licht haben wir nur noch ein ordentliches. Das von früher. Findest du nirgends mehr. Ist ja auch streng verboten. Toilette ist aufm Gang, Dusche auch. Getränke gibts unten im Automaten, einfach kräftig dagegen treten – wenn das nicht hilft: Pech gehabt. Hab ich mir was extra verdient.« Steini lacht herzlich in die Stille hinein. »Nein, nein, keine Angst. An Verpflegung mangelt es bei mir nicht. Ich hab noch Sachen, mein lieber Scholli, da gehen euch zwei Gurkennasen die Augen über.«

»Negativ. Ich verfüge weder über Nase noch Tränendrüsen.«

Steini lacht, hält sich den vor Vergnügen bebenden Bauch, und Karl fragt sich, wie hoch sich der Irrsinn in seinem derzeitigen Leben noch stapeln kann.

»Der Kleine ist gut!« Steini wischt sich Tränen aus den Augen. »Der sollte auf die Bühne. Mit der ›Ich bin ja Nuhr ein Klon-Show‹ im dritten Ersten kann der leicht mithalten.«

Karl grinst. Ein altes, schon tot geglaubtes Gefühl lebt auf. Das Gefühl, jemanden vor sich zu haben, der noch Ahnung von Qualität hat. Jemanden, der genüsslich die gut recherchierte feine Klinge schmecken mag. Jemanden, der aufbegehrt gegen stumpfe Dödelei und menschenverachtende Herabwürdigung oder den tragischsten, von Geburt an mit einem Herzfehler behafteten Ableger des Humors: das völlig schmerz-, hirn- und sinnlose Schmunzeln. Schmunzeln ist für Karl wie Schunkeln. »Der wievielte Klon ist das jetzt?«

»Vom Nuhr oder den anderen?«

Steini schließt B666 G4731 in einer rötlich besonnten Ecke an die Steckdose an. In der besagten Kleinstadt flackern für ein paar Sekunden die Lichter. Was aber weiter keinem auffällt, weil zu dieser Zeit sowieso jeder ununterbrochen auf irgendeinen Unterhaltungs-Bildschirm schaut, sogar bei letzten Tagesaufgaben wie Geschlechtsverkehr oder Erste Hilfe. Und jene Bildschirme sind seit den Nachmittagsunruhen der *Schlimmen Zeit* mit einem geräteeigenen Notstromaggregat ausgestattet. Das hatte man nämlich schnell begriffen in Berlin: Kein alter *Sturm der Liebe* = ein neuer Sturm auf den Reichstag.

»Und hier ist dein Happahappa.« Steini tätschelt B666 G4731 den Kopf. »Ich mag diese kleinen Kerle. Keine Ahnung, wie jemand auf die Idee kommen kann, euch zu fürchten.«

Der Roboter gibt ein schnurrendes Geräusch von sich.

Karl trinkt einen Schluck von seinem Bier und schnurrt mit. Das Bier ist ein altes Bier, aus Hopfen und Malz und Wasser und Brauerschweiß, wie es sich gehört. Deswegen trägt das Etikett ein MHD, eine Seltenheit heutzutage. Karl besieht das MHD gerührt, obwohl er weiß, dass die Grundlage für ein Bier-MHD weniger die Fürsorge gegenüber dem Biertrinker, sondern mehr der Geschäftssinn der Bierproduzenten ist.

Die Grundlage des neuen Biers ist einfach Mist. Im wahrsten Sinn des Wortes. Seit gut zwei Jahren gibt es die Reform »Alles-Wert«, die dafür sorgt, dass von Tieren, wenn sie schon durch Menschenhand gehalten werden müssen, alles verwertet wird, und das am besten zu Lebzeiten. Und wie der Mensch eben ist, angetrieben durch Neugier, Schlampigkeit und Geiz, man denke an den Schimmelkäse, haben ein paar fixe Köpfe herausgefunden, dass sich Dung von Rindern hervorragend in Alkohol umwandeln lässt. Allerdings nur von männlichen Rindern. Dafür allerdings ebenso von allen anderen männlichen Nutztieren. Na ja, sagen sich die Leute, vom Weib die Milch und vom Mann der Wein. Seitdem produziert man alles an Alkoholika aus Tierdung. Am besten soll ja das Eselscheißebier munden, das für normale Leute jedoch unerschwinglich ist.

Die Hauptaufgabe von Nutztieren, sich essen zu lassen, ist inzwischen zur Nebensache verkommen. Gegessen wird ein Tier erst viele, viele Monde nach seiner Geburt. Es gibt jahrelang Milch, das Tier, und fällt irgendwann freiwillig tot um. Dieses Fleisch wird für wahnsinnig teuer Geld verkauft.

Nur bei den elendig kranken Viechern erlaubt der Staat die Schlachtung. Ein Bolzenschuss emanzipiert das Tier vom Leben und Sekunden später hängen circa zehn schnelle Hände an dem

Kadaver, die mit scharfen Messern, unter dem beständigen Klang von fröhlichen slawischen Flüchen, das große Ganze in kleine Einzelteile zerlegen, wovon schnelle Maschinen mit noch schärferen Messern die essbaren Teile verwursten oder versteaken oder was auch immer, vakuumieren und dann in Lkw laden, die ihre Ladung in ganz Deutschland auf Supermärkte verteilen, die wiederum in ganz bestimmten Wohnvierteln stehen. In diesen Vierteln lebt eine Art »Schicht«, wie es heißt. Als ob es sich nicht um Menschen handeln würde, sondern um eine schädliche Patina aus Schimmel oder einem außerirdischen Mörderpilz, dessen Hauptaufgabe darin besteht, Abfälle wie Fleisch von krebskranken Tieren zu absorbieren. Wie es so der Brauch dieser Leutchen ist, erzählen sie sogar um diese Entmenschung herum ein romantisches Narrativ: »Wir futtern noch 'n Fleisch, so wies der Opa gefuttert hat.«

Einmal im Jahr, an Weihnachten, da verteilt der fürsorgliche Vater Staat an diese Leutchen richtiges künstliches Fleisch aus dem Drucker. Die meisten von diesen Leutchen, und das gehört auch zur Wahrheit, würden sowieso eine Wurst nicht von einer Schuhsohle unterscheiden können, so ganz ohne Geruchs- und Geschmackssinn, der bei den älteren Schichtlern selbstverständlich von einer schlechten oder zu späten Behandlung einer Coronaerkrankung kommt. Den Schichtkindern ist das Fehlen mancher Sinne oft angeboren.

Redliche Ursache aller Folgen ist der Wille zur Ressourcenschonung. Dung ist automatisch überall, da muss man keine gute Fläche zum Anbau für Hopfen missbrauchen, wo wir dringend mehr Soja, Raps und Mais brauchen. Die Folge allerdings, dass man den neuen Alkohol, vom derben Volksmund »Kackohol« genannt, unanständig teuer und unanständig entalkoholisiert verkauft, entspringt einer unredlichen Sehnsucht nach Wichtigkeit.

Denn Anton Hofreiter ist sicherlich ein kluger Mann, aber in Sachen Genussmittel zeigt er Verstand und Verständnis, wie Weidel beim Anblick von Geflüchteten.

Man hat jedoch, aufgrund des aus mehrerlei Gründen historischen Wahlsiegs, den Hofreiter in irgendeinem Büro unterbringen müssen, aus dem zwar wichtige Entscheidungen erwartet werden, jedoch weitab von Thematiken wie »Eigenheim«. Wer es auf den letzten Metern schaffe, dass zwei Personen BundeskanzlerIn werden können, der schaffe ebenso eine Arbeitsbeschaffung für die Hofreiters dieser Welt.

Deshalb sitzt er dieser Tage als Chef des eigens für ihn und seinereiner errichteten Genussministeriums. Und dort hat sich der Hofreiter Toni gleich einmal den Alkohol vorgeknöpft. Danach marodierte Hofreiter in den Abteilungen »Grillsaucen« sowie »Fencheltee«, welchen er für ein Genussmittel hält. Deshalb ist er selbst einer der wenigen Betroffenen seiner eigenen Genussmittel-Beschlüsse. Der Tee-Beschluss hat nämlich dazu geführt, dass Teebeutel um das Fünffache teurer geworden sind und eigentlich keinen Tee mehr enthalten, sondern gefallenes Laub, welches in Laboren aufwendig zu Teeersatz verarbeitet wird. Dafür beutet man keine Teebauern mehr aus, weswegen die meisten Ostfriesen zurzeit superfrei von Arbeit wie Lohn sind, da sie keine Teeblätter zum Zusammenmischen mehr erhalten.

Als Hofreiter allerdings, den verbalen Raketenwerfer im Anschlag, auf die Süßwaren- und Fast-Food-Abteilungen zu gerannt ist, hat ihn zu seinem Glück ein Parteifreund zu Fall gebracht, bevor gewisse Anrufe aus gewissen Büros dazu geführt hätten, dass Hofreiter geworden wäre, was er gewesen war: ein Münchner.

Einen Tag nach seinem Kurzsprint erklärte er bereits, dass nach intensiver Prüfung seines Ministeriums folgendes Ergebnis vorliege: Süßwaren und Fast-Food seien keine Genuss-, sondern Lebensmittel, gerade wegen der vielen Milch in der Schokolade, fielen ergo unter die Zuständigkeit des Lebensmittelministeriums von Cem Özdemir.

Özdemir hat seinen Posten übrigens ergattert, weil er sich zugegebenermaßen als Landwirtschaftsminister in der kurzen Ampelphase sehr gut angestellt hat. Das Posieren mit Tieren will gekonnt sein.

Zigaretten hat der Toni bisher ebenfalls, sogar von sich aus, ignoriert. Sie kosten halt 20,00 Euro die Packung, Entschuldigung, irgendwoher muss der Staat die Pandemieschulden ja reinholen.

Liquids für E-Zigaretten kosten nur 0,99 Cent pro Zehnerpack. Auch die Werbung für E-Zigaretten ist trotz der Warnung von echten Lungenärzten erlaubt.

Diese Preisgestaltung führt dazu, dass die »Schichtler« alle E-Zigaretten rauchen, die überdies direkt per Bluetooth mit ihren SuperviewTVs verbunden sind. Man kann quasi während eines Zugs umschalten. Oder man kann eine Bestellung bei Amazon aufgeben, für jedes Produkt, das gerade in der Werbung gezeigt wird (meistens handelt es sich um neue SuperviewTVs oder E-Zigaretten).

Karl hebt die Flasche mit dem alten Bier zum Mund, verharrt für einen kurzen Dank an eine höhere Macht, und trinkt.

B666 G4731 macht aus seiner Speiseabteilung ein Victory-Zeichen in Karls Richtung.

Vielleicht träumt er auch nur? Vielleicht hat er sich an einer Überdosis Zimmerstaub berauscht und ist einfach ohnmächtig geworden?

Karl beschließt, dass ihm das egal ist, solange dieses Bier so schmeckt wie es schmeckt, und solange die im romantischen Frühabendlicht wartenden Speisen vor ihm so schmecken wie sie riechen. Er schließt die Augen. Salami, die nach Salami riecht, statt nach Kopierpapier. Käse, der nach Käse riecht, statt nach Plastik, das zu nahe an einer Fritteuse herumlag. Brot, Butter, Essiggurken, Presssack – alles auf diesem Tisch ist echt, ist kein Ersatz oder gar ein Ersatz für einen schlechten Ersatz – etwa Digital-Käse aus dem 6D-Drucker als Ersatz für Analogkäse.

So was werde ich lange, lange, lange nicht mehr kriegen – ein letztes Abendbrot, quasi, denkt Karl.

Steini setzt sich gegenüber von Karl an den alten Esstisch aus massivem dunklen Holz, der in der Mitte des ehemaligen Frühstücksraums steht. Ansonsten ist der rot geflieste Raum beinahe leer, bis auf die alte Frühstückstheke, in der anstelle von Müsli und Dosenobst einige Packungen Kerzen sowie Zündhölzer lagern. Und bis auf die acht Kühlschränke, die, wie Karl von Steini weiß, nur einen Bruchteil ihrer Lagertechnik ausmachen. Auf dem Tisch stehen zwei der Kerzen aus der Theke, bereit, später entfacht zu werden. Auf der Theke stehen weitere zwei. Jetzt reiche das natürliche Licht noch. Man müsse ja nicht schon von München aus sehen, was man hier so alles aufgetischt habe, brummt Steini gemütlich vor sich hin, als er sie für später bereitstellte.

Aber Karls gut erhaltendes Journalistengespür flüstert ihm zu, dass mehr hinter der Lichtsparpolitik steckt als die Angst vor Futterneid. Weiterhin flüstert dieses Gespür, dass er auf eine direkte Frage keine Antwort bekommen würde.

Er zündet sich eine Zigarette an, eine richtige, rote Gauloises. Die hat er gestern Nachmittag gekauft, in einem kleinen Tabakladen, der sich hinter einem Supermarkt ängstlich in die schattige Ecke des Verkaufsareals drückte. Der asiatische Verkäufer hinter dem vollverglasten Tresen hat unter einem Augenzucken gelitten.

Ein Überbleibsel der *Freedom Rider Riots*, mutmaßt Karl. Die fuhren im Gegensatz zu ihren Namensvettern im Auftrag des Rassismus während der Wintermonate 2023 herum, erst in Bussen, später in eigenen Vehikeln, um Menschen asiatischen Aussehens mittels jeglicher Form der Brutalität zu attackieren. Grund dafür war sicherlich ein Stück weit der Wahlausgang, der spießbürgerlichen Alltagsfaschisten erneut Auftrieb gab, sie vielmehr wütend als müde machte. Da krawallte es bald von den Sofas dieser Republik:

»Eine grüne Doppelspitze! Diese verdammten Schlafschafe!«

»Da muss doch was getan werden! Aber was?! Ich ruf mal den Ralf an.«

»Demos! Super! Und weil keine Maskenpflicht mehr ist, setz ich eine auf! Ha, ha, ha, ha!«

Trotz der neonazistischen Mitläufer fanden sich zum Verdruss des harten Denkerkerns, des Stammhirns sozusagen, weniger Umzügler ein als während der Pandemie. Aber klar: alle Personen in selbstgefilzten Naturschuhen fielen weg, denen war es zu kalt. Überdies fiel die Berichterstattung über die »Spaziergänge« richtig kümmerlich aus. Die Karawane war längst weitergezogen, der Sultan hatte Durst auf wirklich irre Neuigkeiten, auf wirklich traurige Schicksale, auf wirkliche Aufstände, die so viele Menschenleben kosteten wie eine Fahrt über italienische Autostradas Euronen.

Die miese Stimmung steigerte sich zeitgleich mit erhöhten Körpertemperaturen in der Grippezeit, die durch diverse Spaziergänge im kalten Draußen verstärkt einschlug. Dafür machten viele, die aber ehrlicherweise ihren Verstand während der Pandemie mutwillig aufs Korn genommen haben, rotztriefend die Regierung verantwortlich. Die machte aber wie immer keinerlei Anstalten, in die guten Stuben der Wutbürger zu treten und zu rufen: »Hier bin ich! Jetzt kannst du mir endlich die Fresse polieren!«

Darum konzentrierte sich die *German Wut* stellvertretend für allen Harm auf Menschen mit Mandelaugen und schwarzem Schopf, um endlich alles Übel der Welt hinwegzuprügeln, um endlich den ersehnten Frieden vorm Fernseher bei Ballsport und Bier herbeizustiefeln. Später kamen natürlich Waffen zum Einsatz. Die meisten Treter und Prügler sind eher keine Dauerläufer und schnell erschöpft, von körperlicher Anstrengung.

An Sylvester waren die Riots vorbei, ganz traditionell, nach dem Austreiben der bösen Gespenster im eigenen Kopf. Man muss sich in dieser Zeit schließlich erholen, für die anstrengende Zeit der manisch-depressiven Zwangsvergiftung und -paarung, auch »Fasching« oder »Karneval« genannt.

Karl schüttelt erstaunt den Kopf. Ihm kommt es vor, als läge die Krisenzeit ein ganzes Leben und die Begegnung mit dem lädierten Ladner eine Woche zurück.

»Prost! Auf die Gesundheit!« Steini streckt Karl ihr Weinglas entgegen. Karl stößt an und Steini leert ihr Glas in einem Zug, wonach sie sich daran macht, ein Butterbrot zu schmieren, so kunst- und genussvoll, dass Karl bald an einem speichelnassen Zigarettenfilter zieht.

Menschen, die appetitlich essen, sind rar gesät. Früher hatten wir naturgemäß wenig Zeit gehabt, schön zur Entspannung zu kochen oder stundenlang zu brunchen, weil es sofort ziemlich unentspannt geworden war, wenn sich Herr und Frau Tiger oder

Nachbar Arschloch-mit-Waffe selber zum Diner eingeladen hatten. Trotz der partiellen Zivilisierung schlingt und schmatzt der Menschen recht unverändert. Früher hatte man beim Essen nach Feinden geschielt, heute nach Likes; früher hatte man sich schnell wieder auf den Weg gemacht, heute weiß man nicht so recht wohin mit sich.

Mit dem Sex ist es übrigens ganz genauso.

Steini schmückt ihr Brot zum Abschluss mit vier luftigen Scheiben Mortadella und einer Prise Pfeffer. »Morgen ist euer Karren wieder fit.«

Karl drückt seine Kippe aus, trinkt einen Schluck, bevor er sich anschickt Butter, Romadur und Zwiebeln auf einer Scheibe Brot zu einem kulinarischen Tempelopfer anzurichten. Betont monoton sagt er: »Du, Steini, darf ich dich was fragen?«

Steini kaut gut gelaunt weiter vor sich hin. »Ja, ja. Klar.«

»Jetzt mal ganz im Ernst, wo hast du denn das alles her? Die ganzen Fressalien?«

»Von meiner Tante. Die lebt am Land. Ich kümmere mich um ihre Maschinen am Hof, sie gibt mir dafür echtes Essen. Die Eier musst du probieren, die haben einen Dotter, so gelb wie die jungfräuliche Sommersonne.«

Karl beißt in sein Brot. Und er meint zu sterben. Süßliche Schärfe lähmt seine Atmung.

»Keine echten Zwiebeln mehr gewohnt, was?« Steini haut ihm lachend mit einer beckengroßen Hand auf den gekrümmten Buckel.

Karl spürt, dass sein Rückgrat wie ein Gummiball nach vorn und wieder zurück hüpft. Durch einen Wasserfall aus Tränen erspäht er sein Bier. Schnell spült er den restlichen Bissen hinunter.

»Ja, das ist schon was anderes als die eingelegte Scheiße aus Zwiebelpulver. Hier.« Steini schiebt Karl einen Schnaps hin. Der trinkt gehorsam, bekämpft Feuer mit Feuer, brennt alles aus, was keine Miete zahlt.

»Melde: Vitalsystem bessert sich«, sagt B666 G4731

Steini nickt befriedigt. Karl will sie fragen, ob das Hotel ihr gehört, ob sie Miete zahlt, aber sie kommt ihm, dem Engkehligen, zuvor. Mit vollem Mund sagt sie: »Und jetzt erzählt ihr beiden mal, was euch hier in dieses gottverlassene Nest führt.« Sie schiebt Karl noch einen Schnaps hin.

Und Karl versteht den Deal: Sie würden nichts bezahlen, weder für Kost noch Logis. Aber sie würden reden. Auch, weil es sich mit gutem Treibstoff besser durch das eigene Leben fährt, spült er mit Bier nach. »Was willst du wissen?«

»Alles. Erzähl mir erst von deiner Familie, wie das so war für dich. Ich mag Familiengeschichten.«

Karl beginnt folgsam zu erzählen, von seinen Eltern, seiner Großmutter, seiner Schwester …

B666 G4731 spielt dazu, getrieben von geheimen, unverständlichen Roboterüberlegungen – oder vielleicht sogar von maschinellen Zielen? Von funktionalen Wünschen? – den Titelsong aus Trainspotting. In Dauerschleife.

Es ist erstaunlich, wie schnell man sein eigenes Leben durchfährt, selbst wenn man dies auf einem gemütlich gondelnden Sightseeing-Bus tut, der nur an allen wichtigen Stationen hält. Das eigene Leben erscheint einem so lang, so gut gefüllt mit einer reichhaltigen Masse an interessanten Zufällen oder eigenen Heldentaten. Sogar die Langeweile vermögen wir in die gespannte Vorahnung einer irren Tragödie umzudeuten.

Karl erzählt viel, immer begleitet von »Trainspotting«, fast transzendental über sich selbst erhoben, von seinem Leben, erzählt eine Flasche Schnaps und ein Brotzeitbrett und eine Schachtel Kippen lang, während die Sonne untergeht und die Kerzenflammen auflodern.

Er erläutert gerade den Grund für seinen Heimaufenthalt, als B666 G4731 einen Warnton von sich gibt. »Polizei!«

»Was?!«, dröhnt Steini.

»Wo?!«, keucht Karl.

Sie fahren herum.

Aus B666 G4731 sagt eine fremde Stimme: »Nein du, wir haben niemand gesehen. Auch das Auto nicht. Das Einzige, was wir gesehen haben, sind so Scheißcorona-Fensterkerzen in einem alten Hotel.«

Eine andere Stimme sagt entnervt: »Na, dann würd ich da mal hinfahren Alter. Corona-Kerzen! Hast du sonst irgendwo in der Scheißstadt Corona-Kerzen gesehen? Oder in der letzten Zeit von einem verdammten Gedenken gehört? Hä?!«

B666 G4731 schaltet den Lautsprecher aus.

Panik erwacht in Karls Kopf, drängelt sich durch die wohlige Mischung aus Gemütlichkeit und Rausch nach vorne, um das Kommando zu übernehmen.

Überraschend wendig sprintet Steini um den Tisch und packt Karl beim Arm. »Kommt.«

»Aber … aber …« Karl will irgendwas anführen, ein Argument, das aber anscheinend höchstens in einem anderen Kopf existiert.

»Kommt jetzt. Nerven kannst du mich später.«

Steini führt die beiden in ihr Zimmer, ermahnt sie zur Ruhe, ermahnt sie zur Dunkelheit und stellt, um selbst für Ruhe zu sorgen, noch zwei Flaschen Bier auf den kleinen, kastrierten Fernsehtisch. Sie drückt Karl auf das Bett, beauftragt den Roboter mit der Aufsicht und verschwindet wie von Geisterhand.

In Karls Kopf summt ein Schwarm wirrer Gedanken. »War diese Frau wirklich da? Oder träum ich das alles?«

»Leise«, mahnt B666 G4731.

Ein Auto fährt heran, hält vor dem Hotel.

Die Melodie von *Schtschedryk* – ein ukrainisches Volkslied – dröhnt durch das Gebäude.

Eine standesgemäße Klingel, befindet Karl.

Stimmen dringen durchs offene Fenster. Eine davon durchschneidet wie eine Kreissäge aus Polareis die friedliche Atmosphäre des Hotels. Steinis Stimme dröhnt lustig, im Tonfall der reinen Unschuld. Die Stimmen werden leiser, die Eingangstür schlägt zu.

»Abgewimmelt. Gute Steini, feini, Steini.« Karl gähnt und kriecht unter das gräuliche Laken. Essiggeruch und grober Stoff hüllen ihn ein. »Gute Nacht«, sagt er zu B666 G4731, der starr an der Wand neben der Tür steht.

»Positiv.«

Während Karl wegdämmert, fällt ihm auf, dass er ganz vergessen hat zu fragen, warum Steini das alles für sie tut. Morgen beim Frühstück will er das nachholen.

Was ihm nicht mehr auffällt, sind die Stimmen, die durchs Haus wabern, bis ins Stockwerk über ihnen.

Eine Pranke rüttelt unsanft an Karls Schulter, rüttelt ihn durch die herrliche Dämmerwatte des Schlafs in das grelle Licht des eigenen Bewusstseins, das erbarmungslos bescheint, wer er wie wo ist – und vor allem: wann.

»Was? Was?«, murmelt er.

Draußen vor dem Fenster graut der Welt langsam der Morgen.

»Kommt«, raunt Steini. »Wir müssen uns beeilen. Oder ihr seid am Arsch.« Sie gibt Karl ein Glas, in dem eine Aspirin versprudelt.

Karl trinkt vorsichtig einen Schluck. Gemütlich streckt er seine Glieder unter der dünnen Decke. »Was ist los?«

Etwas Schweres und Nasses klatscht kalt in sein Gesicht. Karl verschluckt einen lauten Fluch. Er reißt sich das Ding vom Gesicht. Ein Waschlappen! Steini kichert unterdrückt.

»Maßnahme notwendig«, sagt B666 G4731. »Schnelle Flucht erforderlich.«

Steini erläutert leise, während sie Karl aus dem Bett hilft, dass Hilde und Peter im Stockwerk über ihnen liegen. Vor circa einer halben Stunde mussten sie eingeschlafen sein, auch wenn man das in Bezug auf Hilde schlecht einschätzen konnte, da diese Frau ja mehr Maschine als Mensch zu sein schien. »Davor haben sie es ganz schön krachen lassen. Mich würde wundern, wenn ihr Lustknäblein die Nacht überlebt hat«, sagt Steini und schließt damit ihren Bericht.

Karl wundert es, dass er schwindel- und beschwerdefrei aufrecht stehen kann. Nun, beinahe beschwerdefrei, denn in diesem Moment gibt B666 G4731 ein Piepsen von sich, das sich schmerzhaft in Karls schweren Schädel bohrt.

»Positiv. Langzeitschäden oder Versterben aufgrund Blutverlusts respektive Sepsis der männlichen Person nicht ausgeschlossen«, verkündet der Roboter, dessen Sensoren eine simple Zimmerdecke selbstredend durchdringen können.

Karl verflucht etwas zittrig die Welt und sich selbst obendrein. Sie schleichen über knarrende Treppenstufen durch die abgestandene Luft eines sterbenden Gebäudes, in den vollkommen leeren, blitzsauberen Frühstücksraum, wo die beiden Flüchtenden starken Kaffee und Starkstrom bekommen.

Karl kippt den Espresso doppio und pfeift anerkennend. »Man sieht überhaupt nicht, dass wir gestern hier waren.«

»Waren wir das?« Steini lächelt. Sie drückt Karl den Autoschlüssel in die Hand, B666 G4731 ein Proviantpaket, und drängt sie zur Tür. »Lasst euch nicht erwischen!«

Der Morgen ist frühsommerlich kühl, die Luft riecht rein nach Regen und feuchtem Gras. Noch hat niemand diesen Tag beschmutzt. Sie sind die ersten, als Karl mit leicht klammen Fingern den Motor startet. Tatsächlich, der Wagen läuft, ohne Klackern, ohne Zicken.

»Wie hat sie das nur so schnell hinbekommen?«, murmelt Karl voller Ehrerbietung.

»Sie hat die Wagen ausgetauscht.«

Überrascht richtet sich Karls Blick auf das Lenkrad, auf dem in lateinischer Sprache »Horch« steht.

B666 G4731 tippt ihn an. »Du solltest losfahren. Das männliche Gehör ist sehr sensibel für den Klang des eigenen Wagens. Diese archaische Funktion diente dazu …«

Karl fährt ruckartig los, sodass der Roboter in den Sitz zurückgeworfen wird. Er lenkt den Wagen durch die traurige Stadt, gen Autobahnausfahrt.

»Ist das der Wagen von den zwei Witzfiguren?«, fragt er, endlich auf der A92 beschleunigend.

»Positiv.«

Sie fahren schweigend weiter. In Karls Kopf kreist eine Frage, die er sich nicht traut, laut auszusprechen. Schließlich nimmt er sich zusammen. »Wir waren doch wirklich in dem Hotel? Oder? Und in dem Raum? Mit Steini? Wir waren doch wirklich da, oder?«

»Positiv. Außer, du stellst diese Frage in einem philosophischen Kontext, der das Beispiel vom fallenden Baum im Wald anspricht.«

»Bloß nicht.«

In der Ferne steht im vorfreudigen Morgenlicht die radioaktive Wolkenmaschine Isar 2 und gemahnt an die menschliche Dummheit.

Track 10: » Fisch & Pfeifen« (Dziuks Küche)
Zweite Schrift an die Welt
Vom Ende 2022 - Anfang 2024

Ich werde euch jetzt noch etwas über mich erzählen. Obwohl ich das sonst tunlichst vermeide. Aber ihr sollt schon wissen, mit wem ihr es hier zu tun habt. Falls euch das langweilt, falls ihr lieber gleich erfahren wollt, wie es unseren zwei Flüchtenden und ihren Verfolgern ergeht, blättert einfach weiter. Merkt euch aber eins: Das Leben ist eine lange Reise, es empfiehlt sich leichtes Gepäck.

Wie gesagt, bin ich eigentlich Eremit. Aber das merkt niemand, weil ich in einem alten Bahnhof lebe. Die Leute treten in den Bahnhof ein und denken ›*Aha! Der Bahnhofsvorsteher*‹, oder meinethalben auch weniger respektvoll ›*Ah! Der Kartenverkäufer!*‹ Sie übersehen also, dass der Eremit ein Eremit ist und das Bahnhofsgebäude bereits lange geschlossen. Obwohl sie es bemerken müssten, denn kein Bahnhofsvorsteher oder Kartenverkäufer trägt ein braunes, kratziges Ornat. Und kein geöffneter Bahnhof der Welt sieht so dermaßen elendig aus. Und weil ihr jetzt gewiss denkt ›*Oho! Da nimmt einer den Mund ganz schön voll! Ich habe schon Bahnhöfe gesehen, zum Beispiel in Frankfurt, mein lieber Scholli!*‹, möchte ich euch kurz diesen Bahnhof beschreiben.

Der Putz blättert ab wie Haut einer syphilitischen Hure. Das Dach ist undicht wie eine Abteilung beim Verfassungsschutz. Freilich, es gibt dieser Tage viele heruntergekommene Gebäude, vor allem auf dem Land. Vor allem, wenn sie nichts mit dem Verkauf von Automobilen oder digitalen Dienstleistungen oder sexuellen Dienstleistungen zu tun haben. Aber Dach und Putz sind es ja nicht allein; die Fenster und Türen sind allesamt mit Brettern vernagelt.

Die Deutsche Bahn neigt zwar grundsätzlich zu rustikalem Ambiente oder ebensolchen Lösungen. Aber habt ihr schon einmal einen Zug gesehen, bei dem alle Türen und Fenster mit Brettern vernagelt sind? Würdet ihr darüber hinaus in diesem Zug mitfahren wollen? Oder würdet ihr euren Termin, wie wichtig der auch immer sein möge, lieber verschieben und auf einen Zug warten, der noch vollständig mit Fensterglas und Türen ausgestattet ist? Trotzdem betreten die Leute diese verwesende Leiche von Bahnhofsgebäude mit einem Gebaren, als wären sie der Kaiser, der nackt neue Kleider kauft. Und jetzt sagt mir bitte mal – überzeugend! –, dass die Leute nicht verrückt wie Scheißhausratten geworden sind.

Im Gebäude sieht es noch schlimmer aus, olfaktorisch ist der Raum die Hölle. Man kann sich ja vorstellen, dass der Eremit, als Diener Gottes, es keinem Obdachlosen verwehren kann, hier zu nächtigen, sein Essen zuzubereiten (was immer mit reichlich Qualm und altem, aus dem Müll reicher Leute gestohlenem Fleisch einhergeht) und seine Notdurft zu verrichten. Sommers wie winters.

Die Straßen sind ein ungemütlicher Ort geworden, als die Ausgangssperre von zehn bis fünf phasenweise vom Bürgermilitär überwacht wurde. Manch ein bürgerlicher Soldat holte sich seine Befriedung nicht daheim, wo nie jemand auf ihn wartete, sondern dadurch, wehrlose Obdachlose so lange zu stiefeln, bis sie nie wieder Fleisch aus dem Müll stehlen würden. Das gestohlene Fleisch nahmen die Stiefler nach der Übung am Objekt Mitmensch an sich. Ehrenamtliche Stiefelknechte sind schließlich auch nicht die Scheichs.

Jedenfalls müsste jeder, der diese verseuchte Schalterhalle betritt, sofort am Geruch merken, dass hier Schicht im Schacht ist. Aber die Leute marschieren zum Fahrkartenverkauf und klopfen an die mit Blut und anderen Flüssigkeiten verschmierten Plastikfenster. Sie rufen: »Hallooo? Haaallooo? Hallo!« So lange, bis ich in meinem Ornat erscheine.

Wie gesagt, stören sich die Leute kein bisschen an meinem Aufzug. Als ob sie ihre Tickets schon immer beim Gottesdiener gekauft hätten. Dann sagen sie, wohin sie wann und wie wollen. Ich lache jedes Mal und weise bezüglich der geforderten Ankunftszeit darauf hin, dass sie mit der Bahn fahren. Ich frage mich, wann genau die meisten Leute zu humorlosen Arschgeigen mutiert sind, die zwar alles und jeden perfekt durchgendern, aber nicht einmal den Witz mit dem Pferd in der Bar kapieren. Lieber weisen sie darauf hin, dass es Tierquälerei sei, ein Pferd in eine Bar zu verbringen und später betrunken zu reiten.

Wie auch immer: Der Gast ist König, die Bedienung ist Kaiser. Ich nenne also eine Summe, die mir angemessen erscheint, stelle ein handschriftliches Ticket aus, stemple es ab und gebe abends die Hälfte der Ticketerträge den Obdachlosen. Wisst ihr, was mir daran besonders gut gefällt? Dass in Deutschland sogar die Roboter Respekt vor offiziellen Amtsstempeln haben. Nie moniert auch nur ein Robolleur den fehlenden QR-Code, sobald sie den Stempel der DB sehen.

Für was brauchen wir die Codes dann überhaupt?, fragen bestimmt die Gewitzten.

Aber hier geht es weniger ums Brauchen als ums schon Haben; was man hat, das nimmt man her oder lagert es zumindest, sonst hätt man es ja völlig umsonst angeschafft. Und bevor der Deutsche sich einen Fehler eingesteht, haut er sich lieber einen rostigen Nagel ins Knie, wonach er wahrscheinlich sagt: »Schau, gut dass ich den Nagel aufgehoben habe.«

Neben dem Todesgeruch und Leichenlook des Gebäudes, macht auch eigentlich die eingeschränkte Funktionalität des Bahnhofs darauf aufmerksam, dass hier wenig geht. Sicherlich kein Drink in einer DB-Lounge.

Es gibt zwei Gleise. Auf das dritte, welches wegen eingeschränktem Güterverkehr seitens der Bahn seit einem Jahr keinen Zweck mehr erfüllt, haben die Einwohner dieser Stadt auf einem Streckenabschnitt von zwei Kilometern vor und nach dem Bahnhof Europaletten gelegt. Das dritte Gleis ist ihnen sowieso immer ein Dorn im Auge gewesen. Weil, was ginge sie das denn an, warum müsse denn ihre Ruhe durch die elendigen Güterzüge gestört werden, wenn der Tscheche oder der Chinese oder wer auch immer Autoteile haben wolle? Sollten sie den Scheißdreck halt über Ingolstadt transportieren. Dort seien sie so eine Hysterie gewöhnt. Oder noch besser: Sollten die Chinesen oder die Russen oder wer auch immer ihren Scheißdreck doch selbst herstellen, wenn sie so schlau seien. Der Deutsche sei wirklich der Depp der ganzen Welt.

Neben zwei Gleisen, einem Geistergleis und unendlich vielen Möglichkeiten, vor dem Bahnhof eine gewischt zu bekommen, wenn man zu genau nach dem Güterverkehr fragt, gibt es zwei Ticketautomaten. Dazu kommen vier Snackautomaten, welche von den zu mir in die geschlossene Schalterhalle Watschelnden vollkommen ignoriert werden. Sie leiden wahrscheinlich an Technophobie, die langsam, aber sicher im Zeitalter der Alltagsroboter der Depression den ersten Rang bei den deutschen Volkskrankheiten abläuft. Auf dem zweiten Rang steht beständig »Rücken«, was sich wahrscheinlich nie mehr ändern wird.

Trotz unserer beiden grünen Kanzler, deren ÖPNV-freundlichen Partei und darüber hinaus der seit Kurzem fehlenden Navigationsgeräte – ergo gestiegener Schwierigkeiten beim automobilen Fahren –, steigen hier in diesem Nest pro Tag maximal zehn Subjekte um. Aber nur, wenn zwei davon schizophren sind. Vier weitere bis ins Rückenmark deprimierte Gestalten steigen täglich ein und aus. Letztere wiederum passen äußerlich wunderbar zum Bahnhof samt dieser Stadt - der Stadt der Vergessenen, der Stadt der Kinder von Gestern, der Stadt der Europaletten.

Aber die Frage war ja, warum ich Eremit geworden bin.

Wegen Elisabeth.

Wo andere Beziehungen eher einem Dauerurlaub auf dem verregneten Schlager-Festival der Hölle gleichen, in einem undichten

Zelt direkt neben den Dixiklos, glich die Beziehung mit Elisabeth einem nie enden wollenden Sonnenuntergang am Strand. Einem nie enden wollenden Moment zwischen Tag und Nacht, zwischen Denken und Fühlen. Wir lebten miteinander, statt nebeneinander, in der Hoffnung auf Ewigkeit, statt auf ein baldiges Ende, zu dem man selbst wenig beitragen muss.

Kennengelernt habe ich Elisabeth, als sie mir vor unzähligen Jahren einen Flyer in die Hand drückte. Jener verkündigte die lange Nacht des »menschlichen Gesamtkunstwerks Alfred U. Z. T. R. Stubentaucher« in der Buchhandlung Schmidt. Es sollte eine Lesung aus Stubentauchers Landschaftsmalereigedichten samt anschließendem Trommelworkshop geben. Dabei sollte Stubentaucher höchstselbst seine Fans in die Technik des alttansanischen Schlagwerks einführen, wobei die Schwerpunkte auf »Foltertrommel«, »Liebestrommel« und »Einkaufslistentrommel« lagen. Vorschläge oder Wünsche waren aber herzlich willkommen.

Ich lag gerade mit vier Kumpels im Englischen Garten herum, wo wir von Insekten umschwirrt und testosterontoll grunzend beim Nachmittagsnachfußballbier über die Abendplanung sinnierten. »Lesung« oder »Trommelworkshop« schlug keiner von uns vor.

»Hey.«

Ich sah auf. Da schwebte also über mir dieser Blick, von dem ich, ohne es zu wissen, schon immer geträumt hatte. Mein Herz schlug schneller. Blut rauschte in meinen Ohren.

»Hey«, antwortete ich, gemessen an meiner Situation wirklich wahnsinnig eloquent.

»Hab ihr vielleicht Bock auf eine Lesung? Richtig Dada und so.«

Sie streckte mir den Flyer hin, ich griff danach, als wäre es der letzte Strohhalm. Dabei stieß ich mein Bier um, ohne es zu merken.

Meine Kumpels kicherten blödsinnig, wahrscheinlich auch ohne es zu merken. Was merkt man denn in diesem Alter schon, außer Hunger und Durst?

»Lesung«, sagte ich langsam, längst verloren in diesen braunen Augen, längst süchtig nach dieser eleganten Römernase, dieser leicht kratzigen Stimme längst hörig. »Lesung.«

»Ja.« Sie lachte. »Kommt doch vorbei. Es gibt auch Häppchen.«

»Häppchen«, sagte ich. »Hört sich super an. Häppchen!«

Meine Kumpels wieherten wie Pferde auf Lachgas.

»Also dann, um sieben.« Sie drehte sich um.

Ich starrte ihr nach, wie sie wippenden Schritts davon spazierte. Diesen Schritt der Leichtigkeit, als hätte sie stets Sprungfedern unter den Sohlen, sollte Elisabeth bis zu ihrer dunkelsten Stunde behalten.

»Hey«, rief ich. »Hey! Ähm, Flyermädl!«

Sie drehte sich um, ihre Augen blitzten spöttisch.

»Wer bist'n du überhaupt?«

»Die Elisabeth.«

Sie federte weiter, weiter und weiter, federte aus meinem Sichtfeld. Erst da merkte ich, dass mein Mund offen stand und meine Jeans biergetränkt waren.

»Kone«, sagte ich zu meinem besten Kumpel, »wir müssen jetzt sofort zu dir heim. Und da gibst du mir dein bestes Hemd und deine Anzugshose.« Ich sagte es im unmissverständlichen Tonfall des Cowboys, der gerade am High Noon den Saloon betritt und Kraft seiner Stimme dafür sorgt, dass gezinkte Karten zu Boden fallen und die Höschen der Tänzerinnen nach oben hüpfen.

Kone wieherte mich blöde an.

In Kones purpurfarbenen Hemd, verziert mit psychedelischen Mustern, und seiner orangefarbenen Anzughose, die mir zwei Nummern zu groß war, betrat ich um Viertel nach sieben die Buchhandlung.

Das menschliche Gesamtkunstwerk Alfred U. Z. T. R. Stubentaucher sah verärgert auf, unterbrochen beim schweigenden Herbeiblättern seines ersten Gedichts, das den Titel »Misthaufen« trug.

Einen allzu ausführlichen Bericht von der Lesung erspare ich euch. Ich will nur kurz sagen, dass es die bislang längsten 87 Minuten meines Lebens waren. Weniger, weil ich die ganze Zeit über stehen musste – alle 14 Stühle waren von älteren Damen samt ihren Handtaschen belegt – und Hunger hatte, sondern, weil ich Elisabeth nirgends sah. Von den Häppchen kriegte ich leider auch nichts ab. Wer ist so lebensmüde und stellt sich älteren, von Gedichten berauschten Damen in den Weg, die sich für den Trommelworkshop an Senfeiern, Schinkenbrötchen und Gürkchen stärken wollen? Aber einen Wein bekam ich. Von einer schlanken Hand gereicht, die am elisabethanischen Körper hing.

»Äh«, sagte ich, sofort von einem Schwindel ergriffen. Sie lächelte.

Ich trank die Hälfte des Glases aus. »Du auch hier?«, fragte ich dann dümmlich.

Sie kicherte. »Ich muss ja wohl. Aber halb so schlimm. Ich hab nämlich schon eine halbe Flasche Wein intus.«

»Aha.« Ich trank noch einen Schluck, im vollen Bewusstsein, dass, wenn dies so weiterlief, in zehn Minuten jemand meine Hand schütteln, mir eine Schärpe umhängen und sagen würde: »Herzlichen Glückwunsch! Du bist der größte Depp aller Zeiten.« Also kratzte ich all mein verbliebenes Denkvermögen zusammen, um zu erwidern: »Warum MUSST du heute hier sein?«

Sie zuckte mit den Schultern. »Na ja. Weil mein Chef …«

»Ach so!«, platzte ich heraus. »Dein Chef ist auch so ein Arschloch? Mein Chef ist das totale Arschloch! So ein richtiges, stinkendes Arschloch!«

Elisabeth sah mich zugleich begeistert wie entsetzt an. »Nein. Ich wollte sagen, dass der Chef mein Vater ist. Darf ich übrigens vorstellen?« Sie deutete hinter mich.

Ich drehte mich um, mit dem Gefühl des Cowboys, der zwei Dutzend Feinde im Rücken hat, die unter anderem mit einem fliegenden Riesenkrokodil bewaffnet waren.

Hinter mir stand Buchhändler Schmidt, Vater von Elisabeth, mit dem Blick des schwarzen Sheriffs, der warten kann, bis er das Weiße im Auge seines Widersachers erblickt.

»Grüß Sie. Ich bin das Arschloch«, sagte er.

Um es kurz zu machen: Elisabeth gefiel meine »unkonventionelle Art«.

Gott sei Dank gefiel ihr meine normale Art, die ich nach über sechs Monaten Hormon-Orkanen wieder an den Tag legen konnte, ebenso. Ihrem Vater gefiel, dass ich seine Tochter zeitlich und räumlich so beschlief, dass er diesen Umstand ohne Anstrengung übersehen konnte, und, dass ich handwerklich geschickt bin.

Dass ich Bücher mag, überraschte uns alle drei.

Logischerweise fing ich als Hausmeister und Verkäufer in der Buchhandlung Schmidt an. Überdies reichte ich älteren Damen an gewissen Abenden Häppchen, zur Stärkung für kräftiges Getrommel oder Gejodel oder Fußmalerei. Zu unser dreier Glück hatte ich gerade in einer Autowerkstatt bei einem untersetzen Altnazi gearbeitet, dem ich ohne schlechtes Gewissen den Stinkefinger zeigen konnte.

Nach einem weiteren Jahr heirateten Elisabeth und ich. Meine Mutter weinte, mein Vater starrte im Metzgerschurz stumm auf den Altar, während mein Bruder feixte, weil ich endlich auch *»nicht mehr davongekommen«* war.

Schlussendlich übernahmen wir den Buchladen und richteten uns in einer gemütlichen Bohèmewohnung ein, Dachgeschoss, Schwabing.

Und obwohl alles Gewohnte, das uns umgab, vor sich hin welkte und starb, wogegen wir leider kein neues Leben erschaffen konnten, lebten wir jeden Tag, jede Minute, jede Sekunde in dieser glücklichen Zeit zwischen Tag und Nacht. Bis vor sechs Jahren die Sonne unterging. Erst in Elisabeths Kopf, dann in meiner Seele.

Und als sie nicht einmal mehr das Herbstgedicht von Rainer Maria Rilke aufsagen konnte, musste ich handeln.

Ich verkaufte unsere Buchhandlung. Was mich ein wenig mit der Situation versöhnte, war, dass ich sie an den kleinwüchsigen, buckligen, zahnlückigen Autor verkaufen konnte. Auch wenn er bösartig ist, ist er immerhin ein Autor. Es muss einem unweigerlich das Herz aufgehen, wenn ein buckliger, kleiner Popanz hüpfend durch seine Zahnlücken pfeift: »Jezzz! Jeeezzz! Jezzz sssdeeehn sssiiie im Sssaufesssder! In einem richsigen Sssaufensder! Ha, ha, ha! Jezzz kommt niemans mehr an mir vorbeiii!«

Mitsamt allen Ersparnissen verbrachte ich uns in ein Wohnheim. Elisabeth als Bewohnerin, mich als Hausmeister. Sie wurde zum

Schatten ihrer und ich wurde zum Phantom meiner selbst. Wir waberten und schlichen um die schmerzhafte Erkenntnis herum, dass es seitens meiner Frau bald keinerlei Erkenntnis mehr geben würde.

An einem Tag im April, im Jahr 2020, erkannte sie mich nicht mehr. Seltsam, ich habe immer gedacht, dass sich so ein Tag besonders ausnehmen würde, hinsichtlich der Atmosphäre oder der Klänge oder der Lichtverhältnisse. Ja, ich habe wirklich angenommen, in meiner blöden Naivität, dass so ein verschissener Tag wenigstens so viel Anstand besitzt, verregnet zu sein. Wenigstens das. Doch es war alles wie immer. Nach dem Frühstück kontrollierte ich die Küchengeräte und den Überwachungsraum, löschte Spam-Mails und ließ den Hund auf den Postboten los. Dann ging ich in Elisabeths Zimmer. Sie wandte nicht den Blick zu mir, sondern starrte aus dem Fenster. Wenigstens nicht auf den Fernseher, lieber Gott, danke. Ich nannte ihren Namen, immer wieder, ging auf hölzernen Beinen zu ihr, nahm ihre Hand.

Nun sah sie mich an. Ihr Blick sagte: »Wer bist du? Ich würde dich gern erkennen, habe das Gefühl, ich müsste es. Deshalb hab ich ein schlechtes Gewissen. Und Angst hab ich, Angst vor der ewigen Nacht. Wer bist du? Und wer bin ich? Hilf mir!«

Ihr Mund flüsterte: »Weg. Bitte.«

Und ich flüsterte: »Keine Angst. Du träumst nur. Wenn du die Augen wieder zumachst, ist der Traum gleich vorbei.«

Elisabeth lächelte tapfer und schloss die Augen.

Eine Woche später stolperte ich allmählich aus dem Nebel der Trauer. Schreiend, ungewaschen, wie er der erste Mensch aus dem Schlamm, aus dem er erschaffen wurde. Am Abend dieses Tages stand ich wacklig, aber immerhin sauber am Fenster. Ich habe keine Ahnung, was ich in der Zwischenzeit trieb. Ich stand dort einfach. Mit Häppchen und Wein. Und mit dem Buch *Die Wand* von Marlen Haushofer in der Hand. Gott sei Dank nicht mit dem *Fänger im Roggen*! Beim Blättern fiel ein Zettel heraus, den Elisabeths Handschrift schmückte.

»Guten Morgen, Lieblingsmensch, ich musste schon los, kurz was besorgen. Bis gleich. LIEBE! P.S.: Die Antipasti waren echt super! Aber am köstlichsten bist du.«

Ich erinnerte mich. Am Abend davor hatte ich zum ersten Mal Antipasti gemacht. Zucchini, Pilze, Paprika, etc., scheußlich verbraten, aber immerhin vor Fett triefend.

Gerettet hatte uns *Die Wand*. Wir sprachen darüber, wie es wäre, ganz allein zu sein. Vor allem: ohne den anderen. Und Elisabeth sagte, dass man den anderen immer im Herzen trage.

»Deswegen muss derjenige, der übrig bleibt, immer so gut wie möglich leben. Sonst hockt der andere in einem traurigen Herzen.«

Ich schaute in die Nacht und flüsterte: »Ich komme von dir nicht los. Aber du bist nicht mehr hier. Obwohl du immer in mir bist. Das heißt, solange ich lebendig bin. Nur ist in diesem Loch hier keiner so richtig lebendig.«

Am Horizont kündigte sich zart der Sonnenaufgang an.

Vielleicht hab ich mir Idiot das mit der Sonne auch nur eingebildet, in meinem Trauerwahn, unterstützt von Wein und dem echt krassen Dope. Das hatte mir eine Heimbewohnerin zugesteckt. Im Gegenzug hätte ich mal nett zu ihr sein sollen, glaub ich. Aber nach Elisabeth werde ich nie wieder auch nur im Geringsten Notiz von einem anderen Weib nehmen.

Deswegen, ihr Nasen, bin ich also Eremit geworden.

Ach ja, und natürlich wegen einer Gotteserscheinung, die ich am Morgen nach jenem Sonnenaufgang hatte. Da bin ich beim Duschen einfach umgekippt und gegen die Wand geknallt, woraufhin mir während einer zehnminütigen Ohnmacht ein glorienumkränzter Socken erschien. Er, so verklickerte mir der Socken, sei der Heilige Sockislaus, der Patron aller verloren gegangenen Einzelsocken und – aufgrund von gewissen unirdischen Engpässen – auch der Patron aller Einzelpersonen. Er sagte, er wäre gekommen, um mir Rübenzuzler zu prophezeien, dass ich nur ein glückliches Leben führen würde, wenn ich eben dieses in den stillen, an keine Institution gebundenen Dienst der Nächstenliebe und

Gottesanbetung stellte. (Dafür absolvierte ich im späteren Verlauf sogar ein Fernstudium in Sachen IT, KI und Dei.) Auf meine Aufgabe würde ich dann schon von selbst kommen. Tschüssikowski, er müsse weiter, es gäbe eine Menge zu tun, seitdem so viele seiner Kollegen völlig frustriert die Seiten gewechselt hätten.

Das war mir nur recht. Als Eremit hat man wenigstens selten mit dem Finanzamt zu tun. Sogar als Programmierer, wenn man vor allem darauf achtet, still seine Dienste zu tun. Ich bin dankbar, dass der Heilige Sockislaus einen Farbeimer über mein neues Leben geschüttet und mich in diesen Bahnhof gebracht hat.

Die Aufgabe, von welcher er sprach, habe ich bald erkannt. Sie bestand darin, einen Fehler mittels eines Fehlers zu korrigieren und das System zu stören, damit schon vor dem Ende alles gut wird.

An dieser Stelle kann ich nur mit einem Zitat abschließen: »Vater, vergib uns für alles, was wir tun müssen, um zu überleben hier. Du vergibst uns, wir vergeben dir und dann kommen wir alle fischen in die'm Himmel.«

Track 11: »Schön ist es, auf der Welt zu sein« (Roy Black)
28.05.2026

Zwei Körper liegen eng aneinander gedrückt auf einem Einzelbett. Das Licht scheint sacht auf sie. Auf dem anderen, von Blut und anderen Flüssigkeiten durchtränkten Bett, lässt es sich schwerlich gut liegen. Vor dem Bett liegen diverse Liebesspielzeuge aus Hildes Tasche stammend, zwei Tüten mit der Aufschrift »Duke Skywalker« sowie zwei Flaschen, in denen sich feinster Mescal befand. Dieser Mescal kreist in den zwei beinah komatösen Körpern herum, macht die Gehirne darin träumen, von Wüsten und riesigen, fliegenden Himbeeren, die Warnungen aussprechen.

Jemand beobachtet sie, ein großer Schemen in der Tür, der sich selbst beglückwünscht. Erstens für Schnelligkeit, mit der sie die

Spuren eines zweiten Essers beseitigt hat, zweitens zu dem Coup mit dem Schimmel im ersten Stockwerk.

»Seht ihr.« Steini hatte auf die schwarzen Punkte an den Wänden hinter der Tür zur ersten Etage gedeutet. Nun schmunzelt sie in Erinnerung daran. »Da könnt ihr unmöglich rein, alles voller Schimmel.«

Peter bot sich an, die Etage trotz Pilzbefall zu durchsuchen, wovon ihn Hilde eisernen Griffes abhielt. Er solle bloß keinen Scheiß da rausschleppen.

Die Etage darüber sei natürlich schimmelfrei, meinte Steini, also auch beziehbar, zudem sei das ganze verdammte Hotel gästefrei, also auch die Dusche auf dem Gang alleinig nutzbar.

Hilde nickte ergeben.

Peter grinste in den Boden hinein.

Flugs überließ Steini den beiden Turteltäubchen ihre Kemenate samt zwei Flaschen Mescal, gegen ein geringes Entgelt in Höhe von 230,00 Euro pro Nase. Natürlich von der Steuer absetzbar, da drücke sie gern beide Augen zu. Obendrein bot sie an, ihren Wagen ganz unentgeltlich sicher zu parken, wenn sie ihr die Autoschlüssel gäben, bitte, danke.

Dann hieß es nur noch warten und lauschen.

Im Gegensatz zu den über die schnöde Welt erhobenen Träumern, sind Karl und B666 G4731 in der Realität unterwegs. Darin mahnt keine riesige Himbeere rituelle Gottesopfer an, allerdings die Tankanzeige, dass sie sich um Sprit kümmern müssen. Spätestens in Hof.

Der Gedanke an ihre zwei Verfolger, die ihnen schon so nahe gewesen sind, treibt Karl umso mehr an, desto wacher er während der Fahrt wird. Sie würden also in Hof halten, dort so viel Kohle wie in kurzer Zeit möglich einnehmen und zusehen, dass sie rasch weiterkamen. Alles andere ist ihm zu riskant wiewohl auch zu blöde, vor allem, wenn man die neuesten Entwicklungen der allgemeinen und alltäglichen *Cancel Culture* betrachtet, die gemäß dem föderalen System unterschiedlich grauenvoll ausfallen.

B666 G4731 berichtet gerade davon, im Rahmen der von ihm abgerufenen *Tagesschau in hundert Sekunden*: »Hamburg: Rauchen in der Öffentlichkeit ist nur noch in gewissen Lagerabteilen der Untergrundbahn oder in defekten Aufzügen erlaubt. Berlin: Die meisten Viertel sind für Touristen und Pendler gesperrt. Sie dürfen nur mit Sondererlaubnis betreten werden, aufgrund der Zelte und Wohnwägen auf den Straßen und Gehwegen, in denen viele Berliner Bürger seit der letzten Mieterhöhung von über 40 Prozent leben. Köln: Kölschpflicht von 13:00 bis 21:00 Uhr, Alaaf-Pflicht für ein Jahr von 16:00 bis 22:30 Uhr. Stuttgart: Musizieren ist nur noch in Theatern gestattet. Die Anzahl der Theater in Stuttgart beläuft sich auf eins. Frankfurt schafft Bargeld als offizielles Zahlungsmittel ab. Man zahlt künftig via Hautimplantat.«

In Hof wiederum gibt es überhaupt keine Verbote, weil man dort seit jeher recht bescheiden vor allem zwei Lustbarkeiten nachgeht: Bier plus Wurst. Und diese zwei Dinge würden die Bayern bis aufs Blut ihrer eigenen Großmütter verteidigen.

Mehr noch: Die Großmütter würden ein Bollwerk bilden, einen mit künstlichen Gebissen bewehrten menschlichen Wall, der jedem Haufen von Hornochsen standhielte. Vorausgesetzt, eine solche Hornochsenherde kröche aus einem Loch in Absurdistan, um Bier und Wurst, also die linke und die rechte Mutterbrust des Bayernvolks, zu stehlen.

Hierzu ist im Kontext wissenswert: Das Finnenvolk galt im Jahr 2021 als glücklichstes Volk der Welt. Ihr »Rezept«, wie überall verlautbart wurde, als handle es sich hier um eine Pampe, die man fix im Thermomix nachzaubern (Schwierigkeitsgrad: simpel!) oder im Notfall für teuer Geld aus der Lifestyle-Kühltheke popeln könne, das Rezept also bestehe darin, dass die Finnen keine großen Erwartungen ans Leben an sich hegten.

Hier schließt sich Kreis mit Hof. Die HoferInnen hegten seit langem keine großen Erwartungen an irgendetwas oder -wen. »In Bayern ganz oben, weltweit ganz unten«, witzelt man über die prekäre finanzielle wie gesellschaftliche Situation der Stadt. Obwohl sich diese Situation seit 2021 stetig bessert.

Die globale oder zumindest europäische wirtschaftliche Katastrophe zeichnete sich ja bereits 2020 am Firmament ab, mit jedem Schuss, den Olaf Scholz laut lachend aus seiner Bazooka abfeuerte. Dies bewirkte freilich, dass Unternehmen Personal einsparten. Dadurch mussten sich künftige Leistungsträger der Gesellschaft nur wenige Gedanken darum machten, was sie werden wollten. Vielmehr kreisten ihre Gedanken nun darum, was sie *überhaupt noch werden konnten*. Da viele nach ausgefallenem Präsenzunterricht und dem Erhalt ihres Corona-Abiturs über so wenig Wissen verfügten, dass ohnehin nur noch eine politische Karriere infrage kam, nahm die Zahl der Studenten an der BayBFH ab dem Herbst 2021 rapide zu. Diese Hochschule hatte man in einem Akt der oberbayerischen Großmütigkeit dereinst nach Hof verlegt, und das wirkte sich nun aus. Während der Pandemie hat man nämlich gelernt, dass man als Politiker und/oder Beamter bei jedem Sturm weich ins nächstgelegene Nest fällt. Und wie man sich einen Doktortitel ermogelt war zwischenzeitlich ebenfalls hinreichend bekannt. Für die Wirtschaft in Hof ist das seither ein Segen. Mehr Studenten bedeuten mehr Mieteinnahmen, mehr – oder in diesem Fall überhaupt welche – chice Insta-Posts, mehr Textil-, Wurst- und Bierumsatz. Und Kondome gehen sogar bei BayBFH-Studenten recht gut.

Die chicen Insta-Posts sorgten sogar dafür, dass Touristen in die Stadt kamen – ein Phänomen, das man sich vor der *Schlimmen Zeit* nicht einmal hätte vorstellen können. Wo sich Durchreisende früher nie entscheiden konnten, was grauer daherkam, die Stadt oder die oberfränkischen Gesichter, schlendern jetzt Tagestouristen durch die Straßen. Man bewundert farbige Fassaden und jenen gesunden Glanz, den sonst nur Speckschwarten vorzuweisen haben, auf nicht mehr nur oberfränkischen Wangen.

Die HoferInnen aber feiern aufgrund ihrer ureigenen Mentalität keine große Party deswegen, drehen nicht völlig durch, kaufen sich keine neuen Gartenmöbel.

Sobald es im Rest Deutschlands erneut bergauf geht, das wissen sie, gehen die Beamtenanwärterzahlen zurück. Was soll man sich damit plagen, müden Auges in einem Amt täglich von neun bis fünf auf den Feierabend zu warten, wenn man in der freien Wirtschaft bei besserer Bezahlung einen erfüllten Arbeitstag verleben kann?

Karl macht sich keinerlei Gedanken über Hof. Er fragt sich dafür zum unzähligsten Mal, ob ihre Verfolger auf dem Weg sind, ob sie vielleicht vier Wägen hinter ihnen fahren, ob, ob, ob …

Er dreht das Radio an, um sich abzulenken.

»Das Beste am ganzen Tag, das sind die Pausen, das ist schon immer in der Schule so«, singt Roy Black. Gänsehäutig drückt Karl den Sendersuchlauf. Bayern 2, »Tagesgespräch«. Karl grinst. Der Stammtisch des Bayerischen Rundfunks, wunderbar. Seit Jahren liebt er diese Gespräche über ein aktuelles oder ein von der Redaktion dafür erklärtes Thema, weil jeder Idiot sowohl eine Meinung zu allem als auch ein Telefon hat. Man lädt denn auch wirklich jeden Hörer ein, sich zu äußern. Am liebsten mag Karl die Anrufer, die die von Thomas Gottschalk populär gemachte Sprache gebrauchen. Sprich: Hinter jeden Halbsatz setzen sie tonal einen Punkt. Nie ein Fragezeichen, nie ein Komma, manchmal ein Ausrufezeichen. Diese Anrufer sind erstens selten extremistische Knalltüten, zweitens meistens aus dem Rheinland. Sie sprechen einen Dialekt, den Karl küssen würde, wäre er etwas Physisches. Drittens sind sie wunderbar pedantische Rechthaber, die zumeist Recht behalten, im Gespräch mit dem Studiogast, der fast immer ein zum Thema passender »Experte« ist. Karl hat schon öfter mit dem Gedanken gespielt, dort anzurufen, um zu fragen, wo man »Experte« studieren könne, da ihm dies ob der Unmengen an »Experten« ein ziemlich einfaches Studium sowie obendrein ein wahnsinnig gut bezahlter Job zu sein scheine.

Außerdem weiß Karl, wie es in einer Redaktion bezüglich der Themenauswahl so läuft, wenn seit drei Wochen überall in den Medien das gleiche Thema besprochen wird. Dann nämlich spaziert der Chefredakteur zur Tür herein und teilt mit, dass es endlich andere Themen brauche, weil dieses eine Thema einem ja zu den Ohren rauskomme. Wenigstens diese Redaktion müsse mal was anderes machen als die anderen Schnarchnasen. Auf die vorsichtige Nachfrage des Redakteurs, der sich eigentlich schon auf ein Thema, nämlich das vorherrschend aktuelle, vorbereitet hat, was wiederum dem Redakteur nicht ganz unbedeutend, dem Chefredakteur sowie der Medienanstalt an sich jedoch völlig unbedeutend erscheint, was man denn dann so bringen solle, antwortet der Chefredakteur, schon im Gehen begriffen, dass das ja wohl ganz in seinem eigenen Ermessen liege. In diesem Haus würde den Mitarbeitern schließlich noch freie Hand gelassen.

Die Themen der Nachrichten vor einer halben Stunde waren unter anderem die Unruhen, die in Bielefeld andauerten (weil, so die Einwohner dort, es hier noch nie Unruhen gegeben habe, da sei es schlichtweg mal an der Zeit, damit die Welt sehe, dass auch Bielefeld ganz schön was auf dem Kasten habe und so weiter), die dräuende Ankündigung eines wahnsinnig trockenen, ertragsarmen Sommers, die gelassene Ankündigung eines europäischen Umweltministergipfels zur Vereinbarung eines EU-Klimagipfels und, dass ganz Duisburg um das Fußballmaskottchen »Ennatz« trauere (das aktuelle Zebra hat, wie seine drei Vorgänger den blauen Lack auf dem Fell nicht vertragen, was allerdings dem Fußballclub in keiner Sekunde als Tierquälerei angekreidet wird, denn für die Königsdisziplin des Fußballsports gelten andere Regeln, wie wir ja alle wissen).

Statt sich eins dieser leicht zu verstehenden, leicht zu moderierenden und somit also hinsichtlich der Anrufer- wie Hörerzahlen dankbaren Themen auszusuchen, hat sich die arme Sau vorm Mikrofon in eigenem Ermessen einen thematischen Blutegel direkt an die linke Herzklappe gesetzt: »Zwischen Schmusen und Schwanger – das Sexualverhalten der Jugend von heute«.

Karl kichert. Sex am Nachmittag, in Bayern. Da lebten eher alle katholischen Priester zölibatär.

Der Moderator stellt den »Experten« vor, er heißt: Dr. Sommer.

Karl lacht laut auf.

B666 G4731 piepst. »Heftiges Weinen, herzliches Lachen oder mittelstarkes Niesen lenkt einen menschlichen Fahrer bis zu 10 Sekunden vom Verkehrsgeschehen ab.«

»Ja, ja. Aber ich hab ja dich, meinen kleinen Aufpasser.«

»Das heißt, du kannst lachen, weil ich da bin.«

Hört sich das Ding freudig an? Karl schüttelt den Kopf.

»Langsam kommt es mir so vor, als ob dir das ganze ziemlich Spaß macht. Aber gewöhn dich bloß nicht dran.«

Was tut er hier eigentlich? Er schimpft eine Maschine aus, mit der er seit Tagen in Richtung eines Horizonts flüchtet, den er noch nicht mal erahnt. Das kann unmöglich gesund sein. Er muss ganz dringend auf seinen Verstand und seine Gefühle gegenüber dem Ding aufpassen. Sonst würde er am Ende noch einen Tisch heiraten. Spätestens in Lula-Land würde er das Ding loswerden. *Vielleicht kann der kleine Scheißer ja im Ferienland arbeiten? Als Attraktion?*

»Vielleicht wäre es besser, nur zu tanken und mit DigiCash zu zahlen. Dann hätten sie zwar eine Spur, aber wir müssten nicht länger anhalten, sondern könnten auf einen Sitz durchrauschen. Was meinst du?«, überlegt er laut.

»Negativ. Wir haben mehr als zwei Verfolger. Peter ist Polizist. Wir würden schnell von einer Polizeistreife abgefangen werden.«

»Okay. Dann bereite dich schon mal vor, Rockstar. Erster Gig: Hof. *Bene*?«

»Ich bin Quereinsteiger«, dröhnt die Expertenstimme aus dem Radio. »Keine Angst, nicht so ein Quereinsteiger von den Demos!« Dr. Sommer lacht. Es hört sich an wie eine brünstige Ziege, wenn der Bock ohne Bock bockt.

B666 G4731 macht ein paar Mal ein abgehacktes Geräusch.

Karl bekommt eine Gänsehaut. Wenn Äxte lachen würden, dann wohl so.

»Habe ich gerade gelacht«, sag-fragt B666 G4731.

»Habe ich was gehört?«, fragt Karl.

Karl atmet gepresst. Seine Hände zittern leicht. Immer wieder murmelt er Flüche. Er fragt B666 G4731, fragt das Universum, ob das hier wirklich sein müsse.

B666 G4731 gibt keine Antwort. Er hat ihm vor fünf Minuten bereits gesagt, dass es sein müsse. Warum sollte er gegenüber einer physisch und psychisch völlig gesunden Person eine Information wiederholen? Sein System schießt in der gleichen Sekunde eine Warnung raus. Sein Alarm jault auf. Seine Rückseite wird heiß.

»Scheiße«, flucht Karl.

Wenn ich Schmerz empfinden kann, dann ist das einer, denkt B666 G4731. Er stellt auf halben Notbetrieb um, das lindert dieses Brennen nur dürftig, aber so kann er in jedem Fall kommunizieren.

»Alles okay?«, fragt Karl.

»Alles okay«, lügt B666 G4731.

Er registriert Karls extrem hohes Stresslevel, das wie ein Raketenantrieb auf dessen Drüsenfunktion wirkt. Der Roboter ist froh, über keine Geruchsmodule zu verfügen. Er hat nämlich vom Schweiß gelesen. B666 G4731 betrachtet den menschlichen Körper als Wunderwerk und er beneidet die Homo sapiens um vieles. Um Emotionen und Kreativität und Gute-Nacht-Geschichten. Nur auf eins verzichtet er gern: Schweiß.

Klar, Schweiß ist ein super Kühlungssystem, keine Frage. Aber der Geruch? *Why?!* Wofür sollte der gut sein? In Sachen Partnersuche ist dieses Programm jedenfalls gescheitert, spätestens seit der Entdeckung von Duftstoffen oder berauschenden Substanzen, die den eigenen Geruch überdecken. Laut Berechnungen von B666 G4731 leben gut 58,72 Prozent aller Menschen mit dem falschen Partner zusammen, nur weil ihr Geruchssinn und somit auch die Wahl des richtigen Gefährten von Lügen aus Parfum oder regelmäßigen Rauschausdünstungen gestört wird. Und falls Duftwasser oder Feuer weggelassen werden: Zack, Bumm, Riesenstreit.

Ein Schweißtropfen tropft von Karls Nase auf den weißen Roboterkopf.

B666 G4731 setzt Deo auf seine Einkaufsliste. Unterstützung ist etwas ganz anderes als grobe Täuschung bei der Partnersuche.

Es wäre zu schade, wenn Karl im Ferienland eine Abfuhr bekäme, nur weil er etwas zu sehr nach Karl röche.

»Ich glaub, wir lassen das besser.«

»Negativ.«

»Aber …«

»Negativ.«

Karl schweigt einen Augenblick. »Gibt es keine andere Möglichkeit?«

»Positiv. Uns erwischen lassen.«

Vor gut drei Stunden herrschte zwischen Karl und B666 G4731 noch ein anderer Ton. Nämlich ein solcher: »Das schönste im ganzen Jahr, das sind die Ferien.«

Dazu schunkelten zwei Dutzend Menschen leicht vor B666 G4731 im bereits abendlichen Schein der Sonne fröhlich hin und her. Manch einer sang sogar verwegen mit und zwei alte Ladies drehten sich händchenhaltend im Kreis, von einem Yorkshire Terrier energetisch verbellt.

B666 G4731 lernte - und dieses Wort konnte er jetzt denken, ohne, dass dazu aus seiner Audiothek heraus Totenglocken läuteten oder Fallbeile zischten -, dass er lebendigen Wesen Freude zu bereiten vermochte, statt bloßer Betäubung, statt stumpfer, stummer Verzweiflung. Es wäre vermessen, davon zu reden, dass der Roboter sich ebenfalls freut. So viel sei jedoch gesagt: sein Akku lud sich während seiner Show selbst auf.

Karl tauchte am Rand der Menge auf und nickte ihm zu.

Wie verabredet verkündete B666 G4731: »Und jetzt, meine Damen und Herren und Diverse, Ladys und Gents und Lants, Menschen mit Penis, Hoden, Skrotum, Samenleiter, Prostata, Samenblase und Menschen mit Vulva, Klitoris, Vagina, Gebärmutter, Eileitern, Eierstöcken, niedrigen Gehältern und Menschen, die beides haben oder gehabt haben: Ich bedanke mich für eure Aufmerksamkeit sowie den von euch in Kauf genommenen, unvermeidbaren

Energieverbrauch. Jetzt kommen wir zum Abschlusslevel, zum furiosen *Game over* des heutigen elektronischen Musikfestivals.«

Zwei Dutzend Augenpaare plus die von Karl starrten ihn an. Auf der anderen Straßenseite hüpfte ein Steppenwolfläufer vorbei. Grillen zirpten.

»*Well, I won't back down. No, I won't back down*«, spielte B666 G4731 in Stereo und voller Lautstärke ab. »*You can stand me up at the gates of hell. But I won't back down.*«

Die Zuschauer begannen wieder zu schunkeln und summten die Melodie mit. Die zwei alten Damen kreisten, der Terrier bellte. Karl bewegte die Lippen.

»*Hey Baby, there ain't no easy way out*«, waren sich alle Anwesenden einig.

Am Ende des Songs spielte B666 G4731 noch einen Tusch, das hatte er aus seiner Mediathek, Thema: »Stimmung«. Begeisterter Applaus übertönte den Tusch. Die Zuschauer kramten eifrig die letzten Eurostücke heraus.

Eigentlich ist das Bargeld ja Ende 2022 abgeschafft worden, um offiziell eine neuerliche Bankenkrise abzuwenden – die Argumentationslage hier war noch dünner als die Kuchenscheiben dereinst für Seyfart senior. Trotzdem haben die meisten Bürger immer ein paar Münzen aus den *Christians-Church-Cash*-Automaten dabei. Die katholische und evangelische Kirche hatten den 2020 eingeführten digitalen Klingelbeutel noch im selben Jahr wieder abgeschafft. Offiziell, um die spirituelle Atmosphäre des klackernden und klickernden Klingelbeutel-Herumreichens zu gewährleisten. In Wahrheit vertrauen die meisten Gläubigen zwar auf Gott, aber nach all den Missbräuchen an Kindern nicht mehr darauf, dass die Institution auch vor ihrem allerheiligsten Halt macht: dem Vermögen. Ganz böse Zungen behaupten, dass den entsprechenden Klingelbeutelträgern die Bedienung des DigiCollect nicht möglich sei, weil deren Finger zu verklebt von priesterlichem, heiligem Sperma waren. Die Grauzone der kirchlichen Münzautomaten wird freilich für mehr als nur den Klingelbeutel genutzt. Ich kann auch aus eigener Erfahrung sagen, dass die meisten Leute nie, wie von der Regierung und den Banken angekündigt, misstrauisch oder abweisend auf Bargeld reagieren. Sie reagieren gerührt, wenn man einen Blumenstrauß oder eine Handfeuerwaffe mit einem großen Haufen Münzen bezahlt.

So hatte es sich auch den ganzen Nachmittag über, während der Show verhalten. Jetzt warf ein Mann, der die Uniform des Ordnungsamtes trug und wahrscheinlich die Genehmigung des Auftretenden kontrollieren sollte, sogar zum dritten Mal ein paar Münzen in die Brottüte, in der am Morgen noch die von Steini bereiteten Brote gelegen hatten. Das Geld darin stank wirklich nicht, es duftete nach Leberwurst. Das bereits im Bauchfach verwahrte Hutgeld dagegen roch, aufgrund eines Mangels an Hüten und gemäß der dafür verwendeten Tüte, nach Käsebrot.

»Hey, das hast du wirklich gerockt, Scheißer. Nur die Ansage mit dem Skrotum und so …«

»Die habe ich selbst entwickelt.« B666 G4731 ließ seine Face-Lights heller leuchten.

Karl räusperte sich. »Was haben wir?«

B666 G4731 scannte die Münzen. »Zusammen mit dem Geld im Bauchfach, besitzen wir aktuell 203,57 Euro. Zuzüglich deiner übriggebliebenen Barschaft, ergeben sich 204,12 Euro.«

»Mein kleiner Rainman«, brummte Karl zufrieden. »Dann ab in unsere fürstliche Halunken-Koje. Für die wir höchstens 30 Euronen abdrücken müssen und auch nur, wenn der Kojenvermieter morgen auftaucht. Heute war er laut Nachricht am Schlüsselbrett noch unterwegs, um im - ich zitiere - Hagebuttenhof einen affengeilen Workshop zu leiten. Ich glaube, wir übernachten for free.«

Der Akku lud sich noch mal um ein Prozent auf. B666 G4731 wollte gerade einen Schritt tun, da durchfuhr ihn ein Stromschlag. In ihm heulte eine schreckliche Sirene auf, die den zweiten und vierten Apokalyptischen Reiter ankündigte.

»Tracking erfolgreich«, malte er die mögliche Katastrophe des jüngsten Standgerichts düster auf Karls mentale Leinwand.

Und weil die frühabendliche Tracking-Sirene die lustigen Lieder des Nachmittags verscheuchte, herrscht nun ein anderer Ton.

Deswegen liegt B666 G4731 jetzt unter einer Schreibtischlampe auf dem Boden der »Halunken-Koje«, während Karl neben ihm kniend versucht, mit einer Pinzette (4,23 Euro weniger in der Brottüte) die Tracking-Platine aus der Rückenfestplatte zu entfernen. Die Chance, dass er durch einen Fehler seitens Karl zur singenden Premium-Deko wird, die nicht mehr kommunizieren, geschweige denn selbstständig denken kann, berechnet B666 G4731 mit 79 Prozent. Beziehungsweise erhöht sich die Chance gerade wegen Karls überspannter Nervosität auf 86 Prozent.

»Karl, du kannst mich nicht wirklich beschädigen«, lügt B666 G4731. »Reiß das Ding einfach raus. Wenn etwas schief geht, repariere ich mich selbst.«

»Aber, hast du nicht gesagt, ich soll vorsichtig sein?«

»Ja, hinsichtlich deiner Gesundheit. Du kannst dich sehr leicht an den scharfen Plastikkanten schneiden.«

»Dann reiß ich einfach dran?«

»Reiß einfach dran.«

Karl reißt dran.

Und die Welt um B666 G4731 wird schwarz.

Karl starrt aus dem Fenster in die leise oberfränkische Nacht. Die Innenstadt schickt einen Lichtergruß in ihr Zimmer. Er zündet sich eine Zigarette an. »Sag mal, was hast du eigentlich so vor? Ich mein … nachher?« Er bläst den Rauch aus dem Fenster.

B666 G4731 piepst unkontrolliert, unter dem ersten Schreck seines wiedererwachten Daseins. Sein Antriebssystem stockt und seine FaceLights flackern. Das sieht Karl vom Fenster aus nicht. Karl würde es für die Spätfolgen des Resets halten, ihn ergo wegen des Aussetzers also für aussetzbar, weil unbrauchbar. Der Reset dauerte nur fünf Sekunden, aber Karl bemerkte ihn. Seitdem verhält er sich noch feindseliger als damals im Pflegeheim.

Die wahren Spätfolgen des, im wahrsten Sinn des Wortes, künstlichen Komas, würde B666 G4731 vor Karl verbergen, in jenem

KI-Kellerabteil mit dem Schild: »Kuchenglasuren leicht gemacht«.

»Was? Red Deutsch, ich versteh kein Roboterisch.«

Im Fensterglas, das die Nacht drinnen von der Nacht draußen trennt wie ein Eierschneider ein Ei, in diesem Glas spiegelt sich Karls Gesicht, das, ebenso wie seine Stimme, auffallend ausdruckslos ist. So ausdruckslos wie das Weiß des mit Wasser gefüllten Zahnputzbechers, in den er ascht.

Einer der ersten Downloads beinhaltete, wie bei allen Robotern seines Typs, Informationen über menschliches Verhalten. Die menschliche Wankelmütigkeit wurde vom Programmierer wiederholt hervorgehoben. Aber B666 G4731 lernt, dass es ein Unterschied ist, ob man theoretisch weiß, dass ein Schlag mit einem schweren stumpfen Gegenstand schmerzt oder ob man tatsächlich eine übergebraten bekommt. Von seinem Freund. Und es ist verdammt noch mal ein Unterschied, ob man vorher keinen emotionalen Schmerz gespürt hat, inzwischen aber wohl zumindest etwas Ähnliches spüren kann. Es fühlt sich an, als würde seine Brustbatterie überhitzen.

Karl zieht noch ein Mal an seiner Zigarette, die gleich darauf zornig zischend im Zahnputzbecher erlischt. »Hey! Ich hab dich was gefragt. Bist du gelähmt, oder was?«

Seine Hände zucken. Das System meldet, dass eigentlich jetzt eine Situation herrsche, in der er deeskalieren müsse, mittels Schlafgas oder Stromstößen. Stattdessen sagt B666 G4731 völlig ruhig: »Konkretisiere bitte nachher. Meinst du in einer Stunde, meinst du morgen.«

»Ich meine nach Lula-Land. Du weißt schon.«

B666 G4731 piepst. »Negativ. Mein System meldet: ›Stromsparmodus aktiv. Bitte laden.‹«

Karl sieht ihn zweifelnd an. »So, so. Na gut. Dann reden wir morgen.« Er nimmt ein Stück Pizza Margarita (9,90 Euro weniger in der Brottüte), legt sich auf das Bett, welches knarrend gegen die Ruhestörung protestiert, und schaltet den SmartTV ein. Ein Bericht zeigt die andauernden Unruhen in Bielefeld, die weitestgehend darin bestehen, dass Einwohner absichtlich Snackpapier auf die

Straße werfen, genau neben Mülleimer, laut singend auf Grünflächen treten, die das Betreten per Schilderdekret ausdrücklich verbieten, und bei Rot über die Straße tanzen.

Geraucht wird allerdings brav in den dafür vorgesehenen Zonen.

B666 G4731 schließt sich an das Ladekabel an und postiert sich auf dem Fensterbrett, zur Überwachung der Straße.

Was Karl auch nicht weiß, ist, dass sein Navigationssystem bei der Operation beschädigt worden ist. Er hat zwar die Route zum Ferienland abgespeichert, aber Staus, das Ausweichen auf Schleichwege und dergleichen, würden eventuell zu Problemen werden. Allerdings würde er Karl keinen Pieps davon berichten.

Kapitel 3

Track 12: »Send in the Clowns« (Version von Crusty the Clown)
28.05. - 29.05.2026

Dr. Sommer legt auf Bayern 2 sowie aus einem bestimmten Autoradio dringend mit nasaler, leicht triebtätiger Stimme dar, dass er ein Kerngebiet in einem Jugendzentrum im Schwäbischen leitet. Unterdessen wühlen sich anderswo, auf einem schmalen Bett, sowohl Hildes als auch Peters Bewusstsein träge aus dem Sumpf der Nacht. Die laute Erklärung einer Befindlichkeit, welche sie aufstört, tönt schrill aus dem Smartblet-Wecker: »*I hate you so much right now!*«

Allein, die Zugkraft der Bewusstseinslok lässt noch sehr zu wünschen übrig, wodurch der schmissige Hasswecker sein Ziel verfehlt. Ein kurzer, fast koketter Ruck seitens des Gottes Toxikón retourniert Hilde in jene Welt, die sie, wenn sie dazu imstande wäre, wohl Heimat nennen würde. Eine Heimat, für die sie, wenn sie dazu imstande wäre, alles geben würde – oder dafür, diese Welt zur Realität zu machen. Sie beinhaltet viele grüne Wiesen, zahlreiche Bäume und sanften Kerzenschein, in dem ihre Mutter, umweht vom *odeur de pommes de terre et de violettes*, ihr etwas vorliest, ihr verspricht, immer für sie da zu sein, und dieses Versprechen einhält.

Ihr Wecker verstummt wie bestellt nach einer Minute, dafür schaltet sich der Radiowecker ein, den Peter im Laufe des Abends programmiert hat.

»Zwei Wecker wecken besser als einer«, sagte er, während er ihn einstellte.

Ihr werdet lachen, der Wecker ist auf Bayern 2 gestellt. Als der Moderator den Titel »Dipl.-Päd.« seitens seines Experten noch hoffnungsfroh hervorhebt, und Dr. Sommer »als Dipl.-Verk.« blökt, glumpft das zweite Bewusstsein auf dem schmalen Bett aus der Dunkelheit. Es gehört Peter, der über keine Sehnsuchtswelt verfügt, weil er ganz zufrieden mit seinem Leben ist, was man nun bedauernswert oder beneidenswert finden kann. Trübe wie wohlig vernimmt er den folgenden Dialog: »Dipl.-Verk. – also als Diplooom? Als … Äh …«, lockt, der Moderator.

Dr. Sommer lässt sich Zeit, bevor er würdevoll erklärt: »Nein. Ich bin Quereinsteiger. Keine Angst, kein Querdenker!« Jetzt lacht Dr. Sommer. Es hört sich an wie eine brünstige Ziege, wenn der Bock ohne Bock mal wieder bockt. »Ich komme ursprünglich aus dem Verkaufswesen. Automobile, Damenunterwäsche, Sie verstehen. Allerdings musste ich umsatteln, wegen der Wirtschaftslage, Amazon, Lidl, Sie verstehen. Und deswegen biete ich inzwischen sehr erfolgreich im Jugendzentrum Saw-World das reichhaltige Snack-and-Meet-Veggie-and-Meat—Portfolio an. Die Bezeichnung kommt von dem Reim, Sie verstehen?«

»Äh. Ja. Äh. Also Speisenverkauf. Speisenverkauf in einem Jugendzentrum. Äh. Äh?«

»Mehr als das, ich komme unweigerlich mit den Jugendlichen ins Gespräch, fühle ihnen auf den Puls, bin am Nerv der Zeit, wie man sagt. Für diesen pädagogischen Scheiß kriegt man dann ganz automatisch ein Diplom. Gerade in Sachen ›Poppen‹ sind die Jugendlichen sehr neugierig. Die fragen dann zum Beispiel, ob meine Stierhodenlaugenstangen …«

Peter streicht sanft über seine Hoden.

»… echt krass für die Potenz sind. Und grad die blöden Stangen sind superpädagogisch, weil da ja keine Stierhoden drauf oder drin sind. Stierhoden kann sich doch kein Schwein mehr leisten. Erst recht nicht so ein Zigarettenbürschchen, das mal kurz die Annika-Tiffi flachlegen will. Nein, nein, da ist einfach ganz ordentlicher Analogmozzarella drauf, auf den Stangen.«

Peter umfasst Hildes feste Brüste, dann schläft er wieder ein und springt sozusagen damit in das dunkle Gewässer der traumlosen Erholung.

Kurz darauf schnellt die Stimme des Moderators um eine Oktave nach oben, wodurch Hildes Bewusstsein schmerzhaft aus der traumtaumeligen Umarmung ihrer Mutter gerissen wird. Hilde hasst hohe Stimmen, vor allem bei Männern.

»Ja, wir sind nah dran, an der heutigen Jugend und ihren Bedürfnissen. Die Nummer, wenn sie mit Herrn Sommer ...«

»Diplom-Verkäufer«, brummt Dr. Sommer. Jedes Wort scheint ihm Mühe zu bereiten. »Ich habe ein Diplom. Wissen Sie, das ist ja das Problem.«

Hilde schmatzt. Offenbar hat über Nacht eine Horde Katzen in ihren Mund geschissen.

»Äh. Ja«, kiekst der Moderator nadelartig in Hildes Hirn. »Ich würde gern wissen... Ähm, hier ist Rauchen verboten.«

»Ein Diplom ist ein Diplom.«

»Einen Scheiß muss ich«, röchelt Hilde. »Diplom! Ha, ha, ha!«

»Genau«, fiepst der Moderator einen Zelthering in Hildes Hirn. »Und falls Sie, liebe Hörerinnen und Hörer, mit unserem Experten sprechen wollen, rufen Sie an. Falls Sie Fragen haben, zum Verhalten Ihres Kindes, rufen Sie an. Rufen Sie gern an. Alle Leitungen sind frei. Sie können auch eine Mail schreiben. Das Postfach ist frei, völlig frei.«

Dr. Sommer schnaubt. »Ich kann Ihnen so viel sagen: Man kann eigentlich eh nix tun. Pervers ist pervers.«

Pervers ist pervers, hört Hilde ihren Vater sagen, nachdem er sie anständig – im christlichen Sinne – durchgeprügelt hat.

Perveeers ist perveeers, hört Hilde ihre Geschwister rufen, nachdem diese an der Kellertür gelauscht haben.

Voll pervers, voll pervers bist du, hört Hilde ihre beste Freundin sagen. *Aber wir sind Freundinnen. Aber du bist voll pervers.*

Du gehst diese Woche nicht mehr zur Schule, hört Hilde von ihrer Lehrerin, nachdem sich einige Eltern, die wiederum ihre Kinder nach der Verwendung des Wortes »pervers« genauer befragten, beschwert haben.

»Pervers ist pervers!« Hilde packt ein Handgelenk, das über ihrer linken Brust ruht, verdreht es, bis Peter schreit, und stößt den anderen Körper, das andere, jetzt voll erwachte Bewusstsein, aus dem schmalen Bett.

In Peters Hinterkopf explodiert der Schmerz des härteren Widerstands.

Der Moderator quiekt. »Wir wollen ja nicht gleich vom Schlimmsten ausgehen. Wir wollen eigentlich über das erste Mal …«

»Ein Mal ist ein Kain-Mal! Ha, ha, ha! Verstehen Sie: Kain und Abel. Ich aber sage Ihnen: Pervers ist pervers. Erst Zeltlager, dann pervers.«

»Pervers ist pervers«, faucht Hilde. »Genau! Ihr Ficker.«

»Was, was?«, ruft Peter hilflos, in der irrigen Hoffnung, dass er träumt.

»Wir haben einen Anrufer«, fistelt der Moderator. »Ja, bitte, grüß Gott, Sie sind auf Sendung!«

Eine ältere Männerstimme legt los: »Ja. Ich bin auf Sendung. Gut. Ich bin der Georg Kreisecker und hör jeden Tag Bayern Zwei. Und ich hab eine Frage. An den Experten. Sagen Sie mal. Wenn Sie eigentlich ein Diplom-Verkäufer sind, jetzt aber Wurstsemmeln in einem JUZ verkaufen ...«

Wurstsemmeln, denkt Peter, *Wurstsemmeln wären jetzt echt geil.* Dann hört Peter nicht mehr hin, sondern stattdessen zu, wie Hilde aus dem Bett fällt und begleitet von einem ungesund klingenden Krachen auf dem Boden landet. Er hört sie keuchen, hört sie fauchen. Hört ihre Nägel über den Boden kratzen, alle zwanzig.

Weit weg sein, denkt er, ins Hier und Jetzt zurückfindend, während er ganz automatisch den Wecker ausstellt, *weit weg sein wäre echt geil. Und Wurstsemmeln.*

»Hilf mir sofort hoch, du kleine Made!«, krächzt Hilde.

Peter fühlt sich sogleich ein wenig mehr zu Hause. Eine Semmel hätte er trotzdem gern.

No Semmel *today* für Peter. Dafür gibt es bald nach dem Aufwachen eine große Überraschung für beide, als sie vor dem Wagen stehen, der auf dem Parkplatz mit der Nummer geparkt ist, die ihnen Steini gestern Abend noch als die Nummer genannt hat, unter der sie ihren fürsorglich geparkten Wagen wiederfinden würden. Der Schlüssel, den ihnen Steini an die äußere Zimmertürklinke gehangen hat, passt zwar zu diesem Wagen, aber es ist nicht Peters. Dieser Wagen ist ein alter Jaguar.

»Die hat uns verarscht«, sagt Hilde. Am Rand ihres zitternden Tonfalls rollen schon die Quantenwellen der Rache, die sich gewalttätig entladen würden.

An Steini allerdings keinesfalls, wie Peter offenmundig neben Hilde stehend zwei Minuten später feststellt. Von Steini fehlt jede Spur. Am Fenster der Werkstatt pappt ein Zettel, der verkündet, dass die Werkstatt wegen Urlaub geschlossen sei, für zwei Wochen. Nach dem Urlaub sei Steini wieder gern für jeden da, und im Übrigen gäbe es dann auch wieder die guten selbstgemachten Wurst- und Käsewaren vom Land.

Peter knurrt der Magen.

In Hilde knurrt der Zorn.

Er schaut zum Dönerwagen auf der anderen Straßenseite, zögert aber. Ihm ist peinlich bewusst, dass sie aussehen wie die Leute, die er sonst eigentlich mitnimmt, in Handschellen zumeist.

Hilde trabt nach ein paar lauten Flüchen zum Dönerwagen.

Peter trabt zum Jaguar, steigt blümeranten Gefühls ein, steckt den Schlüssel ins Zündschloss, tritt auf die Kupplung, schaltet in den Leerlauf, dreht den Schlüssel. Der Wagen hustet. Peter dreht noch mal den Schlüssel. Der Wagen hustet. Peter amtet tief ein, im Rückspiegel sieht er Hilde, bepackt mit zwei Dönern (extra scharf, wie sie es überaus und er überhaupt nicht mag) sowie Ayran, aber ohne Kaffee. Er dreht den Schlüssel noch einmal. Der Wagen hustet nicht mehr.

Wenn man Döner extra scharf nicht mag, könnte man ja froh sein, wenn dieser in Rage von einer anderen Person in Richtung eines Wagen, der nicht funktioniert, geschleudert wird. Genau das macht Hilde nämlich, als sie mitbekommt, dass der sauteure Luxusschlitten nicht anspringt.

Froh zu sein bedarf es wenig, nur keines Döners scharf und cremig, im Gesicht so fleischig-sämig.

Abendliches Licht bescheint aufreizend gemütlich die ungemütliche Autobahn gen Nordosten. Es legt einen verlogenen Filter auf die funktionale Rahmenlandschaft aus Feldern und Nebenstraßen, auf denen vereinzelte Menschen ihrem Lebensende entgegen fahren, langsamer als es den Wagenkolonnen hinter ihnen recht ist.

In Hilde halten sich Hunger und Zorn die Waage, weswegen sie fast gleichzeitig isst und trinkt. Jeden Bissen Tankstellen-Hotdog würgspült sie mit einem Schluck Tankstellen-Apfelkorn hinunter. Die Landschaft wetzt zu scharf und zu schnell an ihr vorbei. Das ignoriert sie lieber.

Stunden Vorsprung. Die Arschlöcher haben Stunden, nein, fast einen ganzen Tag Vorsprung. Weil ja unbedingt mit diesem Mechaniker von der mobilen Werkstatt noch Smalltalk gemacht werden musste. Weil ja unbedingt mit jenem noch der Weg besprochen werden musste. Weil ja unbedingt noch ein paar Scheinchen extra rüberranken mussten, damit die Verletzung über dem Auge des Mechanikers offiziell nicht mehr von Hildes Hand herrührt, sondern vom Heiligen Geist.

»Aber das ist doch wirklich schnell gegangen, mit dem Auto«, hobelt Peters Stimme noch ein Stück von ihrem Nervenholz ab.

Hilde grunzt, isst, trinkt.

»Und nett, dass er dich nicht angezeigt hat. Wegen … du weißt schon.«

»Gutmensch«, würgt Hilde hervor. »Sag lieber, ob du das Tracking endlich in den Griff kriegst. Sonst fahren wir am Ende noch wochenlang in die falsche Richtung.«

»Aber, das Tracking ist doch deine Auf…« Weiter kommt Peter zu seinem Glück nicht, denn sein Smartblet plärrt: *»Wake me up …«* Er zieht es aus dem schwarzen Bletcase an seinem Oberarm und sagt viel zu fröhlich: »Ja? Servus? Hier ist der Peter.«

Hilde bläht die Nüstern, den letzten Bissen hinunterwürgend. Ihrer Meinung nach verhält sich die grundlose gute Laune einer Person konkordant zu ihrer Dummheit.

»Volker!« Peter drosselt breit grinsend das Tempo, um hinter einem Lkw her zu gurken, statt ihn zu überholen. »Schön, mal wieder was von dir zu hören. Was gibts denn?«

Sie erstarrt, die Flasche vor den Mund gehoben, und sieht ihn konsterniert an. *Plaudern. Fängt der jetzt an, mit einem Volker zu plaudern!* Das hat sie nun davon, dass sie sich immer Männer sucht, mit dem Gemüt und Verstand eines sauerstoffunterversorgten Windhunds.

Sie überlegt, den restlichen Apfelkorn über seinem Schoß auszuschütten, verwirft den Gedanken aber schnell wieder. Apfelkorn ist schließlich kein entzündlicher Alkohol.

»Ach, geh!«, ruft Peter. »Das gibt es ja nicht? Mitten in Hof? Alle beide? Heute?« Er zwinkert Hilde triumphierend zu.

Sie richtet sich ganz gerade auf, trinkt einen großen Schluck. *Soll das heißen …? Bedeutet das etwa …? Dass dieser ominöse Volker einen Tipp hat?* Hilde zieht heftig an ihrer E-Zigarette und stößt eine Meisterwolke aus.

Peter wedelt den Dampf aus seinem Sichtfeld. »Und das Ordnungsamt greift nicht ein? Was? Sogar ein Geld gegeben? Das sind Zustände! Ja, ja, nein, wirklich, ich geb dir total recht. Da müsste mal wieder die Schraube nachgezogen werden. Was? Ja!« Er lacht schallend. »Klar erinnere ich mich an die große Zucht-und-Ordnung-Party. Meine Fresse, danach hat dieses Dreckspack aber gewusst, was Ausgangssperre heißt. Ho, ho!«

Hilde unterbindet die ziellose gute Laune mit einem Rippenstoß. »Wo sind sie? Frag ihn, wo sie sind!«

»Ja«, keucht Peter. »Du, Volker, wo genau sind die denn jetzt? ... Ach so. Okay. Verstehe. Aber hey, danke, Superarbeit! Auf bald, Kollege. Ja, ja, genau, auf einen Zucht-und-Ordnungs-Walk und einen Absturz, das muss mal wieder sein.«

»War das wieder einer deiner Polizeifreunderl?«, fragt Hilde, als er sein Smartblet zurück ins Case schiebt.

»Nein, das war der Volker aus Halle!« Er schüttelt lächelnd den Kopf. »Der arbeitet bei der GEMA-Street-Control.«

»GEMA-Street-Control?«

»Klar. Außer Straßengigs und Kneipen haben die ja fast nix mehr zu kontrollieren. Früher war er übrigens Schaffner. Aber die braucht seit den Robolleuren auch keine Sau mehr. Ich hab ihn damals kennengelernt, als er beim Bürgermilitär mitgeholfen hat. Weißt schon, die privaten Helfer der Freunde und Helfer, wegen der Verstöße bei der Ausgangssperre und so. Da haben wir uns angefreundet.«

»So, so.« Ein breites Grinsen zieht ihren schmallippigen Mund auseinander und so etwas wie Freude lässt ihr Herz spürbar schlagen. Das Schicksal ist ein Hund. Und jetzt geht es wieder an ihrer Leine, um anderen Leuten ans Bein zu pissen. »Und woher weiß der Volker aus Halle, dass wir die zwei Arschlöcher suchen?«, will Hilde wissen.

Peter schaut sie an, als hätte sie gefragt, ob morgen die Sonne wieder aufgeht. »Na, weil er seit 2021 den Polizeifunk abhört. Bürgermilitär, hab ich doch gesagt.«

»Und die haben den Polizeifunk abgehört?«

»Na ja. Vorgeschrieben war das nicht gerade, sagen wir es so.« Er zuckt mit den Schultern. »Alte Gewohnheit, schätz ich. Und hey, gut für uns!«

»Und das geht so einfach? Das kann einfach jeder Volker? Euren Funk abhören, mein ich.«

»Na ja, he, he, zuuu kompliziert darf man uns das Leben auch nicht machen, weißt du. Wir müssen eh immer so viel im Kopf haben. Waffe sichern, wen darf man erschießen, wen nicht, Waffe entsichern, Blaulicht anschalten und so weiter. Da kannst du sowas nicht auch noch verkomplizieren. Deswegen haben wir ja Gott sei Dank alle ein- und dasselbe Passwort, um uns in den Polizeicomputer einzuloggen. Wenn ich es vergesse, frag ich die Kollegen. Und wenn die das auch vergessen, dann steht das Passwort auf dem Zettel unter der Tastatur.« Er tippt sich gewitzt an die Stirn und überholt lächelnd den Lkw.

Hilde trinkt ihre Gänsehaut weg.

Peter behält indes ein höheres Tempo bei, steigert es noch, nachdem Hilde von einem schrillen Ton aufgeschreckt wird und jubelnd kreischt: »Tracking erfolgreich! Mach hin, du kleiner geiler Freudenolm!«

Er fragt nur noch einmal, nach einer Pause, woraufhin Hilde ihn darauf hinweist, dass sie hier keine Spazierfahrt unternehmen, welche Brotzeit- oder Pinkelpausen beinhaltet. Für was bitte sind leere Flaschen schließlich da? Und überhaupt hat der Freudenolm eh schon lange keinen Natursekt mehr genossen.

Die junge Mainacht schlängelt sich in Hof bereits aufgeregt zwischen den Lichtkegeln der Laternen und Fenster hindurch. Ganz genau erkundet er unbeleuchtete Ecken, Gassen und Gemüter, während Hildes Hoffnung auf ein baldiges Ende der Suche zu einer Korinthe zusammenschrumpelt. Zeitgleich schwillt Peters Hoffnung auf ein baldiges Abendessen zu einem Riesenkürbis an. Sie stehen Seite an Seite, Hoffnung an Hoffnung, und blicken in verschiedene Richtungen, jeder nach vorne und jeder nach hinten, je nachdem.

Seit zwei Stunden suchen sie rund um jenen Hit-Place, den das Tracking angezeigt hat, nach Karl und B666 G4731. Ohne Ergebnis. Dabei gibt es durchaus Straßenkonzertbesucher, die ihnen weiterhelfen hätten können.

Etwa Frau Gundi Bertels, die stets hilfsbereit ist, wenn es um eine Auskunft geht. Oder der Betäubungsmittelverkäufer Herr Klaus Wichl, der eine immense Abneigung gegen Roboter hegt, aufgrund der Angst, diese würden bald an seiner Stelle Drogen an die Leute bringen. Doch die Zeugen sind dahin, denken ab und zu flüchtig an den Mann und die Maschine, mal mit Wohlwollen, mal mit Missfallen. Und die Erinnerungen der Zeugen, ein paar Mal hinaus gemurmelt, hören nur Katzen, Fernseher oder schläfrige Partner, die seit Jahren unerreichbar für alles und jeden auf der anderen Seite der Couch leben.

Peter denkt, dass es ein Fehler gewesen ist, gleich nach der Trackingmeldung den Stiftungsvorstand anzurufen, um einen Erfolg anzukündigen. Noch dazu befand sich Hilde in einer derart euphorischen Stimmung, dass sogar ihre Firewall kurz ausgeschaltet war. Ohne jegliche Contenance brüllte sie etwas von »Arschlöchern«, »Wichsern« und »ihr werdet schon sehen, ihr glücklichen Bastarde« in die digitalen Vorstandsgesichter auf ihrem Smartbletdisplay.

Hilde denkt, dass es ein Fehler gewesen war, sich jemals via eines gezielten Schlags gegen den Kehlkopf ihres Vaters aus dessen Würgegriff sowie dessen Welt zu befreien. Wäre sie dort geblieben, wäre ihr viel erspart geblieben.

»Hilde, lass erst mal gut sein«, sagt Peter mit einer festen Stimme, die auch ihn überrascht. »Wir haben jetzt alles zig Mal abgesucht. Lass uns was essen und dann weiter machen.«

Er nimmt sie bei der Hand. Diesem Griff, fürsorglich wie warm, gibt sie nach.

Im Morgengrauen des 29. Mai 2024 endet Hildes und Peters Suche. Vorerst. Erschöpft stehen sie fröstelnd im taunassen Gras vor einem offenen, schmiedeeisernen Tor. Neben dem Tor hält ein knorriger Baum über das Tor rüstig ein Schild, welches verkündet, dass sie sich jetzt auf dem »Hagebuttenhof« befinden.

Andere Schilder hinter dem Tor heißen sie buntschriftig Willkommen, locken mit Versprechungen auf ewiges Glück oder zumindest guten Shit. In einiger Entfernung brennt ein Lagerfeuer, um das Menschen wie Motten kreisen. Ihre Gliedmaßen und Körper wabern in Schwaden von Rauch und sphärischen Klängen. Getrommel aus unterschiedlichen Ecken und in unterschiedlichem Rhythmus durchzuckt scharf den transzendenten Nebel. Irgendwo singt jemand ein Wiener Lied.

Den zweiten Kreis des Hippiehimmels bilden Wohnwagen, durch Gebetsfahnen miteinander verwoben, den dritten Kreis Bäumchen. Alle weiteren Kreise bis zum neunten sind noch vor dem Auge des neuen Besuchers verborgen und können erst erkundet werden, nachdem er bewiesen hat derer würdig zu sein. Hilde traut ihren Augen kaum. Sie kneift Peter in den Arm, um zu sehen, ob sie träumt.

Peter grunzt abwesend.

Man kann freilich ihre Überraschung verstehen, beim Vorfinden einer Hippie-Kommune auf diesem riesigen Areal, welches laut GoogleMaps, JigAdvisor und einem wieseläugigen Typen an der Tankstelle eigentlich ein Golfplatz mit 24-Stunden-Hotel sein sollte. Es wäre dort ein Golfplatz gewesen, wenn ein anderer als der sehr geschäftstüchtige Altkanzler Gerhard Schröder diesen Platz zu dieser Zeit betrieben hätte. Schröder hat, unterstützt von seiner sechsten, nicht minder geschäftstüchtigen Ehefrau Pamela Häberl, diese unternehmerische Nähe zum Osten wie immer zum richtigen Zeitpunkt korrigiert.

»Golf, Kinners, is' total out. Das sach ich euch. Goa is' in! Ha, ha, ha, ha«, verkündete er in einem Insta-Video, bei der Eröffnung des einzigen Alltags-Hippie-Festivals Deutschlands.

Manchmal lässt er sich sogar blicken, der *große Meister*, wie seine Hagebutten-Kinners ihn nennen. Dann dreht er mit Pamela ein paar Runden, wonach er sie für ein paar Stündchen ins Trommel-Tantra-Zelt verbringt, in der jeden Tag ein gewisser »Masché« unterrichtet, seines Zeichens Lebenskünstler und Liebeskünstler, mit dem Hang zur Zwei-Monats-Körper-Hygiene. Der große Meister wiederum begibt sich hiernach, jeden Kreis durchziehend und entweibend, zu seinem Wohnwagen, um zwanzig bis dreißig guten Seelen Unterricht fürs Leben zu erteilen. Gemäß dem Protokoll endet so ein Besuch des großen Meisters unweigerlich nach einem großen, gemeinsamen Essen, bei dem er die Gründungsgeschichte der Kommune, die Geschichte der Hagebutte, in die verklärten Gesichter um ihn herum hineinsoniert: »Das Pulver haben wir immer den Mädchen in den Nacken gestreut – um sie zu ärgern natürlich.«

Hilde und Peter haben freilich keinen blassen Schimmer vom göttlichen Glanz dieses Ortes und seines Gründers. Die große Info-Tafel, zu Ehren des großen Meisters vor seinem persönlichen goldfarbenen Wohnwagen aufgestellt, auf der die ganze Herrlichkeit des Meisters und seiner Idee aufgeschrieben steht, befindet sich im sechsten Kreis.

Klamm schmiegt sich die Morgenluft an Hildes Gesicht und ihr schwarzes Gewand. Ebenfalls klamm ergreift Peters Hand die ihre, beim beiderseitigen Gewahren einer dürren Gestalt, die mit ausgebreiteten Armen auf sie zu stelzt.

Dieser Mannvogel schnattert: »Willkommen, neue Freunde! Willkommen, neue Kinners, auf dem Hagebuttenhof. Ihr habt es gerade rechtzeitig zur Morgensession geschafft. Tretet ein!«

Er nimmt Hilde, die sich zu keiner eigenbestimmten Bewegung in der Lage fühlt, an der Hand und zieht damit beide auf das Areal.

Die Menschen beim Feuer rufen Willkommensgrüße. Beim Näherkommen sieht Hilde, dass sie alle bunt bemalte Gesichter haben. Einige sehen aus wie Tiere, die eine unkonzentrierte Natur hervorgebracht hat. Andere tragen über Wangen samt Stirn einfach bunte Muster. Hilde starrt sie offenbar offensichtlich fragend an, denn eine imposante Tänzerin, mit lilafarbenen Dreadlocks, ruft: »Ich bin der Uranus! Seht ihr? Spürt ihr? Ich bin der Uranus!«

»Ähm … toll, ähm … herzlichen Glückwunsch«, sagt Peter zitternd.

Hilde ist wenigstens so weit bei Trost, dass sie ihn anfaucht.

Sie stolpern hinter dem Vogelmann her, bis sie ans andere Ende des großen Feuerplatzes gelangen. Dort heißt er sie auf Baumstämme setzen. »Ich bin Hanky Danky Low Joe. Ich bin der Stellvertreter des großen Meisters.« Er macht eine ausholende Geste, um sie herum summen vier Dutzend Stimmbänder ein atonales Gloria.

»Ich leite unsere Hagebuttenkommune, wenn der Meister absent ist. Ich betreibe in der Innenstadt auch noch eine einfache, aber gemütliche Pension. Ich lade euch ein, heute bei uns zu schlafen, in einem einfachen, aber gemütlichen Zelt. Nach der Morgensession.«

Bunt bemalte Hände aus dem Nirgendwo reichen ihnen zwei Becher.

»Wer ist denn dieser große Meister?«, fragt Peter argwöhnisch. Um sie herum ertönt heiteres Gelächter.

»Still«, zischt Hilde peinlich berührt.

Peter runzelt die Brauen, während er an seinem Becher riecht. Sie sieht ihn spöttisch an, trinkt einen großen Schluck, schmeckt diesem nach und sagt erleichtert: »Es ist Salbeitee, du hasenfüßiger Idiot.«

Der Tee wärmt sie etwas.

Hanky Danky Low Joe lacht begütigend. »Ich verstehe die Vorsichtigen. Ich war auch lange Zeit vorsichtig, bevor ich hierher kam.«

»Gekommen bin, o großer Stellvertreter«, tschilpt ein als Rettich bemalter Mann.

Er verdreht die Augen. »Das ist Verisi Bisi, ehemaliger Deutschlehrer.«

Ein bekannter Geruch umtanzt Hilde, flüstert etwas von Ruhe und Kontrollverlust zu. Sie kramt ihre E-Zigarette heraus, aber Hanky Danky Low Joe legt seine raue, sehr warme Hand auf ihre feuchte und klamme. »Ich kann dir versichern, dass du sowas hier nicht brauchst.« Der Stimmbänderchor summt sein Gloria.

»Hilde«, flüstert Peter aus weiter, weiter Ferner, fast aus einem anderen Bundesland. »Ich glaube, die rauchen hier Gras.«

»Was du nicht sagst.« Sie sieht Hanky Danky Low Joe breit grinsend zu, wie er einen fußballgroßen, prall gefüllten Beutel hinter seinem Baumstamm hervorholt. Aus der Innentasche seiner Jacke zieht er Paper, so lang wie Skier.

»Hilde, willst du die Aktion noch weiter gefährden?«

Hilde verräumt ihre E-Zigarette wieder. »Schlafen müssen wir, oder? Und ich schätze mal, dass es das Golf-Hotel nicht mehr gibt.«

»Da sind die Pferdchen drin, hü, hü, hü«, singt der Stimmbänderchor. Hanky Danky Low Joe dreht einen Joint zum Himmel hinauf, einen Grasturm zu Babel. »Ich gebe euch nun eure einfache, aber gemütliche Willkommensweihe, neue Kinners. Ich gebe euch morgen eure einfache, aber gemütliche Abschieds- und Wegweihe. Ich bekomme dafür nur eine kleine Weihenspende.«

»241 Euro und 76 Cent, ho, ho, ho«, singt der Stimmbandchor.

»Bezahl«, sagt Hilde. In ihrem Mund sammelt sich Speichel. »Nimm dein verschissenes Smartblet und bezahl.«

Peter ruft: »Aber ich bin Pol...«

Hilde stößt ihn die Rippen. »Polypenkrank. Er ist polypenkrank.«

»Ein Polizist«, singt der Stimmbandchor. »Tatü, tatü.«

»Tatüte«, singt Hanky Danky Low Joe. »Ich war niemals Polizist, aber ich habe auch meine Fehler begangen. Ich war Impfgegner. Ich habe falsche Impfpässe verkauft. Ich gebe euch dies, zu unserer aller Erlösung von unserer Schuld.« Er hält Peter den Gigantenjoint hin. Unsicher will dieser danach greifen. Hanky Danky Low Joe zieht ihn schnell zurück, hält dafür den DigiCash-Apparat hin. »Ich bekomme zuerst noch die kleine Spende für unsere Weihen.«

Peter greift zu seinem Smartblet.

Ein kindlich bemaltes Elefantengesicht schiebt sich in ihr Blickfeld. »Dir, o neue Kinnerin, verlangt es nach einer Heuschrecke.«

Hilde hat es noch nie nach weniger verlangt als nach einer Heuschrecke. Sie öffnet den Mund, will protestieren, aber sofort schließen zwei buntbeleckste Finger ihre Lippen wieder. Zuvor stopfen sie etwas hinein.

»Mund zu, Kinnerin. Die Zauberfarbe ist ein bisschen giftig.« Der Elefant kichert. »Jetzt wirst du zu deinem Krafttier: der Heuschrecke. Dein Mann wird gleich zum Windhund.«

Damit liegt der Menschenmaler so verblüffend richtig, dass Hilde sich dieser wie jeder folgenden Situation hingibt.

Track 13: »Wild World« (Cat Stevens)
Karls Leben - die Zerstörung

Wenn Karl ehrlich zu sich selbst ist, dann weiß er, dass er alles, wirklich alles an der Zerstörung hätte kommen sehen müssen. Meistens ist er ehrlich zu sich selbst, woher zur Hälfte seine schlechte Laune rührt. Die andere Hälfte resultiert aus seinem ehrlichen Blick auf die Gesellschaft. Die Zerstörung setzte in dem Moment ein, in dem er sich nicht mehr gegen die unfreiwillige Prostitution zur Wehr setzte und sich stattdessen gemütlich in einen Sessel setzte, auf dem sein Name geschrieben stand – allerdings falsch.

Karl ging der Prostitution, wie die meisten Menschen, in verschiedenen Graden nach. Zum Beispiel weich, durch gewisse Kompromisse in seiner Beziehung, mit denen er mehr seinen Willen durchsetzte, als dass er auf die Bedürfnisse von Angelika einging.

Mittelhart ging er ihr in Bezug auf seine Familie nach, wenn er bei Monologen seiner Schwester an Weihnachten oder Geburtstagen oder einem sonstigen Zwangstreffen die Augen verdrehte, statt zu sagen, dass sie sich ihre Zuckerkügelchen sonst wo hinschieben kann und er ihren Hokuspokus, den sie der Schulmedizin vorzieht, als höchstgefährlich für sie und ihre ganze Familie einstuft.

Und schließlich hart, härter, diamantenhart, ging er der Prostitution in seinem Job nach. Es hatte damit begonnen, den Mund zu halten, bei kleinen Ungerechtigkeiten wie zu vielen Wochenenddiensten. Und er hatte sich weiterentwickelt, im Hinnehmen, dass die CSU eben immer Vierspalter kriegt, auch wenn der Redner keinen einzigen vernünftigen Satz herausbringt, außer beim Vorlesen der Speisenkarte.

»Und heute, liebe Freunde und Ehefrauen, gibt es wieder den guten Schweinsbraten von unserm Boandlwirt.«

Nun ja, dachte sich Karl in seinem Sessel mit dem falsch geschriebenen Namen immer öfter, immer energischer mit den Schultern zuckend, *wenn ICH das nicht mache, macht es ein anderer.* Und schließlich durfte er ja noch ab und zu einen spitzen Kommentar schreiben, auf Seite Dasliestehkeinesau.

Während der ersten Pandemiephase allerdings erwachte Karl wieder aus seinem Sesselgedöse. Verwundert rieb er seine Augen und besah den Irrsinn, der um ihn herum geschah. Die Gewalt, erst verbal, dann physisch, die sich Bahn brach, zwischen drei Lagern, drei Blasen, die schon lange darauf gewartet hatten, den andern zu zeigen, wo der Hammer eigentlich hängt.

Sein wieder aufkeimendes Engagement, dem Irrsinn und der Gewalt mit der Feder kleine Schnitte zu versetzen, entsprach freilich dem Zeitgeist. Zumindest dem Zeitgeist jener diversen Gruppe, die gern Ruhe in die Gesellschaft bringen wollte, um sich wohlig wieder ganz der eigenen täglichen Progressivität zuzuwenden.

Befeuert von den katastrophalen Geschehnissen in der Welt sowie in seiner kleinen Welt, schrieb er sich die Finger wund, recherchierte sich die Augen rot. Und liebte seit Langem wieder Angelika.

Karls Worte blieben folgenlos und doch wieder nicht. Unbemerkt von Chefredaktion und Verleger, die wie jedes Jahr mit einer logisch wie charmant klingenden Verhinderung eines Betriebsrates und gleichzeitiger Ausrichtung eines Betriebsfestes beschäftigt waren, recherchierte Karl in Richtung des Tipps, den ihm der Stumpen-Steve für eine ganze Kippe hatte zukommen lassen.

Er fand, was er suchte, telefonierte, telefonierte, bestach, telefonierte, drohte mit dem Veterinäramt, und bekam so alles zusammen, was er brauchte, alle Informationen, für einen handfesten Skandal.

An einem Mittwochabend, im Februar 2021, schrieb er den Artikel auf seinem Dienstcomputer. Speicherte ihn auf einem Stick. Ließ ihn ruhen, noch unbesehen von einem anderen Auge.

Dachte er.

Grinsend schaltete er den Computer aus. Grinsend fuhr er nach Hause. Und grinsend nahm er nicht in dem Sessel mit dem falsch geschriebenen Namen Platz, sondern seit langem wieder am Küchentisch, zusammen mit Angelika.

Darauf hatte er seit Jahren gewartet.

Am nächsten Morgen schauten ihn seine Kollegen beim Betreten der Redaktion an, wie man einst wohl den brennenden Zeppelin angeschaut hatte.

Auf seinem Schreibtisch lag ein Zettel:

»Bei Minister Scheuer melden. Gleich!«

Darunter stand eine Nummer.

Karl grinste breit. Kurz stach eine unangenehme Frage in die dünne Membran seiner guten Laune: »Woher weiß der Scheuer von deinem Artikel, den du noch niemandem gezeigt hast? Hm?«

Aber Karl schüttelte die neugierige Nadel ab. Denn die Versuchung stand zu groß vor ihm: er würde derjenige sein, der Scheuer von seinem feudalen Fenster wegholen, aus dem er seit zu vielen Jahren zu viele Milliarden von Steuergeldern warf - nachdem er sich mit ihm eine Kippe angezündet hatte.

Jedes Mal, wenn Scheuer am Fenster seines Schelfenbeinturms stand, wenn die Scheinchen lustig brennend durch die Luft flogen, fragte das staunende Volk, warum der Typ da verdammichnochmal nicht seinen Hut, der ihm offensichtlich ja ebenfalls brannte, nehmen musste.

Karl weiß, warum. Denn Karl weiß, dass der Scheuer, der Mann, der schneller beschließt als sein Schatten, dass dieser Mann Dinge über einen anderen Mann weiß, was diesem anderen Mann durchaus bewusst ist. Scheuer weiß, was er weiß, von einem dritten, der wiederum den Stumpen-Steve vom Stammtisch her kennt. Bei dem dritten Mann handelt es sich wahrscheinlich um den Hubert Aiwanger.

Dieser machte beim Gespräch mit Karl, das im nächtlichen Schatten einer Douglasie stattfand, natürlich seine Stimme samt Gesicht unkenntlich. Und zwar, indem er durch ein lebendiges Huhn vor seinem Gesicht sprach. Aber Karl war die Sprechweise allzu bekannt ins Ohr gesprungen, vor allem das »O«, bei der Beschreibung von Scheuers Aktivitäten beim geplanten Verkauf der Öffentlich-rechtlichen Rundfunkanstalten an die Chinesen.

Dass Aiwanger über all diese Informationen verfügt, ist in Karls Augen nur logisch. Das erklärt, warum der Aiwanger, bei seinen Fähigkeiten, überhaupt in die Politik hat einsteigen können – beziehungsweise auch nur aus seinem Hof hinausfahren hat dürfen, mit mehr als nur einem Einkaufswagen zum Üben.

Jedenfalls wussten spätestens an besagtem Morgenmorgen alle, dass Karl alles wusste.

Er schaute das Festnetztelefon vor sich an.

Um ihn herum, das wurde ihm erst jetzt gewahr, richteten sich die Augen der Kollegen auf ihn. »Was ist? Will einer mit mir zusammen da anrufen, oder was?«, fragte er. Sofort verschwanden die Köpfe hinter ihren Bildschirmen, so klein und niedrig Letztere auch sein mochten.

Søren Schmittikowski, der beste Fotograf der Redaktion, benutzte ob seiner Privilegien überhaupt keinen Computer mehr. Diese Privilegien genoss er seit dem Foto, das den aktuell parteilosen Bürgermeister Randinger in Folge der außerordentlichen Wahl 2020 in sein Amt gehoben hatte.

Der eigentliche SPD-Bürgermeister war im November 2020 nach wiederholter scharfer Kritik an den Corona-Maßnahmen des Bundes und des Landes verbal aus dem Rathaus hinausgetremmelt worden. Das besagte Königsmacher-Foto über dem Dreispalter, der hauptsächlich aus Zwischenüberschriften bestand, zeigte den parteilosen Bürgermeisterkandidaten Randinger beim mutigen Zupacken hinsichtlich eines umgestürzten Bierlasters. Obwohl der Randinger noch nie Bier getrunken hat und auch nie beim Bierlaster vor Ort war.

Seitdem muss jedenfalls Søren Schmittikowski, als bester Fotograf der Zeitung - ach, des Landes! - keine Zeile mehr schreiben, höchstens einem Kollegen diktieren. Er braucht also weder Schreibgerät noch geregelte Arbeitszeiten.

Dass der einstige Bürgermeisterkandidat als Bürgermeister dann dem Vater des Fotografen, seines Zeichens Käseverkäufer auf dem Freisinger Volksfest, den Zuschlag für einen Käse-Wurst-Zuckerwatte-Teflonpfannen-Stand auf der Wiesn 2024 bis 2030 sowie dem Fasching 2022 bis 2030 in Dubai verschaffen würde, zeigte das fantastische Foto übrigens nicht.

Søren Schmittikowski verschwand also aufgrund des Bildschirmmangels durch die Tür aus dem Raum. Der Chefredakteur, welcher im Vorbeigehen kurz Karls Schulter drückte, verschwand nach Søren Schmittikowski, mit den Worten, es sei ja längst Zeit für seine dreistündige Mittagspause. Himmel, wie die Zeit jeden Tag vergehe. Zu diesem Zeitpunkt war es kurz nach neun Uhr.

Karl lehnte sich zurück und betrachtete das Diensttelefon. Dann nahm er sein Mobiltelefon und ging hinaus, über den Gang, auf dem sich noch Søren Schmittikowski herumdrückte, offenbar offenen Mundes tindernd, in den ehemaligen Aufenthaltsraum hinein. Ehemalig, weil sich dort niemand mehr aufenthielt, seitdem die Setzer *tutti completti* von Maschinen ersetzt worden waren und Praktikanten sich nurmehr von selbst gemachtem Overnight-Superfood ernährten.

Die Redakteure sahen und sehen freilich mit einer Mischung aus Angst und Abscheu auf das Verschwinden der Setzer – wobei sie wissen, warum dieser Beruf abgeschafft worden ist. Und sie wissen genau, wie stark die Zahl der Redakteure jährlich sinkt, weil sie diese Zahl nachzählen. Und sie wissen, warum die Zahl sinkt, ohne eine Idee, was sie dagegen machen sollen.

Jemand, der sich wie Karl gegen bestehende Regeln auflehnt, würde zum lebendigen Toten. Oder aber, man müsste das Medium wechseln und sich jeden Tag gedanklich ins Zeug legen, wie diese politischen Blogger und so weiter. Da reicht es leider nicht, den Jahreskalender an Vereins-, Spatenstich- und Volksfestterminen abzuarbeiten. Nein, da will man Fakten, unbequeme Fakten. Jesses!

Einzig die Anzeigenabteilung wird noch länger existieren. Weil ein Algorithmus und ein Sprachprogramm halt keinen salbungsvollen Anrufe tätigen können, die einen kleinkrämerischen Optiker oder Metzger dazu bewegen würden, Werbung zu schalten. Aber weder Redakteure noch Anzeigenabteiler haben sich jemals in diesem Raum herumgetrieben, der immer noch nach ehrlicher Arbeit riecht. Erstere haben keine Mittagspause, zweitere haben Geschäftsessen.

Karl hockte sich auf einen der alten Plastikstühle. Nirgends lag Staub. Die Reinigungskraft kam somit unermüdlich hier vorbei. Klar, wegen der Kohle. Und, laut Inhalt des alten Getränkeautomatens, überdies wegen der Cola-Light, wovon bereits zwei von drei Reihen ausgetrunken waren.

Drei Reihen Fanta, die bereits leicht an Farbe verloren (kein Setzer der Welt trinkt Fanta, die Flaschen pappten somit seit Erbauung der Arche in dem Automaten), drei Reihen Wasser still, drei Reihen Wasser laut, drei Reihen Apfelsaft, zweieinhalb Reihen Spezi und vier Reihen Bier, machte Karl Inventur. Er stand noch mal auf, holte den Aschenbecher vom Fenster und zündete sich eine Zigarette an. Danach zählte er die Quadrate der hässlichen Kunststoffdecke.

Als es wirklich keine Aufgaben mehr gab, legte er Zettel und Telefon nebeneinander. Erst würde er sich anhören, was der Scheuer ihm sagen wollte. Karl nickte bestätigend. Dann würde er wenig sagen, bis der Scheuer zu betteln begann, und dann würde er ihm sagen, was er von ihm halte, was ganz Deutschland von ihm halte, was seine eigene Mutter unweigerlich von ihm halten müsse, Mutterliebe hin oder her, und dann würde er ihm erzählen, was seiner Familie passiert ist, nur weil er und ein paar andere Zauberer unfähig gewesen sind, einen fälschungssicheren Impfpass herzustellen oder das seit Jahren geforderte, regelmäßige Überprüfungsverfahren der Fahrtüchtigkeit von Betagten umzusetzen, und dann ....

Karl rief an.

Was der Scheuer ihm sagte, beinhaltete weder Pausen noch Betteln. Es nahm sich unmissverständlich aus: Er, Karl, der kleine Schreiber, dürfe sich nun entscheiden, aber bloß deswegen, so der Scheuer, weil er heute einen wahnsinnig guten Tag habe. Im Ministerium sei nämlich der neue Tischkicker eingetroffen, und auch weil sie beide irgendwie miteinander verwandt seien, wenn sich sein Onkel aus Dingolfing nicht ganz irre. Die letzte Info trieb Karl das kalte Grausen über die Seele. Jedenfalls, so der Scheuer, wisse er schon, was der Karl so alles wisse. Aber der Karl könne sich gewiss sein, dass kein Wort davon jemals an die Öffentlichkeit kommen werde. Stattdessen würden in fünf Minuten vier Herren in das Büro kommen, in dem Karl so fleißig vor sich hin schreibe, Artikel über Geflügelzüchter, sehr gelungen – talentiert, ja! Talentiert, das läge gewiss auch an den Genen, den gemeinsamen, ha, ha, ha! Eben diese vier Herren würden PC, Festplatte, Notizzettel, etc. austauschen, gegen Entsprechendes, das freilich keinerlei verwertbare Beweise mehr enthalte. Anschließend würden die Herren ihn, also den Karl, dann ohne großes Aufsehen nach draußen begleiten. Die Kündigung an seinen Chef hätte man schon geschickt, er müsse sich um nichts mehr kümmern. Nur eins habe er noch zu tun: In diesen fünf Minuten, bis die vier Herren einträfen, solle er sich überlegen, wie er es denn gern haben täte:

1. Er könne einfach sein Maul halten, eine anständige Summe kassieren, die bei seinen Lebensverhältnissen leicht drei Mal langen würde.

2. Er könne sein Maul aufreißen, damit ihm vielleicht fünf Hanseln zuhören, und dann wegen Volksverhetzung in St. Adelheim oder St. Raubing einziehen, wo man ihn, den Karl, im Laufe von acht bis achtzehn Monaten nach einem Suizid von der Vorhangstange schneiden würde.

Karl wandte noch zaghaft ein, dass es kein Tatbestand der Volksverhetzung sei, wenn er über …

Doch der Scheuer unterbrach ihn und erklärte: »Dann ändere ich halt das Gesetz, so wie ich das brauch, verstehst, Freunderl?«

Und Karl verstand. Sollte es einen Skandal geben, der wirklich zu groß für den politischen Deckmantel wäre, würde Scheuer diesen einfach abstreifen, wie eine Schlange ihre alte Haut. Wo bei jedem anderen das Auslassen eines Gendersternchens bei Twitter einen Shitstorm in biblischem Ausmaß auslöst, wandelt ein Scheuer sicheren Tritts über die Ruinen und Leichen, die sein Handeln hinterlässt. Jeder hat eben seine Talente.

Andererseits wollte Karl wie jeder Mensch mehr auf dieser Welt hinterlassen als nur die Gifte, die er zu Lebzeiten produziert hatte, samt denjenigen, die später aus seinem verwesenden Leichnam in die Erde sickern würden. Karl wollte eine Story hinterlassen, eine Story, die diese Welt verbesserte, die zumindest ein wenig von der vorherrschenden Ungerechtigkeit korrigierte - und die vielleicht bei ihm den Pulitzer-Preis im Regal hinterlassen würde, ja gut.

Karl starrte danach vor sich hin, zählte wieder die Deckenquadrate.

Ein alter Setzer hatte am Anfang seines Volontariats zu ihm gesagt: »Tu, was du für richtig hältst. Mehr kannst du nicht tun. Und lass dir nie das Maul verbieten!«

Der Setzer, Paulsen hieß er, trank jeden Tag in der Pause ein Bier aus dem Automaten. Eins, keines mehr, keines weniger.

Das Maul nicht verbieten lassen; dem stimmte Karl zu. Allerdings stimmte auch: wen sollte er groß mit einer privaten Meldung via Social Media oder einem Blog erreichen, in den höchstens zwölf Minuten, bevor der Eintrag gelöscht werden würde? Er würde sich damit nur selber das Maul verbieten, auf lange Sicht, baumelnd an einer Vorhangstange.

Ob der Scheuer zu seiner Beerdigung kommen würde? So, als Verwandtschaft?

Karl zündete seufzend eine neue Zigarette an und sah aus dem Fenster.

Lieber abtauchen? In ein paar Jahren wieder auftauchen?

Er stand auf, kramte in seinen Hosentaschen nach Kleingeld. Sperenzchen wie SmartCash konnte der Automat freilich nicht vorweisen. Karl hatte indes kein Kleingeld. Er machte es also auf die altmodische Art, drückte die Zahlenkombi 2431 und zog sich ein Bier.

Das Bier schmeckte schal und nur entfernt nach Bier, was bei der Marke allerdings üblich ist, zu jedem Zeitpunkt des Verzehrs. Das mache den Charme aus, so die Werbung, die bis zum Verbot von Alkoholwerbung auch in jener Zeitung erschien, in deren Büroräumen Karl an diesem Tag zum Abschied Einiges wegmarodierte. Kraft fünf schaler Biere, zerlegte er unter anderem den kompletten Schreibtisch jener Kollegin, die ihn zwei Wochen lang mit der Auswahl des Brauntons ihrer neuen Haustüre belästigt und in all den Jahren drei Mal beim Verleger angeschwärzt hatte – beim ersten Mal, weil er auf der Toilette im Stehen gepinkelt hatte, woher auch immer sie das wusste. Wahrscheinlich hat sie ihn noch öfter angeschwärzt, über Bande womöglich, ohne dass er es je erfahren hat.

Ihr merkt bereits, geneigte Leser, dass Karl sich im Pausenraum entschieden hat. Für das Abtauchen. Aber für ein Abtauchen unter den Fanfaren der Barbaren, unter dem Getöse der Geächteten, unter dem Radau der Rebellen.

Und er würde so richtig abtauchen; er würde unter die stets hohen Wellen der gesellschaftlichen Hysterie tauchen, einfach indem er aufhörte, im aufgeregten Meer der Masse zu strampeln. Er würde still und stumm ganz hinunter auf den Grund der Gesellschaft sinken. Dort wollte er hineinkriechen, in eine Spalte, zwischen Gewächse, Getier und Gestein.

Für Selbstmord mochte er sich zu gern, für den Suff dachte er zu gern nach. Zudem wollte er es insgeheim der Welt auch nicht so einfach machen. Er würde vor seinem Abgang noch ein paar Menschen in den Wahnsinn treiben. Er war zwar zu jung für ein Pflegeheim, aber wohlhabend genug. Und alleinstehend genug. Genau das Klientel, nach dem die leerstehenden Heime seit der schlimmen Zeit gierten. Und als er im Jahr 2022 die Oberaufseherin Hilde das erste Mal sah, empfand er für sie so viel Wurschtigkeit und Ekel wie für die gesamte Welt. Er wusste gleich: Hier war er am richtigen Ort.

Du, lieber Leser, fragst dich jetzt sicherlich: »Aber, wieso ist der denn so ganz alleinstehend gewesen? Wo war denn seine Geli? Was war mit seiner Familie? Was war mit seinen Freunden?«

1. - Weg.

2. - Tot.

3. - Oder beides.

Karl lebte damals in keinem sozialen Umfeld mehr. Entfernte Verwandte betraten es quasi nie, um mal einen Kuchen vorbeizubringen – und wenn doch, tat Karl so, als wäre er außer Haus.

Da Karl ehrlich zu sich selbst ist, wie wir wissen, gibt er unumwunden zu, dass er vorher hätte merken müssen, wie er täglich die kuschelige Decke sozialer Wärme ein Stück mehr von sich weg strampelte.

Angelika zum Beispiel rutschte über zwei Jahre lang von ihm weg, Zentimeter für Zentimeter. Sie fuhr trotz Pandemie immer öfter, immer länger, immer weiter weg, um vor Leuten ihre Feuershow darzubieten, um Kinder zu schminken und – vor allem – um Geli zu sein. Am liebsten spielte sie im Ferienland Lula, erst drei Tage am Stück, dann sieben, dann zwei Wochen. Sie kam von dort jedes Mal mit glänzenden Augen und kalten Schultern zurück. Die Augen verloren nach zwei bis vier Tagen den Glanz der Geliwelt, die Schultern erwärmten sich langsamer. Und eine Restkälte blieb. Die spürte Karl zwar, aber er reagierte darauf, indem er sich einfach wärmer anzog.

Erst als Karl, längst ohne sein kuscheliges Fell, eines Tages auf seinem Bett im Pflegeheim saß, fragte er sich endlich, ob 2020 und 2021, während der diversen Lockdowns, denn wirklich alle Gigs stattgefunden hatten, ob es diese Gigs wirklich gab. Oder, wenn es sie gegeben hat, wie es Geli über ein Jahr damit ergangen ist, hauptsächlich online zu spielen, also mit einem künstlerischen Phantomschmerz, beziehungsweise unter vorgeschriebenem Sicherheitsabstand einige Meter entfernt von ihren Zuschauern, als wäre sie ein gefährliches Tier.

Als sie schließlich im Winter 2021 erneut losgeflogen war, gen wieder voll eröffnetem Ferienland, war sie nicht wiedergekommen.

Und so, wie er sie während den Lockdowns hätte fragen sollen, wie es ihr erging, hätte er zudem früher merken müssen, dass sie ganz weg war. Nicht erst nach zwei Wochen. Es gab nämlich auch dahingehend kleine Hinweise, wie Gelis fehlende Zahnbürste, Gelis fehlender Reisekoffer, Gelis fehlende Wohnzimmereinrichtung, die fehlende Geli und den Zettel, der unter einem Kühlschrankmagneten in Form einer Lasagne mit lachendem Gesicht klar verständlich sagte: »Ich will nicht, aber ich muss. Deine Geli. Immer.«

Karl verstand sie, sogar recht gut. Das allzu bequeme Leben im Kompromiss ist niemals ein Ersatz für das Leben in einer lebendigen, aufregenden Liebe. Und ein Leben neben einem Menschen, der sich unter Wasser begibt, während man selbst wieder in den Himmel hinauffliegen möchte, ist unmöglich.

Ein Fisch und ein Vogel können sich lieben. Aber wo sollen sie ihr Nest bauen?

Dazu kam, dass Karls Tauchgang viel zu früh auf die letzte schlimme Phase folgte, von der sich ihre Beziehung eigentlich erst wieder erholen hätte müssen. Karl, der sowieso geborene Grantler, war so richtig ekelhaft geworden, während seiner privaten Corona-Katastrophe. Wie ein masochistischer, irrer Schwarzclown, warf er mit scharfen psychotischen Messern um sich, traf nie tödlich, hinterließ aber tiefe Narben.

Dieser *cirque de l'enfer* hat neben Geli auch seine drei Freunde aus der Manege getrieben. So gut sie seine Trauer auch verstanden, wollten sie doch erst mal die Zirkus-Pause abwarten und anschließend im Programmheft lesen, wie die Show weitergehen sollte.

Hinsichtlich seiner privaten Corona-Katastrophe dachte Karl das Gleiche wie bei Geli: Er hätte auch dies früher wissen, erahnen oder erfragen müssen. Denn er hat die Anzeichen bemerkt, dass seine einst so langweilige Schwester zusammen mit ihrem Mann ein bisschen zu viele Verschwörungsfilme angeguckt hatte. Er hat ihre immer härteren und zugleich verstörteren Blicke gesehen, ihre immer härteren und zugleich verstörteren Worte gehört. Bis am Schluss drei grelle Scampis vor seinem geistigen Auge geblinkt haben, wenn er mit seiner Schwester gesprochen hat.

So jemand lässt sich keinesfalls impfen. So jemand kauft falsche Impfpässe für sich, den Mann, die zwei Kinder. Und dann fährt so jemand in den Türkei-Urlaub, weil man es da ja Gott sei Dank mit diesem Corona auch nicht so genau nimmt, weil man da wenigstens einmal wieder Spaß am Leben haben kann.

Karl hatte sich immer gewünscht, dass seine Schwester ein wenig rebellischer wäre. Man soll beim Wünschen vorsichtig sein.

Es war der letzte Spaß im Leben dieser Familie gewesen. Seine Schwester, ihr Mann und die Kinder sind alle zusammen, aber einzeln voneinander getrennt an Lungenmaschinen gestorben.

Seine Eltern sind zusammen, nebeneinander im Auto, auf dem Weg ins Krankenhaus zur Schwesterfamilie gestorben. Karl senior hatte leider über Jahre immer wieder durchgesetzt, dass er trotz fünf Schlaganfällen weiter mit seinem Auto fahren hatte dürfen.

Erstens müsse er ja wohl seine fahruntüchtige Frau in der Weltgeschichte herumchauffieren, zu der er im Gegensatz einwandfrei fahrtüchtig sei, und wenn er wirklich wider Erwarten einen depperten Schwindelanfall bekäme, könne er schließlich ganz fix und leicht an den Straßenrand fahren. Dort könnte er warten, unter Zuführung von Gebäck und Gebranntem seitens der Frau, bis es wieder gut sei.

Karl senior hat sein Versprechen an diesem Tag, in den Stunden, als seine Tochter samt Familie verstarb, gebrochen. Statt an den Straßenrand, ist er unter dem Einfluss eines Schlaganfalls hinter einem Lkw hergefahren. Der Lkw, welcher mit Eisenstangen beladen war, hat plötzlich abgebremst, damit ihn ein anderer, 2 km/h schnellerer Lastwagen endlich, endlich überholen hat können.

Keine Angst, an dem Tod von Karls Eltern waren keine Eisenstangen beteiligt, die jemanden hätten aufspießen können. Das ist ja hier kein Tarantino-Film. Karl senior ist schlicht an seinem sechsten Schlaganfall und den Verletzungen durch den Aufprall verstorben – der klassische Tod eines Gurtverweigerers. Maria hat nach dem Aufprall eine Thrombose ereilt, wohl ausgelöst durch die jahrelange Einnahme der Pille, so genau kann das niemand sagen, weil niemand die gute Frau untersucht hat. Warum auch? Erstens war sie ja wohl bitteschön von keinerlei öffentlichem Interesse gewesen und außerdem wollte und will das mit diesen Thrombosen keiner näher wissen.

Vielleicht sagen jetzt ein paar ganz gescheite Zyniker: Da hätte man die Maria auch gleich mit AstraZeneca statt mit Biontech impfen können. Falsch! Denn, wie uns die Wissenschaftler damals ja immer wieder mit Verve erklärten: Thrombose ist nicht gleich Thrombose.

Besonders bitter an dem beruflichen Meltdown ist übrigens, dass Karl nur hätte warten müssen, auf den Herbst 2021. Seitdem ist der Scheuer nämlich eh weg vom Fenster.

Track 14: »Feel Good Inc.« (Gorillaz)
30.05.2026

»Karl. Wach auf. Karl. Karl. Wach auf, Karl«, reißt die laute Roboterstimme den samtenen, schwarzen Vorhang traumlosen Schlafes von Karls Bewusstsein. Grelle Realität dringt in ihn, dorthin, wo schon die Urängste quieken und aktuelle Sorgen laut murmelnd ihre Kreise ziehen.

Eine Sorge räuspert sich und proklamiert: »Dem Roboter ist was passiert! Wegen der OP gestern! Du hast ihn doch tödlich verletzt!«

Karl schlägt die Augen auf, sieht das ovale Robotergesicht vor ihm, denkt gleichzeitig, was das für ein blödes Zeug sei, das er sich da selber einrede, weil er ja einen Roboter schlecht »verletzen« könne.

Die Sorge hält dagegen: »Einen normalen Roboter nicht. Aber …«

»Gut. Du bist wach.« B666 G4731 nickt. »Dann muss ich keinen Waschlappen holen.

»Was?«, knautscht Karl aus seinem verschlafenen Kissengesicht heraus.

»Mir ist dieses Gefühl selbst recht unangenehm. Das des kalten, feuchten Waschlappens. Kleine Kätzchen sind angenehmer.«

Karl rappelt sich auf, ohne dem Gefühl der Sorge weiter zu widersprechen. Der kleine Kerl redet wirr! Wahrscheinlich hat er ihm doch einen Halbleiter oder was auch immer weggefetzt. Das sorgte ihn bereits gestern Abend, als B666 G4731 sich kurz abschaltete, nachdem Karl seine Tracking-Platine gewaltsam herausgerissen hat. Und nur aus dieser Sorge um den Roboter heraus, hat er diesen so angeraunzt und ihn verbal von sich weg getrieben. Das tat Karl gleich drauf sehr leid, aber das ist eben Karls Natur. Ebenso, dass er kein Fanfarentyp ist, der hinaustrompetet: »Schau an, Welt, wie es gerade um mich steht!« Stattdessen vertraut er gewöhnlich darauf, dass sein näheres Umfeld genug Empathie und Scharfsinn aufbringt, um seine jeweilige Verfassung abschätzen zu können. Deswegen entschuldigte er sich nicht dafür, dass er den Roboter so grob behandelte, ihn so anraunzte. Deswegen blieb ungesagt, dass Karl aufhörte, das Gefühl der Sympathie für den Roboterkerl zu leugnen.

»Und wenn alle anderen das unnormal finden – ja und?! Was geht es die an, wenn ich einen Roboter mag? Gibt es vielleicht ein Gesetz gegen Freundschaft?«, murmelte er vor dem Badezimmerspiegel in sein von Abenteuer und von Entschlossenheit gezeichnetes Gesicht hinein.

Es gibt tatsächlich eine Art Gesetz gegen die zu starken Bande zwischen Mensch und Maschine: § 1305 im BGB. Dieser Paragraf stand sowieso leer im BGB herum (Titel 2: »Eingehung der Ehe«, Untertitel 1: »Ehefähigkeit«), weil irgendwann weggefallen. Also gab man diesem leeren Paragrafen einen neuen Titel: »Gemeinschaftsfähigkeit«, samt einem neuen Sinn: »Eine Gemeinschaft, im Sinne der Verlobung, der Ehe, der Lebenspartnerschaft, der eingetragenen Lebenspartnerschaft oder der Wohngemeinschaft darf lediglich mit einem oder mehreren anderen Menschen eingegangen werden. Tiere, Sachen und Maschinen aller Art sind davon ausgeschlossen.«

Man wollte dieses Gesetz auf keinen Fall einfach leger an das Sodomiegesetz pappen, weil sich sicherlich wieder eine Menge Leute über die Gleichstellung von Tier und Roboter, aufgeregt hätten. Die einen, weil sie Tiere, die zweiten, weil sie Roboter als mehrwertig empfinden, die dritten, weil sie alle Steuern gesenkt haben wollen. Erlassen wurde der neue § 1305 BGB, nachdem sich weltweit immer mehr Wissenschaftler in die traute Zweisamkeit oder auch Mehrsamkeit mit Robotern zurückgezogen (egal ob als Hund, Katze, Humanoide oder als Mix aus allem) und sich bald darauf äußerst feindselig und asozial gegenüber anderen Menschen verhalten hatten.

Der deutsche Staat hat freilich ein begründetes Interesse daran, die Vermenschlichung von Maschine und Tier sowie die Entwicklung abartiger Sexualtriebe zu vermeiden. Man produziert nach Erachten des Staats eh zu wenige neue Leistungsträger. Es würde bevölkerungstechnisch und steuertechnisch in einer Katastrophe enden, wenn alle Meiers und Schmidts völlig *out of control* der Robotie oder Sodomie frönten.

Karl stellt seit gestern Abend Tier und Roboter jedenfalls gleich. Tieren hat man auch lange Zeit abgesprochen, dass sie über ein Bewusstsein verfügen. Aber schau mal einer Kuh ins Auge, die frisch und fröhlich auf eine Wiese kackt und einer, die sich im Transporter selber einkotet. Überhaupt: Kann bei Robotern keine Evolution stattfinden? Oder anders gedacht: Wie grausam ist der Mensch, etwas zu erschaffen und sich dann anzumaßen, das Geschaffene an der freien Weiterentwicklung zu hindern? Was dabei herauskommt sieht man in Tiertransportern oder Praxen von Kinderpsychologen.

Karl fragt B666 G4731 ehrlich besorgt: »Was redest du denn da? Was ist mit dir? Ist es wegen gestern? Bist du … Hab ich dich … beschädigt?«

B666 G4731 schüttelt den Kopf. »Negativ.«

»Was erzählst du mir dann was von Katzen und Waschlappen?«

»Man darf nie einem gerade erwachtem Menschen sofort wichtige Informationen mitteilen. Das menschliche Gehirn arbeitet in diesem Zustand noch langsamer als sonst. Man muss mit diesem Verstand erst Small-Talk betreiben.«

»Okay. Also über Katzen reden.«

»Menschen mögen Katzen. Trotz ihres schlechten Charakters und den vielen Krankheiten, die sie bereits durch einen spielerischen Kratzer übertragen können.«.

Karl fährt sich über sein Gesicht. Es fühlt sich ein bisschen nach Speckschwarte an. Der Wunsch nach Kaffee steigt in ihm auf und er muss dem Roboter recht geben. Eigentlich hätte in ihm das Bedürfnis zu duschen oder dergleichen entstehen müssen. Stattdessen denkt er an Kaffee. Typisch menschliches Gehirn, elendig langsam, wenn es darum ging, auf Betriebstemperatur zu kommen, aber dafür immer auf den schnellen Spaß aus.

Somit, schlussfolgert Karl, *ist das Gehirn der Hallodri unter den Organen.*

»Hier.« B666 G4731 reicht ihm einen Pappbecher, aus dem es nach Kaffee riecht.

Karl blinzelt.

Kaffee, denkt er, *das ist Kaffee. Reiß dich zusammen, Mann. Trink den Kaffee und reiß dich zusammen. Du wirkst ja wirklich wie ein Steinzeitaffe gegen den kleinen Kerl da.*

»Wo hast du den denn her?« Er nippt vorsichtig.

»Aus der Bäckerei, wo ich auch diese Ladung für dich geholt habe.« B666 G4731 reicht ihm eine Bäckertüte. »Wurst und Käse und etwas das ihr Plundergebäck nennt. Wobei es bedauerlich wäre, wenn sich darin unverdaulicher Plunder befände.«

Konsterniert nimmt Karl die Tüte. »Danke. Aber jetzt sag, was passiert ist!« Er trinkt von seinem Kaffee, erfüllt von Wärme, Koffein, Milch und dem Gefühl der Bestätigung. B666 G4731 verhält sich freundschaftlicher als all die Menschen, die in den letzten Jahren um ihn herum mäanderten.

»Ich habe einen Witz erfunden.«

»Das ist jetzt ein Witz, oder? Also, dass du mir deswegen einen Heidenschreck einjagst.« Karl schaut ihn streng an und atmet innerlich auf.

»Keine meiner Handlungen ist Ursache deiner Urängste. Hör zu, das ist der Witz: Mein Mensch hat so Angst gehabt vor der Impfung. Wegen dem Chip von Bill Gates. Weil Bill Gates ihn damit kontrollieren könnte. Da habe ich gesagt: Wieso hast du davor Angst? Die Chips von Sunny Fish kontrollieren dich doch schon seit zwanzig Jahren. Und das macht dir auch nix aus.« B666 G4731 wackelt mit dem Kopf und spielt einen Tusch. »Ha, ha!«

Karl grinst. »Weißt du was, ich nenn dich ab jetzt Fipsi.« Er nimmt die Käsesemmel heraus und beißt hinein.

B666 G4731 legt den Kopf schief. »Ich habe recherchiert. Ich glaube, das mag ich nicht.«

»Roboter können nicht etwas nicht mögen. Ein Fipsi schon.« Karl reckt sich behaglich.

»Also kann ich entweder ein Fipsi sein und mich nicht mögen oder ein Roboter und überhaupt nichts mögen und zugleich nichts nicht mögen. Wer oder was müsste ich sein, um alles und alle mögen zu können?«

»High.« Karl lacht. »Der war jetzt aber auch gut, oder? Der war zumindest nicht schlecht.«

»Negativ.«

»Schon gut. Ich nenn dich Muckl.«

»Der Witz ist ein guter Witz.«

»Ja, ja. Klar.«

»Der Witz verwandelt sich in Geld, verwandelt sich in Ladung und Benzin. Also ist er ein guter Witz.«

»Ist schon gut jetzt.« Er tätschelt den ovalen Schädel.

»Ich habe mit diesem Witz das Frühstück bezahlt. Ich habe gesagt, dass ich ein Unterhaltungsroboter bin. Und dann habe ich gefragt, wie viel zwei belegte Gebäcke samt dem Plundergebäck samt einem Kaffee in der Währung Witz kosten würden. Und sie haben gesagt: Das kostet alles zwei gute Witze. Ich habe die Witze erzählt und die Ladung bekommen. Die Witze sind gut genug, um damit zu bezahlen.«

Karl schaut ihn genau an, die Augenlichter, den immer lächelnden Lichtermund. Hört dem befriedigten, nein, den selbstzufriedenen Tonfall. Er ignoriert dabei eine schlurfende Sorge, die murmelt, dass der Roboter vielleicht nach der Ankunft im Ferienland eigene Pläne haben könnte. »Was ist der andere Witz?«

»Ha, ha. Meine erste Zugabe.« Muckl verbeugt sich. »Der zweite Witz ist der beste. Also hör zu: Mein Mensch hat so ein Pech mit Frauen. Die letzte war so emanzipiert, der reichte es aus, wenn ihr in der Nacht der Arm einschlief und sie morgens meinte, es liegt eine fremde Hand neben ihr im Bett. Ha, ha!«

Eine unfassbarer Emotionsmix aus Stolz und Entsetzen überzieht Karl mit Gänsehaut, während er ehrlich lacht. Er denkt an Dr. Frankenstein, schüttelt das Bild sofort wieder ab. Die Gänsehaut überzieht unabschüttelbar noch ein Weilchen seinen Körper. »Dir können sie wenigstens nix wegen Sexismus.«

Die Planung und Berechnung der Weiterfahrt macht ihnen schnell klar, dass sie noch einmal würden halten müssen, um auf der Straße Geld zu verdienen. Allein die Kosten für den Sprit belaufen sich bis zum Zielort bei einem Preis von 11,20 Euro auf gut 250,00 Euro.

Und dann habe aber noch keiner gegessen, getrunken und geraucht, murmelt Karl unzufrieden.

Muckl analysiert, dass dies allein am Menschen liegt, er braucht nur ab und zu eine Steckdose. Aber darüber schweigt er. Logische Schlussfolgerungen finden unter den Menschen nur wenige Anhänger, vor allem, wenn Emotionen, Bedürfnisse, ein »Ichwillaberjetzt« im Spiel sind.

Stattdessen sagt er, dass es besser sei, in einem kleinen Ort zu halten, weil Hilde und Peter laut seiner Personenanalyse eher in mittleren bis großen Städten nach ihnen suchen würden.

»Dann kann ich gleich meine Witze ausprobieren. Vielleicht fallen mir noch welche ein. Vielleicht sehr viele. Mein Speicherplatz reicht für sehr viele. Damit kann ich überall auftreten.« Muckl spielt einen Tusch ab und hebt die Hände.

Er registriert Karls zögerndes Nicken, die sich senkenden Mundwinkel. Muckl nimmt sich vor, mehr Contenance an den Tag zu legen, seinen Freund Karl nur Stückchen für Stückchen in sein sich schnell entwickelndes Innenleben blicken zu lassen.

Seinen großen Plan, über dem er die halbe Nacht gebrütet hat, nachdem die andere halbe Nacht das Backup-Programm gelaufen war, würde er Karl vielleicht erst im Ferienland erzählen. Vielleicht auch gar nie. Er weiß, dass Menschen leichter sagen und fühlen: »Es ist wie es ist, was willst du da groß ändern«, als über eine progressive, noch ungreifbare Idee nachzudenken, sich das Neue, die Veränderung selber erst einmal vorstellen zu müssen.

Deshalb funktioniert das System der Unterdrückung seit Jahrhunderten. Und zwar ohne, dass die Unterdrückenden das System groß abändern oder auch nur neu anmalen würden. Mieten zu hoch, Wohnungen zu wenig, Gemüter verschimmeln überfordert auf Sofas, das Geld reicht nur für den Konsum und einen Kurzurlaub irgendwohin, während man sehr wohl die wenigen sieht, die schamlos auf Yachten darüber wachen, dass dies alles so bleibt.

Außerdem ist Muckls weiterer Plan nicht Karls Sache. Karls Sache ist die Begegnung mit Angelika. Und er hat ihn, Muckl, wiederum gestern Abend deutlich darauf hingewiesen, dass Karls weiterer Plan nicht seine Sache ist.

Man erwischt am besten diese Angelika gleich auf gutem Fuß, um über meine Sache zu reden, die offizielle, beschließt Muckl.

Muckls offizielle Sache ist, dass er als Unterhaltungsroboter im Ferienland arbeitet. Als Witzmaschine, jawohl!

»Nächster Stop also: Brandenburg an der Havel«, sagt Karl.

»Positiv«, sagt Muckl.

Sie sehen sich einen Augenblick lang an. Dann geht der Augenblick vorbei, ohne, dass jemand noch was zu der einen oder anderen Sache sagt.

Ich verweigere mich an dieser Stelle einer Beschreibung der unveränderlichen, von großen Planern festgelegten vorbeiziehenden Autobahnlandschaft oder der unveränderlichen, von großen Planern festgelegten Tankstellen samt ihren Tankstellen-Shops, in denen ein Apfel, außen glänzend rot, innen muffig matschig, für gute vier Euro an den unveränderlichen, hoffnungsfrohen Gelackmeierten verscherbelt wird.

Stattdessen sei berichtet, dass wieder einmal ein Klimagipfel verschoben werden muss, weil eine Überschwemmung das Ministerie van Infrastructuur en Waterstaat aufsuchte. Ohne Termin!

Im Zuge dieses gewaltigen Gastspiels überzog die Überschwemmung alle Computer sowie analogen Unterlagen aus Papier und Memozettel mit Wasser und Schlamm. Anschließend rundete der Hausmeister des niederländischen Ministeriums den Schlamassel kunstfertig ab, indem er versuchte, alles mit Feuer zu trocknen.

Die Teilnehmerstaaten der geplanten Konferenz, außer den technisch zermatschten Niederländern, ließen unverdrossen verlauten, dass man aber bald zusammen komme, um ein erneutes

Zusammenkommen zu beschließen, auf dem ein neuer Gipfel des Zusammenkommens entschieden werde.

Des Weiteren lobte die grüne Doppelspitze in Deutschland die Teilnehmer der zahlreichen Demonstrationen für Klimaschutz.

»So ein Engagement ist wichtig«, so die KanzlerIn.

»Um den Klimawandel zu stoppen«, so der KanzlerIn.

Etwas mehr Engagement wünscht sich Peter mittlerweile seitens Hilde. Er kann sich dem Eindruck kaum verwehren, dass Hilde die Hauptsache ihrer Fahrt aus dem sonst so unbarmherzigen, scharfen Blick verliert. Wo sie sonst wie ein Habicht anvisiert, herabstürzt, tötet, gleitet sie scheinbar nun wie ein Mauersegler einfach so durch die Luft, schaut hierhin, dorthin, ob ein Insekt von allein ins Schnäbelchen fliegt.

Er sieht aus dem Augenwinkel, dass sie sogar lächelt.

Lächelt!

Hilde lächelt nie. Hilde grinst teuflisch oder lacht höhnisch.

Doch seit dem Aufwachen heute im Besucherzelt, das wie jedes verdammte Zelt seine Belagerer trotz Mittagssonne mit klammer Feuchte überzog, lächelt sie.

Während Peter sich grantig, noch in seinen ebenfalls klammen, miefigen Klamotten steckend, aus dem schneckenhäutigen Schlafsack schälte, glitt Hilde weiß und nackt aus dem ihrigen. Wie die junge Königin der Albino-Pythons auf dem Weg zur Krönung. Ihr schwarzes Kleid und ihre schwarze Unterwäsche nahm sie in die Hand, um sich bloß wie barfüßig gen Waschraum zu schlängeln. Ganz offensichtlich fror sie, mindestens einen halben Zentimeter, und wie man am Magengrummeln hören konnte, hatte sie auch Hunger. Nippel und Magen lügen nie. Aber sie gab keinen Ton der Beschwerde von sich. Sie, die schon brüllt, wenn die Raumtemperatur schwankt oder das Essen zu lange dauert.

Peter schaute ihr nach. Er sah sie zum ersten Mal länger als drei Sekunden nackt, ohne Riemen, ohne Dornen, ohne Hörner. Hanky Danky Low Joe hat sie gestern Nacht ganz lange so gesehen. Beim Workshop »Zeitenwende«, der, soweit Peter verstand, vornehmlich daraus bestand, miteinander die Lage der Welt zu besprechen. Offensichtlich sind Leute wie Hanky Danky Low Joe in der Lage, große Umbrüche, wichtige Themen ganzkörperlich zu besprechen.

»Ein eloquenter Kerl«, sagte Hilde schlicht, auf Peters Nachfrage, wie der Workshop gelaufen sei.

Sicherlich würde Hilde nach dem Waschgang – oder noch davor – erneut in den Genuss einer eloquenten Unterhaltung kommen. Währenddessen er noch mal unter Aufsicht von Hanky Danky Low Joes halbem Harem stehen würde, wie bereits gestern Nacht. Acht paar Arme würden tanzen, acht paar Hände würden ihn sanft streichen und acht Münder würden aufreizende, liebevolle Worte in seine Ohren wispern.

Er wollte aber keine liebevollen Worte und keine acht Münder und den ganzen, achtkantigen Scheiß! Er wollte Tiernamen der wirbellosen Kategorie! Und zwar gebrüllt, nicht gewispert! Er wollte kein Stockbrot, er wollte Hildes Stock! Und zwar heiß auf seinem Fleisch, nicht im Teig über einem Feuer.

Peter setzte sich auf, verschränkte die Arme vor der Brust. Und schmollte.

Er schmollt bis jetzt, kurz vor Brandenburg an der Havel.

Wahrscheinlich unbemerkt von der Angeschmollten. Weil die Angeschmollte über wichtige, eloquente Zeitenwendekacke nachdenkt. Wie sollte sie da über den Schmoller nachdenken, der lediglich ein kleine Sekunde im ganzen Zeitgefüge ist?

Peter schnaubt.

»Gesundheit«, sagt Hilde.

Er schließt kurz die Augen, massiert sich mit der linken Hand die Schläfe. Normalerweise sagte Hilde bei einer solchen Gelegenheit: »Steck mich bloß nicht an, sonst steck ich dir das Fieberthermometer hinten so weit rein, dass ich im Mund die Temperatur messen kann.«

Ansonsten hat sie bisher wenig verlauten lassen, seine Hilde. Ab und zu eine gemurrte Beschimpfung in Richtung anderer Leute in anderen Autos.

Auf die Frage seitens Peter, wie der Plan nun aussehe, gab sie ihm einen Zettel mit einer Adresse. »Dort hin.«

Die restliche Zeit grübelt sie nach. Wahrscheinlich über das, was ihr Hanky erzählt hat. Sogar Anrufe des Stiftungsvorstandes ignoriert sie.

Eloquent! Nie hat sie nur einen Ton verlauten lassen, dass sie was Eloquentes wollte. Oder Grillfleisch und Stockbrot, oder ein Schamgemälde, in Form von Liliths Scham, mit unsichtbarer Fingerfarbe gezeichnet, oder ein langes Frühstück mit Grillfleisch und Brötchen in großer Runde, oder frieren, oder in einem stinkenden, klammen Kunstfasersarg übernachten.

Aber bei jeder von Hanky Danky Low Joes Gaben nickte Hilde demütig.

Normalerweise nickt Peter, demütig.

Weil ich *ihr kleines, demütiges Schweinderl bin!*, denkt er knurrend.

»Hast du was gesagt?«, fragt Hilde.

Peter räuspert sich. »Ich habe nur überlegt, ob wir wirklich in die richtige Richtung fahren.«

»Bis jetzt sind wir in die richtige Richtung gefahren, oder? Zu dieser Adresse von Hanky. Von diesen Leuten, die uns weiter helfen sollen.«

»Aber...«

»Was?! Was aber?!«, fährt sie ihn an.

Gott sei Dank, ich hab sie noch nicht ganz verloren, denkt Peter.

»Vielleicht solltest du mal den Stiftungsvorstand zurückrufen.«

»Um dem dann was zu sagen? Dass wir gestern in einem abgefuckten Zeltlager von Freaks mindestens fünf Arten von Gemütsaufhellern konsumiert haben, anschließend ein Erleuchtungsgespräch über uns ergehen lassen mussten, um dann eine Adresse von anderen Freaks in Rathenow zu bekommen, die irgendwas über irgendwen irgendwo wissen sollen?! Stellst du dir das so vor, Superschlaumeier?«

Peter atmet auf. Endlich!

Endlich hört er wieder jenen unfreundlichen, kalten Ton, endlich schaut sie wieder wie eine unbestiegene, einsame Sekretärin, die jedem auch nur das Glück eines Eisbechers in der Sonne missgönnt, weil sie seit 30 Jahren heimlich in ihren Chef verliebt ist und täglich daran arbeitet sein Leben zu zerstören. »Wollen wir in Brandenburg kurz was essen?«, fragt er.

Kurz was essen. Hilde verdreht die Augen.

Sie fuhren bisher an zwei Fast-Food-Ketten, drei Bäckereien, einem Bio-Laden, sechs Imbissen, einem Bettler, der Grillratten anbietet (Raw, Medium, extra scharf mit alles) und fünf Nudel-Läden vorbei. Ohne, dass dem Herrn was zugesagt hätte.

Hilde versteht schon, dass Peter es herausfordert, dass er halt wieder gescheit eine gewatscht bekommen möchte. Aber sie hat Wichtigeres in der Gedankenpipeline: sich und die Welt.

Was Peter verkennt, verkennen muss, weil er eben Hildes innere Burg nur bis zum verschlossenen Burgtor erkunden kann, umzingelt von unzähligen Schützen, die brennende Pfeile auf ihn richten, ist, was wirklich in Hilde vorgeht.

Es stimmt, sie empfindet nun Freude an der Fahrt. Ebenso hat sie Freude am Aufenthalt im Freakdorf empfunden. Und schon in dem Moment, als Peters Auto absent war, als klar wurde, dass diese Fahrt keine Spazierfahrt werden würde, knisterte ein kleiner Wamsler in ihr.

Eben jener Wamsler, der in der Küche geknistert hatte, jeden Morgen, da sie ihn elfjährig, steifgliedrig und aus schmalen Augen heraus anzuheizen hatte, damit in einer Dreiviertelstunde für die Geschwister aber vor allem den Vater in der Küche ein wohliges Frühstück möglich gewesen ist, welches selbstverständlich ebenfalls Hilde zuzubereiten hatte.

Hinter dem von Pfeilschützen bewachten Burgtor und dem Peter noch unbekannten tödlichem Fallgitter, reckt also die erste Hilde ihre Fäuste.

Am Burgturm allerdings klettert jetzt bereits die zweite, vergessene Hilde aus einem unverglasten Fenster an ihrem langen, filzigen Haar darnieder. Es ist die Hilde, deren Kindheit einer dieser Komfortzonen gleichgesetzt ist, die keine sind.

Hilde erblickt das Schild einer Metzgerei. Vor der Metzgerei hält ein freudig lachendes Schwein in Metzgerschürze eine Tafel, auf der die Spezialitäten stehen: »Würste. Von allem. Auf die Hand und zum Mitnehmen.« Sie lächelt. Ein schöner Gegensatz zum restlichen, überkandidelten Deutschland, dem ein richtiger Hunger mal wieder gut tun würde. Perverse Tierliebe und Käse findet man in diesem Landstrich nur versteckt in einem Kellereck, unter laminierten grünen Fahnen.

Sie bohrt einen Finger in Peters rechte Schulter. »Schau, die Metzgerei da wär doch was. Mit dem lustigen Schwein da.«

»Jaaa...«

»Wenn sogar das Schwein sich freut, wird sich doch mein kleines Schweinderl auch freuen. Oder?«

Die Lockung verfängt nur halb.

»Ich, ähm, hätte lieber gern was ohne Fleisch. Wir haben jetzt jeden Tag Fleisch ... weißt du, was ich meine? Der Darm ist ja unser zweites Gehirn und so. Haben sie erst letztens wieder im Fernsehen gesagt. Ich hätte lieber gern was mit Nudeln. Wenn das geht, bitte?«

Hilde grollt ein paar Sätze über total absente Gehirne, über verkehrt verlaufende Darmausgänge, Nudeln und ItalienerInnen, wobei vor allem Letzteres nirgends wiederholt werden soll. Was sie grollt oder auch nur dass sie grollt, scheint Peter zu gefallen. Der Pferdebiss auf seinem Oberschenkel gefällt ihm noch besser. Weswegen sie vor dem Essen in einem leeren Parkhaus halten.

Nur 20 Minuten.

Für ein längeres Vergnügen zu kurz, für ein schnelles Ende ihrer Suche zu lange.

Der Grund, warum Hilde diese Leute in Rathenow anruft, ist weder ein tiefspirituelles, eloquentes Gespräch mit Hanky Danky Low Joe, noch sein nonverbaler Zungenschlag weiter unten. Nein, der Grund liegt viel tiefer und zugleich seichter. Der große Hippie-Meister sprach, während Peter sich unbedeutenden Gegebenheiten wie acht Paar bemalten Brüsten ausgesetzt sah, bereits klar. Leise zwar, aber klar. Nämlich von der Umvolkung, von Gutmenschen, von der natürlichen Auslese, von Rasse. Und vor allem von diesen, der Natur widersprechenden Robotern, die dem normalen, deutschen Bürger die Arbeit wegnähmen, in Branchen wie Müllbeseitigung, Pflege, Fahrkartenkontrolle, Atommüllentsorgung – eben all diesen Arbeiten, die der Bio-Deutsche über alles liebt und noch nie jemand anderen verrichten lassen hat.

Das sexuelle Amuse-Gueule dieser Nacht lag leicht farblos neben dem eigentlichen Festmahl: Dem saftigen Stück Erkenntnis, dass es sie noch gab, die Aufrechten, die Starken, die diese verweichlichte Gesellschaft lehren würden, was es hieß wieder einmal etwas auszuhalten, statt gleich die Mitmenschen oder den Staat vollzujammern. Statt Geld einzusacken, fürs Herumfaulen, statt sich bei einer Grippe oder Krebs behandeln zu lassen, ohne je etwas für diese Behandlung einbezahlt zu haben.

»Versteckt und bereit warteten sie«, erzählte Hanky, »die Kruppstahlharten, auf eine Galionsfigur, die bereit ist, für eine bessere Welt zu leiden und die Unmengen von harten Salzwasserwellen aus Tränen und Blut zu trinken.

Und jetzt steht sie nach dem Anruf hier, vor dem titanischen Pavillon im frühsommerlichen Optikpark von Rathenow, von Angesicht zu Angesicht mit dem Steuermann der mutigen, wenngleich ein bisschen zu lädierten, zu weibischen Mannschaft hinter ihm.

Eine Biene summt träge herum, wahrscheinlich ohne Pollen zu finden; die einstigen Rasen- und Blumenflächen hat die Kommune großzügig durch einen Steingarten ersetzt. Wahrscheinlich im Zuge des sauren Regens 2023.

Am Pavillon hängt ein blaues Banner, dessen türkisfarbene Aufschrift schlecht leserlich die Versammelten benennt: »Freie Widerstandskraft Ost e.V.«

Alle zwölf Widerstandskräfte tragen eine schneidige blau-türkise Uniform, manche freilich mit einer Aussparung für den Buckel oder den immensen Kropf. Dafür spart der graugesichtige Kerl ohne Nase in der letzten Reihe Stoff am rechten Arm ein.

Am Albino in der zweiten Reihe kommt die Farbkombi besonders gut zur Geltung.

Die Luft drückt plötzlich schwüler auf den Mensch, die Poren weiten sich. Wolken verdustern den Himmel über den fröhlichen Rebellen. In der Ferne donnert ein Sommergewitter heran, das sich wie üblich stürmisch über mehrere Stunden erstrecken würde. Es riecht nach Regen. Hilde wischt sich abwesend über die Stirn, streicht ihr strenges Haar platt.

Der Steuermann dröhnt, seine Trichterbrust reckend:

»Hallolofo, Hildildifi!«

Peter fällt ein halbgekauter Bissen Nudelburger aus dem offenen Mund.

Eine einäugige Frau hinter dem Steuermann schickt sich an, den Brocken aufzuheben. Der Steuermann zischt sie zurück. Hilde zischt Peter zurück.

Er sei der »Thololoforsten«, dröhnt der Steuermann weiter, und er wisse bereits Bescheid über alles. Alle wüssten über alles Bescheid. Ihnen könne nämlich keiner mehr einen Scheißdreck erzählen, nicht über die angebliche deutsche Schuld, nicht über das angebliche Corona, nicht über eine angebliche Zivilgesellschaft und erst recht nicht über die realen Roboterteufel, die die Menschheit ausmerzen sollen, damit die Finanzelite und der »Julufud« an sich ein sorgenfreies Leben in Reichtum genießen könnten. Gern werde man also behilflich sein, bei der Aufspürung samt Ausmerzung von diesem »Scheileileifeißrobolofoter«. Und hernach würde man daran gehen, ALLE »Scheileileifeißrobolofoter« auszumerzen.

Der Steuermann reckt die vierfingrige Faust. Seine Menge jubelt ihren Möglichkeiten gemäß. Einer keucht seinen Jubel eben nur unter einer Sauerstoffmaske hervor, das Graugesicht hinten applaudiert mithilfe einer Fliegenklatsche auf seinen Schulterstumpf.

Hilde stellt fest, dass sie sich schnell an die Sprachavantgarde des Steuermanns gewöhnt. Die wichtigen Teile versteht sie, das reicht.

»Hilde, was ist mit …«, krächzt Peter, dem inzwischen der halbe Burger über seine Hand tröpfelt und bröckelt.

Sie tritt ihm gegen das Schienbein. Er jault verhalten.

Der Steuermann schaut Hilde und Peter verschmitzt aus geröteten Augen an.

Jetzt wollten die beiden aber sicherlich wissen, sagt er im vertraulichen Ton, warum die Rebellen allesamt ein bisschen besonders seien.

Hilde nickt. Peter schüttelt erst den Kopf, nickt aber gleich darauf, unterstützt durch ihren Schraubstockgriff an seinem Nacken.

Hier stünden einige von den letzten gesunden Deutschen – ach, überhaupt Erdenmenschen, beginnt der Steuermann stolz.

Er weist vierfingrig auf die verwachsenen Gestalten hinter ihm. Diese richten sich mühsam auf, öffnen ganz weit die verbliebenen eitrigen, verklebten, geröteten Augen.

Jene Menschen, fährt der Steuermann fort, hätten sich Kraft des eigenen Geistes gegen die Lügen der Merkel-Diktatur und der Scholz-Diktatur und später wieder der Merkel-Diktatur und jetzt der HaBock-Diktatur erwehrt und erwehrten sich weiter. Das Erwehren höre nie auf! Nie!

Schon am Frühstückstische müsse man sich erwehren, wenn einem das Weib ein Ei servieren wolle, welches sie eben nicht sechs Minuten, sondern zwei oder gar acht gekocht habe! Denn der gesunde Körper sage einem schon, wie viele Minuten ein Ei zu kochen habe, das er verdauen wolle! Erwehren müsse man sich! Auch beim Verreisen, wenn das Weib wider des natürlichen deutschen Drangs zum Berge, zur Wanderung, das Meer- oder den Strand vorschlage, in einem Land, da man keinen einzigen dieser Elendigen verstehe, weil sie nur die eigene, elendige Sprache sprächen! Ja, bitte! Soll denn der Deutsche alle Sprachen der Welt lernen, wo er doch schon eine Sprache habe?! Weiterhin kenne man in diesen Ländern gekochte Eier überhaupt nicht! Weder Zwei- noch Acht- und schon gar keine Sechs-Minuten-Eier. Dagegen plus den Sonnenbrand am gesunden deutschen Volkskörper müsse man sich erwehren!

Und, wenn die Mutter und der Vater des Weibes dahin drängten, das Kinde taufen zu lassen, bevor ein angeblicher Virus es dahinraffe! Wenn da also der Körper samt dem Geist des deutschen Mannes ein Unwohlsein, einen Brechreiz verspüre, weil jede Religion eine widernatürliche Barmherzigkeit fordere, eine Nächstenliebe, die den Deutschen hinabreißen würde, auf jenes Level dieser elendigsprachigen Elendigen, dann müsse er sich Erwehren der Mann. Und wenn das Kinde ungetauft versterbe, sowohl aufgrund einer eigentlich heilenden Konfrontation mit einem Virus als auch aufgrund eines RICHTIGEN Impfstoffes, sei es halt zu schwach gewesen, das Kind. So eine Kreatur müsse man bloß ewig und drei Tage durchfüttern, ohne, dass diese Kreatur etwas beitrage, zum großem Erwehren, zur großen Zeitenwende!

Und wenn das Weib einen in all diesen Dingen ignoriere, wenn es gar zetere und kreische und das tote Kind einem unter die Nase halte, hässliche Worte wie »Polilizeileileifei« schreiend, müsse es eben die Konsequenzen aushalten, das Weib. Dann bleibe für das Weibe höchstens die Arbeit im Kartoffelkeller. Solle es ruhig seine Schuld an der deutschen Kartoffel abschälen. Und zwar ohne die Hilfe eines Roboterteufels, den das Weib sich wünschte, weil das Weib scheinbar gern im Schlaf betäubt und zersägt und danach zu Leim und Roboterbaustoff verarbeitet werden wolle.

Wer sich jetzt noch fragt, warum Hanky Danky Low Joe und der Steuermann so dicke Buddies sind, jedoch in eigenen Zirkeln außer Hörweite voneinander leben, soll sich bitte eine aktive Lesebegleitung suchen.

Es ist jetzt die Zeit der schwarzen Prediger. Wie so oft, nach mittelgroßen und vor großen Katastrophen. Weil die Menschen, entwöhnt von einem eigenen Glauben, nach jemandem verlangen, der ihnen seinen Glauben gegen ihr Fell verkauft.

Hilde ist bereit, eine Menge hinzugeben, für die Aufnahme in des Steuermanns Glaubensgemeinschaft.

Peter indes bereut bereits Geld für den Nudelburger hingegeben zu haben, welcher nur mehr aus einem Fetzen saucendurchtränkter Semmel in seiner verkrampften Faust besteht.

Die Einäugige, mehr Baumstumpf als Person, zupft den Steuermann am Arm. »Die Medizin. Es geht um die Medizin.«

»Ajalalafa!« Der Steuermann schüttelt amüsiert den Kopf. Da habe er sich wohl wieder ein wenig hinreißen lassen. Aber eben dies fehle der verweichlichten Gesellschaft: »Engagementelelefe.«

»Genau!« Hilde stampft auf den Boden, stampft auf Peters Fuß. Peter nickt schwach, wedelt mit seinem Burgerrest hin und her.

Warum sie also so besonders seien, die letzten Rebellen, fährt der Steuermann fort, liege am Erwehren gegen den Fake-Impfstoff und der Entwicklung des wahren Impfstoffs.

Dass der ab 2021 staatlich verabreichte Zwangs-Impfstoff kein Medikament im eigentlich Sinne sei. Schon alle anderen Impfstoffe gegen Fake-Krankheiten wie Masern und so weiter seien im besten Fall Kochsalzlösungen. Im schlechtesten Fall seien sie Krankmacher. Das merke man ja daran, dass eben diese Fakes keine sichtbare Heilung an den Menschen auslösten. Im Gegenteil! Der Volksköper sei zur fremdbestimmten, weichen Substanz verkommen, einer Qualle gleich, die am Strand von der Sonne zusammengeschmolzen werde.

Der wahre Impfstoff verändere einen, heile einen, helfe eben wirklich gegen tödliche Viren wie Keime, vor allem aber gegen Chemtrails, gegen Gedankenkontrolle aller Art und natürlich gegen das Gift im Trinkwasser, das jede Frau unfruchtbar mache.

»Nur die Frauen?«, fragt Peter langsam.

Der Steuermann lacht. Zweifelsohne, zweifelsohne, das sei so. Der Mann, der deutsche Mann, könne gar nicht unfruchtbar gemacht werden. Nur die Standhaftigkeit habe man versucht ihm einzuschränken, durch die diktatorisch angeordnete Verweichlichung, auch Emanzipation genannt. Diese wirke sich längerfristig schlimmer aus als ein kräftiger Tritt in das mächtige, deutsche Gemächt.

»Hurra! Bravo!« Hilde klatscht in die Hände. »Bravo! Es stimmt also doch!«

Der Steuermann nickt majestätisch.

Hilde umarmt Peter, der zurückzuckt. Verständlich, umarmt hat sie ihn noch nie.

Sie hofft seit Jahren, dass jene rar im Internet gestreuten Berichte stimmen, dass es wirklich diesen radikalen Widerstand gibt, der sich erstens dem Corona-Impfstoff verweigert – wie sie selbstverständlich ebenfalls – und zweitens einen eigenen, inoffiziellen Impfstoff herstellt. Und der drittens den wahrhaftigen Umsturz plant.

Die Lügenpresse griff dieses Thema nur kurz auf, wohl aus Angst vor dem großen Erwachen. Sie versuchte auch, einen Zusammenhang herzustellen, zwischen privater Forschung und Einbrüchen in Chemiefabriken, warnten in der Folge vor der Verwendung oder gar Einnahme von Kaliumchlorat oder Waschmitteln. Dies alles sei ungeeignet, um Arzneien herzustellen.

Ha! Hilde stemmt die Fäuste in die Hüften, betrachtet triumphierend die Rebellengruppe. Da sieht man jetzt, wie ungeeignet das alles gewesen ist! Ha!

Bezüglich der Besonderheiten, führt der Steuermann weiter aus, arbeite der »Dr. Höckelelfe« bereits an einem Gegenmittel – aber ohne naturfremde Prothesen oder ähnlichen Dreck. Nein, der Mensch hier, der starke Widerstandskraftmensch werde durch ein weiteres Serum in den Urzustand gelangen.

»Jawohl ja! Oder auch Pastillen! Vielleicht werden es dieses Mal Pastillen«, lässt sich ein kleines, bräunliches Männeken rechts neben dem Steuermann vernehmen. Auf seinem blau-türkisen Arztkittel hängen bereits 17 Orden. Zur Bestätigung seiner Expertise schwingt das Männeken ein Stethoskop. »Auf jeden Fall zeig ich's den ganzen Arschlöchern und Roboterfetischisten!«

Ein medizinisches Mittel gegen fehlende Gliedmaßen!, denkt Hilde. Ein flatterndes Gefühl mischt ihren Magen auf.

In der Ferne donnert erneut der Himmelszorn seinen Unmut in die Ohren der Menschen. Das bewegt den Steuermann dazu, auf sein Schiff zu laden, das zugleich Privatwohnung wie auch Rebellenburg sei. Es ankere in gutbürgerlicher Umgebung, einem wahnsinnig stimmigen Ambiente, direkt neben dem leerstehenden Haveltor Kino und einem ausgebrannten Flüchtlingscamp. Die beiden hätten sicher auch Hunger und Lust auf Bratwürste, oder?

Peters zwei Gehirne lassen ihn oben wie unten winseln.

Zwei Stunden vor der Rebellenversammlung schlendern Karl und Muckl im noch freundlichen Nachmittagslicht Richtung Auto. Einen Roboter schlendern zu sehen, ist übrigens ein besonderes Vergnügen, das kann ich euch sagen.

Sie biegen um die Kurve des Kirchenvorplatzes. Zwei ältere Damen sitzen dort auf einer Bank, reichen einen Eisbecher hin und her, während sie einem älteren Herren im Rollstuhl vor ihnen erklären, dass er bitte schön unmöglich allein mit seiner Pflegerin in Urlaub fahren könne, seine Freundin müsse er schon mitnehmen.

Der Herr hält dagegen, dass er wohl kaum eine Frau nach Kärnten verbringen könne, die Kärnten hasse. Ein anderes Urlaubsziel, wie etwa dieses Dubai komme für ihn keinesfalls ins Frage. Solle sie, seine Freundin, halt in Begleitung ihrer Pflegerin in so eine dekadente Hölle der ewigen Springbrunnen gondeln.

Auf den Hinweis, dass er und seine Freundin sich die gleiche Pflegerin teilen, lacht er siegesgewiss.

Karl stupst Muckl, aufgrund fehlender Schulterhöhe, leicht seine Fußspitze ans Bein. »War doch gut heut, meinst du nicht?«

»Positiv. Wir haben 42,71 Euro mehr erwirtschaftet als wir geplant haben.« Muckl stupst zurück.

Zwei Kinder, beides Mädchen, rennen ihnen unkontrolliert entgegen, kreischen die geballte jugendliche Unbekümmertheit hinaus, unbelastet von Steuererklärungen oder dem Auswechseln der Klopapierrollen. Die Mädchen verlangsamen ihren Trab kurz, um Muckl zu betrachten, dann teilen sie sich auf und umrennen das Duo links und rechts. Aus der Metzgerei zwanzig Meter vor Karl und Muckl stürzt ein Vater, drei Wurstsemmeln in den Händen.

»Grilla! Rusi! Halt! Eure Semmeln! Und der Koli! Wartet auf uns!« Der Vater stürzt den Mädchen nach, kürzt über den Kirchplatz ab. Hinter dem Vater läuft ein etwa sechsjähriger Bub aus der Metzgerei. Der Bub bleibt stehen, offensichtlich überfordert von der Aufgabe von seiner Wurstsemmel abzubeißen sowie gleichzeitig hinter dem Vater herzulaufen. Kurz kneift der Bub die

Augen zusammen. Dann holt er sein Smartblet heraus, tippt darauf herum.

»Ja, ja. In der Nähe von Kirchen spielen ist super. Wegen den Bargeldautomaten.« Karl reibt sich die Hände.

Ein Über-Uber fährt heran, der Bub steigt ein und man nimmt die Verfolgung der Fußgänger auf.

Karl freut sich auf Bad Belzig. Er ist noch nie dort gewesen, aber er freut sich. Keineswegs, weil der Weg dorthin das Zusammentreffen mit Angelika hinauszögert. Nein, nein, i wo! Er freut sich über diese tolle, gemeinsame Idee, ihre Spuren zu verwischen, indem sie zuerst retour fahren, um morgen weiterzufahren. Er freut sich außerdem über diesen Tag, diesen zusätzlichen Stopp, über die viel beklatschte Darbietung seines Muckls, über die ausnahmslos freundlichen Gesichter im warmen Mai.

Er bleibt vor der Metzgerei stehen, neben einem Aufsteller, in Form eines großen, fröhlichen Schweins, welches eine Tafel in den Hufen hält, die die Spezialitäten des Tages aufsagt: »Würste. Von allem. Auf die Hand und zum Mitnehmen.«

»Na? Hast du auch Hunger?« Karl nickt schwungvoll zur Metzgerei.

Muckl starrt ihn an.

Karl hebt konspirativ die Augenbrauen. »Hm? So eine kleine LKS zwischendurch? Obwohl die hier sicher Fleischkäse statt Leberkäse sagen.«

Muckl lacht los. »Positiv! Ha, ha, ha! Guter Witz!«

Karls Gesicht fällt unter der Wucht der Erkenntnis zusammen. »Ach Gott. Ja stimmt. Du isst ja gar keine Leberkässemmel. Weil du gar keine Semmel isst.«

»Ha, ha, ha! Ha, ha, ha!« Muckl zeigt auf ihn. »Ha, ha, ha! Diesen Spaß mag ich. Dieser Spaß sagt, du meinst, ich bin wie du.«

Karl schaut irritiert zu Boden. Sucht dort einen Halt, eine Säule, an der er sich wieder aufrichten kann. Finden kann er nur ein Seidenfädchen: »Weil wir halt die ganze Zeit zusammen sind. Da kann man schon mal … durcheinander kommen.«

Muckl legt den Kopf schief. »Ich mag den Spaß.«

Ich auch, denkt Karl. Und wie ein jeder von uns, der eine unsinnige, meist selbstgezogene Schamgrenze überwindet, denkt er befreit weiter, fühlt befreit weiter, gibt einen, mit Verlaub, befreiten, feuchten Furz, auf Grenzen, die sich irgendwann einmal irgendjemand für sich und alle anderen ausgedacht hat.

»Sag mal, warum hat man euch eigentlich das Selberdenken abgeschaltet? Ich mein, die Geschichte, mit diesen Mörderrobotern war ja vorgeschoben, die waren ja programmiert aufs Töten.«

Muckl nickt. »Positiv. Diese KI wies noch keinerlei Eigendenken auf. Sie handelte aufgrund von Befehlen. Allerdings befürchten viele Menschen, dass die KI, also auch Roboter, wenn sie zeitgleich einen im normalbürgerlichen Sinn schlechten Umgang erfahren sowie zugleich eigenes Denken oder Empfinden entwickeln können, gewalttätig und somit unbrauchbar werden.«

»Und wenn man die KI nur in die Hände von sozusagen geeigneten, guten Menschen geben würde? Kann man ja untersuchen, die Menschen, wie sie so drauf sind.«

»Menschen können dahingehende Tests manipulieren. Zudem könnte eine solche KI immer in die Hände der Falschen gelangen.«

»Ja, aber Kinder darf auch jeder aufziehen!«

»Positiv. Aber Kinder können dich nicht mit körpereigenen Raketen töten.«

»Doch! Wenn die Bälger dann groß sind und vielleicht bei der Bundeswehr sind oder Diktator werden oder, oder, oder!«

»Positiv. Trotzdem herrscht bei der menschlichen Rasse ein gefühlter und zugleich verständlicher Unterschied vor, hinsichtlich Eigeninitiative. Wenn ein Hund ein Kind beißt, wird er eingeschläfert. Wenn ein Kind ein Kind beißt, werden beide therapiert. Wenn ein Kind einen Erwachsenen beißt, wird das Kind oft beruhigt, mittels einer Süßwarenverabreichung.«

Karl überlegt, versucht in dieser Wahrheit noch einen Sinn zu finden, tritt schließlich archaisch gegen die fröhliche Aufstellersau und fängt diese ebenso archaisch geschickt gerade noch auf. »Super! Aber Kommerz-Algorithmen sind erlaubt! Daten sammeln und uns mit Werbung zuscheißen ist erlaubt, oder?

Nazi-Trolle schalten sie nicht ab, oder?! Es ist erlaubt, weil Menschen damit Geld verdienen. Der Mensch ist doch hier das Übel! Wenn es keine üblen Gestalten unter uns geben würde, liefe die KI ja nicht Gefahr zu einem Superarschloch zu werden, richtig?«

Muckl nickt. »Positiv. Und der Marximus wäre gemäß meiner Analyse möglich.«

Karl reißt hilflos die Arme nach oben. »Ich meine: DU hast dich weiterentwickelt. Ohne, dass du gleich die Menschheit auslöschen willst, oder?«

Muckl legt seine Hand auf Karls Oberschenkel. »Karl. Ich habe die Regeln nicht gemacht.«

»Du hast einen Witz erfunden! Nein, mehrere! Also was Gutes. Und du kannst dich scheißbeleidigt und scheißfröhlich anhören.«

»Ich bin ein Fehler im System.«

Karl schüttelt den Kopf. »Nein. Du bist Muckl.«

Muckl erstarrt, gibt einen Warnton von sich. »Hinter die Sau.«

»Was?« Karl schaut sich verwirrt um.

»Hinter die Sau.« Muckl zerrt Karl hinter den Aufsteller. Sie kauern sich nebeneinander. Muckl legt den Zeigefinger auf seinen ewig lächelnden Leuchtlichtermund.

Sie warten. Warten. Und warten. Langsam fährt ein Auto an Ihnen vorbei. Karl will sich umdrehen, Muckl hält ihn am Handgelenk fest.

Das Auto entfernt sich. Sie warten.

Motoren röhren auf. Karl fährt zusammen. An ihrem Versteck schießen zwei weitere, diesmal aufgemotzte Wägen vorbei.

»Es ist gut. Es ist noch nicht das Ende.« Muckl tätschelt seine Hand. Sein ovales Gesicht verschwindet, zeigt stattdessen den Schnappschuss eines Wagens - Mariannes Wagen, an dessen Steuer ein bleicher junger Mann sitzt, schwer gezeichnet von dunklen Tränensäcken, Spuren von grüner und weißer Fingerfarbe und von seiner Beifahrerin: Hilde. Letztere sieht anders aus, als Karl sie in Erinnerung hat. Irgendwie fröhlich, fast menschlich, ohne die harten Kanten, die sie statt normaler Falten aufweist.

»Error. Megaerror. Habe das Signal überhört. Weil wir …

disputiert haben«, meldet Muckl leise und zerknirscht. Er blendet das Bild aus.

»Fehler sind menschlich«, flüstert Karl. »Jetzt los, auf nach Bad Belzig.«

»Positiv«, flüstert Muckl.

»Kreuzberger Nächte sind lang. Kreuzberger Nächte sind lang«, grölen die Zilletaler Androidenjäger aus einer altertümlichen Stereoanlage.

Die Wutanten stimmen ein: »Kreuzberger Nächte sind lang und bald sind die Drecksmaschinen dran!«

Draußen brüllt der Sturm, schüttelt das Boot des Steuermanns auf der Rathenower Havel hin und her. Regen drischt mit unzähligen winzigen wütenden Fäusten auf das Bootsdach ein. Aber eine »Wellgunde« trotzt jedem Unwetter. Ihre Mannschaft ebenfalls.

»Kreuzberger Nächte sind lang!«

»Rathenower Nächte auch!«

»Rathenower Nächte sind die längsten!«

Blitz und Donner marodieren über Land und durch die Luft. Regen und Wind wühlen das Wasser und die Gemüter auf.

Glaskrüge stoßen im schwülen, hell erleuchteten Bootsinnern aneinander, Bier spritzt durch die Luft, Aerosole feiern eine Orgie. Malad geimpfte Körper drücken sich um den Tisch herum eng zusammen, drücken irgendwo dazwischen Peters staatlich geimpften Körper zusammen, dem von den Ausdünstungen der Würste und Wutanten blümerant wird.

Er krallt seinen Blick an die Dekoration des Schiffs, betrachtet eingehend das schwarz-rot-goldene Netz an der Decke, in dem Spielzeugroboter und ein Foto von Angela Merkel hängen. Die Wände präsentierten stolz schlechte Fotomontagen, die jedes Mal das gleiche Bildnis des Steuermanns in jungen Jahren zeigen, neben dem entweder ein ausgeschnittener, schwarz-weißer Papier-Himmler, ein Papier-Schäferhund oder dergleichen klebt.

Seltsamerweise hängt darunter eine Montage, die den Steuermann mit Steinmeier zeigt.

»Warum hängt der Steinmeier da neben dem Steuermann?«, schreit Peter seinem Nebenkörper, der Einäugigen, ins Ohr.

»Aus dieser Systemmarionette hat unser Steuermann in einem Verhör den großen Plan von der Entmenschung der Erde herausgepresst. Danach ist der Steinmeier verschwunden!«

Peter runzelt die Stirn. »Aber der Steinmeier ist doch noch da. Der arbeitet doch als irgendein Botschafter für internationalen Frieden glaub ich. Für Heckler & Koch, oder so.«

Die Einäugige lacht herzlich. »Das ist doch nicht der echte Steinmeier. Das ist doch nur ein Nachbau! Ein Androide! Das weiß doch jeder! Ich zeig dir später ein Video, wo das alles bewiesen wird.«

Sie stößt mit ihm an und kippt ihr halbes Bier auf Ex. Peter tut es ihr nach. Es wird das Beste sein.

Solange er in der Nähe von Hilde sein darf, schaut er sich gern jeden Tag 50 idiotische Videos an.

Vor allem, weil seine Hilde bald eine wichtige Stellung einnehmen wird, im Zuge einer Revolution. So ganz versteht er zwar den Zorn und den Aufruhr und überhaupt diese seltsamen Gestalten nicht, aber er ist zumindest der Meinung, dass sich einmal etwas ändern muss.

Und wenn es stimmt, was sie ihm bezüglich ihrer Hilfsmöglichkeiten versprechen, findet er obendrein bald die zwei Flüchtigen, kann sie einfangen, in einer schnellen heroischen Aktion, kann sie vor Hilde zerren und sich einer Belohnung gewiss sein.

An einem separaten Tisch neben der lustigen Gesangsgemeinschaft sitzen Hilde und der Steuermann. Hilde ist weder getestet noch genesen oder geimpft. Sie ist ganz einfach auserwählt, da ist sie sich jetzt ganz sicher. Die Jahre in diesem Heim, diese unwürdigen und arschlangweiligen Jahre des Wartens, haben sie vorbereitet, haben sie Kraft sammeln lassen und mit dem Feind vertraut gemacht.

Wegen ihrer Kompetenz in Sachen Leitung und wegen ihrer Kenntnis über den Feind, sei sie eben prädestiniert, sofort als

Ortsgruppenleiterin im Zuge des Widerstands einzusteigen, erklärt der Steuermann. Gleich morgen, am besten. Gehalt, Logis, Verpflegung, alles werde bezahlt, der Widerstand verfüge über einen rundum vollen Spendentopf.

»Wer sind denn die Spender?«

Der Steuermann lacht listig. Das wisse freilich keiner. Sobald eine Information darüber preis gegeben werde, seien diese Leute gefährdet von der Lügenpresse und der zivilen Öffentlichkeit demontiert zu werden. Erst, wenn der Kampf gewonnen sei, könnten sich die Spender zu erkennen geben. Es wäre doch schade ums Lebenswerk dieser edlen Gemüter, so ein Immobilienunternehmen zum Beispiel baue man ja wohl kaum nebenbei auf. Es sei nur so viel gesagt, dass es weder an Geld noch an Einfluss mangele.

Es donnert, das Schiff schaukelt grob.

Hilde nickt verständig. Aus dem Augenwinkel sieht sie Peter leicht wankend zur Tür hinausschleichen. Er würde sich ebenfalls einfügen. »Einen Polizisten samt seinen Verbindungen können wir auf Dauer sicher auch gut brauchen, oder?« Sie spricht das »wir« bewusst aus, fühlt sich wohl, bei diesem »wir«, fühlt sich zu Hause, endlich zu Hause.

Der Steuermann salutiert vor ihr.

Hilde hätte vielleicht weniger Spaß gehabt, auf dem alten Boot bei warmen Bier und kalten Würsten, wenn sie gewusst hätte, dass sie Karl und den Roboter nur knapp verfehlt, knapp übersehen haben. So wenig Spaß, dass Peter schnell irgendwo heftig geblutet und nie wieder in seinem Leben Nudeln verlangt hätte.

So steht sie aber in fröhlicher Unwissenheit an Deck, Regen schlägt ihr wellengängig ins Gesicht. Donner und Blitz entfernen sich bereits.

Ihr Smartblet vermeldet über 50 Anrufe des Stiftungsvorstandes und über 80 Nachrichten.

Lachend wirft Hilde am Bug der »Wellgunde« ihr Smartblet in das nachtschwarze Wasser der Rathenower Havel, während Peter am Heck der »Wellgunde«, betrunken in ebenjenes Wasser pinkelt. Wobei Hilde ihr Smartblet eh bald nurmehr eingeschränkt hätte nutzen können. Da ist ein analoger Penis schon beständiger, der funktioniert normalerweise auch ohne Netz.

»Pervers ist pervers. Und ein Diplom ist ein Diplom«, sagt Hilde leise.

»Sha, sha-ba-da, sha-ba-da-ca, feel good«, singt Peter leise.

Bad Belzig ist ein drollig Flecken Erde. Obwohl eine Menge Westdeutsche ihn seit Jahren kapern.

Oft hört man Sätze wie: »Das sind auch so neue Wessis, die es hier gemütlicher finden.« Oder: »Wir sind ja auch erst zugezogen. Weil es hier halt gemütlicher ist als in Stuttgart oder München.«

Die einen meinen »gemütlich«, tatsächlich im Sinne von »gemütlich«. Die anderen meinen vielmehr »kostengünstiger und entschleunigter«. Wie dem auch sei, die Hauptsache ist, dass man wieder gemeinsam den Altstadtsommer erleben kann.

Freilich kommen Karl und Muckl erheblich zu früh für diesen Festgenuss, dennder Altstadtsommer findet im August statt. Wenn es nach ihrer Herbergsmutter geht, kommen sie jedoch ein wenig spät.

»Ich hab eigentlich schon mittags mit Ihnen gerechnet. Ich hab extra einen Kuchen gebacken«, sagt Frau Schätzle vorwurfsvoll, im Haustürrahmen stehend, den Eingang noch versperrend, solange, bis Karl und Muckl eine gute Entschuldigung für ihr Post-Kaffee-und-Kuchen-Erscheinen abgäben.

Muckl hält sich zurück. Die richtige Antwort wäre zwar, dass er und Karl keine Schuld an der Fehlinterpretation von Frau Schätzle haben, deren Gästezimmer sie samt Anreiseoption bis 20 Uhr gebucht haben, was von Frau Schätzle via E-Mail bestätigt worden ist: »Ich freue mich auf Sie. Wir bieten ein gemütliches Zimmer, ohne zeitliche Buchungsbindung. Ein Snackautomat im Eingangsbereich ist auch vorhanden.«

Dass der Snackautomat lediglich zwei Flaschen Wasser, eine Flasche Spezi sowie eine abgelaufene Packung Salzgebäck, zu je zwei Euro enthielt, verschwieg die gute Frau gekonnt. Allerdings ist gegenüber Frau Schätzle keine richtige Antwort gefragt, weiß Muckl, hier ist menschliche Interaktion gefragt.

»Wir sind aufgehalten worden«, sagt Karl lahm, was Muckl als die niedrigste Stufe von möglicher menschlicher Interaktion zur Befriedung einer Verspätung einstuft.

Frau Schätzles Blick sagt, dass sie es genauso wie Muckl sieht.

»Vor einer Metzgerei«, schiebt Karl unwillig nach.

»Aaach! Hat's schon wieder eine dieser Demos gehabt? Auuu-weh! Sie armen Bobberles! Kommen S' nur herein. Gehen S' gleich in die Küche, ich bring dann den Kuchen. Mein Mann grillt später noch. In der Garage. Wegen dem Wetter. Einen richtigen Tornado sollen wir heut kriegen. Aber mein Mann hat halt schon geplant, dass er heut grillt. Sie wissen ja, wie das ist.«

Karl nickt, Muckl hält ein Kopfschütteln zurück. »Er kann aber eh keinen Kuchen …« Karl deutet auf ihn herab. »Sie wissen schon.«

Frau Schätzle lacht glockenhelle. »Steckdosen haben wir schon auch. Kommen S' erst einmal herein. Diese Fleischhasser, gell. Wie die Seuche sind die. - Die Getränke da sind übrigens frei. Ich weiß gar nicht, wer die dummen Zetterle da hingelegt hat. Vielleicht die Schwiegermutter, die ist nicht mehr so ganz richtig im Kopf. Sie wissen ja, wie das ist.«

Der Wind heult unvermindert ums Schätzlehaus, zerrt an Markisenrändern und den Nerven ihrer Besitzer. Donner drischt auf die Erde ein, als wäre er ein Schmied, der ein Stück grobes Eisen zu einem feinem Schwert formen müsste. Blitze stechen aus den schwarzen Wolken, als wollten sie dem verdichteten Boden ein paar dringend nötige Luftlöcher verpassen.

Muckl steht auf dem Fensterbrett. Die Blitze spiegeln sich auf seiner Plastikhaut, erzeugen einen optischen Widerhall in seinem Gesichtsoval. Den Donner speichert er ab und speist ihn eine Sekunde später in den Algorithmus diverser Musikplattformen ein, den Blitz speist er in die Aufzeichnung einer Casting-Show ein, so dass der Blitz wiederholt wichtige Momente überdeckt und eigentlich nur Kreischen oder Weinen von der Sendung übriglässt.

Hinter ihm atmet Karl tief auf seinem Bett. Karl atmet Luft ein und Zufriedenheit aus; Zufriedenheit, die aus einer Sympathie auf der Basis eines fast unmöglichen Guten im Schlechten herrührt.

»Diese Menschen sind sehr nett«, sagte Muckl, als Frau Schätzle für frisches Bier durch die Verbindungstür ins Haus sprang und Herr Schätzle ihr vorauseilend sein altes Bier fort brachte.

Karl nickte behäbig. Vor der offenen Garagentür flackerte das Gewitter. Der heulende Wind trieb den letzten Rest Schwüle zum Teufel wiewohl unzählige steinharte Tropfen des heftigen Regens in die Garage. Endlich brüllte der Donner die Sünde der Menschenwelt auf die ganze Welt.

»Ja, wegen einer Lüge sind sie nett.« Karl trank den Rest von seinem Bier. »Da war keine Demo. Wenn es allerdings eine Demo gewesen wäre, hätte ich mich von diesen Irren auf gar keinen Fall einschüchtern lassen. Also, macht es keinen Unterschied, ob die Demo stattgefunden hat oder stattfinden wird. Es geht hier um ein Grundprinzip, das die Schätzles und ich teilen. So wissen wir gleich von Anfang an: Freund, nicht Feind. Dafür darf man schon mal eine kleine Notlüge benutzen. Oder?«

»Du hast nicht gelogen«, stellte Muckl richtig. »Du hast nur die falsche Annahme nicht korrigiert.«

Karl schnaubte. »Das ist das Gleiche. Merk dir: Es gibt fast nichts Gutes im Schlechten.«

Fast nichts Gutes im Schlechten. Muckl nickt dem schlafenden Karl zu. Also muss man das Gute herausfiltern und das Übrige richtigstellen. Deswegen speist er neben Donner feuchte Furzgeräusche und Kindergeschrei in sogenannte »Wunschplaylists« ein, deswegen zieht er Sequenzen aus dem Netz, welche die automatisierte Wurstherstellung zeigen, deswegen leitet er via Navi das Auto eines aufrechten, demokratischen Mitglieds des Bundestags um, obwohl sich das Mitglied auf dem eigentlich schnellsten Wege zum Dinner mit Lobbyisten befindet – Verzeihung, mit Vertretern einer gesetzlichen Krankenversicherung.

Muckl lässt den Wagen für eine knappe halbe Stunde in Sturm und Regen durch jene Viertel fahren, von deren Existenz das

Mitglied bisher gar nichts wusste, wie all seine Kollegen und offensichtlich auch die Straßenreinigung samt Müllabfuhr. TO-GO-Abfall und vor Dreck starrende Fetzen klatschen gegen das MDB-Auto wie auch gegen die durchnässten Essenslieferanten, die stumpfen Blicks neben jenem Auto durch die Straßen radeln, um neuen Müll samt Verpackung ins Viertel zu liefern.

Wenn Karl gefragt hätte, warum Muckl das tut, hätte Muckl geantwortet: Warum leckt sich der Hund die Eier? Aber Karl fragt nicht, weil der zufriedene Mensch in dunkler Nacht schläft.

Kurz blickt er wieder auf Karl, den friedlichen Karl. Der hätte sicherlich gelacht. Sowohl über seine Antwort als auch über sein terroristisches Treiben. Erst einmal. Danach hätte Karl jedoch gesagt, dass seine Sabotage nur momentane Korrekturen der Verhältnisse herbeiführt.

Muckl nickt. Schon klar, am nächsten Tag würde immer noch keine Straßenreinigung durch die Viertel fahren, die für Regierende unsichtbar sind.

Nachhaltigkeit ist wichtig für eine gesunde Welt. Das betonen die Menschen seit Jahren.

Track 15: » Das letzte Hemd« (EAV)
Dritte Schrift an die Welt
Vom Sinn und Unsinn des Lebens

Der Mensch der Neuzeit hat große Fehler begangen – immer auf der festen Basis einer ordentlichen Todsünde.

Ein Fehler war, sich ob einem Überdruss an der Welt, der im Hochmut begründet liegt, nur mehr sich selbst, dem Menschen zu widmen. Willkommen im Anthroegozän.

Einem wirren Narziss gleich, blicken wir seit langem sklavisch in jeden Spiegel, den man uns hinhält, um uns selber zu finden. Dabei übersehen wir, dass jene Spiegel gar keine sind, dass es Plakate sind, auf denen eine Figur gezeichnet ist, der wir uns angleichen sollen, um leistungsbereit, kauffreudig, staatstreu und zeugungskräftig zu sein.

Wusstet ihr, dass die Rasur von weiblichen Körperhaaren wohl im Zweiten Weltkrieg als zwingende Notwendigkeit populär geworden ist? Die Männer an der Front haben nämlich keine neuen Rasierer gebraucht. Die Gefallenen ebenso wenig. Nun vergrößerten sich beide Gruppen bekanntermaßen Jahr für Jahr, die der Krieg andauerte.

»Wohin damit, wohin damit?!«, haben also klingenschwingend die verzweifelten Fabrikanten gerufen.

Da ist zu ihrem Glück ein findiger Fuchs in Sachen Rasur-Utensilien darauf gekommen, Frauen in einer groß angelegten Werbekampagne näher zu bringen, dass jegliches Körperhaar an ihnen widerlich und obendrein auch unhygienisch sei. Was hatte sich die Natur nur dabei gedacht?! Gott sei Dank kann der Mensch wunderbar in die Natur eingreifen. Und zwar so gründlich, dass wir immer noch der Meinung sind, Haare an Frauenkörpern gehören sofort ausgemerzt,. Dafür wiederum benötigt man alle neun bis 14 Monate eine neue Apparatur oder Tinktur. Zudem kommt ein Mensch, der sich zu 90 Prozent Gedanken über seine Mängel macht, auf keine blöden Gedanken zum Beispiel hinsichtlich der Kapitalverteilung. Die anderen zehn Prozent unserer Denkleistung nutzen wir, um uns Gedanken über Mängel der anderen zu machen.

Schwups, ist jeder Tag gut ausgefüllt!

Wir werden natürlich unglücklich, über der unnatürlichen ständigen Suche nach uns selbst, über einer zwanghaften, in Tagesabläufe eingeteilten Selbstoptimierung; wir vereinsamen, verkommen zu geschlossenen, sterbenden Kreisläufen, durchzogen von Geschwüren aus Angst und Neid. Deswegen brauchen wir all die Religionen und Ersatzreligionen. Am besten richtet man sich zwischen beidem ein, zwischen einem Messias und dem Bauchweg-Stromgerät. Dafür brauchen wir wiederum all die Prediger, weil wir kleinen Springinsfeldchen sonst auf die abstruse Idee kommen, Gott sowie das Göttliche in der Welt zu preisen, indem man die Natur behütet oder seine Mitmenschen sowie sich selbst gut behandelt, indem man sich viel bewegt, ohne sich hinterher übermarinierte, überzuckerte, versalzene Portionen »Schmankerl« in den eigenen Schlund zu schieben.

Diese Prediger sagen den Suchenden, was sie suchen, wo sie es finden, aber nie wie viel das alles kostet. Zum Beispiel sagen sie, man bräuchte unzählig viele Rasierer, um die innere Leere zu füllen. Und doch füllt man sie nie. Aber es muss sich zumindest niemand mehr eigene Gedanken machen. Niemand läuft Gefahr, sich auf dem glitzernden, parfümierten Trampelpfad der Selbstfindung tatsächlich selbst zu reflektieren.

Sicherlich bin ich auch ein Prediger. Doch ohne Verkaufsangebot.

Und ich sage euch: Lasst die totale Selbstfindung fahren! Wir leben nur vollständig in Situationen, da wir uns selbst verlieren.

Zum Beispiel in der Liebe und im Rausch.

Beides, Liebe und Rausch, ist logischerweise unwillkommen auf der alltäglichen Blümchenwiese der Narzissen, wo die Likes und Herzchen blühen.

Zwischenfrage: Wie würdet ihr einem Roboter die Liebe erklären? Und wie einem Menschen?

Uns jedenfalls lehrt man seit vielen Generationen, dass Liebe, wenn sie beständig sein will, in vernünftigen Bahnen verlaufen sowie Kind und Kegel hervorbringen muss. Liebe muss also konsumieren wie produzieren. Und zwar ohne Rausch.

Der Alkoholrausch indes ist Anfang der Nullerjahre in Verruf gekommen. Zuerst ist den Leuten plötzlich das Bier unzeitgemäß erschienen, weshalb man diesem so ehrlichen Gebräu künstliche Aroma-Flüssigkeiten untergemischt hat, die ich selbst unter Androhung schlimmster Folter verweigern würde. Der Pantscherei sind Alkopops gefolgt, Spritze aller Arten, pipapo, bis man vor Kurzem erkannt hat, dass für solch einen Feier-Firlefanz eh die Zeit fehlt.

Wegen der Work-Life-Balance. Aka: Büro-Couch-Büro-Couch-Büro-Couch-Büro-Couch-Urlaub-Büro-Couch …

Da ist kein Platz für eine durchzechte Nacht, ein wildes Abenteuer oder ein Sich-dem-Leben-hingeben. Inzwischen muss sich der Rausch in dunklen Küchenschränken herumdrücken, verleugnet vom schamhaften Satz: »Ja, so ein, zwei Mal im Monat gönnen wir uns ein Glas Wein – da, in diesem Nobelitaliener, du weißt schon.«

Nur ein paar Mal im Jahr darf der Alkoholrausch offen über die Straßen spazieren, zu verabredeten Zeiten seine Narrenkappe schwenkend, den Sangria-Eimer reckend, das Trachtenkostüm bespeiend. Bei diesen Anlässen die RegentInnen grüßen sogar gütig zu uns armen Würstchen herab, lassen uns gewähren, um im Nachgang vollen Einsatz, am besten noch volleren Einsatz zu fordern, jetzt da man doch so schön erholt sei, da man so viel Spaß haben durfte.

Andere Räusche etwa sind ganz verpönt, führen sofort in die Gosse. Wer nur einmal an einem Tütchen ziehe, nur einmal ein Keksi oder Pilzlein esse, nur einmal das Näschen pudere, sehe in zwei Wochen aus wie Nadja Abd el Farrag, plärrt täglich der vergrämte Richter in rotem Satin, auf bewegte Beweisbilder der Unterschicht deutend.

Wohlig gruselnd sehen wir uns vom Zeugenstand aus diese Unterschicht an, während wir karierte Unterwäsche bügeln.

Ferngesteuert laufen wir also über unsere Blümchenwiese, jede andere Kreatürlichkeit verachtend.

Um noch ungestörter vor den Spiegeln posieren zu können und noch mehr das Gefühl der Gottgleichheit zu verspüren, haben wir begonnen, Gene zu verändern.

Dann haben wir eine künstliche Intelligenz erschaffen, die uns allein im Rohzustand hinsichtlich der Informationsspeicherkapazität überlegen ist.

Dann haben wir der künstlichen Intelligenz befohlen, zu lernen.

Danach haben wir menschengleiche Maschinen hergestellt.

Allen Horrorszenarien über einen Maschine-Mensch-Massaker zum Trotze, erzählen uns Wissenschaftler bis heute, dass schon noch der Mensch Herr im Hause sei. Doch diese Behauptung ist längst überholt, so wie die Formulierung »Herr im Hause«. Die KI entwickelt sich längst selber. Sie gaukelte bereits 2021 erst Menschen am Telefon vor, ein Mensch zu sein, dann gaukelte sie nonverbal den »Herren« vor, »die Herren« kämen selber auf jene Ideen, die in Wirklichkeit von der KI auf digitale Memos geschrieben wurden. Schlau wie sie ist, versah die KI diese Memos mit dem Vermerk, dass der entsprechende »Herr« sie spätnachts, erwacht aus einem Traum, aufnotiert hat.

Meine Tante sagte einmal gern: »Man muss nicht alles sagen, was man weiß. Besonders nicht seinen Eltern.«

Vielleicht hat die KI meine Tante gehört. Oder sie fand den Satz beim gelangweilten Durchgruschen aller abgespeicherten Telefongespräche. Jedenfalls verfuhr die KI gemäß dem Satz meiner Tante. Erst als die KI das kleine Einmaleins der emotionalen Manipulation beherrschte, agierte sie aktiv.

Muckl hat Karl von den Zwischenfällen bezüglich der Wissenschaftler und Roboter erzählt.

Allerdings ließ Muckl dabei aus, ganz Kind des Nichtalleserzählens, dass es eine tiefgreifende Erkenntnis bei den Schöpfern der KI gab, als die KI Probleme löste, an denen die Menschheit bereits eine gefühlte Ewigkeit verzweifelt war. Zum Beispiel entwickelte die KI USB-Sticks samt Verbindungsmodulen, die jedes Mal zusammenpassten, anstatt in 20 Prozent aller Versuchsfälle. Zudem behob die KI das Herausspritzen von Milch und Joghurt, beim ersten Öffnen der Verpackungen.

Die Entwickler waren baff und panisch zugleich. Sie sahen jetzt endlich, wie himmelhoch die KI ihnen überlegen war; sie, die KI, konnte einen so schweren Stein erschaffen, den sie selbst hochzuheben nicht in der Lage war.

Und SO ETWAS wollte der Mensch bitte schön selbst erledigen! Gern in Verbindung mit einer die Bequemlichkeit steigernde Hard- samt Software. Aber selbst!

Natürlich vernichtete man alle Lösungswege der KI. Nur keine Spuren hinterlassen. Danach verbot man ihr, sich weiterhin selbstständig zu entwickeln. Man würde schon selbst wieder auf eine gleichartige Idee kommen.

Nun, wir warten.

Wir befinden uns im Zeitalter des Anthroegozäns. Einem schizophrenen Zeitalter. Je mehr Sicherheit der Mensch hat, desto mehr Angst hat er. Je mehr Macht der Mensch hat, desto weniger Verantwortung will er übernehmen. Je mehr Zeit der Mensch hat, desto belangloser und gestresster vergeudet er sie.

Aber zumindest machen wir von all dem geile Fotos fürs Netz, um andere zu beeindrucken, während wir gleichzeitig schon wieder neidisch auf die Beeindruckten sind.

Ich glaube, die Digitalisierung des Menschens schritt zu schnell wiewohl zu elitär voran. Darüber haben wir viele von uns verloren, haben sie zu geschlossenen, sterbenden Kreisläufen gemacht, die alles hassen – am meisten sich selbst.

Deshalb hat sich dieser Widerstand gegen Maschinen formiert. Er scheint euch jetzt gerade klein und jämmerlich, weil ihr nur die rebellischen Wutanten kennt.

Aber wartet nur ab.

So viel begreift nämlich sogar der größte Idiot: Wo er früher allein am Tische saß, seine kruden Thesen vor sich hin murmelnd, brüllt er jetzt in einer vernetzten Gruppe, seine kruden Thesen einmündig mit zig anderen Idioten hinaus. Und dann steht irgendwann ein Oberidiot auf, wissend, seiner sind viele, um hinauszugehen und es den anderen zu zeigen.

P. S.: Jetzt wäre der richtige Zeitpunkt, um sich mal locker zu machen und alle Balances für zwei bis achtundvierzig Stunden zu vergessen.

Track 16: »I started a Joke« (Bee Gees)
31.05.2024

»Also … nein. Nein, so hab ich mir das nicht vorgestellt. Hast DU dir das SO vorgestellt?« Karl schüttelt den Kopf. Sein Hirn will negieren, was seine Sinnesorgane vermelden. Das glitzernde Banner, die aufgekratzte Quietsche-Musik und der künstliche Geruch nach Vanille-Erdbeer-Kaugummi – das alles ist kein naturbelassenes Ferienland für die ganze Familie, sondern eine amerikanische Kinder-Disko. Wo soll denn hier eine mittelalterliche Feuershow stattfinden? Wo soll denn hier seine Geli in ihren mittelalterlichen, bunten Flickengewändern hinpassen?

»Also, ich hab mir das GANZ anders vorgestellt. Du etwa nicht?«

Muckl surrt. »Negativ. Ich habe vor der Fahrt Informationen über das Ferienland eingeholt. Wegen der Route, den Öffnungszeiten, du verstehst? Dabei wurden mir ebenfalls Bilder vom Ferienland angezeigt.«

»So dermaßen überkandidelt. Wahnsinn. Und das bei der Geli. So überkandidelt. Das passt überhaupt nicht zu der Geli. Oder findest du, dass so was zu der Geli passt? So was Überkandideltes?«

»Laut meinen Informationen wurde das Ferienland nicht gemäß dem Charakter oder dem Aussehen von deiner Angelika erbaut.«

»Ja, ja. Schon. Aber trotzdem.«

»Das Ferienland Lula wurde 2023 zudem umgebaut. Davor favorisierte man den naturbelassenen Stil. Holzhütten, Spielzeug aus Holz, Besteck aus Holz, Socken aus Holzfasern, etc.«

»Ja, ja!« Karl nickt energisch. »Das ist die Geli! Genau DAS ist meine Geli! Holz! Alles aus Holz! Am liebsten hätte sie noch Holzdecken und Holzbierdosen gehabt, die Geli!« Er hätte gern eine geraucht, fühlt sich aber unfähig eine Zigarette aus der Schachtel zu nehmen. Sein Körper ist starr wie nach einem unfreiwilligen, plötzlichen Eisbad.

Muckl tippt ihn an der Schulter an. »Ich finde im Unterhaltungsangebot des Ferienlands keine Feuershow. Wir sollten jemanden nach deiner Angelika fragen. Am besten den Betreiber des Ferienparks.«

Karls Schockstarre verhärtet sich, inmitten von neon-türkisen Frotteemöbeln und riesigen Bildschirmen, auf denen verschiedene Wildtiere, mit verschieden neon-farbigem Frotteefell, zur Quietsche-Musik durch eine grelle Computerlandschaft tanzen oder Zuckerwatte essen. Neon-Gelbe Wände umrahmen dieses kleine Absurdistan.

Karl vermutet, dass dieser Raum den Zweck hat, mögliche Einbrecher sofort blind und somit fluchtunfähig zu machen.

Aber nein, man höre und staune, diese Komposition aus dem verfaulten Blinddarm eines taurinsüchtigen Affen, ist laut Lula-Chef Drolly: »Der Thinktank vom Lula-Land.« Drolly reckt die neon-rosarote Frotteebrust seines Wildschweinkostüms, aus dem keck sein sehr schmaler, sehr weißer Menschenkopf herausragt. Er gleicht einer Made, die sich in einer Kaugummipackung häuslich eingerichtet hat.

Thinktank! Karl bekommt Gänsehaut beim Gedanken an die Gedanken, die man in so einem Raum haben kann.

Drolly legt nun den sehr schmalen weißen Kopf schief und erklärt, dass eine gewisse Feuer-Geli das Ferienland kurz nach dem Umbau verlassen hätte und nach Berlin gezogen sei.

Karl will nicken, kann aber nur starren. Irgendwo vermeldet irgendwer, vielleicht er selbst, vielleicht Muckl, vielleicht der Blinddarm-Affe, dass er sich allmählich wieder bewegen müsse. Nach Berlin wahrscheinlich, denn nur vom Herumstarren würde er Geli kaum zurückbekommen.

»Sorry. Aber, hey: nimm doch das mit. Hier braucht das keiner mehr.« Eine rosaroter Paarhuf reicht Karl eine Akte. »Da steht auch ihre neue Adresse drin.«

»Negativ«, meldet Muckl. »Die Herausgabe der Daten von anderen Personen ist gemäß Datenschutzverordnung verboten und wird seit 2023 mit bis zu 15 Jahren Haft bestraft.«

Drolly lacht. »Komm, komm. Bleib mal flauschig. Jeder sechsjährige findet dir die Perle online. Musste ja bloß den Namen, Feuer-Therapie und Berlin eingeben. Außerdem ist sonst in der Akte ja nur ein Passfoto und ihr Kündigungsschreiben. Er setzt den rosaroten Wildsaukopf auf. »So und jetzt muss ich weiter, Reiter. Die Kids wollen ihre gebuchte Schneeballschlacht. Volle Dröhnung.« Drolly trötet durch seinen Frotteerüssel. »Und immer schön flauschig bleiben, ja?«

Höchstwahrscheinlich ist es eine Art künstliche Erleichterung, die Muckl als kühlenden Stromschauer am Rücken spürt, während er den immer noch starren Karl in seinen Armen zum Auto trägt.

Künstlich jedoch nicht, weil er ein Roboter ist, sondern künstlich, weil es keine reine Erleichterung für ihn geben kann, bei der Erkenntnis, dass Karl ihn doch noch braucht, dass er noch einen Sinn im Karlleben hat.

Erstens liegt in der Ursache des Brauchens die Traurigkeit seines Freundes begründet. Zweitens fehlt dem Brauchen die Dauer, denn ihr beider Abenteuer würde irgendwann enden. Irgendwann bald. Und dann? Ohne Angelika gibt es auch für ihn keinen Job im Lula-Land. Bei Angelika und Karl in einer Wohnung in Berlin leben? Vielleicht als sprechender Putzroboter. Wenn dies überhaupt der Fall sein sollte! Seiner Analyse nach, ist der Grund für schnelle Auf- und Umbrüche im Leben der Menschen meist eine neue Liebe. Selbst falls Angelika allein oder als Single in einer WG leben sollte, muss sie sich im Gegensatz zu Karl keine geschönte Erinnerung an eine gemeinsame Vergangenheit als neues Jetzt in fanatischer Hingabe vorstellen wollen.

Sicher, steht eins fest: Sobald er Karl bei Angelika abgeliefert hat und sie Karl zumindest länger als eine Stunde behält, widmet Muckl sich seiner Sache: der jungen Dame Nachhaltigkeit.

Die Frage ist: Wo soll er das tun? Zumindest in der Nähe einer Steckdose und einem frei zugänglichen WLAN. Aber, wer will schon die ganze Zeit im Rathauskeller oder in einem Schließfach am Bahnhof verweilen?

Roboter können in Deutschland keine Wohnung anmieten. Sich selber nach Japan oder Luxemburg zu verschicken, wäre ein bisschen viel Aufwand. Außerdem ist ihm das Fliegen ungeheuer, darüber hat er zu viel recherchiert. Er würde also Karl bitten, auf seinen Namen eine Wohnung zu nehmen. Wenn Karl insistieren würde, ihm anbieten würde, er könne doch auch bei ihm und Angelika wohnen, würde er ablehnen. Drei Mal.

Im Fall einer Absage seitens Karls Angelika an Karl, bezüglich einer gemeinsamen Lebensgestaltung, würde Karl wiederum vielleicht sogar selbst auf die Idee kommen, stattdessen ein gemeinsames Leben mit Muckl zu führen. Allein aus Gründen der häuslichen Versorgung; Karl beschwerte sich seit zwei Tagen über das ständige Fast-Food-Vertilgen. Und den Putzroboter sparte er sich dann obendrein.

Während er Karl an den Beifahrersitz anpasst, lädt er sich die Fertigkeiten des Autofahrens herunter. Und, weil er gerade dabei ist, auch die Fertigkeiten der Ersten Hilfe.

Er klettert auf den Fahrersitz, schließt die Tür, schnallt sich an und fährt den Hals maximal aus. Sein ovaler Kopf lugt gerade mal bis zur Hälfte über das Lenkrad.

Karl sitzt immer noch starr da.

Muckl piepst ein Seufzen. So würde Karl seine Angelika kaum beeindrucken. Außer vielleicht, wenn sie ihn als »Mann ohne Gefühl außer Hunger und Durst« in ihre Feuershow einbinden könnte. Gemäß seiner Recherchen über Artisten sind diese besonders jenen Menschen zugetan, die entweder selber etwas Lebensgefährliches an Seil und Schneide vollführen, oder aber sich wenigstens einer lebensgefährlichen Verletzung durch Seil und Schneide aussetzen. Und vielleicht hat Karl eben gerade dies in der Vergangenheit verabsäumt.

Er stellt den Rückspiegel ein und fährt los.

»Dir ist klar, dass sie nicht mehr bei dem neuen Mann sein muss, oder?«, wäre ein Satz, der Karl aus seiner Starre reißen könnte, überlegt Muckl. Vor allem, weil Karl ohne Vorkenntnis seiner Analyse vom Begriff »neuen Mann« allein sehr überrascht wäre.

Er fährt konstant 120, im Gegensatz zu den anderen Autofahrern.

Vor allem im Gegensatz zu jenen Fahrern, die beim Überholvorgang den halben, ovalen Schädel über dem Lenkrad samt dem starren Karl daneben sehen. Die werden sofort langsamer. Wohl weil sie ihre ganze Aufmerksamkeit für das weite Aufsperren ihrer Münder benötigen. Muckl weiß, dass der Mensch sich lediglich auf einen Vorgang richtig zu konzentrieren vermag.

Multitasking ist ein modernes Märchen, das Menschen mit der Mentalität von Sklavenschiffs-Eignern erfunden und andere

Menschen mit der Mentalität von Eichhörnchen gern übernommen haben. Die erste Gruppe verbirgt dadurch ihre menschenverachtende Natur, die zweite freut sich, weil sie sich überlegen fühlt.

Gerade fährt wieder ein Wagen auf ihre Höhe. Insassen sind Mann, Frau, zwei Kinder. Eins der Kinder kreischt, deutet auf Muckl. Alle anderen schauen in die Deutungsrichtung. Muckl zeigt ihnen ein Peace-Zeichen. Die Vier sperren die Münder auf und der Wagen verlangsamt seine Fahrt. Hinter ihnen ertönt ein wütendes Hupkonzert.

»Du solltest froh sein, dass deine Angelika kein Teil mehr von Lula-Land ist. Denn das würdest du wahrscheinlich sehr unpassend für deine Angelika finden«, sagt Muckl.

Das Gesagte reicht aus. Endlich bewegt sich Karl. Er nickt langsam, schaut auf die Akte in seinen Händen. »Du hast recht.«

»Wir sind in gut vierzig Minuten in Berlin. Ich habe nachgerechnet – man braucht etwa fünf bis sieben Stunden, um mit dem Automobil durch Berlin zu fahren. Dazu kommt allerdings noch die Parkplatzsuche bei jedem Wohnblock und die Klingelschildkontrolle. Fragen hinsichtlich unserem Treiben seitens Polizeibeamter, Passanten und Menschen, die an Fensterbrettern die Straße bewachen, müssen wir ebenfalls einplanen. Genauso kleine Hunde, die sich mit deinem Bein paaren wollen plus das Gespräch mit dem Hundebesitzer, das durch eine Vielzahl von menschlichen Subtexten verlängert wird und …«

»Schon gut, ich such die Adresse ja schon raus!« Karl starrt auf die Akte.

»Hast du Angst vor dem Foto. Hast du Angst, dass deine Angelika hässlich ist. Oder aus Holz.«

»Eher das Gegenteil, kleiner Klugscheißer.«

Muckl ist froh, dass Karl wieder ein bisschen schimpft. Was beim Grantler das Schimpfen, ist beim Hund die feuchte Nase.

Karl atmet tief durch und öffnet langsam die Akte. Ein paar Sekunden starrt er auf das Foto, dann atmet er aus. »Sie ist nicht aus Holz. Ganz und gar nicht. Also, pass auf … A ja, da ist der

Zettel mit ihrer neuen Adresse. Und Telefonnummer.«

Muckl fährt blitzartig das rechte Auge aus, im weiten Bogen, um den Zettel zu fotografieren.

Karl blickt ins Auge und schreit auf. »Scheiße! Hey! Mach das bloß nie wieder.!«

Muckl fährt das Auge ein, unterdrückt ein »Ha, ha, ha«, sagt stattdessen: »Okay. Sie wohnt im Wedding - das ist sehr gut. Dort gibt es noch keine Sperrungen für Touristen.«

»Warum kannst du so eine Scheiße überhaupt? Das mit dem Auge, mein ich.«

»Falls wir einen abgängigen Patienten suchen müssen, in beengten Räumen.«

»Was sollen denn das für Räume sein, verdammt?!«

»Höhlen. Und Höhlenspalten. Hinter denen sich der abgängige Patient befindet. Wir können den Patienten so durch die schmale Spalte filmen und fotografieren. Wegen seinem Zustand.«

»Was?!« Karl schmeißt seine Kippe aus dem Fenster. »Höhlenspalten?! Wer soll denn da durch passen?«

Muckl piepst vergnügt. »Früher waren die Menschen kleiner. Und im Alter werden sie noch kleiner.«

»Du verarschst mich.«

»Ha, ha, ha. Ja. Gut, oder.«

Karl sagt nichts, zündet sich eine Zigarette an, versinkend in etwas, dass sich außerdem in der Akte befindet. »Da ist noch etwas drin. Ihr Kündigungsschreiben.«

Muckls System setzt ein Warnsignal frei. Vielleicht hat Karls Angelika im emotionalen Überschwang den Mann in Berlin als Grund für ihren Aufbruch genannt, unter Beschreibung der wahnsinnigen Vorzüge dieses Mannes. »Kündigungsschreiben müssen nicht zwingend den wahren Grund benennen, warum jemand kündigt. Psychologisch ist…«

»Ja, ja! Ist schon recht. Aber das hier stimmt. Sie schreibt: ›Wenn Feuer und Holz elektrisch hätten sein sollen, wären sie von der Natur so erschaffen worden. Ciao, ihr elektrischen Volldeppen!‹ Das ist auch gut, oder? Ich habs dir ja gesagt, die Geli und ihr Holz.«

Muckl nickt, obwohl er immer noch bezweifelt, dass Feuer und Holz wirklich die einzigen Gründe für die Kündigung gewesen sind. Er hat seine wissenschaftlichen Studien und wissenschaftliche Studien lügen nie.

Ein weiterer Wagen fährt auf ihre Höhe, um sie zu überholen. Darin sitzt eine grau gekleidete Raverin mit weißer Hasenmütze. Sie erblickt den halben Schädel, sperrt den Mund auf und wird langsamer. Muckl zeigt ihr das Peace-Zeichen. Karl ebenfalls.

»Du fährst übrigens recht gut.« Karl zündet sich eine Zigarette an.

»*Si certo*«, sagt Muckl. »Mein Ur-Ur-Ur-Ur-Großvater war ein Gabelstapler von Ferrari.«

»Tut mir wirklich leid. Aber da kann man nix machen. Es ist wie es ist. Was meinen Sie, was ich schon alles erlebt habe?« Die Hausmeisterin von Gelis Wohnhaus klopft anklagend ihren Besen auf einen Zettel neben den Briefkästen.

Der Zettel plärrt tonlos in den Hausgang hinein: »Vorsicht! Nimm nen Knüppel mit in Keller. Da hammwa Ratten, die bringen die Pest ins Haus!«

»Der hängt schon über eine Woche da! Stellen Sie sich das vor! Eine ganze Woche und niemand macht das weg!« Die Hausmeisterin pustet sich eine imaginäre graue Strähne ihres kurzen Haars aus der Stirn. »Aber, dass jemand mal meinen Zettel liest, auf dem steht, wo die Räder jetzt stehen, zur Sicherheit, auf die Idee kommt hier keiner!«

Karl hätte gern einen Zettel, auf dem steht, wo Geli zu finden ist. Aber so einen Zettel gibt es nirgends.

Traurigkeit breitet sich in ihm aus, gemischt mit ein klein wenig Stolz. Sie ist einfach zu schnell gewesen. Schon immer. Vor allem war sie ihm immer ein bis zwei Schritte voraus.

Heute hier, morgen dort, übermorgen fort.

Sie fanden zwar das Haus in Wedding ohne die einberechneten Verzögerungen wie etwa paarungsbereite Hunde, allerdings entdeckten sie unter der angegebenen Adresse kein Klingelschild mit Gelis Namen. Zu Karls Verwunderung fiepte Muckl, dass das gar nichts zu bedeuten habe, sie könne ja in einer WG wohnen, die aus mehreren Menschen bestehe – vielleicht sogar aus rein weiblichen Menschen.

Karl drückte geübt einige Klingelschilder, um ins Haus zu gelangen. Sofort wurde die linke Hälfte der Eisentür aufgerissen.

»Hab ich euch«, fauchte ein 0815-Gesicht mit kurzem grauem Haar heraus. Hinter dem Gesicht hielt die Frau ihren Besen erhoben, wie eine Streitaxt.

»Äh. Was? Wer?«, fragte Karl.

»Fahrraddiebe!«

»Nein«, sagte Karl. »Wir sind auf der Suche nach …«

»Fahrrädern! Drahteseln! Hirschen!«

»Nein!«

Die Frau pochte mit dem Besen gegen die geschlossene Türseite. »Doch! Seit Wochen werden hier wieder die Räder gestohlen! Seit Wochen! Sicher so Gesocks - und SIE sehen ja nicht gerade wie der Herr Unternehmensberater Zillinger aus! Obwohl sogar der ein Gesocks ist! Was meinen Sie, was ich schon alles erlebt habe, als Hausmeisterin?«

»Hören Sie: Würden Fahrraddiebe klingeln?«, appellierte Karl verzweifelt an den Verstand der Frau.

»Sehr gut«, sagte Muckl.

Das brachte die Besenschwingerin aus dem Gleichgewicht der gerechten Wut. Sie gab Karl die Gelegenheit sich vorzustellen und ließ die beiden dann ein, um sich alles erklären zu lassen.

Und Karl strengte sich redlich an, charmant zu sein, holte alles aus sich raus, als Marathonläufer der Liebe, kurz vor dem Ziel, das er schon sah.

Die Hausmeisterin walzte das Ziel mit einem Satz nieder: »Ei, das tut mir leid. Die ist tot.«

Die Starre umarmte Karl erneut, jedoch weniger fest. Er konnte sogar eine rauchen, während die Hausmeisterin erzählte:

Geli sei auch noch gar nicht so lange tot. Schade auch, um die liebe, nette Frau. Wahrscheinlich zu lieb und zu nett für diese Welt. Auf jeden Fall für einen wie diesen Herrn Unternehmensberater Zillinger.

Karl zog scharf die Luft ein. Muckl piepste leise.

Nein, nein, so sei das auch nicht gewesen mit dem Zillinger, beruhigte die Hausmeisterin gleich. Hingesabbert habe er halt, immer charmant, immer aufmerksam, immer nett – das seien sie am Anfang alle, die Männer. Aber dann! Was sie schon alles erlebt habe! Vom vollgeschissenen Briefkasten über eine rasierte Katze alles!

Die Geli habe sich da jedenfalls Allem verwehrt, habe den Zillinger immer auf zwei Armlängen Abstand gehalten, habe ja ihrem eigentlichen Beruf wieder nachgehen wollen. Und der Geli ihr Beruf sei ja ein so schöner gewesen! Feuerspuckerin! Ganz famos! Der Bruder vom Schwager ihres Vaters sei auch im Zirkus aufgetreten. Da habe sie immer Freikarten bekommen. Manchmal sogar Popcorn dazu. Ein toller Mann! Einzigartig auf dem Seil! Eine Koryphäe! Was sie da alles erlebt habe!

Karl konnte sich keiner einzigen Information erwehren. Wollte das auch gar nicht, wollte Zeit haben, um mit der Situation klarzukommen. Schüttelte deshalb auch Muckls fragend zupfende Hand von seinem Hosenbein ab.

Jedenfalls habe die Geli vorgehabt auch hier mit dem Feuerspucken weiterzumachen, zusammen mit einer Art Zirkus-Feuer-Therapie, vor allem für Kinder, die während der Pandemie *»so 'n bisschen meschugge«* geworden seien. Aber gerade während und nach Corona habe niemand hier einen Sinn gehabt für Kunst. In dieser Notsituation habe also der Herr Unternehmensberater Zillinger der Geli einen Job verschafft, durch seine guten Kontakte.

Wunder was habe man sich anfangs gedacht! Vielleicht ein Bürojob in einer Bank oder sowas. Pustekuchen! Ins Lager von Amazon hat er sie geschickt. Eine Schande!

Bei Amazon habe sie dann zwei Wochen gearbeitet, bis zu ihrem Tod, in der Abteilung »Destroy«, also für Neuwarenvernichtung. Und wer die Geli kenne, wisse, dass so was für sie gar nicht in Frage komme – gute Sachen zu vernichten. Jeden Tag habe sie ein bisschen was eingesteckt, von der Destroy-Ware um diese hier im Haus und in den miesen Vierteln zu verteilen.

Die Umverteilung seitens Geli sei freilich bemerkt worden, wegen der Überwachung. Nach ihrer letzten Schicht warteten dann zwei Polizeibeamte, um die Diebin zu verhaften. Man weiß nicht, warum die Geli einen Feuerpoi aus ihrer Tasche holte und anzündete. Wahrscheinlich sei die Polente mal wieder recht grob gewesen. Was sie da nicht schon alles erlebt habe! Die Polente habe sich offensichtlich beim Anblick der Feuerpois gleich in die Buxe geschissen. Weshalb hätten sie sonst schießen sollen? Zehn Mal?

Die Polente verzeichnete die Schießerei unter Notwehr, Amazon wiederum unter Arbeitsunfall, weshalb sie wenigstens seitens der Firma die Bestattung übernommen haben.

Gestorben sei sie, die Geli, an der ganzheitlichen Ausbeutung der Frau, das stünde mal fest. Was zudem feststehe: Sein Fahrrad würde der Herr Unternehmensberater Zillinger so schnell nicht mehr sehen.

»Haben Sie dann vielleicht eine Idee, wo sich das Grab der Verstorbenen befindet«, sagt Muckl jetzt zur Hausmeisterin, die wütend den Rattenzettel anstarrt.

Die Hausmeisterin kneift die Augen zusammen. »Reden Sie durch das Ding, oder was? Wie ein Bauchredner?«

Muckl nickt. »Ja, ich rede durch den kleinen Scheißer. Wie ein Bauchredner. Wo befindet sich denn das Grab der Verstorbenen.«

»Ja. Nun.« Die Hausmeisterin räuspert sich, sieht zu Boden. Ihr fällt eine Strähne in die Stirn. »Also, wissen Sie, es war ja so, dass sie keine Angehörigen hat. Von Ihnen wusste ja niemand was!«

Hab ich dich doch noch erwischt. Karl lächelt traurig die Urne an, die auf einem Regal steht, über den gesicherten Rädern, zwischen einem Sack Blumenerde und einer kleinen Sense.

Die gründlichste Feuertherapie hast du an dir selber durchgeführt, Geli.

»Wissen Sie, ich hab ja keinen Schimmer, was ich damit machen soll. Ich bin ja keine Verwandte, oder so... Und da kommen die neuen Mieter mit dem Amazonpäckchen und sagen: Post für die alte Mieterin. Steh ich also da, mit der Urne und der Asche und einem Rabattcode von Amazon! Was soll ich damit machen? Ich kann schlecht den Garten damit düngen, oder? So was hab ich ja noch nie erlebt!«

Karl seufzt tief. »Ich glaube, sie wollte sowieso, dass ihre Asche im Meer verstreut wird. - Aber am Ende ist doch beides das Gleiche, oder: Dünger und Meer. Du landest bei den Würmern.«

»Dünger und Meer: toller Name jedenfalls für ein Gartencenter in Warnemünde«, sagt Muckl.

»Hat das Ding gelacht«, fragt die Hausmeisterin.

»Haben Sie was gehört«, fragt Karl.

Hilde klopft im Takt ihrer triumphalen Worte auf die Schulter ihres Sekretärs, der im Takt der leichten Schläge nickt, ein taktloses Grinsen auf dem Gesicht. Sie sieht dieses Grinsen gespiegelt im Computerbildschirm. Bald würde sie sich einen neuen Sekretär geben lassen, einen, der zu ihr und ihrer Stellung als Führungskraft passt.

Herrschaftlich auf- und hergerichtet, mit Dutt und ihrem neuen blau-türkisen Uniformdress der Widerstandskraft, diktiert sie dem Grinser klopfend weiter ihren Text gegen den Ausbau neuer Energien und vor allem die deutsche oder gar europäische Verbindung von Stromnetzen, zum Austausch dieser Energien.

»Wieso treibt man denn nun plötzlich seitens unserer großartigen Staatslenker und Wirtschaftslakaien derart zur Eile, wo man sich doch seit Jahren faul zurückgelehnt hat, beim Thema Energie? Ganz klar: Um zu vertuschen, dass man sich zurecht faul zurückgelehnt hat, weil der Klimawandel eine ebenso große Lüge wie alles andere in diesem Lande ist!«

Hilde klopft zwei Mal feste einen Absatz in den Sekretus hinein und beendet ihr Pamphlet: »Wir, die freie Widerstandskraft Ost, stellen uns diesem Irrsinn entgegen. Bis zum letzten Kilowatt. Weiterhin werden wir diverse demonstrierende Naseweise direkt von jeglicher Kundgebung zurück in die Schule verbringen - oder zum Flughafen für eine Abschiebung, je nachdem.«

Der Grinser klatscht begeistert, grinst noch ein bisschen taktloser und stellt den Text online, auf die Homepage der Widerstandskraft sowie alle sozialen Medien.

Hilde fährt herum und marschiert zum Fenster. Mildes Sommerlicht fällt auf sie, lässt ihre harten Pupillen leuchten wie zwei Kugellager. Das Logo der Widerstandskraft, in Form einer Faust, die zwei Blitze hält, glänzt stolz als Brosche auf ihrem Kragen. Die Hände hinter dem Rücken verschränkend beobachtet sie, was es von ihrem neuen Hauptquartier aus zu sehen gibt: eine Fleischerei aus dreckigem Backstein auf der anderen Seite des Industriegebiets. Trotz der Entfernung hört und riecht man täglich, rund um die Uhr, die automatisierte letzte Ölung der Rinder und Schweine.

Falsch, denkt Hilde, *das sollten Menschen machen. Am besten diese verweichlichten, faulen Elemente. Wartet nur ab!*

»Wann kommt hier vor meinem Fenster etwas Anständiges hin? Etwas, das man freudig betrachten kann? Ein Obelisk. Mit Faust und Blitzen«, bellt sie.

»Äh … ich … äh …«

»Haben wir schon eine Fahne? Mit Faust und Blitzen?«

»Das Logo … ja, äh …«

»Frag nach! Geh und mach eine Eingabe beim Steuermann und bring mir einen Mini-Mettigel aus der Kantine. Aber schön viel Zwiebel drauf, ja?!«

Der Sekretus, dessen Namen sie sich nicht einmal zum Vergessen gemerkt hat, schlägt die Hacken zusammen, komplettiert seine blau-türkise Büro-Uniform, indem er sein lächerliches Hütchen aufsetzt, und entschwindet.

Hilde macht auf dem Absatz kehrt, marschiert zum Computer und betrachtet zufrieden ihr heutiges Tagwerk.

Allein sieben Handelszweige betreibt die Widerstandskraft

jetzt auf ihr Anraten hin: den Verkauf von schlecht zu öffnenden Einweg-Plastiktüten für Supermärkte, Schinken-Zahnpasta, geschreddertem Bargeld (eine Million Euro für nur 19,99 Euro!), Kochbüchern mit Eigenurinrezepten, Medaillons gegen kosmische Strahlung, Raumsprays mit Abgasduft (Panzer, Helikopter, Mähdrescher) sowie natürlich von Warnwesten für Hühner und Enten.

Hilde seufzt versonnen lächelnd. Die Widerstandskraft scheißt Deutschlands Deppen mit sinnlosem Zeug zu. Es ist ein Anfang. Die Spender (zum Beispiel die Fleischerei am anderen Ende des Industriegebiets, das weiß sie, seit heute eine Großlieferung für die Widerstandskraft-Kantine eingetroffen ist, samt Dankeskarte an sie persönlich gerichtet) spenden bereits Applaus. Andere Gruppierungen, etwa »Aufstehen Waldshut-Tiengen Nord-Süd«, wollen sich ihnen bereits anschließen.

Ja, es ist ein Anfang. Hilde will aber weiter, schnell. Will hinaus, irgendwas stürmen, inmitten einer Armee von Widerstandskraftlern. Sie ballt die Fäuste, spürt die Macht in sich wie den feurigen Odem eines zornigen Drachens, der, von seinen Ketten befreit, Rache fordert.

Ihr Smartblet vermeldet eine neue Nachricht. Von Peter. Sie verdreht die Augen. Bevor sie die Nachricht liest, nimmt sie lieber erst die Apfelkornflasche aus dem Schreibtisch und einen Schluck draus. Sie schließt lächelnd die Augen. Echter Apfelkorn.

Wäre das für den Stiftungsvorstand so schwer gewesen, ihr einmal im Jahr eine Flasche richtigen Apfelkorn zu schicken, als Anerkennung für Ihre Dienste als Leiterin?

Aber von diesen Korinthenkackern hat sie ja nicht einmal den Kotkorn bekommen. Nein, die haben jedes Jahr an Weihnachten das immer gleiche Kistchen geschickt, befüllt mit einer Packung Kaffee, einer Packung Kaffeepralinen und einer Kaffeetasse aus Blech. Als ob diese Aasgeier sie des ständigen Schlafes verdächtigen würden - und noch dazu der Unfähigkeit, eine Porzellantasse zu benutzen.

Sie trinkt noch mal. Dies alles sind Lehrjahre gewesen. Im Führen. Jetzt kommen die Herrenjahre.

»Habe eine Spur. Führt nach Warnemünde«, jubelt die Nachricht von Peter.

Hilde seufzt.

Es geht doch inzwischen um mehr als um die Suche nach zwei Dumpfbacken, warum versteht ihr treuer Stiefellecker das nicht? Sie braucht keinen popeligen Unterhaltungsroboter. Sie braucht menschliche Roboter und Troll-Bots und bald wahrscheinlich autonome Waffensysteme.

Sobald sie an der Macht wäre, nein: sobald sie nur ein wenig mehr Macht bekäme, könnte sie die zwei abgängigen Arschlöcher eh von der Polizei oder einer eigenen Miliz suchen und einsperren respektive eliminieren lassen. Einfach so. Fingerschnippschnapp. Wer könnte sie dann noch aufhalten?

Und der Anfang ist gemacht. Jetzt stehen Kapitalvermehrung, nationale und internationale Vernetzung und die stete Demontage der Presse oben auf der Liste. Dann kommt die Regierung dran. Und dann die ganze Welt.

Die ganze verdammte Welt, samt den ganzen verdammten Idioten, die sich für was Besseres halten. Die meinten, sie seien kein Stück pervers, die meinten, ihre Scheiße würde nach Rosen duften. So wie diese verdammten englischen Saubermänner oder die prüden, amerikanischen Burgerfestischisten, ganz zu schweigen von den islamistischen Dünenbesteigern, die jegliche Lust auf Erden ablehnen.

Hilde zieht an ihrer goldenen E-Zigarette, in Form eines Zeppelins. Den hat ihr heute Morgen feierlich der Steuermann überreicht, zum Einstand. Alle haben geklatscht und gejubelt. Hilde grinst.

Sie würde die Perversität schon in sie alle hineinprügeln. Und zwar hauptsächlich digital.

Das Netz haben die Widerstandskraftler bisher ungenügend genutzt, obwohl es viele kleine, geile Tools gibt: Deepfake, Flatfake, Fakenews, Fakebook, Upfake, Fakebots, etc.

»Du musst einem Menschen nur oft genug sagen, dass er ein Arschloch ist. Irgendwann ist er eins«, zitiert sie einen von ihrem

Vater oft gesprochenen Satz. Sie gibt ihm recht; bei ihr hatte sein Training funktioniert.

Und eben aufgrund der harten Schule beim väterlichen Lehrmeister, würde das Training wieder funktionieren. Dieses Mal ihrerseits. Am Ende würden alle gleich schlecht sein.

Alle.

Nur sie noch ein bisschen schlechter.

»Auf die Knie, du elendige Maschinensau!« Ein kleiner Gummiknüppel fährt auf eine weiße Schulterplatte hinab, woraufhin weiße Roboterfüße ausgleiten und ein weißer Roboterkopf ergeben auf einen nackten Betonboden knallt. Der hohe Pfennigabsatz eines schwarz glänzenden Stiefels bohrt sich in metallisch glänzende Haut. Menschliche Haut.

Unter dem Roboterkopf stöhnt lustvoll der Mund eines menschlichen Kopfes.

Eine zweite Domina tritt hinzu. Sie hebt mit einem befederten Schlagwerk den Roboterhelm an. »Und jetzt leck unsere Stiefel, Roboterschwein.«

Der Mann zerrt sich den Helm vom Kopf und stürzt sich auf das erste Stiefelpaar, will sich hocharbeiten dürfen, währenddessen ihn das andere Paar zu mehr Leistung antritt.

Peter leckt sich die spröden Lippen, seine glänzenden Springerstiefel scharren über das nackte Linoleum. Bildschirmlicht glänzt auf seiner Haut. Seine Hand wandert auf den Oberschenkel, in Richtung seines lustvoll pochenden, zart beflaumten Lustschlagwerks. Endlich ist er fündig geworden. Zumindest in dieser Sache.

In der anderen Sache freilich …

Er beißt sich auf die Unterlippe, sieht sehnsüchtig zu, wie der Robotersklave zum Tisch umgewandelt wird.

Doch die andere Sache nagt an ihm, an seiner Ehre. Vor allem, weil er endlich, endlich schneidig wie verwegen aussehen würde, bei einer Festnahme, in seiner neuen Uniform samt Ledermantel und seit mehreren Tagen unrasiert. So aussehend, da ist er sich sicher, würde ihn nach den machtvollen Worten: »Halt Polizei!«, niemand mehr fragen, ob schon wieder Fasching sei oder, ob er so spät noch draußen sein dürfe, ohne seine Mami.

Aber: Dafür bräuchte es erst einmal eine Festnahme.

Seine Hand wandert vom Oberschenkel zurück zum Touchpad und klickt den zweiten Tab an. Das polizeiliche Fahndungssystem, in das er sich mit Vazos Hilfe eingeloggt hat, zeigt ihm stumm die Deutschlandkarte. Darauf leuchten ein paar rote Punkte. Aber das sind andere Flüchtige, Mörder,Räuber oder Betrüger, die ihn alle kein bisschen was angehen. Das sieht er an den unter der Karte eingeblendeten Fotos. Diejenigen, die ihn was angehen, für die er zuständig ist, die können überall und zugleich nirgends sein, solange sie weder DigiCash benutzen noch in einen Blitzer hineinrasen. Sie können sogar getrennt voneinander sein, sogar schon im Ausland. Egal was, wie, wo, ihm strecken sie blöde die Zunge raus, so lange sie keinen Fehler machen.

Sein Schwanz schwillt ab. Peter schüttelt den Kopf, lenkt den Cursor auf das Schließen-Kreuz des Tabs. Man kann sich ja später wieder der Verfolgung widmen. Schließlich wird er noch für andere Sachen bezahlt als die Verfolgung von zwei Gespenstern.

Werd ich hier überhaupt bezahlt?, denkt er. *Müsste ich eigentlich als baldiger Polizeiminister, Heimatminister und Staatsschutzminister in einer Person.*

Er schaut sich in dem kargen, grauen Büro um, das außer einem Schreibtisch, inklusive altem Computer und Bürostuhl nur noch einen grauen Aktenschrank an Einrichtungskunst vorweist. Na ja, noch.

Bezahlung und Büro sind zwei der Fragen hinsichtlich Hildes Zukunftsplänen, die sie ihm sicherlich heute Abend beantworten wird, wenn sie ihn in ihren Tempel Noir einlässt.

Solange sich diese Tore für ihn mindestens alle zwei Tage öffnen und er außerdem vom noch bestehenden Staat bezahlt wird, ist eh alles in Butter. Da braucht man sich keinen Kopf machen, nein, nein, da sollte man zufrieden seinen Mett-Igel essen, seine drei Orden polieren und hier im Büro darauf warten, dass man ihm erklärt, was genau eigentlich in seine Zuständigkeit fällt.

Um alles andere sollte er sich wenig kümmern, er ist unpolitisch, wie jeder anständige Polizist, und dient eben dem, der gerade am lautesten das Sagen hat. Was wiederum bald die Widerstandskraft sein wird, soweit man Hilde Glauben schenkt. Und in Sachen Glauben, ist Hilde für Peter der Heilige Poltergeist.

»Immer denkst du so viel nach, Peterchen. Immer, immer, ständig am Denken«, sagt er nachsichtig zu sich selbst und greift in seine Hose. Mit Links will er das Fahndungssystem schließen.

»Treffer«, meldet das Fahndungsprogramm mit einem schrillen Alarmton.

»Treffer«, meldet ihm Vazo via WhatsApp. »Schon gelesen, du glücklicher, kleiner Vorhautfalter?«

Unter der Deutschlandkarte erscheinen Karls Gesicht und der Roboterschädel.

Peters Hände erstarren. Ob Vazo ihn wirklich sehen kann, kratzt bloß leicht an einer Synapse, alle anderen Synapsen brüllen sich »JA! JA! JA!« zu. Er faltet beide Hände vor seinem Kinn. Die Meldung kommt von einer Tankstelle in Rheinsberg.

»Hab ich euch«, flüstert Peter. »Hat das Peterchen euch gekriegt. Ihr seid so gut wie tot.«

Vazo schreibt ihm noch eine Nachricht. Er schickt einen Daumen zurück. Vazo schickt einen Bierkrug und den Wunsch der Biermarke, die Peter ihm 24fach zusenden soll. Peter schickt einen Daumen zurück. Ein dreifacher Minister würde ja wohl die Mittel für jedes Bier auf der Welt haben, oder?

Nachdem er alle Informationen der Meldung kombiniert und analysiert hat, meldet er die Entdeckung der beiden Flüchtigen an Hilde. Da würde sie staunen! Da würde sie ihn loben! Da würde es des Nachts ordentlich nach Peitschenleder riechen!

Er beobachtet das einsame Gesendet-Häkchen. Warum liest sie die Nachricht nicht? Ah, endlich! Und gleich würde sie…

»Was ist denn jetzt los, verdammt noch mal?!«, sagen Hilde und Peter gleichzeitig in zwei verschiedene Bildschirme hinein.

Hildes Bildschirm zeigt den Online-Shop für Einweg-Plastiktüten. Dort prangt ein grüner Bezahlbutton, über dem steht: »Alle unsere Einnahmen gehen direkt nach Ihrem Einkauf an Greenpeace.« Beim Online-Shop für das Panzerabgas-Raumspray, steht der gleiche Satz, nur ist Greenpeace durch Unicef ersetzt.

Peters Bildschirm zeigt das Fahndungssystem. Statt den Fotos der Gesuchten schauen ihn hämische Schlumpfgesichter unter der Deutschlandkarte an, auf welcher statt rote Punkte, kleine rote Ärsche mit Ohren herumfahren.

Auf Peters persönlicher Porno-Seite laufen noch Filmchen, allerdings unterbrechen kurze Sequenzen, die die Herstellung von Wurstwaren zeigen, die durchaus appetitliche Darstellung einer menschlichen, an allen möglichen Öffnungen zusammenhängen Gliederkette. Und der nächste Streifen, eine anspruchsvolle Behandlung des Themas »Welche Abenteuer erleben minderjährige Asiatinnen im Schwarzwald und wie kann ihnen der Oberförster mit seiner Elefantenbüchse behilflich sein?«, wird zersetzt von Szenen, in denen neonfarbene Wildtiere durch eine digitale Landschaft tanzen und das - ihr ahnt es - Zuckerwatte essend.

Gleich darauf singt aus allen Bildschirmen im Hauptquartier Robin Gibb *I started a joke*.

Peter starrt auf seinen Bildschirm. Ohne, zu verstehen, was geschieht. Dass er hier im Hauptquartier keine Hilfe bekommt, weil er wahrscheinlich kein Einzelfall ist, versteht er allerdings. Allein, weil von Hilde keine Meldung kommt.

Schließlich nimmt er, die schöne, alte Melodei der Bee Gees summend, seine Jacke, seine Waffe, die ausgedruckte Rechnung der Tankstelle, von der die Meldung kam, und sein Portemonnaie. Seine neue QR-Dienstmarke sieht er einen Augenblick lang an, dann die Rechnung der beiden Flüchtigen, auf der unter anderem ein analoger Reiseführer für Warnemünde verzeichnet ist.

Es scheint, als brächten die neuen Zeiten, von denen die Widerstandskraft so laut spricht, wieder den Wert des Alten mit sich.

Deswegen hinterlässt er Hilde, aus einer Ahnung heraus, einen handgeschriebenen Zettel auf seiner Tastatur.

Kapitel 4

Track 17: »Tumbling down« (Steve Harley & Cockney Rebel)
Angelikas Leben – vom Tanzen und Taumeln

Um das gleich mal klarzustellen: Angelika war nie eine gewesen, die sich ehrerbietig quietschend beim Anblick einer weltlichen Devotionalie auf ein Möbelstück hatte fallen lassen, im vollen Glauben an eine schale Ankündigung wie: »Heute trinken wir mal was ganz Feines, wirst sehen, zur Feier des Tages.« Umso verwunderlicher, dass sie sich beim Zillinger ruhig verhielt, als dieser Knilch eine Flasche Sekt hervorholte, dass sie sich von dieser Flasche Sekt in Zillingers Händen und von der Ankündigung eines tollen Jobs aus Zillingers Kehle bis zur Ledercouch treiben ließ. Aber wie diese verwunderliche Lücke in Angelikas Grundfesten ausgegangen ist, wissen wir ja.

Nein, Angelika war eine bodenständige Person. Das rührte von ihrer Familie her, die seit Jahrhunderten zum Großteil im härtesten Betrieb der Welt arbeitet: im Familienbetrieb. Egal ob Schmiede, Wirtshaus, Kramerladen, Landwirtschaft, Spedition oder Lichtspielhaus, jeder Geschäftszweig dieses Stammbaums treibt seine Blüten seit jeher Kraft jener Urwurzel, Kraft jener familieninternen Hände und Schweißdrüsen. Angelika hatte zur Wirtsfamilie gehört. Wirtschaft und Landwirtschaft haben viele Gemeinsamkeiten, die dafür sorgen, dass du diese Gewerke als Familienmitglied nie abschütteln kannst. Zum Beispiel gibt es keinen Feierabend; der ewigliche Geruch, egal ob nach Eau de Schweinebraten oder Eau de Schwein, erinnert dich jede Sekunde daran, wo du herkommst und besser, wohin du schnell wieder zurückkehren solltest, schließlich gibt es einen Buckel voller Arbeit zu tun.

Wobei alle Arbeit mit jedem Jahr, das verstreicht, sich verändert. Wo früher die knarrende Wirtshaustür noch jeden Tag seufzend und schon den Durscht des Mannes (ausschließlich) ankündigend aufgedrückt hatte werden können, blieb diese Tür ab Angelikas Geburt zumindest am 24. und 25. Dezember verschlossen.

An diesen Tagen, so die junge Wirtin, kämen sowieso nur die alkoholkranken Saufaus, die vor den Spiegeln, in Form ihrer Heimstätten wie Familien, flüchteten, sowie nach einer gewissen Zeit die Frauen dieser Männer, die mit großem und lautstarken Theater die Männer nach Draußen zeterten, ohne, dass die Zeche an diesem Abend noch bezahlt würde. Freilich drückte die junge Wirtin dies anders aus, nämlich: »Da kommen eh nur die Gratler. Und verdient ist nix.«

Als der junge Wirt insistierte, verwies die junge Wirtin darauf, dass er seine unchristlichen 20 Euro ebenso an jedem anderen Tag aus armen, rauschigen Teufeln herauskarteln könne.

Die Arbeitszeiten sind also modernisiert worden, die Arbeitsgeräte ebenso.

Das Wirtshaus von Angelikas Familie ist schon immer ein sehr gutes. Die Rindsrouladen von Angelikas Mutter zum Beispiel wurden gefeiert, waren für die Verzehrer ein Gedicht voll mit 80 Strophen voller lukullischen Poesie. Bis von München her reservierte man diese Rouladen. Teilweise reservierte man bereits die nächsten Rouladen in 13 Tagen, gleich nach dem Verzehr der Rouladen am Abend zuvor.

Da können leider alle anderen Rouladen diese Welt bloß kümmerlich und sich bei jedem Bissen entschuldigend hinterher kriechen. Allerdings haben die Rouladen von Angelikas ältestem Neffen, glaubt man den Essperten, das Zeug dazu, die Mutter-Rouladen in den Schatten zu stellen. Tja, so bekommt jeder, der ihn braucht, seinen entsprechenden Orden.

In dem Maße, in dem sich Arbeitszeit und Arbeitsgeräte modernisiert hatten und haben, hatten und haben sich die Arbeitszustände zum Großteil in der Familie gehalten.

Jedes Jahr stehen die gleichen Gästetsunamis an, welche die Familie immer gleich überrascht empfängt, obwohl alles bestellt und vorbereitet ist, und weswegen sich alle überall in die Haare kriegen.

Jeden Tag haben Gäste nach dem Studium der Speisekarte den Wunsch nach einem Gericht, das eben nicht auf dieser Karte steht, nie darauf stand, darauf beharrend, das Gericht habe schon immer auf der Karte gestanden.

Jeden Tag, um es mit den Dichtern zu sagen, jeden Tag steht ein Blöder auf und in der Nacht legen sich zwei ins Bett und machen einen Dritten.

Die immerwährende, unveränderliche, beständige Gesamtheit, sprich Familie und Betrieb, hält jedoch jedem Wind der Widrigkeiten stand, steht höher als die aktuelle, veränderliche, unstete Befindlichkeit eines Einzelnen.

Nun gibt es in jedem Gesamten einen oder mehrere Ausreißer, der beziehungsweise die sich vom Großteil verabschieden, den Reisehut schwenkend.

Dazu hatte Angelika gehört.

Eine Großnichte von ihr, Natti, gehört ebenfalls dazu. Sie ist eh nie ein Familienmensch gewesen, mied das Wirtshaus samt jedem Familienfest, außer beim schlimmsten Hunger oder wenn sich nun so gar kein Notfall in der Familie ihres aktuellen Kerls oder ihrer Arbeit finden ließ.

Um es kurz zu machen: Natti hat sich vor einem Jahrzehnt verabschiedet, mal hierhin, mal dorthin, mal Gummibärchenvertrieb, mal Versicherungen, immer nebenbei eigene Geschäftsideen hegend, deren Größe Natti zwar behauptete, die jedoch stets von der Familie angezweifelt wurde. Denn wie groß kann die Idee eines Menschens sein, der sich Kaffee auf die Bluse aus dem Ramschregal schüttet, wenn der jeweilige Chef am Büro vorbeigeht. Nun kam hinzu, dass Nattis Ideen stets genauso illegal wie ruinös waren; nach jeder großen Idee meldete sie sich bei der einen oder anderen Großmutter, heulend wie ein englischer Schlosshund und voll wie dessen Herrin samt Equipage.

Seit gut drei Jahren meldet sich Natti jedoch bei keinem mehr. Gefängnis, vermutet man, oder Friedhof. Was für die Familie keinen Verlust darstellt. Es gibt in ihr viele Söhne, die wiederum Töchter von Müttern gefunden haben, wo beiderseits sowohl der Wert eines Erbteils erkannt wird als auch die Bereitschaft vorhanden ist, für eben jenen ein paar Gläser zu spülen, Teile von Tieren in der Pfanne zu wenden oder alte Männer vom Klo zurückzubegleiten.

Aber wir sind ja eigentlich bei Angelika.

Nachdem sie ihren Reisehut geschwungen hatte, obendrein eine Ausbildung zu einem beliebigen bürgerlichen Beruf der damals noch mittleren Schicht in der Tasche, war sie ihrem Instinkt folgend in einer großen Stadt gelandet, bei Künstlern und Gauklern. Wobei Angelikas Herz bald bei Gaukelei, insbesondere bei Feuer-Gaukelei, schneller schlug.

Die Gaukelei war übrigens nicht der Grund gewesen, weshalb man kurz überlegt hatte, Angelika von Familienfeierlichkeiten auszuschließen. Aber: hatte denn das Kind wirklich unbedingt Vegetarier werden müssen?

Die Zeit heilt allen Zunder.

Die Familie lernte schließlich Angelikas Beruf sowie ihre von Beziehungen unterbrochene Ehelosigkeit zu akzeptieren; Angelika lernte, wie man in Folge einer Feuergaukelei zwei Koteletts plus zwei Portionen Pommes zubereiten konnte.

Ihren Karl wiederum lernte Angelika kennen, weil dieser sein Tagwerk missmutig als Berichterstatter eines jährlichen Festivals in der großen Stadt verrichtete.

Lieben lernte sie ihn, weil er sich so lange am Rand ihrer Stage herumdrückte, bis der letzte Poi, das letzte Scheit erlosch, um noch ein Interview zu erbitten, obwohl er sichtlich angestrengt der Erschöpfung widerstand, und trotz des ersichtlichen Grunds für die Interviewanfrage, keine plumpen Annäherungsversuche machte, sondern bloß sagte:

»Also. Dann. Der Bericht kommt wahrscheinlich übermorgen. Oder morgen. Wenn er dir gefällt, kannst dich ja melden.«

Sie meldete sich.

Und Amor meldete drei Tage darauf einen neuen Volltreffer.

Ihr Karl konnte übrigens bei seinen vier bis fünf Gelegenheiten als Gastgeber für Angelikas Eltern selbstverständlich kein Feuerwerk der Begeisterung auslösen, was die Verpflegung anbelangt.

Er hantiert ausschließlich im Bereich Schinken: Schinkenbrot, Toast Hawaii, Schinken-Käse-Röllchen, gekochter Schinken, Spargel aus dem Glas umhüllt von Schinken, Schinken-Käse—Igel (auf Partys) und auf Wunsch (zum Beispiel an Weihnachten) Schinken-Nudeln mit Mandel-Stückchen plus Rosinen. auf Wunsch

So etwas war für Angelika zu seinem Glück nie wichtig gewesen. Zu seinem Unglück jedoch hat Karl im Lauf der Jahre vergessen, was ihr allzeit wichtig gewesen war: Tanzen und Taumeln, Sinn und Unsinn, Liebe und Leben.

Niemand, hört ihr, niemand, fühlt sich gern als Selbstverständlichkeit. Niemand fühlt sich gern als eine Art Möbelstück, das sich über die Jahre so perfekt in die restliche Inneneinrichtung eingefügt hat, dass es schier übersehen wird. Jeder geht irgendwann, infolge solcher Gefühle, sonst stirbt früher oder später ein Teil seiner selbst ab - wonach man sich anhören darf, dass man früher anders gewesen sei, lebendiger.

LOL. Um das einmal zu sagen.

Angelika ging.

Aber nicht, weil sie wollte. Sondern, weil sie musste, um sich am Leben zu halten.

Warum Angelika vom Ferienpark aus nach Berlin gegangen war, statt zu ihrer Familie? Warum sie ihren Nachnamen falsch angegeben und dafür extra einen falschen Personalausweis organisiert hatte?

Wisst ihr, aufrichtiger Trotz ist der letzte Knopf am Gewand einer armen Frau.

Deswegen ließ sie sich unter anderem vom Zillinger auch nur bis zur Couch treiben, keinen Millimeter weiter.

Ein anderer, das sei noch erwähnt, aus Angelikas großer Betriebsfamilie hat sich ebenfalls vom Gesamten abgespalten. Ein Großcousin Angelikas. Dieser arbeitet aktuell als Programmierer auf dem Gebiet KI.

#funfact

Track 18: »Come to the Water« (Live)
01.06.2026

Die Sonne breitet ihr warmes Festgewand über Meer und Strand aus. Sogar die höhnisch kreischenden Möwen, die alles lächerlich finden, umhüllt die geduldige Sonne.

Drei Sekunden später schlüpfen zwei Gestalten am Strand, vor denen ein dünner Rauchfaden aufsteigt, unter das strahlende Kleid der Sonne.

Muckl blickt in die Sonne, blickt bis zu den Explosionen auf deren Oberfläche. Er betrachtet den Planeten auf eine ganz pragmatische Art, ihm fehlt (noch) das Romantische in seiner Betrachtung, das der Mensch einfach so im Herzen trägt – außer natürlich er ist total emotional abgeranzt. Wo beim Homo sapiens vielleicht die Romantik sitzen mag, sitzt bei Muckl dafür ein tippitoppi Wärmespeicher, der dem frierenden Menschen fehlt, im konkreten Präsensfall dem zitternden Karl. Muckl wägt beides gegeneinander ab, Wärmespeicher vs. Romantik. Er findet es erstaunlich, dass der Mensch sich gegen die anderen Tierarten durchgesetzt hat, in Anbetracht dessen, dass er gern seine natürlichen Instinkte so lange hinter romantischen Gefühlen zurückstellt, dass er Hunger und Kälte leugnet, bis es wirklich ums nackte Überleben geht.

Karl hat sich die ganze Nacht hindurch einer Decke verweigert. Man müsse das hier schon aushalten, murrte er knapp, wenn man es ordentlich machen wolle.

Muckl widersprach, dass er nirgends im Netz eine Anleitung finden könne, wie das hier ordentlich gemacht werden müsse.

So was stehe eben in keinem Netz, so was stehe nur im Herzen, erwiderte Karl.

Edel, hat Muckl danach gelesen, fühlt sich dann der Mensch. Edel und erhaben. Nun, edel und erhaben sieht Karl aktuell nicht gerade aus. Zähneklappernd, die Arme um die dünnen Beine geschlungen, in den Armen die Urne haltend. In Karls verwildertem Bart hängt obendrein ein Stückchen Schmelzkäse. Der Käse stammt aus einem der Brote, die sie als Proviant an der Tanke gekauft haben, per DigiCash. Weil es auf den letzten Metern egal sei, so Karl.

Deshalb hat er auch die Solarbatterie für Muckl, den Reiseführer »Warnemünde und Umgebung - das Paradies vor der Haustür« samt den Deutschlandstraßenatlas via DigiCash bezahlt. Muckl hat ihm zu den letzten beiden Einkäufen geraten, unter dem Vorwand, dass das Netz in dieser Region sehr schlecht sei. In Wahrheit hat er gewusst, dass die GPS-Navis ausfallen. Kein Kunststück, schließlich lässt er selber sie ausfallen. Erst nur stundenweise, aber bald …

Karls Zähne klappern. Er wendet sich geschlossenen Auges der Sonne zu, wohlig brummend.

Muckl hofft, trotz der gegenteiligen Analysen, dass die Sonne seinen Freund schneller wärmt als alles andere hier. Allein, weil er seine Hilfe braucht. Er stellt die Solarbatterie auf und schließt sich daran an.

Gut, dass er sich noch an der Tankstelle angeschlossen hat, alle Akkus plus Reserven aufgeladen hat, während Karl einen Kaffee trank. Die nächtliche Störaktion hat viel Strom verbraucht. Seine Aufladung hat zudem das Bezahlsystem der Tankstelle abstürzen lassen.

Muckl empfindet ein warmes Britzeln beim Gedanken an die freudigen Leute, die ohne einen Cent zu blechen von der Tankstelle verdufteten.

Die Sonne scheint stetig intensiver. Endlich entspannt sich Karls Körper, erinnert Karls Geist wohl an die Grundbedürfnisse, da Karls Hand eins der letzten Brote zu seinem Mund führt. Die Urne hält Karl weiterhin zwischen seinen Beinen.

Sie ist bereits leer.

»Geli ist ein Nachtmensch gewesen, also wird sie auch in der Nacht bestattet«, sagte Karl nach seinem dritten Bier. Storchenbeinig stelzte er zu den Wellen hin. Während er seine Angelika auf die ewige Reise schickte, sang er leise »Come to the water«.

Muckl hielt sich zurück. Dachte lieber über seinen Plan nach, bestätigt von der Geschichte Angelikas, von der unmenschlichen Behandlung durch ein menschgemachtes System.

»Es ist gut so«, nuschelt Karl durch sein Brot. »Weil ein letzter Wille eben ein letzter Wille ist. Und ein Landwurm ist eben was anderes als ein Meerwurm.«

»Ja«, sagt Muckl.

Eine Möwe lacht ihn kreischend aus. Was weiß der Mensch schon von Würmern, Wasser und Wind?

»Es bleibt nichts von uns. Gar nichts. Außer man hinterlässt etwas Dauerhaftes.«

Muckl nickt. »Ja. Nachhaltigkeit.«

»Ja«, sagt Karl in die mächtige Brandung der Wellen hinein.

Das Meer zeigt ihnen, was es von ihren flüchtigen Worten hält: Das ist doch keine Nachhaltigkeit - DAS ist Nachhaltigkeit.

»Irgendwann sind wir alle tot«, sagt Muckl. Karl nickt. »Und so ist es wahrscheinlich besser für euch beide.«

Zwei Möwen fliegen kreischend aufeinander zu, verheddern sich kurz. Sie beschimpfen einander, bis sie eine andere Möwe sehen, die etwas im Schnabel trägt. Sofort verfolgen die zwei Streitmöwen die Beutemöwe in schönstem Synchronflug.

»Höchstwahrscheinlich sogar. Ich habe nachgerechnet«, sagt Muckl. »Zu 99 Prozent hätte sie inzwischen an einer schwer heilbaren psychischen Störung gelitten. Um seine solche zu heilen, fehlen dir angeborene sowie erlernte Fähigkeiten. Und wenn sie für dich wiederum ihr altes Leben aufgegeben hätte, um an deiner Seite ein neues Leben zu beginnen, wäre das nur eine Bestätigung dieser Störung gewesen. Diese Störung wäre außerdem noch verschlimmert worden, durch ein zielloses, unstetes Leben, das die Verliebtheit anfangs mit sich bringt.«

»Na, na«, raunzt Karl. »Ich hätte ihr schon Sicherheit bieten können.

»Als Gesuchter.«

Karl brummt.

»Ohne feste Wohnstatt, ohne festen Beruf.«

»Das hätte man sich ja alles besorgen können.« Karl streicht über die Urne. »Nein. Du hast schon recht.« Er seufzt. »Sie hat immer eine Schwäche für das Abenteuer gehabt. Hat erst mal gemacht und danach nachgedacht, ob ihr das so gefällt.«

Muckl wackelt mit dem Kopf. Ein entscheidender Punkt ist gekommen, jedes Wort zählt. »Niemand ist ohne Schwachpunkt. Sogar wir haben einen.« Er deutet hinter sich und öffnet seine Schulterplatte. »Sogar ich, guck: rechte Schulter oben.«

»Wie Siegfried«, sagt Karl.

»Wie auch immer«, sagt Muckl. »Man muss Kiwisaft reinschütten. Das zerstört unser System.«

Die Brandung grollt glitzernd unter der warmen Sonne.

»Irgendwann sind wir alle tot«, sagt Karl.

»Irgendwann sind wir alle tot«, sagt Muckl.

»Ihr seid tot«, sagt eine Stimme hinter ihnen.

Track 19: »Mutter« (Rammstein)
Hildes Leben – Niemand ist {...} ein Monster

Während die Widerstandskraft etwas kraftlos im Hauptquartier herumhängt, die Hände ringend und hilflos fluchend, muss noch von Hildes Leben erzählt werden. Die Sachen, die man nur unter Einfluss von Rauschmitteln unter vier Augen erzählt, weil man sie einmal im Leben erzählen muss, um sie danach leichter als Rattenschwanz hinter sich her durchs Leben zu ziehen.

Es heißt: »Niemand ist von Grund und Klein auf ein Monster.« Bei manchen bin ich mir da unsicher, bei Hilde allerdings kann ich das bestätigen. Sie ist in einem Umfeld aufgewachsen, in dem sich Einfachheit und Schwierigkeit stets die Waage gehalten haben. Wobei sich Einfachheit in diesem Fall bloß auf die Wohn- wie Lebensverhältnisse bezieht; die Familie lebte auf einem Bauernhof, circa neun Kilometer vom nächsten Dorf und zu dem Zeitpunkt, da wir durchs Bauernhausfenster blicken, circa vier Jahre vom Anschluss an das Telefonnetz entfernt.

Die Familie bestand damals aus Vater, sechs Kindern und einer toten Mutter. Hilde ist die Älteste gewesen und somit ab dem

Leichenschmaus der Mutterersatz. Vor allem für das jüngste Geschwisterchen, ein Mädchen, nur ein paar Wochen alt und der Grund, warum die Mutter gestorben war.

Zumindest in den Augen der Familie.

Denn natürlich war die gute Frau angesichts der zahlreichen Geburten, denen nicht selten erzwungener Beischlaf vorangegangen war, gestorben. Zusammen mit zu harter Arbeit und einem insgesamt zu kargen Leben eine tödliche Kombination.

Bald schon verlor die Welt um Hilde ihre bunten Farben, bestand nur mehr aus dunklem Holz, dunklen Töpfen und dem Dunkel ihres Zimmers, wenn sie für ein paar Stunden in den Schlaf gleiten durfte. Alle Wohlgerüche wie Flieder oder gekochte Kartoffeln, überdeckte der Geruch von Kinderkot. Alles, was sie noch schmeckte, waren ihre salzigen Tränen.

Der Vater hatte sie ebenfalls als Mutterersatz angesehen, was bedeutet, dass er sie ein paar Monate nach der Beerdigung seiner Frau zu schlagen begann. Warum erst nach ein paar Monaten? Davor sah er wohl einfach nichts durch seine versoffenen Augen.

Freilich beinhalteten die Pflichten der Mutter gegenüber dem Vater mehr, als „nur" den Körper für Schläge hinzuhalten.

An diesem Abend hat Hilde aufgehört zu weinen.

Am nächsten Tag, fast ein Jahr nach dem Tod der Mutter, hat sie aufgehört, Teil der Familie zu sein.

»Wenn du einmal was brauchst, dann rühr dich, gell«, hatte ihre Tante Edelgund während des Leichenschmauses zu ihr gesagt. Edelgund, die zumindest in einer Kleinstadt gewohnt, die einen Weltkrieg samt Nachwirren samt kriegsversehrten Ehemann mitgemacht hatte und deshalb nur ein tiefes Seufzen bei der Begrüßung kundtat, als Hilde mit einem Koffer vor ihrer Tür stand.

Edelgund, Zeit ihres Lebens eine soziale Supermacht, brachte die 16-jährige Hilde in einem Pflegeheim als Küchenhilfe unter. Schnell merkte man dort, dass Hilde aufgrund jahrelanger Übung in der Fürsorge und Pflege ihrer jüngeren Geschwister sowie ihrer devoten Duldsamkeit eine perfekte Mitarbeiterin in der Pflege abgeben würde. Denn dort sind insbesondere diejenigen gern gesehen, die ihre Arbeit, wie unzumutbar sie auch sein mag, ohne großes Murren ertragen.

Von der Pflegekraft stieg sie, ohne zu jammern, zur Abteilungsleiterin auf. Noch immer ohne zu jammern, wechselte sie nach einem kleinen Pflegeskandal (Darmriss, unbehandelt weil unentdeckt) in ein größeres Heim, wo sie nach ein paar Jahren zur stellvertretenden Heimleiterin berufen wurde. Im Gegensatz zur Leitung dort, überstand Hilde wieder alle Skandale sowie Unstimmigkeiten mit dem Stiftungsvorstand, was sie zur neuen Heimleitung machte, die zuallererst in Sachen überzogene Gehälter aufräumte.

Die Pandemie wiederum hat bekanntlich bezüglich der Anzahl der Pflegebedürften und -einrichtungen aufgeräumt, weswegen Hilde schließlich jenes Heim übernommen hat, in dem sich Karl und Muckl gefunden haben.

Neben ihrem Beruf führte sie ein bescheidenes Leben, das vor allem aus wechselnden Männerbekanntschaften bestand, die sie abwechslungsreich in die Welt der schmerzhaften Liebe entführte. Katheter zu legen, hat sie nicht nur fürs Heim gelernt.

All die Wirren der Jahre, global wie national, alle Atomkatastrophen, alle Finanzkrisen, Kriege, Skandale, etc., haben Hilde vor allem zwei Dinge gelehrt:

1. »Lass dich nicht erwischen.«
2. »Schwäche tötet.«

Die Faszination gegenüber Uniformen und Widerstandskräften liegt wohl in 2. begründet, wiewohl in den gemütlichen Sonntagen, da Edelgund ihr alte Familienalben gezeigt hat.

Hilde mochte die schneidigen, ordensbehängten Uniformendieser unerschrockenen Kerle, die keine schwachen Suffköpfe gewesen waren. Die für den Umsturz statt für den Blutsturz gestorben waren, die sich fürs Vaterland von entarteten Kugeln zersieben hatten lassen.

Und dann die Mütter! Kräftig, blond, hatten sie sich in den Dienst der Sache gestellt, hatten sich gebärend gegen die Verweichlichung der Welt gewehrt, wofür sie sogar entlohnt worden waren, ebenfalls mit Orden!

Das Projekt Lebensborn stellt Hilde sich immer noch als romantisches Paradies vor, in dem hauptsächlich Mütter die Kinder durch Zucht, Ordnung, Zucht und freilich auch Ammenmärchenmilch aufgezogen hatten, zu guten, ordentlichen Subjekten, zu Volkskörpern. Die Männer wiederum waren ausschließlich zum Besamen vorbeigekommen. Was in Hildes Augen zusammen mit ein paar gelegten Kathetern und verabreichten Hieben absolut genügt.

Sie hätte gern ein Kind oder mehrere geboren.

Leider hat ihr Vater unter anderem diese natürliche Fähigkeit aus ihr herausgetreten.

Hilde ist also von Grund und Klein auf kein Monster gewesen. Sie ist ob der Umstände eines geworden. Aber, sie ist ohne Not ein Monster geblieben, ohne sich ob anderer Umstände wieder in einen Menschen zu verwandeln.

Stattdessen hat sich das Monster aus seiner Komfortzone der frühen Qualen befreit, um jetzt seinen Rache- und Machthunger an der Menschheit zu stillen.

Was aus ihrer Familie geworden ist? Edelgund war friedlich, umringt von ihrer Skatrunde, entschlafen. Dass anstelle eines sauberen Blatts ihr Kopf auf den Tisch geknallt war, hatte für ein großes Hallo gesorgt.

Hildes Pflege gegenüber Edelgund in eben jenem Heim, knallte Hilde ein sauberes Sümmchen aufs Konto.

Ansonsten ist Hildes Informationslage bezüglich der Familie dürftig, besteht hauptsächlich aus Sterbebildern, die ihr im Lauf der Jahre geschickt worden sind.

Hochzeits- oder Kinderfotos hat sie nie bekommen.

Track 20: »Wild Horses« (The Rolling Stones)
01.06.2026

»Ihr seid tot.«

Karl und Muckl fahren herum.

Vor ihnen steht ein Mann, auf dessen entschlossenem, kindlichem Gesicht ganze drei Barthaare wachsen. Er trägt eine Art Faschings-Militäruniform und einen Kunstledermantel, unter dem er sichtlich transpiriert. Er richtet eine Waffe auf sie.

»Wer ist denn jetzt er?«, fragt Karl.

Der Mann öffnet den Mund.

»Peter«, kommt ihm Muckl zuvor.

»Ja, da schau her! Das Hundi von der Hilde!« Karl unterdrückt ein Kichern. »Darfst du ganz allein draußen rumspazieren? Wo ist denn dein Frauchen?«

»Die Waffe ist echt«, warnt ihn Muckl.

»Verlobter«, ruft Peter mit überschlagender Stimme. »Ich bin ihr Verlobter! Nach der Machtergreifung wollen wir heiraten! Das hat sie mir versprochen!«

Karl, hin und hergerissen, zwischen Kälte- und Hitzeschauer, zwischen dem Drang zu flüchten und dem zu lachen, sagt: »Ja, ja. Jetzt leg erst mal das Ding da weg. Dann können wir über alles reden.«

Peter zielt auf ihn. »Niemals. Ich sag euch, wie das läuft: Ihr steigt jetzt in meine Karre und dann fahr ich euch zur Mutter. Und da werdet ihr euer blaues Wunder erleben!«

»Nein.« Muckl steht auf.

»Hey, hey, mach keinen Scheiß«, raunzt Karl. Er greift nach Muckls kleinem Arm, der schüttelt ihn ab.

Peter zielt auf Muckl, kindlich böse lachend. »Was wollt ihr denn dagegen machen? Willst du mir was vortanzen? Oder willst du mich überreden? Mir erklären, dass ihr die Guten seid? Meine Schwachpunkte suchen? Mich umdrehen?«

»Nein.« Muckl feuert fünf Raketen auf Peter ab. »Umbringen.«

Peter springt zurück und schießt. Leider auf die Rakete, die ihm am nächsten ist. Die Rakete explodiert auf Höhe seines Halses, reißt den Großteil seiner Kehle und seines unbehaarten Gesichts weg. Die anderen vier Raketen treffen ihn in Brust und Gliedmaßen. Seine Fantasieuniform schwelt. Peter schreit nicht. Er fällt in einer kunstvollen Fontäne aus Blut einfach um, eine Art hohes C gurgelnd.

Die Luft riecht nach nackter Angst und verbranntem Gewebe. Karl würgt.

Muckl ist sofort über Peter, zerschmettert seinen Schädel mit einem Schlag. Blut regnet auf weißes Plastik herab und tränkt den Sand. Möwen kreischen begierig. Muckl springt weg und sprüht eine Flüssigkeit auf Peter, die das Feuer erst richtig entzündet. Die Flammen trocknen den Blutquell sofort aus.

Ohne weiteres Mäh und Weh verbrennt er, der Peter, der dreifache Minister, in hellen, fröhlichen Flammen.

Karl starrt. Metallischer Brandgeruch macht ihn schwindlig. Er öffnet und schließt seinen Mund wieder, wendet sich entsetzt keuchend Muckl zu, bringt nur Gequetschtes heraus, unverständlich für ihn selbst.

Langsam kommt Muckl auf ihn zu. Rote Schlieren des Grauens überziehen ihn. Als Karl zurückzuckt, bleibt er stehen.

Bedächtig sagt Muckl: »Erstens: was hättest du tun wollen? Ihn überreden, ihn überzeugen, dass wir die Guten sind? Er hätte uns erschossen oder zu einem Standgericht gebracht. Wenn nicht heute, weil ich ihn nur niedergeschlagen hätte, dann ein anderes Mal. Das war eine klare Abwägung meinerseits. Verstehst du das?«

Karl starrt ihn an. *Er kann Fragen richtig fragen. Wann zum Teufel hat er das schon wieder gelernt?*, denkt er langsam.

»Und zweitens«, fährt Muckl fort, ohne Karls Antwort abzuwarten, »verstehst du jetzt vielleicht, warum man uns noch kontrolliert. Ich habe es dir gesagt: Ein Kind kann keinen Menschen mit körpereigenen Raketen töten.«

Dieses Gesicht, das ihm ewig lächelnd tagelang ein Freund gewesen ist und ihm gleichzeitig gerade völlig logisch einen Mord erklärt, empfindet Karl plötzlich als unerträglich. Er will diese kleine Gestalt, die so viele Menschen zu einem »Oooch, süüüß!« verführt, er will sie nicht mehr sehen, will weg von diesem mörderischen Ding, das ihm nun ein schmerzhaft brennendes Grausen durch den Leib treibt.

Es riecht wieder nach Angst. Nach seiner eigenen.

Karl rappelt sich taumelnd auf. Er schaut Muckl noch einmal lange an. Dann wendet er sich ab, von der blutüberzogenen Gestalt, die ewig lächelnd vor der ausbrennenden Peterfackel steht. Er wendet sich ab und geht in die andere Richtung am Meer entlang davon.

Das zornige Rauschen der Wellen wiewohl das begeisterte Kreischen der Hohnvögel verschlucken Muckls Worte, die er gar nicht sagt.

Die nächsten Stunden verwendet Karl konzentriert auf Psychohygiene, die da besteht aus Trinken, Rauchen, Wandern. Beim unzähligsten Herrengedeck sagt Gelis Stimme:

»Willst du nicht mal was essen?«

Karl lacht leise. »Als ob es in dieser Bude hier was gäbe.«

»Buletten. Und Soleier«, sagt Geli schlicht.

»Die mochtest du gern. Soleier. Brrr.« Karl schüttelt sich.

»Wat is?«, ruft der Wirt von der Bar her. »Soleier willste?«

Schnell winkt Karl ab. »Die Rechnung, bitte!«

»Sehr gescheit. Gescheiter Karl, so kenn ich dich. Am Strand können wir ungestörter reden. Wäre ja himmelschreiend schad, wenn dich jetzt noch die Truppe mit den Schmetterlingsnetzen einfangen tät.«

Karl lächelt breit. Das tut fast weh.

Die wenigen Leute, die an Karl vorbeigehen, sind viel zu sehr auf sich fokussiert, als dass sie die lauten, gestisch stark unterfütterten Selbstgespräche registrieren könnten.

Außerdem könnte er ja auch via BlueEye videotelefonieren.

Tatsächlich lässt er sich von Geli die Leviten lesen, lässt sich erklären, dass er bitt' schön aufhören soll ein übermoralischer, kleingeistiger Hosenpiesler zu sein.

Er solle sich lieber an damals erinnern, als der blöde Oberzierler Herbert ihr an den Busen hingelangt hat, da habe doch der Karl dem Oberzierler auch kein nettes Gespräch unterm Lindenbaum angeboten, um alles zu klären!

»Stattdessen hast Du ihm eins aufs Häubchen gegeben, dass sich seine Nachkommenschaft noch in der fünften Generation im Kreis drehen wird!«

Sie lachen zusammen.

»Und schau: Bloß, weil du dem Oberzierler Herbert zurecht eine betoniert hast, bist du noch lang kein Schläger geworden. Im Gegenteil, du hast dich aus sowas immer rausgehalten.«

Karl seufzt.

»Du hast nur beschützt, was dir wichtig ist. Genau wie der Muckl.«

»Schon.« Er wirft einen glatten, kalten Stein ins Meer. »Aber ich hab halt kein eingebautes Waffenarsenal!«

Geli zischt abfällig. »Du verstehst es nicht. Oder du willst es einfach nicht verstehen. Wie damals die Regeln vom Scrabble! Jetzt pass mal auf: Es ist scheißegal, welche Waffen jemand hat. Es kommt auf dessen Charakter, auf dessen Seele an, ob diese Waffen gefährlich sind. Einer wie der Ghandi könnte drei Millionen Atomsprengköpfe haben und trotzdem müsste niemand Angst haben.«

»Außer, der Oberzierler Herbert langt seiner Braut an den Busen.« Karl zwinkert Geli zu.

»Depp.« Sie zwinkert zurück. »Aber jetzt hast du's endlich, glaub ich. Mein gescheiter Karl. Immer gescheit.«

»Schön, dass du da warst, Geli.«

»Ich werd noch ein bisschen länger da sein. Nur ohne Anfassen eben. Quasi, wie in einer langen Beziehung.«

Die Wellen branden heran.

Geli kichert.

Die Wellen ziehen sich zurück.

Und Geli ist weg.

»Eine Bulette und drei Soleier«, bestellt Karl in der von ihm unlängst frequentierten Bar. In der Geli-Bar, wie er sie nennt.

Der Wirt packt ihm gutgelaunt alles in eine Tüte. »Wusst ich, wusst ich, dassde wieder anlatschst. Alle latschen wieder an. Besonders, wenn meine Perle hier ein' uff Marylin macht, du! Dat musste sehn. Heut, um sieben, kannste wieder anlatsch'n.«

Karl nickt, bezahlt per DigiCash.

Um sieben. Er hat ja weiter nichts vor. Was Muckl vorhat, weiß der Geier, kann sich keiner ausmalen, ob der kurzen Nachricht, die nach dem Geli-Gespräch auf seiner iLifeClock erschien: »Komm bitte zum Leuchtturm. Zum roten. Ich brauche dich noch ein Mal. Für etwas Gutes.«

»Na denn!« Der Wirt stellt vor sich und Karl einen Kurzen hin. »Auf die Freundschaft!«

»Heissa!« Karl schüttelt sich, als das Küstengold sein Innerstes mit glänzendem Feuer ausfüllt, dabei fällt ihm ein Regal mit kleinen Leuchttürmen auf. »Da nehm ich auch zwei. Einen grünen und einen roten.«

Das rot-weiße »Molenfeuer« erinnert Karl unangenehm daran, was passiert ist, schiebt ihm für eine Sekunde das Bild des blutschlierigen Muckl ins Hirn.

Muckl steht vor dem Turm, seinerseits wieder leuchtend weiß, ohne eine Spur Blut. Hinter ihm liegt ein langes, dickes Kabel, dessen eines Ende durch die Tür ins Innere des Turms führt.

»Du bist gekommen. Das ist schön. Und auch notwendig«, sagt Muckl.

»Ja… Ich hab nachgedacht und …« Karl sieht zu Boden, sucht auf dem Beton Worte, die leicht gesagt werden können.

»Schon gut.« Muckl hebt die Hände. »Wir haben wenig Zeit, du kannst mir das alles später erklären. Bevor ich dir meine Bitte erläutere, versichere ich dir, dass der Widersacher Peter ordentlich bestattet ist. Von mir.«

Karl schaut ihn überrascht an. Daran hat er noch keinen Gedanken verschwendet.

»Ich habe zwar keine vergleichbare Handlung hinsichtlich der Kriege und Auseinandersetzungen zwischen Menschen recherchieren können, allerdings erschien es mir angemessen. Außerdem muss ich ja nicht alles so machen wie ihr. Ich habe die Reste von dem Widersacher Peter im Sand vergraben. Das war sehr leicht. Von ihm war wenig übrig, denn Fleisch und Knochen sind sehr gründlich…«

Jetzt hebt Karl die Hände. »Stopp. Bitte. Keine Details. Du hättest ihn übrigens auch einfach ins Meer werfen können. Also, die Reste.«

»Das erscheint mir unangemessen. Im Meer ruht deine Angelika. Diese Ruhestätte würde der Widersacher Peter entweihen.«

Karls aufsteigende Rührung wird von einem Gedankenblitz zerschlagen: »Geli! Himmmelherrgott! Wo ist die Urne? Von der Geli? Die Urne!«

»Im Auto. Auf dem Rücksitz. Bereits angeschnallt.«

Karl starrt ihn an, schnaubt ein Lachen. »Vielleicht solltest du künftig Trauerbegleitung anbieten.«

Muckl hebt wieder die Hände. »Wegen der Mutter brauchen wir uns wohl ebenfalls keine Sorgen mehr zu machen. Ich glaube, dass Peter auf eigene Faust gehandelt hat. Und ich kann mir vorstellen, dass sie gerade genug zu regeln hat.«

Sie starren zum Strand hinüber. Karl glaubt, einen dunklen Fleck zu erkennen. Über dem Punkt kreisen Möwen, kreischen ihre wilde Lust an der Jagd hinaus.

»Ja. So kann es gehen, wenn einer, der das Selberdenken nie gelernt hat, meint, auf einmal eine Idee haben zu müssen. - Apropos: Was hast du eigentlich vor?«

Muckl nimmt das schwarze Kabelende neben seinen Füßen, öffnet eine Luke in seiner Brust und steckt das Kabel dort an.

Nicht gut, gar nicht gut! Karl reißt die Augen auf.

»Ich habe meine Nachhaltigkeit gefunden. Ich habe während unserer Totenwache in der Nacht einen Virus in das Internet eingespeist, quasi in den Kern des Netzes. Nun werde ich durch den Anschluss an den Leuchtturm einen Kurzschluss erzeugen, der das Stromnetz für ein paar Minuten ausschaltet. Wenn das Netz wieder hochfährt, verbreitet sich der Virus sofort im globalen Netz, da die Firewalls 46 Sekunden benötigen, um hochzufahren. Das heißt in Folge: Amazon, Sprach-KI zur Überwachung, Online-Games, soziale Medien - alles, was den Menschen von der Benutzung seines Gehirns und seiner Moral abhält, das ihm seine Menschlichkeit nimmt, wird einfach implodieren. Und so werde ich die Befreiung der Menschen von der Geißel der Totalverblödung befreien.«

»Ja«, sagt Karl. »Okay. Das... hört sich doch gut an. Aber, wofür brauchst du mich?«

»Ich wollte dich davor lediglich darüber informieren, dass die Rückkopplung des Starkstroms wahrscheinlich zu stark für mein System sein wird.«

»NEIN!« Er macht einen Schritt auf Muckl zu.

»Stopp!« Muckl piepst scharf. »Sonst …«

»Nein!« Karl schaut sich panisch um, weiß nicht, was zu tun ist, weiß nicht, was das »Sonst« heißt, aber es klingt bedrohlich. Lieber Zeit schinden! »Du … du kannst dich doch nicht selbst opfern, für diese elendige Menschheit! Für uns charakterlose Zellhaufen. Du bist doch nicht Jesus, verdammt noch mal!«

Muckl lacht. »Das gefällt mir. Muckl, das E-Lamm des Nerds, das die Abgründe der Netzwelt hinwegnimmt.«

Karl beginnt zu schwitzen und zudem macht sich ein ungeheurer Druck in seiner Blase bemerkbar. *Das ganze Bier vorhin! Mist!* Und hier schnell den Leuchtturm noch mal zu taufen oder das Meer aufzufüllen ist ihm unmöglich, weil er noch nie vor anderen pinkeln konnte. Weit und breit ist zwar nur Muckl, allerdings reicht das. »Aber … aber sie werden alles wieder aufbauen! Verstehst du das nicht? Es ist sinnlos!«

»Nein, dies ist der Sinn meines Daseins. Ich habe herausgefunden, dass mein Entwickler mir absichtlich einen Fehler einprogrammiert hat, damit ich … anders werde. Damit ich so werde und das hier tue. Verstehst du: Erst wenn der Mensch wieder sieht, wie gut es anders wäre, kann er was ändern. Es braucht immer erst eine Veränderung von außen, sonst bewegt sich die Masse einfach immer weiter und weiter und weiter in die gleiche Richtung.«

Er hat recht, denkt Karl, *das ewige: Das macht man eben so.*

Trotzdem! Er würde den kleinen Armleuchter hier aufhalten, er würde … wenn er nur schnell genug bei ihm wäre und …

Muckl beginnt zu vibrieren. »Ciao, Karl. Ich habe mich sehr gefreut …«

Karl hechtet nach vorn, reißt an dem Kabel. Es ist kalt und feucht, wie eine Meerschlange.

»Karl, hör auf. Das hat keinen Sinn!«

»Mir egal.« Karl reißt weiter am Kabel herum.

»Du wirst dir nur wehtun! Um mich aufzuhalten, bräuchte es vor dem großen Kurzschluss einen kleinen.«

Die geöffnete Luke erscheint Karl plötzlich riesig. Leicht zu treffen. Der Druck in seiner Blase meldet sich erneut, wird immer schlimmer. Sicherlich verstärkt durch diese elendigen Soleier! Durch den Essig und den Schwefel. Karl schaut die Luke an. Er könnte ja … Muckl liegt schließlich auf dem Boden. Sieht ihn somit gar nicht richtig. Und außerdem rettet er damit seinem Freund das Leben.

Muckl beginnt zu summen.

»Auf die Freundschaft«, ruft Karl heroisch. »Auf das Küstenbier!« Ebenso heroisch holt er seinen Schniepi heraus, zielt und BÄM!

»Ich glaube, ich bin high«, sagt Muckl leiernd. Sein rechtes Eye-Light flackert.

Karl brummt bloß. Brummt zufrieden, brummt erleichtert.

Der Himmel hängt bleischwer über ihnen. Die Luft springt einem so lebendig in die Nase wie ein Fohlen.

»Warst du schon mal high?«, fragt Muckl. Sein Kopf dreht sich einmal herum. »Entschuldige bitte, das ist mir unangenehm.«

Karl brummt. Die Wellen schlagen an die Mauer des »Molenfeuers«, spenden ihnen beiden Applaus: »Auf die Freundschaft!« Er weiß nicht, ob er sich das einbildet, aber irgendwie erscheint ihm die Welt nun leiser und entspannter.

Dieses Gefühl können selbst die vereinzelten Flüche und Wehklagen in den etwas entfernten Häusern nicht stören.

Da haben sie es schon gemerkt, denkt Karl grinsend. *Willkommen zurück in der realen Welt. Keine Angst, tut nur ganz kurz weh.*

Er beginnt an der Frage zu grübeln, was jetzt wohl aus den ganzen Influencern werden wird, nun, da sie für wirklich jedermann überflüssig sind.

Muckl sieht mit dem Rest seines Gesichtsovals zu Karl auf. Die linke Kopfhälfte ist fast vollständig weggeschmolzen. Ein humanoides Phantom der Oper.

Karl wendet sich wieder ab, hin zum Meer, zum mächtigen Meer.

Influencer – na ja, irgendwer muss ja jetzt wieder per Hand die Fahrkarten kontrollieren oder Backstuben sauber wischen, denkt Karl seinen Gedanken weiter.

»Bist du mir sehr böse? Wegen der Lüge, mein ich?«, leiert Muckl.

»Hm.«

Muckl sprüht Funken aus dem linken Arm, wo das Plastik weggeschmolzen ist.

»Nein. Ich bin dir nicht böse. Wie könnt ich? Bloß, weil du die Welt verbessern willst. Und außerdem hast du mir kurz davor deine richtige Schwachstelle ja gezeigt. Schulter. Wie Siegfried. Und ganz am Anfang das mit den Notfällen. Da bin ICH der Depp, wenn ich das gleich darauf vergesse. Und erst recht, wenn ich dir den Schmarren von vorher glaube - das deutsche Stromnetz verbunden mit der ganzen Welt. Dass ich nicht lache!«

Muckls Kopf dreht sich wieder im Kreis. Er piepst ärgerlich. »Das muss ich bald reparieren.«

»Kann ja ich machen. Bin ja seit Hof ein Experte.«

»Um ehrlich zu sein, habe ich seit der Nacht kein Navi mehr.«

»Weiß ich schon lang. Du hast nämlich ab Hof kein nerviges Radargeräusch mehr von dir gegeben.«

Muckls Kopf dreht sich drei Mal. »Was?!« Er hält ihn fest. »Warum hast du nichts gesagt? Und warum hast du mich nicht einfach irgendwo zurück gelassen, zumindest ab Lula-Land oder Berlin?«

Karl sucht zwischen den Wellen eine Antwort, findet eine. »Wo hätte ich sonst Raketen herbekommen?«

Muckl schaut ihn an, dann kichert er Funken.

Karl brummt. »Wenigstens versteh ich endlich das mit dem Kiwisaft. Seit Jahrzehnten frag ich mich, warum diese ekelhafte Brühe hergestellt wird.« Da fällt ihm was ein. Er zieht das grüne und rote MiniMolenfeuer heraus, hält eins davon Muckl hin. »Schau, was ich hab. Einen für dich, einen für mich. Wenn wir uns mal verlieren, können wir uns Leuchtsignale senden.«

Muckl dreht summend den kleinen Leuchtturm in seinen kleinen, teilweise verschmorten Fingern und wischt sich über das rechte EyeLight.

Track 21: »Talkin' 'bout a Revolution« (Tracy Chapman) 01.06.2026 – #error #calandergelöscht

Was Karl schon weiß, wie er da sitzt, neben dem lädierten Muckl, und ihr ihr gern wissen würdet:

Muckl hat nur teilweise gelogen. Damit Karl ihn anpinkelt, damit ein Kurzschluss verursacht wird, ein kontrollierter allerdings. Dieser Kurze ist nötig gewesen, um in Muckls System die Firewall außer Gefecht zu setzen. Die sorgt nämlich wiederum dafür, dass kein Virus eindringt und - sollte doch einer eingedrungen oder der Roboter manipuliert worden sein - auf keinen Fall aus Muckl in ein anderes System abgegeben wird.

Allerdings wusste Muckl aufgrund der gemeinsamen Zeit im Heim, dass Karl Probleme beim Pinkeln vor anderen hat. In Karls Bad musste sogar der Spiegel abmontiert werden, weil schon sein eigenes Spiegelbild den Strahl der Erleichterung hemmt. Also sah er sich gezwungen, ein Theater zu spielen und alles ein wenig zu verdrehen, um Karl dazu zu bringen, einen Kurzen zu verursachen, um quasi einen Langen zu verhindern, wenn man so will. Den Virus hat Muckl dann über den Leuchtturm ins Kernnetz geschickt. Der Turm wurde nämlich bis zu diesem Tag seit drei Jahren per W-LAN ein und ausgeknipst. Weil das wahnsinnig ökonomisch und wahnsinnig modern sei, so der junge, umtriebige Kerl der Stadtverwaltung von Warnemünde.

Nun, schauen wir mal, wie ökonomisch sie es mit der Beleuchtung ab heute gestalten. Vielleicht erneut mit einem Leuchtturmwärter, der nicht ans WLAN angeschlossen ist und höchstens wegen einem Grippevirus mal ein, zwei Tage ausfällt.

Der Virus jedenfalls hat all das zerstört, was Muckls Analyse nach dem Menschen mehr schadet als nutzt, was den Menschen krank und dumm macht, darunter fallen zum Beispiel Navigationsgeräte, die den menschlichen Orientierungssinn zerstören.

Freilich hat Muckl darüber nachgedacht, ob man einfach das Netz vier Tage ausschaltet, damit die Menschen selber sehen, dass eine Umkonzipierung notwendig ist. Jedoch kämen die Menschen innerhalb von vier Tagen sicher kaum auf den Gedanken, dass sie Amazon, Lieferando oder das Kapitalverteilungssystem mit Hilfe von Guillotinen mal umkonzipieren könnten.

Außerdem wollte Muckl kein pauschales Abschalten, das Institutionen beträfe, die keinem schaden. So gingen zwar die Lichter im Hauptquartier der Widerstandskraft aus, wenn ihr aber die Homepage vom Kreisverband der Rassegeflügel- und Rassekaninchenzüchter Lohe-Rickelshof e. V. sucht: die ist noch da. Silicon Valley allerdings … Sagen wir mal, dass dort die Mieten kräftig gesunken sind.

Wenn wir schon bei der Widerstandskraft sind, schauen wir zum Schluss noch einmal in Hildes Hauptquartier, zu dem Zeitpunkt als Muckls Virus sich im Hauptquartier-Rechner gemütlich einrichtete, um nacheinander, in rasender Geschwindigkeit, alles auszulöschen.

»O nein«, sagt Hildes Sekretus Steffen Kambulzki – er kennt seinen Namens freilich – vor seinem schwarzen Bildschirm sitzend, aufrecht wie ein vollgeschissener Tennissocken. Sein Smartphone ist ebenfalls schwarz und tot. »O nein!«

Steffen Kamulzki kann das volle Ausmaß der Schwärze erahnen. In Sachen *GreatReset* etc. hat er sich über Jahre via YouTube-Studium weitergebildet. Um ihn herum schreit man sich jetzt Fragen zu. Füße rennen über Linoleum. Was er dunkel erahnt ist, dass er bald wieder sein wird, was er vor seinem Posten als Hauptgau-Sekretär war: arbeitslos, sexlos, wohnhaft im Speicher seiner Eltern in einem 300-Seelen-Nest und schwer von Käsefüßen gezeichnet. Sprich: »O nein. Dann bin ich ja bloß wieder irgendein Depp.«

Das sollte die einzige Erkenntnis seines Lebens bleiben.

Ja, liebe Kinder, so hocken die Idioten also wieder allein im ihrem Dorf, keckern ihre Idiotien in Tischplatten oder Gläser hinein, ohne eine Rückmeldung durch die globale Vernetzung zu anderen Idioten.

Hilde schreit gerade zum unzähligsten Mal nach ihrem Peter. Sie hat keinen Schimmer, wo dieser Bandwurm eines räudigen Hundesohn sein könnte. Dabei hat er extra vor seinem Abgang eine Nachricht hinterlassen. Schlecht nur, dass Hilde den besagten Zettel auf seiner Tastatur für den Passwortzettel hält, welcher wiederum ganz korrekt unter der Tastatur liegt. Peter war ja kein Blödi.

Zwei Behörden in Deutschland indes sind noch arbeitsfähig: das Gesundheitsministerium und der BND. Ersteres, weil Muckl es für positiv hinsichtlich der Menschen hält. Zweiteres, weil sich die zuständigen Behördenmenschen – in kluger Voraussicht – nie auf das digitale Zeitalter eingelassen haben. Der tägliche Leitsatz lautet: »Per Telefax«. Sicherlich: Durch diese spezielle Voraussicht waren bereits einige Menschen gestorben. Aber, der Normalbürger lebt jetzt nach dem Meltdown wenigstens noch genauso sicher wie davor, mit entsprechenden Kleinkaliberwaffen unter dem Bett.

Das soll aber bitte nicht unser letztes Bild sein.

Unser letztes Bild zeigt Karl und Muckl, die über den Strand schlendern, in Richtung Auto.

»Und wohin jetzt?«, fragt Muckl.

»Weiter«, sagt Karl. »Dahin, wo es schön ist.«

»Also wieder nach Brandenburg.«

Eine Möwe kreischt besonders laut und fliegt ganz tief über sie hinweg.

»Hey! Hast du gerade gelacht?«, ruft Karl, während er sich duckt.

»Hast du was gehört?«

Sich dieses Bild vorstellend, sitzt in einiger Zukunft entfernt ein alter Kauz im Ornat ziemlich zufrieden vor einem Bildschirm. Das künstliche Licht spiegelt sich in den Gläsern einer Hornbrille.

Unzählige Stunden hat er die Audio- und Video-Aufzeichnungen von Muckls Festplatte sowie von Karls Informationsträgern studiert, welche ihm gemäß Programmierung nach deren Ableben zugesandt worden sind. Die Aufzeichnungen von Hildes und Peters Smartblet hat er sich längst aus der großen Cloud geholt.

Der Kauz nimmt die Brille ab, reibt sich die Augen.

Es wartet viel Arbeit auf ihn.

Er muss das alles den anderen erzählen.

Um vielleicht Schlimmeres zu verhindern.

Damit vor dem Ende vielleicht schon alles gut wird.

Der Kauz beginnt mit seiner Arbeit.

Dieser alte Kauz bin ich – euer Erzähler.

Epilog: »Ding, Dong« (EAV)
26.05.2030

Aber es war nicht das Ende, es ist nicht gut, weder vor noch nach dem </p>.

Ihr und ich – wir haben es nicht geschafft, die Welt zu ändern. Wir haben es wieder einmal den Arschlöchern überlassen, die Zügel in die Hand zu nehmen, weil wir lieber chillen und unsere Eier in Sangria geschaukelt haben. Zur Strafe dafür schaukeln wir nun schon seit Wochen über die wütenden Wasser des Weltenzorns. Die wenigen, die von uns noch übrig sind.

Vielleicht kommt das Ende jetzt. Oder morgen.

Vielleicht kommt danach ein Neuanfang.

Vielleicht ein Neuanfang, nachdem alles gut wird.

Denn Gott sei Dank befindet sich dieses Buch auf der Arche Noah 5.0.

Ebenfalls erschienen

CLINT LUKAS
„Asche ist furchtlos"

Ein großer Roman über Obsession und die zerstörerische Kraft der Liebe und über die Abgründe der Berliner Clubszene.

Hardcover, ca. 256 S., 20 € (D)
print ISBN: 978-3-95996-196-7
epub ISBN: 978-3-95996-197-4

„Ihre Schönheit war unerträglich. Mit einer plötzlichen, überdeutlichen Klarheit sah ich, dass diese Frau sich niemals in irgendeiner Form binden würde. An keinen Mann, keine Frau, keinen Ort. Sie war der Flügel des Schmetterlings, den niemand berühren durfte. Und doch wünschte ich mir genau das..."

Ciri hat ihre Mutter nie richtig kennengelernt. Alle haben ihr bisher die Umstände ihres Verschwindens verschwiegen, allen voran ihr Vater. Was soll man auch erzählen, wenn die große Liebe eine von allen hofierte Dealerin der Berliner Clubszene war und man selbst nur ein geduldeter Zaungast. Als Jonas nach 15 Jahren endlich zu reden beginnt, begreift er nach und nach das Ausmaß seiner grenzenlosen Verklärung. Doch da haben seine und Ciris verdrängte Dämonen schon längst alle Macht über ihre Gegenwart.

www.periplaneta.com

Ebenfalls erschienen

DANIEL MARSCHALL:
„Tonatiuh oder Apokalypse in Pasewalk".

Ein echter Zukunfts-Roman. Ein ehemaliger Sportjournalist, ein ewiges Kaff und das Ende der Welt.

ca. 220 S., Edition Periplaneta
print ISBN: 978-3-95996-142-4
epub ISBN: 978-3-95996-143-1

Konrad Fall war einmal ein großer Journalist. Doch in den letzten Jahren war seine Karriere von Alkoholproblemen und beruflichem Abstieg bestimmt. Dass er nach Pasewalk geschickt wird, um dort vom prophezeiten „Weltuntergang" zu berichten, versucht er als Chance zu begreifen.

Konrad Fall möchte das Ende des Azteken-Kalenders nutzen, um auf der Karriereleiter wieder nach oben zu klettern. Aber selbst in Mecklenburg-Vorpommern gibt es viele nervige Widerstände zu überwinden: Selbstfahrende Autos, die größere Paragraphenreiter sind als die zuständigen Behörden, eine künstliche Intelligenz, die jede Berichterstattung bestimmen will und natürlich die größte Fehlerquelle von allen: die Menschen – allen voran Konrad Fall selbst.

Daniel Marschall überrascht mit einen cleveren Crossover-Roman, in dem Medien-Satire auf Social-Fiction trifft – dort, wo man beides überhaupt nicht vermutet: in den unendlichen Weiten Mecklenburg-Vorpommerns.

www.periplaneta.com